Gaby Hauptmann
Suche impotenten Mann fürs Leben

PIPER

Zu diesem Buch

Carmen Legg meint, was sie in ihrer Annonce schreibt. Sie sucht den Traummann zum Kuscheln und Lieben – der nicht nur im Bett die Hände da lässt, wo sie hingehören. Die Anzeige entpuppt sich als Knüller, und als sie schließlich in einem ihrer Bewerber unverhofft den Mann ihres Lebens entdeckt, wünscht sie, das mit der Impotenz wäre wie ein Schnupfen, der von ganz alleine verschwindet. In ihrem ersten Roman, der zum internationalen Bestseller avancierte und in Deutschland zum Klassiker eines ganzen Genres wurde, gelingt es Gaby Hauptmann, das Thema »Frau sucht Mann« von einer gänzlich anderen Seite aufzuziehen und daraus einen zeitgemäßen und hinreißend witzigen Frauenroman zu machen.

Gaby Hauptmann, geboren 1957 in Trossingen, lebt als freie Journalistin und Autorin in Allensbach am Bodensee. Ihr erster Roman »Suche impotenten Mann fürs Leben«, der nicht zuletzt aufgrund seines provokanten Titels eine ganze Generation von Frauen begeisterte, wurde auf Anhieb zum internationalen Bestseller und begründete ihren bis heute anhaltenden Erfolg als Autorin. All ihre Romane sind Bestseller, wurden in zahlreiche Sprachen übersetzt und vielfach erfolgreich verfilmt. Zuletzt erschien »Das größte Gück im Leben«.

Gaby Hauptmann

Suche impotenten Mann fürs Leben

Roman

PIPER

Mehr über unsere Autorinnen, Autoren und Bücher:
www.piper.de

Wenn Ihnen dieser Roman gefallen hat, schreiben Sie uns unter Nennung des Titels »Suche impotenten Mann fürs Leben« an *empfehlungen@piper.de*, und wir empfehlen Ihnen gerne vergleichbare Bücher.

Für Mutti

Dank an Maria Hof-Glatz,
die »Kräuter-Hexe«

Unser Versprechen für mehr Nachhaltigkeit
• Klimaneutrales Produkt
• FSC®-zertifiziertes Papier
• Hergestellt in Europa

FSC www.fsc.org MIX Papier | Fördert gute Waldnutzung FSC® C021394

Wiederveröffentlichung
unter Verwendung des Covermotivs der Originalausgabe
ISBN 978-3-492-30739-0
1. Auflage April 2018
2. Auflage Mai 2023

Umschlaggestaltung: FAVORITBUERO, München
Umschlagabbildung: Erasmi & Stein, Katja Plewnia, München
Gedruckt von ScandBook in Litauen
Printed in the EU

Stumpf klebt sein Blick an ihren Beinen. Es dauert eine Weile, bis Carmen das bemerkt. Zunächst denkt sie, es ist Zufall: Er denkt an irgend etwas und starrt dabei eben ihre Beine an. Dann merkt sie, daß er nicht an irgend etwas, sondern exakt an ihre Beine denkt. Sie sitzt ihm in den U-förmig aufgestellten Bänken des Seminarraumes genau gegenüber. Vorn erläutert der Seminarleiter eine Strategie, wie man zu höheren Verkaufszahlen kommen könnte, und ihr gegenüber sitzt ein Mensch, den dies ganz eindeutig nicht interessiert. Er hat zwar diesen Kurs gebucht und bezahlt, bekommt aber offensichtlich nichts davon mit. Carmen Legg beginnt, ihn zu testen. Sie stellt die Beine parallel; neigt sie leicht schräg, reibt dann die Nylons aneinander, so daß es ein leises, erotisches Geräusch gibt. Ihrem Gegenüber schießt die Röte ins Gesicht. Sie verändert die Position, wippt ein bißchen mit ihren hohen Absätzen, streckt die Füße etwas nach vorn, unter dem Tisch hervor, in seine Richtung. Er knetet seine Hände, lockert seinen Krawattenknoten. Blödes Spiel, denkt Carmen, gleich läuft ihm auch noch der Speichel aus den Mundwinkeln. Sie konzentriert sich wieder auf den Seminarleiter. Schließlich kostet die Schulung viel Geld, und wenn der da drüben nichts mitbekommt – bitte! Sie jedenfalls will in ihrem Beruf etwas erreichen.

Leicht angesäuert fährt sie an diesem Abend nach Hause. Sie könnte sich ja geschmeichelt fühlen, daß jemand ihren Beinen so viel Aufmerksamkeit schenkt. Aber im Gegenteil: Es ärgert sie. Wie im Zoo angestarrt zu werden. Von so einem widerwärtig geilen Typen. Carmen knallt *Genesis* in ihr Autoradio. Und mit der Kassette ändert sich langsam ihre Laune. Eigentlich urkomisch, findet sie, da fährt so ein Mann weiß der Himmel wie viele Kilometer, um an einem Seminar teilzunehmen, und legt dafür auch noch ordentlich Bares auf den Tisch, und wenn er dann wieder nach Hause fährt, hat er nichts außer unausgegorenen Gelüsten im Hirn und fragt sich, auf welchem Seminar er eigentlich war.

Carmen Legg hat es bisher immer genossen, wenn sie gut ankam. Sie ist groß, schlank, hat lange Beine und langes, rötliches Haar – mit ihren 35 Jahren ist sie der Prototyp einer selbstbewußten, selbständigen Frau. Sie fährt einen schnellen BMW mit Lederausstattung und Klimaanlage, hat ihr eigenes, kleines Versicherungsbüro und ihre 100-Quadratmeter-Altbauwohnung mit Parkettboden. Sie fliegt zweimal im Jahr in Urlaub, ist eine gute Sportlerin und läßt nichts anbrennen. Aber solche Typen gehen ihr auf den Geist. In letzter Zeit verstärkt. Manchmal empfindet sie den bewundernden Blick eines Mannes schon als Zumutung. Soll er sie doch in Ruhe lassen mit seinem Jagdinstinkt. Ein guter Jäger findet immer seine Beute, hat ihr kürzlich ein neuer Kunde gesagt, als sie ihn am Telefon fragte, wer sie denn empfohlen habe. Wenn Sie bei mir eine Versicherung abschließen, sind doch wohl eher Sie die Beute, hat sie darauf geantwortet. Das fand der Herr am anderen Ende nun überhaupt nicht witzig.

Carmen ist zu Hause angekommen. Sie muß aussteigen, das Garagentor ist von irgendwelchen freundlichen Nachbarn mal wieder vorzeitig geschlossen worden. Sie ist noch nie für Gemeinschaftsprojekte gewesen und schon gar nicht für eine Gemeinschaftsgarage. Aber in dem kleinen Altstadtviertel geht es eben nicht anders. Ein leichter Herbstregen hat eingesetzt, und Carmen friert in ihrem dünnen Leinenkostüm. Hastig steigt sie wieder ein, fährt in ihre knapp bemessene Parklücke, nimmt Aktenkoffer, Tasche und Mantel und eilt über das Kopfsteinpflaster zu ihrem Haus auf der anderen Straßenseite, das fast nahtlos in die andern Altbauten übergeht. Sie ist froh, endlich im dritten Stockwerk anzukommen. An hohe Absätze haben die Herren Architekten bei der Konstruktion dieser unendlichen Holztreppen nicht gedacht. Carmen kickt die Schuhe weg, wirft Mantel, Aktentasche und Tasche auf den nächsten Sessel und geht zum Anrufbeantworter. Sie schaltet ihn ein und geht zur Küche, einen Raum weiter. Aha, Marlene wollte mir ihr essen gehen. Aber das war schon gestern abend, also passé. Fritzi erzählt wieder eine Liebes- und Leidensgeschichte. Auch abhaken. Fritzi hat immer Liebes- und Leidensgeschichten. Und das, was war das? Sie kehrt vor dem Kühlschrank um, geht zurück, läßt den Apparat zurückspulen.

Herr wie war das? Sie drückt nochmals auf Rewind. Wer soll das sein? Herr Schrade? Kenne ich nicht. Was will er?

»Ich möchte Ihnen einen Bekannten vorstellen, Herrn Hermann, der eine große Fabrik besitzt und sich und die Firma besser absichern möchte. Herr Hermann ist aber nur heute in der Gegend. Vielleicht könnten Sie sich ja doch heute mit uns treffen, vielleicht zum Abendessen? Ich würde mich freuen. Bitte rufen Sie uns unter 0171 2557900 zurück. Es ist Sonntag abend, 18 Uhr. Danke.«

Nachdenklich setzt sich Carmen auf die Lehne des Sessels, auf dem ihre Aktentasche steht. Was soll das – sie kennt weder den einen noch den anderen. Und außerdem ist sie geplättet, müde, sehnt sich nach einem Bad, einem Glas Wein und einem guten Spielfilm als Betthupferl. Ihr steht der Sinn jetzt ganz gewiß nicht nach Herrn Schrade und Herrn Hermann, wer immer das sein mag. Carmen steht wieder auf, geht zur Küche, hört im Hintergrund die anderen Anrufe ab. Mutter bittet um Rückruf, Frau Leisner ist Mutter geworden und möchte das Baby versichern. Schön. Aber dieser Herr Schrade läßt ihr nun doch keine Ruhe. Komisch, daß ihr ein Mann, den sie nicht kennt, ein Geschäft vermitteln will. Mit einem Kunden, den sie auch nicht kennt. Woher hat er überhaupt ihre Privatadresse? Andererseits, die Aussicht auf ein gutes Geschäft lockt sie immer. Und eine Firma, die vielleicht unterversichert ist – das hört sich nicht schlecht an. Carmen greift zum Telefon.

Drei Freizeichen, dann knackt es.

»Schrade.«

»Carmen Legg, guten Abend. Sie baten um einen Rückruf?«

»Da haben Sie Glück, wir wollten eben das Auto verlassen!«

Na und, denkt Carmen, dann wäre es auch egal gewesen. Wichtigtuer!

»Aber es ist nett, daß Sie noch anrufen.«

Schon besser, denkt Carmen.

»Sie sind wohl eben erst nach Hause gekommen?«

Was geht das ihn an?

»Ja, ich war auf einem Seminar.«

»Na gut, dann können Sie Herrn Hermann sicherlich auch gut beraten, ha, ha, ha!«

Ha, ha, ha!

»Sicher kann ich das. Ich finde nur Tag und Zeit etwas ungewöhnlich. Alle erforderlichen Unterlagen habe ich im Büro, es wäre also sinnvoller, er käme morgen früh dort vorbei!«

»Mag sein, aber Herr Hermann fährt morgen früh schon wieder zurück, da wäre es nicht schlecht, er hätte schon ein paar Anregungen von Ihnen im Koffer. Einen kleinen Lageplan oder so. Alles weitere können Sie ja dann ausführlich später besprechen!«

»Nun... wo sind Sie denn jetzt?«

»Noch im Auto, also flexibel. Wir wollten eben in die *Bürgerstube* gehen, aber vielleicht haben Sie ja einen besseren Vorschlag. Wir holen Sie auch gern ab!«

»Nein, nein. Aber fahren möchte ich eigentlich nicht mehr. Bei mir um die Ecke gibt es das *Laguna*, ein gutes italienisches Restaurant. Wäre Ihnen das möglich?«

Sie hört kurzes Getuschel, dann kommt das Okay.

»Ist das in der St.-Martin-Straße? Gut, wir sind um 21 Uhr da.«

»Das paßt, ich reserviere einen Tisch auf meinen Namen!«

Kurz nach neun Uhr ist Carmen im *Laguna*, sitzt an ihrem Tisch, hat den Aktenkoffer mit Unterlagen und Verträgen unauffällig am Tischbein stehen und widerstrebt der Versuchung, sich ein Glas Rotwein zu gönnen. Behalte einen klaren Kopf, sagt sie sich, man weiß nie!

Zwei Männer stehen in der Tür. Carmen ist sofort klar: Das sind sie. Ein bißchen zu sehr auf chic gemacht, ein bißchen zu bunt, und für die ganze Aufmachung ein bißchen zu alt. Gut, aber darauf kommt's ja jetzt nicht an.

Der Kellner bringt die beiden an ihren Tisch.

Die Begrüßung soll galant sein, fällt für Carmens Geschmack aber etwas zopfig aus.

»Sie müssen schon entschuldigen.« Hans Hermann küßt ihre Hand und lächelt sie dann mit schräg gelegtem Kopf an. »Aber wir sahen keinen anderen Weg. Herr Schrade hat mir so viel von Ihnen erzählt, daß ich dachte, ich müßte Sie einfach kennenlernen.«

»Aber ich kenne Herrn Schrade doch überhaupt nicht.« Carmen schaut ihn kurz an. »Oder doch?«

»Nein«, bestätigt er. »Persönlich nicht.«

»So?« forscht Carmen. »Wie dann?«

»Im Rotary-Club hat Klaus Wiedemann sehr lobend von Ihnen gesprochen. Das sind für Herrn Hermann Referenzen genug.«

»Klaus Wiedemann ist unser Bezirksleiter.«

»Ja, ich weiß. Herr Meinrad war auch sehr angetan!«

»Meinrad? Ein Herr Meinrad hat mich kürzlich einmal angerufen, ich erinnere mich gut. Ist er auch im Rotary-Club?«

»Ja, ja!«

»Er ist Jäger, nicht wahr?«

»Richtig«, lacht Herr Schrade und entblößt eine Reihe zu großer Jacketkronen. »Haben Sie ihn gegen die Kugeln der Waidmannskollegen versichert, oder woher wissen Sie das?«

»Der Schluß lag nah, er drückt sich sehr – sehr tierisch aus.«

»Ah.« Herr Schrade schaut Carmen leicht irritiert an und winkt dann nach dem Kellner.

»So, was kann ich nun für Sie tun?« Carmen möchte die Sache schnell hinter sich bringen und wieder nach Hause kommen. Ihr Bett wäre ihr bedeutend lieber als der Champagner, den Herr Schrade jetzt überlaut bestellt.

Marke Neureich, denkt Carmen, streicht ihr langes Haar zurück und will endlich auf das Geschäft zu sprechen kommen.

»Sie haben wunderschönes Haar«, sagt Herr Hermann in vertraulichem Ton und lehnt sich etwas zu Carmen herüber.

Blitzartig ist es Carmen klar. Die Herren suchen nette Gesellschaft, weiter nichts. Weiß der Kuckuck, was Klaus Wiedemann in seinem Rotary-Club so erzählt. Ihr erster Impuls ist aufzustehen und zu gehen. Dann überlegt sie. Wenn Ihr glaubt, euch mit mir einen netten Abend machen zu können, dann drehe ich den Spieß einfach um. Ich werde einen netten Abend erleben. Und Ihr einen teuren!

»Danke«, sagt Carmen und lächelt zurückhaltend, aber verbindlich.

Hans Hermann ist entzückt.

»Können wir jetzt auf Ihre Firma kommen?«

»Aber selbstverständlich. Oder wollen wir vorher noch einen Schluck Champagner auf unser gemeinsames Wohl trinken?«

»Aber gern!« Carmen hebt das Glas, Hans Hermann blickt ihr beim Anstoßen tief und bedeutungsvoll in die Augen, Herr Schrade lächelt freundlich, hält sich aber etwas zurück.

So läuft der Hase, denkt Carmen. Schrade will mit Hermann Geschäfte machen, und ich bin der Köder. Sie grinst. Ihr habt eben eines noch immer nicht begriffen, ihr Männer – wir Frauen denken mit dem Gehirn und ihr eine Etage tiefer. Na, das wird ein gemütlicher Abend werden. Das Spiel kann beginnen.

Carmen kennt sich selbst kaum noch. Sie zockt mit Blicken und Lächeln, mit erotischen Haarspielereien und neckischen Handbewegungen. Nach und nach zieht sie ihre Unterlagen heraus, erklärt, fragt nach, ganz seriöse Geschäftsfrau. Hans Hermann dauern diese ständigen Unterbrechungen zu lang.

»Gib her das Ding, Mädchen. Das ist gut, brauchst nicht so lang zu erklären, ich bin schließlich nicht beschränkt, das unterschreibe ich gleich!«

»Wir müssen aber trotzdem noch eine Versicherungsanalyse durchführen, damit wir Sie nicht doppelt versichern, Herr Hermann.«

»Ha, ha, zweimal ist besser als einmal, habe ich recht, Erhardt?«

Erhardt Schrade, nach dem Champagner und der dritten Flasche Chardonnay auch nicht mehr ganz Herr seiner Sinne, nickt wissend. »Nicht schlecht, Hans, nicht schlecht!«

Um Mitternacht sind sie die letzten Gäste, um ein Uhr möchte der Wirt sein Lokal endlich schließen. Es kommt noch eine Runde Grappa a Casa, Carmen nippt und betrachtet sich stocknüchtern die Herren an ihrer Seite. Bin ja gespannt, was jetzt kommt!

»Ja, ich hole dann schon mal die Mäntel«, sagt Hans Hermann und steht etwas breitbeinig auf. »Und nicht weglaufen, meine hübsche Gazelle«, flüstert er laut mit einem etwas schiefen Blick zu Carmen.

»Wie sollte ich – ohne Mantel«, erwidert sie.

Hans Hermann lacht laut und schwülstig und geht zur Garderobe.

»Für diesen Dienst denken Sie dann aber auch mal an eine kleine Gegenleistung, nicht wahr?« Erhardt Schrade erscheint ihr plötzlich seltsam klar.

»Für welchen Dienst?«

»Na, ich meine, durch meine Vermittlung kassieren Sie ja jetzt ganz gut ab!«

»Heißt das, Sie möchten Provision für die Abschlüsse haben?«

»Geld habe ich selbst genug. Denken Sie mal darüber nach!«

Carmen ruft sich innerlich zur Ruhe, Hans Hermann steht mit den Mänteln da.

»Darf ich Ihnen hineinhelfen?« fragt er und streckt ihr den Mantel hin.

»Sehr liebenswürdig, ja! Und, Herr Hermann, vielen Dank für die Einladung, es war ein sehr interessanter Abend!«

»Es wird noch viel interessanter, ha, ha!«

Ja, das glaube ich auch, denkt Carmen, nickt leicht in Erhardt Schrades Richtung und geht zur Tür.

Hans Hermann hat Mühe, Schritt zu halten.

»Halt, halt, nicht so schnell, wo wollen Sie denn hin?« Und leiser: »Gehen wir zu dir, oder hole ich uns ein Taxi?«

Carmen dreht sich um und sagt laut, auch für Enzo Caballo, den Wirt, bei dem sie Stammgast ist: »Ich befürchte, Sie haben da was falsch verstanden!«

»Was? Wie? Ich denke – das war doch klar...«

»Ich sehe, Herr Hermann, Sie waren auf der falschen Party. Tut mir leid für Sie. Falls sonst noch etwas unklar sein sollte, können Sie mich gern morgen im Büro anrufen. Zur Geschäftszeit. Besten Dank für den netten Abend und gute Nacht!«

Damit fällt die Tür schwungvoll zu, und sie läuft durch die Nacht nach Hause.

Im Treppenhaus atmet sie auf.

Mein lieber Mann, das war ja doch eine ganz schön heiße Geschichte. Morgen wird er alles stornieren. Dann war's wirklich der perfekte Blödsinn! Vielleicht aber auch nicht. Dann hat sich's tatsächlich gelohnt. Wer weiß?

Oben angekommen dreht sie den Haustürschlüssel herum, geht hinein, kickt die Schuhe weg, wirft die Aktentasche auf den Sessel, rechnet, während sie ins Bad geht, nach, was sie nun verdient hat, falls alles glattgeht, duscht schnell, putzt die Zähne, wirft sich ein flauschiges Nachthemd über und will ins Bett. Dort liegt schon einer.

»Du??«

»Das klingt ja nicht gerade begeistert! Freust du dich denn nicht?«

»Ob ich mich...? Nein, im Moment hat es mir wirklich die Sprache verschlagen. Ich denke, du kommst erst am Mittwoch.«

»Ach so, deshalb bist du so spät. Du denkst, du hast freie Fahrt. Wo warst du überhaupt so lange?«

»Komm, Peter, jetzt fang doch nicht mit so 'ner Tour an!«

Ihr Freund, in der Dunkelheit kaum auszumachen, setzt sich im Bett auf. Er hat nichts an. Klar, wozu auch. Schließlich will er mit ihr schlafen. Und wahrscheinlich ist er auch extra deswegen hergekommen. Aber sie will nicht. In ihr regt sich nicht der kleinste Funke Lust, sondern Ärger darüber, daß er so unangemeldet nackt in ihrem Bett sitzt.

»Hmmm!« Er stöhnt ärgerlich und läßt sich etwas unter die Bettdecke gleiten.

»Jetzt sei bloß nicht auch noch beleidigt! Du könntest doch zumindest vorher anrufen!«

»Hab ich doch. Dreimal. Aber das Fräulein Legg ist ja nie zu Hause!

»Ach so, ja, ab neun Uhr war ich weg!«

»Ich hab's bemerkt. Und mit wem? Oder ist das auch ein Geheimnis?«

Sie setzt sich zu ihm auf die Bettkante, haucht ihm einen Kuß auf die Stirn. »Hey, grüß dich!«

Dann legt sie sich auf ihre Seite.

»Es ist überhaupt kein Geheimnis, Peter. Ich habe nur keine Lust, jetzt darüber zu reden. Es ist völlig harmlos, irgendwie lustig und doch ärgerlich, und ich erzähle es dir morgen, ich bin nämlich todmüde.«

»So«, er rutscht wieder in Halbstellung, »das kann ich mir lebhaft vorstellen!«

»Weißt du was? Du gehst mir auf den Nerv. Was sollen denn diese blöden Andeutungen?«

»Ich war schließlich zehn Tage fort. Und anstatt dich zu freuen, erzählst du mir, daß du müde bist. Dabei wollte ich dich ausführlich begrüßen!«

»Ja«, sagt sie und schlüpft unter die Bettdecke, »das kann ich mir vorstellen. Laß uns die Begrüßung morgen nachholen.

»Früher warst du ganz anders!«

»Ach herrje, jetzt kommt diese Platte!«

Er legt sich beleidigt hin, zieht die Decke bis zur Nasenspitze. Sie betrachtet seinen Wuschelkopf. Na, vielleicht könnte ich ja doch noch Lust kriegen, überlegt sie und lauscht auf irgendwelche inneren Anzeichen.

»Dann kann ich ja auch gehen!« sagt er.

Keine inneren Anzeichen, nicht eine Spur davon.

»Na, prima«, sagt sie und stützt sich mit den Ellenbogen auf. »Dann tu's aber auch und red nicht nur davon!«

Er bleibt liegen und überlegt. Natürlich hat er keinen Bock, jetzt, mitten in der Nacht, aufzustehen, sich anzuziehen und nach Hause zu fahren.

»Du liebst mich nicht mehr!« wirft er ihr vor. Den Kleiner-Junge-Ton kennt sie. Sie seufzt.

»Mein Gott, Peter, dramatisier doch nicht immer alles so schrecklich. Ich bin müde, ich hatte einen harten Tag, ich war auf einem Seminar, habe eben noch mit Kunden zusammengesessen, mir reicht es einfach für heute. Ist denn das so schwer zu verstehen? Das hat nichts mit anderen Männern zu tun!« Und im Nachsatz, etwas leiser, während sie sich ins Bett zurückgleiten läßt: »Und von mir aus kannst du auch bleiben!«

»Weshalb möchtest du nicht mit mir schlafen, Carmen? Hab ich etwas falsch gemacht? Etwas Falsches gesagt?«

»Wenn du so weitermachst, treibst du mich aus dem Bett!«

Das ist ja nicht auszuhalten, denkt sie und dreht sich auf die Seite.

»Im Bad brennt noch Licht«, Peter hat die Decke wieder zurückgeschlagen. Sie sieht seinen Penis prall aufgerichtet in der Dunkelheit.

»Dann mach's aus!« murmelt sie.

Sie spürt, wie er nach ihrer Hand greift und sie zu seinem Glied führt.

Ach, jetzt versucht er, die letzten Register zu ziehen. Er meint wohl, die Berührung mit seinem Penis sei das Zaubermittel, das mich sofort lichterloh brennen läßt. Eigentlich eine Frechheit! Mit einem Ruck zieht sie die Hand weg.

»Wieso kannst du nicht akzeptieren, daß ich nicht will?«

»Weil ich's einfach nicht glaube! Ich hatte noch nie eine Frau, die einfach nicht wollte! Und du warst früher auch nicht so!«

»Meinst du, das müßte jetzt in eine Grundsatzdiskussion ausarten, nachts um eins?«

»Ich bin noch munter!«

»Wie schön für dich!«

Wütend dreht sie ihm den Rücken zu.

»Morgen gebe ich eine Anzeige auf und suche mir einen impotenten Mann!«

»Das würde dir ähnlich sehen!«

»Wir können ja Freunde bleiben.«

Er trägt einen kurzen Bürstenschnitt und schaut sie schräg an.

»Sie meinen das ernst, was Sie da aufgeben?«

»Natürlich! Glauben Sie, ich würde die Anzeige sonst bezahlen?«

»Das finde ich gut!«

Grinsend nimmt der junge, athletische Typ die Anzeige vom Tisch und trägt sie zu einem Stapel. Dann kommt er zurück und druckt die Rechnung aus. Carmen mustert ihn mit gespitzten Lippen: »Das heißt, wenn ich Sie sehe – ich könnte es mir vielleicht noch anders überlegen ...«

Er, vielleicht 25 Jahre alt, kommt näher, grinst sie frech an, so daß seine weißen Zähne aus dem braungebrannten Gesicht blitzen, und flüstert halblaut: »Bleiben Sie dabei. Das ist schon gut so. Ich bin schwul.«

Carmen lacht, bezahlt und hat noch ein Lächeln auf den Lippen, als sie den Zeitungsverlag durch die Drehtür verläßt.

Es ist nicht zu glauben, sagt sie sich. Es ist alles verdreht. Ich suche einen impotenten Mann, Peter will es am Tag viermal, der da ist schwul und jede dritte Ehe geht schief.

Ein Endvierziger, der ihr entgegenkommt, fängt ihren strahlenden Blick auf und gibt ihn zurück. Carmen legt noch eine Dosis zu. Kaum an ihr vorbei, kehrt er um und kommt ihr nach.

»Entschuldigen Sie, aber dürfte ich Sie vielleicht zu einer Tasse Kaffee einladen? Ich – es ist vielleicht ungewöhnlich, aber irgendwie habe ich das Gefühl, mit Ihnen reden zu müssen.«

»Sind Sie impotent?«

»Ich? Impotent? Nein! Wieso denn?«

»Dann geht's leider nicht. Tut mir leid.«

Sie winkt ihm fröhlich zu, er bleibt völlig verdutzt stehen. So frei hat sich Carmen selten gefühlt. Ihr ist nach Kaviar und Champagner, heute abend, ganz gemütlich auf dem Sofa, genau so, wie es ihr paßt, in alten Leggings, mit einer Gurkenmaske auf dem Gesicht und einem rührseligen Spielfilm. Ach, kann das Leben schön sein.

Der Anruf und die Zeitung am nächsten Morgen kommen gleichzeitig. Sie sitzt bereits in ihrem kleinen Büro, hat einen Guten-Morgen-Kaffee aufgestellt und sich einige Kundenkarten herausgesucht, die sie bearbeiten will. Manches ließe sich sicherlich aufstocken. Aber kaum bringt ihre Mitarbeiterin die Zeitung, legt sie alles beiseite und schlägt sie mit einigem Herzklopfen auf. Da steht es. Oben. Mittig, fett umrandet, unübersehbar:

Wanted: Klarer Männerkopf

Attraktive, erfolgreiche 35erin
sucht Mann für schöne Stunden,
Unternehmungen, Kameradschaft.
Bedingung: Intelligenz und Impotenz.
Bildzuschrift: RZ 3417

Sie läßt das Telefon länger klingeln als gewöhnlich. Die Anzeige zieht sie in ihren Bann. Unglaublich, das stammt von ihr. Was will sie eigentlich mit einem impotenten Mann? Klar, sie bleibt dabei. Ab morgen wird sich alles ändern, ihr Leben wird einen völlig neuen Dreh bekommen. Sie wird endlich einen Mann haben, der nicht seinen Penis, sondern sie anbetet, mit dem sie feiern, leben und reden kann, ohne ständig von einem erigierten Glied bedrängt zu werden. Und wenn sie so eines mal will, bitte, in der Stadt laufen ja genug frei herum. Sie atmet tief ein und aus, dann nimmt sie den Hörer ab.

»Ja bitte, Versicherungsbüro Legg.«

»Anwaltskanzlei Lessing, guten Tag.«

»Guten Tag, was kann ich für Sie tun?«

»Wir vertreten Herrn Hermann.«

»Ach, wie nett! Was heißt das?«

»Wir nehmen die Interessen von Herrn Hermann wahr!«

»Diese Interessen kenne ich bereits...«

»Ach ja? Es geht um den gestern mit Ihnen abgeschlossenen Vertrag.«

Hab ich's mir doch gedacht, denkt Carmen. Jetzt wird storniert.

»Und was kann ich da für Sie tun?«

»Herr Hermann hat einige Verträge mit Ihnen abgeschlossen, die in bezug auf die bereits bestehenden Verträge nochmals überprüft werden müssen.«

Nett umschrieben, denkt Carmen bissig und fragt: »Wie darf ich das verstehen?«

»So, daß der Vorgang nun von uns in Zusammenarbeit mit der Firmenleitung überprüft wird.«

»Das ist Ihr gutes Recht!«

»Davon gehen wir aus.«

Arroganter Schnösel, ärgert sich Carmen, fügt aber freundlich hinzu: »Sie haben vierzehn Tage Zeit, sich alles genau zu überlegen. Danach können Sie nicht mehr zurücktreten.«

»Wir können aber präventiv stornieren, wenn wir merken, daß uns diese Zeit nicht reicht.«

»Einfacher wäre es, vorher noch mal miteinander zu reden. Vielleicht kann ich Ihnen ja bei Ihrer Arbeit helfen.«

»Das Problem ist, daß Herr Hermann öfter mal Dinge abschließt, die sich nachher als unnötig herausstellen. Seine Brüder und Geschäftsteilhaber haben damit so ihre Schwierigkeiten.«

Carmen muß sich ein Lachen verbeißen.

»Ja«, sagt sie, »das kann ich mir lebhaft vorstellen. Aber vielleicht waren diese Abschlüsse ja sinnvoller, als alle vermuten.«

»Das hoffen wir sehr.«

»Ich möchte mein Angebot zur Zusammenarbeit nochmals wiederholen.«

»Ich danke für Ihren Vorschlag und komme möglicherweise darauf zurück. Auf Wiederhören!«

Bevor Carmen den Gruß erwidern kann, ist drüben schon aufgelegt. Na, ganz so schlimm, wie sie anfänglich befürchtet hat, scheint's nicht zu werden. Noch stehen die Chancen 50:50.

Carmen holt sich ihre Tasse Kaffee und liest nochmals ihre Anzeige durch. Ob sich da überhaupt jemand meldet? Ob ein impotenter Mann es fertigbringt, vor einer fremden Frau dazu zu stehen?

Sie rührt sich vier Würfelzucker in den Kaffee, da klingelt das Telefon.

»Ich nehm's schon«, ruft sie ihrer Mitarbeiterin zu, die eben die Post durchgeht.

»Versicherungsbüro Legg, guten Tag.«

»Ich gratuliere dir zu deiner fabelhaften Anzeige. Damit sehe ich unsere Beziehung definitiv als beendet an.«

»Das brauchst du nicht, Peter, ich habe dir doch schon gesagt, wir können Freunde bleiben.«

»Freunde – so ein Blödsinn! Du suchst einen anderen Mann, also ist es zwischen uns beiden aus. So verstehe ich das.«

»Ich suche einen – ach, lassen wir das. Im Büro mag ich sowieso nicht über so etwas reden, das weißt du doch. Nimm's einfach, wie es ist, wir beide können Freunde bleiben, wenn auch auf einer etwas anderen Ebene.«

»Freundschaft ohne Sex funktioniert nicht!«

»Dann bist du armseliger, als ich dachte.«

»Danke, das war ja nun wohl das Wort zum Sonntag!«

»Nein, zum Dienstag, und wenn du mit mir noch mal reden willst, bitte, wir können uns heute abend beim Italiener treffen.«

»Nein, danke, Carmen, ich glaube, das halten meine Nerven nicht aus. Ich gehe lieber boxen.«

»Das kannst du doch überhaupt nicht.«

»Heute abend kann ich es, darauf kannst du dich verlassen!«

»Na schön, Peter, wenn du meinst...« Sie nimmt einen Schluck aus der Tasse, verbrennt sich dabei die Lippen: »Autsch, ist das heiß!«

»Sehr konzentriert scheinst du ja nicht zu sein!«

»Peter, es tut mir leid, ich muß arbeiten. Wir können uns gern heute abend sehen, oder sonstwann, aber jetzt habe ich keine Zeit. Ich wünsche dir einen schönen Tag, ciao!«

»Halt, halt – oder, na ja, dann eben tschüs!«

Carmen legt den Hörer auf die Gabel, schaut auf und trifft den Blick ihrer Mitarbeiterin Britta Berger, die sie beobachtet hat.

»Ärger?« fragt sie.

»Nicht mehr als sonst auch.«

»Eigentlich dachte ich immer, eine Frau wie Sie kennt so etwas nicht!«

»Wieso denn nicht?« Erstaunt blickt Carmen auf. »Ich glaube, Sie täuschen sich gewaltig. Ich bin eine Frau wie jede andere und habe deshalb auch Ärger wie jede andere!«

Sie schlägt die Zeitung zu und macht sich endlich an die Arbeit.

Die erste Sendung des Zeitungsverlages liegt drei Tage später im Briefkasten. DIN-A 5, billiges Braunpapier, harmlos versteckt zwischen zwei Rechnungen, einem Möbelprospekt und dem Werbebrief eines Vermögensberaters. Carmen tastet den Umschlag vorsichtig ab. Wie viele Briefe mögen wohl drin sein? Zwei, drei? Sie klemmt sich alles unter den Arm, nimmt die Aktentasche und läuft die Holztreppe hinauf.

»Mein Gott, Fräulein Legg, so sportlich heute?«

Die 80jährige Dame aus dem ersten Stock kommt ihr mühsam am Stock gehend entgegen.

»Nein, Frau Gohdes, aber ich hab's so eilig, und außerdem habe ich heute flache Treter an, da geht's schon.« Zwei Stufen oberhalb bleibt sie stehen. »Kann ich Ihnen helfen, Frau Gohdes?«

»Nein, sehr liebenswürdig, ich bin ja schon fast unten.«

»Ja, aber ich meine, wenn Sie eine Besorgung oder so etwas haben, ich bringe Ihnen die Sachen gern mit, ich muß sowieso einkaufen!«

Die alte Dame dreht sich zu ihr um, und mit einem betretenen Gefühl sieht Carmen, daß sie feuchte Augen hat.

»Das ist sehr nett von Ihnen, darüber wäre ich wirklich froh.«

»Ja?« Carmen geht die zwei Stufen wieder hinunter. »Jetzt ist es aber schon zu spät, die Läden sind zu. Kann ich Ihnen morgen etwas besorgen?«

»Wenn ich Ihnen einen kleinen Zettel schreiben dürfte – und wenn es wirklich keine Mühe macht?«

»Nein, gewiß nicht, das tu ich doch gern. Ich hole den Zettel dann morgen früh bei Ihnen ab. Ist Ihnen halb neun zu früh?«

»Ach, nein, wissen sie, in meinem Alter braucht man nicht mehr so viel Schlaf. Der kommt dann schon von ganz alleine.«

»Aber da haben Sie doch noch Zeit!«

Carmen schaut in das Gesicht vor ihr und überlegt, was diese Frau wohl schon alles erlebt hat. Die Gesichtszüge verraten frühere Schönheit, doch die Haut ist jetzt faltig, die hellen Augen haben einen leichten Schleier. Wie mag sie früher ausgesehen haben? Und warum nennen sie alle im Haus Fräulein? Mit ihren 80 Jahren? Hat sie keinen Mann, war nie verheiratet? Oder wollte sie ganz einfach keinen Mann? Ging es dieser alten Dame damals so wie ihr heute?

»Ja, dann«, sagt Elvira Gohdes und wendet sich wieder zum Gehen.

»Nein, warten Sie, Frau Gohdes, wollen wir denn nicht einmal ein Gläschen Wein miteinander trinken? Ich würde mich sehr gern mit Ihnen unterhalten.«

»Ach, Kindchen, was wollen Sie schon mit einer so alten Frau wie mir?«

»Reden, hören, wie es früher war, wie die Menschen so gelebt haben, was sie dachten, fühlten.«

»Ach so? Das freut mich. Wenn Sie wollen, kommen Sie doch gleich nachher. Ich wollte nur kurz zum Briefkasten.«

»Aber das kann ich doch für Sie tun...«

»Ne, Kindchen, lassen Sie mal, ein bißchen Bewegung brauchen meine alten Knochen schon auch.«

»Also abgemacht, in einer halben Stunde!«

»Ja, gern!«

Seltsam beschwingt läuft Carmen die Treppe hinauf. Oben fällt ihr der Umschlag wieder ein. So ein Blödsinn, sich für heute abend zu verabreden. Was ist ihr nur in den Sinn gekommen? Sie hatte doch bei Spaghetti, einem Glas Rotwein und in aller Gemütsruhe diese Briefe lesen wollen. Sie schließt auf.

Carmen zieht die Schuhe aus, legt den Packen unter dem Arm auf den Tisch, den Aktenkoffer auf den Sessel, geht ins Schlafzimmer, um Bluse und Hose gegen Leggins, dicke Socken und einen schönen weiten Wollpullover zu tauschen. So, jetzt ist der Abend eingeläutet. Und jetzt? Die Briefe gleich lesen oder als Schmankerl fürs Zubettgehen aufbewahren?

Als Kind schon hat sie die größten Weihnachtsgeschenke zum Schluß ausgepackt, und ihren ersten Liebesbrief trug sie drei Tage lang unter ihrem Pullover mit sich herum, bevor sie ihn endlich las. Schaffe ich es noch, die Neugierde auszuhalten? Noch ein bißchen? Sie ist darin Perfektionistin. Sie geht langsam auf den Tisch zu. Zumindest den braunen Umschlag kann sie mal aufreißen. Dann weiß sie, wie viele Briefe es sind. Sie fährt mit dem Zeigefinger unter den Klebeverschluß und öffnet ihn mit einem Ruck. Zwei längliche Briefe und ein Brief in einem kleinen, fast quadratischen Format fallen ihr entgegen. Sie setzt sich auf die Lehne des Sessels und studiert die Handschriften. Der Absender des einen länglichen Briefes scheint sehr stilbewußt zu sein. Oder er setzt sich gern in Szene. Die Anschrift ist schwungvoll mit schwarzer Tinte geschrieben, mit großen, ausschweifenden Buchstaben. Die beiden Fs von Chiffre reichen weit hinunter und enden in einer schwungvollen Schleife. Jedenfalls kein gewöhnlicher Mensch, befindet Carmen und legt den Brief weg. Der zweite längliche Brief wurde mit Maschine adressiert. Wie einfallslos. Carmen greift zum dritten. Kleine Druckbuchstaben, mit Kuli geschrieben. Gut, das sagt nicht viel aus. Mal sehen, der Name. Sie dreht den Brief um. Heinz-Peter Schulze. Also, der Name gefällt ihr nicht. Auf dem maschinell geschriebenen Brief stehen nur die Initialen D. S., damit fängt sie nicht viel an, und der dritte verschweigt seinen Namen.

Du mein Schreck, sie schaut auf die Uhr. Frau Gohdes wird schon warten. Sie schnappt sich eine Flasche Rotwein, greift zu einer Schachtel mit Keksen, Chips wird die alte Dame nicht mögen, nimmt den Schlüssel und saust hinunter. *Elvira Gohdes* steht in kunstvoller Schrift auf dem Messingschild unter dem Klingelknopf. Ganz anders als bei ihr oben mit dem selbstgeschriebenen Provisorium, das am Tag des Einzuges schnell angebracht wurde und wohl auch die nächsten Jahre noch unverändert hängen wird. Carmen drückt auf den Knopf. Und auch die Klingeln klingen unterschiedlich. Die hier läutet zart, in Glockentönen, Dreiklang. Bei ihr oben schrillt es einfach laut und erbarmungslos. Frau Gohdes macht auf. Sie strahlt, und ihr Gesicht legt sich in tausend Falten.

»Sie ahnen nicht, wie es mich freut, daß Sie mich besuchen. Ich bekomme ja so selten Besuch. Manchmal denke ich mir, ich bin schon lebendig begraben.« Sie stutzt. »Aber was sage ich da. Bitte kommen Sie doch herein. Sie müssen ja denken...«

Carmen folgt ihr in die Wohnung. Sie hat den gleichen Zuschnitt wie ihre, aber sie wirkt völlig anders, wie aus einer anderen Zeit. Dunkle, schwere Eichenmöbel, echte abgetretene Läufer auf den langen Gängen, klobige Samtsessel, dicke Samtvorhänge. Überall liegen weiße Spitzendecken, in einer Vitrine stehen sorgfältig aufgereiht geschliffene Kristallgläser. Und an der Decke hängt ein alter, kunstvoll gearbeiteter Lüster.

»Bitte nehmen Sie doch Platz.« Frau Gohdes deutet auf einen der schweren Sessel.

»Ja, danke.« Carmen fühlt sich auf einmal befangen. Was soll sie überhaupt reden mit der Dame? Sie kann sie doch nicht einfach fragen, wie sie es früher mit den Männern gehalten hat?

Auf dem Weg zu ihrem Sessel sieht sie an einer Wand silbergerahmte Schwarz-Weiß-Fotos hängen.

»Darf ich?« Sie geht darauf zu. Frau Gohdes kommt nach, seufzt. »Ja, das sind die Erinnerungen. In meinem Alter lebt man nur noch in der Erinnerung. Aber das kann ein junger Mensch nicht verstehen.«

»Meine Mutter sagt das auch immer, und sie ist erst Mitte Sechzig.«

»So jung? Ach ja, mit Mitte Sechzig bin ich überhaupt erst aus Afrika zurückgekehrt.«

»Sie waren in Afrika?« Carmen ist verblüfft. »Was haben Sie denn dort gemacht?«

Die alte Dame lacht auf. Ein kurzes, echtes, fröhliches Lachen.

»Ich habe mein halbes Leben in Afrika verbracht!«

»Ehrlich«, staunt Carmen. »Als Missionarin? Oder wie?«

»Ja«, lacht Elvira Gohdes, »vielleicht auch ein bißchen als Missionarin, aber weniger für die katholische Kirche. Viel eher vielleicht für das Gebot der Nächstenliebe, das ja in jeder Religion existiert.«

»Das haut mich wirklich um«, sagt Carmen und schaut sich die Fotos genauer an. »Waren das Ihre Eltern?«

»Ja«, und sie zeigt mit ihrem Zeigefinger auf einen kleinen, weißen Fleck: »Und das bin ich. Im gestärkten weißen Kleidchen, damals vielleicht zweijährig. Und das hier sind meine Brüder, meine Schwester, das ist meine Tante. Sind alle tot. Natürlich.«

»Und das?« Carmen zeigt auf das verblichene Bild eines großen, farmähnlichen Gebäudes.

»Das ist mein Elternhaus. Meine Großeltern haben es 1887 in Deutsch-Südwestafrika gebaut, meine Mutter hat dort einen Deutschen geheiratet, und ich wurde in diesem Haus geboren. Sie wissen ja sicherlich, daß Deutschland das Land 1884 als Kolonie erworben hatte. Ja, und meine Großeltern waren unter den ersten Siedlern. Kolonialherren nannte man das damals. Ein schreckliches Wort. Aber sicherlich war es ein Unrecht, Menschen und Land einfach so zu kaufen. Ich habe später versucht, es mit meinem Beruf wieder ein bißchen gutzumachen.«

»Was sind Sie denn von Beruf?«

»Ärztin. Ich habe mich in Deutschland ausbilden lassen, was damals für eine Frau sehr ungewöhnlich und hart war.«

»Das ist ja hochinteressant.«

Carmen schaut die harmlose alte Frau vom ersten Stockwerk an. Da kann man mal sehen, was sich hinter so einer durchschnittlichen Menschenfassade alles verbirgt.

»Ich habe uns Wein mitgebracht, haben Sie Lust auf ein Schlückchen?«

»Da freue ich mich sehr. Aber ich habe auch eine Flasche hier. Ich hätte Ihnen gern selbst etwas angeboten.«

»Das können wir ja das nächste Mal machen«, lacht Carmen und will sich eben von den Bildern abwenden, als ihr ein Foto auffällt. Klein, gelblich, hinter verdorrten Rosen versteckt.

Ein Mann, kaum auszumachen, steht neben einem Flugzeug, einer offenen Propellermaschine.

»War das ein Freund der Familie?«

»Es war ein sehr guter Freund – ein wunderbarer Mensch!«

»Oh, und was ist passiert?«

»Hannes kam bei einem Flugzeugabsturz ums Leben, nicht lange, nachdem dieses Bild aufgenommen wurde. Mit dieser Maschine. Es war seine eigene.«

»Das tut mir leid.« Carmen schaut sich das Foto genauer an. Das Gesicht ist schlecht zu erkennen. Jung, wahrscheinlich verwegen, mit einer Fliegermütze und einem weißen Schal.

»Aber das ist doch schon sehr lange her. Haben Sie denn nie geheiratet?«

»Ich wollte heiraten. Aber das Schicksal hat mir einen anderen Weg gezeigt. Es sollte nicht sein.«

»Hmm. Aber all die Jahre? Sie haben doch sicherlich außergewöhnliche Männer kennengelernt?«

Elvira geht zu einer Schublade, holt einen silbernen Korkenzieher und nimmt zwei langstielige Gläser aus der Vitrine.

»Ach, wissen Sie, Männer waren für mich nie ein Thema. Für mich waren Menschen interessant. Egal ob Männlein oder Weiblein, Junge und Mädchen. Und Tiere. Ich habe auch Tiere operiert, junge Kühe auf die Welt gebracht, wenn sie eine Steißlage hatten. Ich habe überhaupt alles gemacht, was mit der Aussicht auf eine bessere Welt zu tun hatte.«

»Dafür bewundere ich Sie sehr. Ich tue eigentlich nur das, was mir guttut.«

»Ja, Sie sind ja auch noch jung!«

»Ich bin 35. Ich nehme an, mit 35 hatten Sie schon ständig eine Menge kranker Menschen um sich herum und eine Riesenverantwortung.«

»Heute sind die Menschen eben anders.«

Elvira schenkt ein, die beiden Frauen schauen sich an und prosten sich zu.

»Sie haben ein sehr interessantes Leben, Frau Gohdes.«

»Ich hatte ein sehr interessantes Leben, liebe Carmen, ich darf Sie doch Carmen nennen? Sie dürfen ruhig Elvira zu mir sagen, das macht alles leichter.«

»Ja, sehr gern! Zu komisch, jetzt lebe ich schon seit fünf Jahren in diesem Haus, und zum ersten Mal reden wir wirklich miteinander. Ist das nicht schrecklich?«

»Das ist die Zeit, Kindchen!«

»Wissen Sie, die Zeit ist wirklich seltsam. Also, daß eine Frau nach ihrer großen Liebe keinen Mann mehr anschaut, ich glaube, das gibt es heute nicht mehr.«

»Nun, ganz so war es ja auch nicht. Völlig abstinent bin ich nicht geblieben – und übrigens, Sie haben doch auch keinen Mann, oder?«

Carmen nimmt einen Schluck, kostet. »Hmm, der ist gar nicht schlecht. Schmeckt er Ihnen auch? Ich habe ihn zum Probieren aus der Vinothek um die Ecke mitgenommen. Soll ich Ihnen davon auch welchen besorgen? Ja?«

Elvira nimmt einen großen Schluck und läßt ihn langsam durch die Kehle rinnen.

»Mir ist er ein bißchen zu herb. Jetzt, so, angenehm, aber ich nehme doch lieber etwas Lieblicheres.«

»Kein Problem. Wir können ja mal eine Weinprobe veranstalten. Nein, Sie haben recht, Elvira, ich bin nicht verheiratet, aber das heißt nicht, daß ich keinen Mann habe.«

»Ja, ja, ich weiß schon«, sie lächelt verschmitzt, »der große, schlanke Mann, der oft spätabends kommt und morgens wieder geht...«

»Ach, das kriegen Sie mit?«

»Ja, nun, ich sagte ja schon, in meinem Alter ist der Schlaf nicht mehr so wichtig... werden Sie heiraten?«

»Ja...« Carmen überlegt. »Ich weiß nicht, wie ich Ihnen das nun sagen soll – also, wir haben uns getrennt.«

»So? Das ist aber schade.« Sie zögert und schaut Carmen aus ihren leicht trüben Augen fragend an. »Oder nicht?«

»Nein, eigentlich muß ich Ihnen ehrlich sagen, in letzter Zeit gehen mir Männer fürchterlich auf den Nerv. Am besten ist es wirklich, man hat keinen!«

»Ach so, ich habe mir das nie überlegt. Ich habe Johannes relativ spät kennengelernt. In Südwest war das nicht so einfach, ich war schon Ende Zwanzig. Johannes war ganz einfach der Mann, den ich wollte, und nachher kam keiner mehr, der für eine Heirat in Frage gekommen wäre.«

»Heißt das...«, Carmen überlegt sich, ob man mit einer Dame von 80 Jahren überhaupt so sprechen kann, »Sie haben nie mit einem Mann geschlafen?«

Elvira lacht herzhaft: »Natürlich glaubt ihr, früher seien wir total bigott und hinter dem Mond gewesen. Aber das denkt schließlich jede Generation von der vorhergehenden!« Sie schüttelt den Kopf: »Der einzige Grund, weshalb man sich zurückgehalten hat, war doch, weil es keine Pille gab. Was glauben Sie, was damals alles angestellt wurde, nur um kein Kind zu bekommen. Natürlich haben wir miteinander geschlafen. Aber was machen Sie nun? Bleiben Sie alleine, suchen Sie sich einen neuen Freund?«

»Haben Sie eine Tageszeitung da, Elvira?«

»Ja, natürlich. Warum?«

»Darf ich sie mal holen?«

»Sie liegt in der Küche auf der Anrichte, dort der Raum.«

»Danke, ich weiß, wo die Küche ist, ich bin gleich zurück.«

Mit der Zeitung kommt Carmen zurück, schlägt sie auf und hält Elvira die Anzeige unter die Nase.

»Da, hier sehen Sie, wie mein nächster Mann aussehen soll!«

»Tut mir leid, ich sehe überhaupt nichts. In der Küche, neben der Zeitung, liegt auch meine Lesebrille – wenn Sie die noch...?«

»Aber klar!« Carmen springt auf, läuft raus, fühlt sich fast wie ein junges Mädchen, das der Mutter einen Streich beichtet.

Elvira Gohdes setzt die Brille auf und liest die Anzeige aufmerksam. Sie läßt sich Zeit. Carmen sitzt ihr gespannt gegenüber und nippt an ihrem Glas.

»Das haben Sie geschrieben?«

»Ja! Wie finden Sie es?«

»Ungeheuerlich!«

Carmen stutzt.

»Ungeheuerlich schlimm?«

»Ungeheuerlich gut. Phantastisch. Auf so etwas wäre ich ja nie gekommen!« Sie lacht aus vollem Halse.

Carmen lacht mit. Erst leise, dann lachen beide laut.

»Oh, mein Gott, ist die Welt verrückt. Haben Sie Antwort bekommen?«

»Ja, schon, aber noch nicht gelesen!«

»Nicht? Nun, weshalb denn nicht?«

»Ich bin noch nicht dazu gekommen – ich habe die Briefe erst aus dem Kasten gezogen, als ich Sie im Treppenhaus traf.«

»Und da haben Sie es geschafft, zu mir zu kommen und die Briefe liegenzulasssen?«

»Hab ich. Sie waren mir einfach wichtiger!«

»Das ist schön, aber meinen Sie nicht, es wäre Zeit, sie zu öffnen?«

»Sie meinen...?«

»Wenn es Sie nicht geniert...«

»Mich? Iwo, weshalb denn. Eine prima Idee, ich bin gleich zurück!«

»Und ich richte uns solange ein paar Schnitten.«

Elvira studiert die Handschriften und kommt zu dem gleichen Schluß wie Carmen. Zunächst einmal sollte der maschinell adressierte Brief geöffnet werden.

Vor Carmen liegt ein silberner Brieföffner, und sie schmunzelt über Elviras dezenten Stil. Das Herrenhaus steckt ihr also doch in den Knochen.

Sie öffnet den Umschlag und zieht einen mit Maschine geschriebenen Brief heraus.

»Also, man schreibt doch keinen persönlichen Brief mit der Schreibmaschine«, entrüstet sich Elvira. »Liegt ein Bild dabei?«

Carmen faßt mit den Fingern nochmals in den Umschlag. Tatsächlich. Ein Herr, schätzungsweise 50 Jahre alt, kniet mit seinem Boxerhund im Gras vor einem Einfamilienhaus.

»Hm, die haben irgendwie Ähnlichkeit, die beiden«, sagt Elvira nüchtern, und Carmen prustet vor Lachen.

»Das halte ich nicht aus. Klar, man sagt ja, Hunde und Herrchen werden sich im Laufe der Jahre immer ähnlicher, genauso wie Ehepaare! Darauf müssen wir anstoßen.«

Sie trinken, Elvira schenkt nach, reicht ihr den mit vier Broten belegten Teller und fragt: »Was steht denn drin?«

Carmen beißt in eines der beiden Schinkenbrote, nimmt nochmals einen Schluck, greift nach der bereitgelegten Serviette aus gestärktem, weißen Leinen, natürlich, und beginnt zu lesen:

Liebe, verehrte Dame!

Sie sprechen ein Problem an, über das ich noch mit niemandem zu reden wagte. Vielleicht ist meine Hündin Amoritta die einzige, der ich manchmal von meinem Kummer erzähle. Es ist nicht, daß es nun den Mann ausmacht, ob er kann oder nicht, aber es ist schwer, damit fertig zu werden, wenn er nicht kann. Vor allem dann, wenn man alleine steht wie ich, einen gepflegten Freundeskreis hat und immer wieder gefragt wird, warum man nicht mit einer Frau zusammen ist. Aber welcher Frau würde ich schon genügen? Welche will einen Eunuchen wie mich haben? Ich kann doch keiner Frau beim ersten Mal sagen, daß ich nicht kann. Und ich habe es auch immer wieder probiert, geglaubt, es läge vielleicht an der Frau. Jetzt weiß ich, eine Frau wie Sie sind der Engel, auf den ich gewartet habe. Ich bitte Sie, schreiben Sie mir zurück, rufen Sie mich an, treffen wir uns. Ich wäre der glücklichste Mensch. Mit besten Wünschen.
Ihr Dieter Suske.

Carmen blickt auf.
Elvira hat den Kopf schief gelegt, nimmt einen Schluck.

»Ein Jammerlappen. In Afrika würde so einer zu nichts taugen!«

Carmen lacht: »Vielleicht gibt's in Afrika keine Impotenz?«

»So genau habe ich das nicht nachgeprüft. Die Leute, die zu mir kamen, hatten andere Probleme. Furunkel, durchschnittene Sehnen, gebrochene Beine, eiternde Wunden...«

»Danke, wollen wir den nächsten Brief lesen?«

»Ja, also den legen wir mal zu Nein. Oder bin ich voreilig? Was meinen Sie, Carmen?«

»Wir legen ihn zu Nein – nein!«

»Gut, weiter!«

Carmen reißt den quadratischen mit den Blockbuchstaben auf.

Hey Girl,

ich weiß zwar nicht, warum du mich retten willst, aber red nicht lang: tu's. Ich habe seit zwei Jahren Probleme. Nachdem ich meine Lebensgefährtin mit meinem besten Freund erwischt habe, wollte ich es ihr noch mal so richtig zeigen – und das war's dann auch. Mein Psychotherapeut sagte mir, ich hätte den Schock nicht überwunden. Und klar ist, wenn's wirklich ein Schock war, was ich nicht glaube – aber na ja, gut –, dann werde ich ihn alleine auch nicht überwinden. Also, schwing dich auf, schöne Entfesslerin, und eile zu mir. Ich bin der impotente Mann fürs Leben und mit Deiner Hilfe hoffentlich auch bald wieder fürs Bett. Ruf an, melde dich, ich freu mich auf dich, dein Heinz-Peter Schulze.

Elvira blickt auf, Carmen läßt den Brief sinken. »Muß ich mir das antun? Der hat ja wohl irgendwie alles falsch verstanden. Er will, daß ich ihn rette? Ja, wer bin ich denn? Werde den einen los, um bei dem anderen Aufbauarbeit zu leisten? Das wäre ja hirnrissig, das müssen Sie doch zugeben, Elvira!«

»Absolut! Ist kein Bild dabei?«

Carmen schüttelt den Briefumschlag.

»Auch noch feige, der Herr Romeo. Es wird schon seinen Grund gehabt haben, weshalb seine Freundin mit seinem Freund geschlafen hat. Wahrscheinlich fährt er Manta und hat einen silbernen Ring in der Nase.«

»Was?«

»Na ja, nicht ernst nehmen, Elvira, aber ad acta – oder?«

»Ganz weit weg!«

»Na gut, dann der letzte. Hoffentlich ist der was, sonst war das ganze Spektakel umsonst!«

»Es kommen sicherlich noch Zuschriften, und außerdem – so eine Anzeige läßt sich ja auch wiederholen!«

»Meinen Sie ehrlich?«

»Na klar, Sie sind doch nicht der Typ, der leicht aufgibt?«

»Normalerweise nicht, stimmt. Also, jetzt Herr Unbekannt, die letzte Hoffnung.«

Carmen öffnet den Brief langsam und vorsichtig, nimmt noch einen schnellen Schluck aus dem Glas und zieht dann einen auf Bütten handgeschriebenen Brief heraus.

»Der Mann hat Stil«, nickt Elvira anerkennend.

»Eben nicht«, lacht Carmen laut.

»Wie?«

»Er hat eben keinen Stiel mehr – entschuldigen Sie, es war ein blöder Witz – also, jetzt geht's los:

Liebe Inserentin,
ich mußte erst einmal überlegen, ob diese Anzeige ernst gemeint ist oder nicht. Dann dachte ich, mit so etwas macht man keine Witze – welche Frau sucht schon einen impotenten Mann, wenn sie keinen haben will?

Also: Ich bin seit etwa fünf Jahren impotent, und ich habe mich damit abgefunden. Ich kompensiere das mit Sport, mit netten Abenden unter Freunden, mit Besuchen im Theater oder in der Oper, ich lebe gern und muß gestehen, daß ich für mein Leben einen recht großen Aufwand betreibe. Eventuell ist dies meine kleine Macke, aber vielleicht sollten Sie das selbst herausfinden. Ihre Anzeige hat mir gut gefallen, ich bin ein »klarer Männerkopf«, aber nicht nur Kopfmensch, sondern auch für die alltäglichen Dinge des Lebens zu haben – und zu gebrauchen.

Ich würde mich freuen, Sie kennenzulernen.

Ein Foto liegt bei, ich bin schlank, 188 Zentimeter groß, 86 Kilogramm schwer, 50 Jahre alt, Nichtraucher, Tier- und Weinliebhaber.

Gönnen Sie mir die Freude, Sie demnächst auf ein Glas Wein einzuladen,
Ihr Stefan Kaltenstein.

»Also, das hört sich doch richtig gut an!« Elvira hat sich vorgebeugt. »Zumal dieser Name für ihn spricht. Ich kannte auch einmal einen Kaltenstein – aber das ist lange her. Darf ich mal das Foto sehen?« Sie zieht die Brille etwas nach vorn, mustert das Bild, das Carmen ihr reicht: »Er sieht gut aus, leider ist er etwas zu jung, sonst könnte er mir selbst noch gut gefallen.«

»Ist das wahr? Wir können ja eine Anzeige für Sie aufgeben!«

Carmen kommen die tollsten Ideen. Sie sieht es bereits vor sich: Rassige 80erin sucht wackeren Lebensgefährten, oder so ähnlich. Carmen schaut sich das Foto selbst nochmals genauer an.

Ein markantes Männergesicht, in Großformat, scharf geschnitten, kurze Haare, voller Mund, blaue Augen.

»Der Mann ist doch nicht impotent. Das gibt's doch nicht«, sagt Elvira und schüttelt den Kopf. »Ich habe mir impotente Männer wirklich immer anders vorgestellt!«

»Wie denn?« Carmen nimmt das Foto zurück und betrachtet es eingehend. Gefällt er ihr, spricht er sie an? Sie spürt nichts. Muß sie ja auch nicht, sagt sie sich dann, schließlich kommt es darauf jetzt nicht an!

»Nun, also ehrlich, ich weiß auch nicht. Ich habe mir ja auch noch nie Gedanken darüber gemacht... anders, eben!«

»Aha«, lacht Carmen, »und was meinen Sie? Kennenlernen?«

»Ja, aber sofort! Auf den Ja-Ja-Packen!«

»Alles klar, Elvira. Ich werde Ihnen alles erzählen!«

»Was heißt erzählen. Bringen Sie ihn doch einfach mit!«

Nun muß Carmen doch lachen.

»Das ist ja zum Schießen. Bisher dachte ich immer, Sie seien so ein stilles Mäuschen, vielleicht mal von einem Mann sitzengelassen worden, dann Lehrerin bis 65 und danach nichts mehr, und heute abend erfahre ich, daß sie Kolonialherrin waren, als Buschärztin arbeiteten und wahrscheinlich auch noch den Flugschein haben – oder?«

»Es geht in Afrika gar nicht anders, wenn man helfen will!«

»Sehen Sie, und jetzt wollen Sie mir auch noch meine impotenten Männer wegschnappen. Das habe ich davon!«

»Ist in Ordnung. Ich schreibe Ihnen jetzt den Einkaufszettel. Dann muß sich Delikateß-Scheideck nicht immer herbemühen. Der alte Herr ist auch schon über 60!«

»Tss«, Carmen schüttelt den Kopf. »Delikateß-Scheideck! Mich wundert nichts mehr. Ehrlich, heute abend bin ich gegen alle Überraschungen gefeit!«

»Auch dagegen, daß vor etwa einer halben Stunde ihr Freund nach oben gegangen ist und vermutlich gar nicht impotent auf Sie wartet?«

»Wie, woher wissen Sie das?«

»Ich kenne doch seinen Schritt. Er läuft immer leise und schnell – eben wie ein Mann voller Erwartungen.«

»Na, die erfülle ich ihm jetzt ganz schnell. Er fliegt nämlich postwendend raus. Ist sowieso schon eine Frechheit, einfach so aufzukreuzen. Da kann er den Schlüssel gleich hierlassen.«

Elvira schreibt einige Dinge auf den bereitgelegten Block und schiebt den Zettel zu Carmen hinüber. »Seien Sie nicht zu hart mit ihm – wissen Sie, er ist ja auch nur ein Mann!«

Carmen nimmt ihre drei Briefe und den Einkaufszettel, drückt Elvira Gohdes links und rechts einen Kuß auf die Wange. »Danke für den Rat – und es war schön, Sie kennengelernt zu haben. Sie sind eine wahre Bereicherung!«

»Das freut mich sehr, vielen Dank für alles – und wenn Ihr Freund überhaupt keine Heimat mehr hat – schicken Sie ihn herunter!«

»Ha«, lacht Carmen. »Ich muß Sie wohl wirklich im Auge behalten!«

Bis Carmen oben ist, hat sie sich einige markante Sätze überlegt. Sie ist gut gelaunt, beschwingt, der Abend mit Elvira Gohdes hat ihr Spaß gemacht. Auf eine Diskussion mit Peter hat sie überhaupt keine Lust. Eher, noch ein bißchen zu träumen, den Brief von Stefan Kaltenstein nochmals zu lesen, sich vorzustellen, was er wohl für ein Mann sein mag. Peter paßt überhaupt nicht mehr in ihre neue Welt. Sie schließt auf, geht betont laut hinein. Das Wohnzimmer ist leer. Mit einer fast schon ärgerlichen Aufwallung geht sie ins Schlafzimmer. Er wird doch nicht die Dreistigkeit haben... aber da ist er auch nicht. Sie schaut in die Küche, ins Bad, nichts. Selbst die Klinke zur Toilettentür drückt sie herunter. Elvira muß sich getäuscht haben, denkt sie und geht ins Wohnzimmer zurück. Gott sei Dank.

Da sieht sie auf dem Tisch ein weißes Kuvert. Das hatte sie vorher übersehen. Sie reißt es auf. Ihr Wohnungsschlüssel liegt drin und eine von Uli Stein gezeichnete Postkarte. Zwei Mäuse sitzen sich auf einem Bett gegenüber, die eine hat sich ein Präservativ über die lange Schnauze gezogen und sagt zur anderen: »Liegt keine Gebrauchsanweisung dabei?« Carmen lacht. Sie mag die Karten von Uli Stein. Auf die Rückseite hat Peter geschrieben:

Solltest Du doch wieder einen Mann brauchen, melde Dich einfach. So wie ich Dich kenne, wird es bald sein. Ich habe Dich sehr geliebt und liebe Dich noch immer. Aber ein Impotenter nimmt mir zumindest nichts weg, das beruhigt mich. Also lebe Dich aus und give me a call, wenn der Spuk vorbei ist.

Ich umarme Dich, Peter.

Hmm, denkt Carmen, Peter wirbelt ihre Gedanken durcheinander. Sie hätte sich jetzt so gern auf Stefan konzentriert, und da mischt sich Peter wieder ein und singt das Hohelied der Sexualität.

Gespannt sitzt Carmen auf der Straßenterrasse des kleinen Cafés. Sie ist vorhin nochmals bei der Zeitung gewesen und hat nach weiteren Zuschriften gefragt. Die würden ihr doch sowieso zugeschickt, war die Auskunft. Aber Carmen wollte sie gleich mitnehmen. Wer weiß, wie lange die Post braucht. Also stand die Frau mißmutig auf. Vier Briefe waren es.

»So viel?« Carmen war erfreut. Ihre Gesprächspartnerin zuckte die Schultern.

»Seien Sie doch froh, daß ich sie abhole, so haben Sie Porto gespart«, sagt Carmen fröhlich.

»Ist nicht mein Geld«, erwiderte die junge Frau lapidar.

»Auch 'ne Einstellung!« nickte Carmen beifällig. »Bravo!«, drehte sich um und ging.

Die vier Briefkuverts hat Carmen vor sich auf dem Cafétisch liegen und studiert sie. Aber nicht mehr ganz so interessiert wie gestern die ersten drei. Und vor allem auch etwas abgelenkt, denn sie hat sich mit Stefan Kaltenstein verabredet. Am Telefon hatte er sehr sympathisch geklungen. Sonore Stimme, gewählte Sprache und trotzdem spontan witzig.

Sie würde als Erkennungszeichen ein rotes Leinenkleid anziehen, erklärte sie ihm, und außerdem gab sie eine kurze Beschreibung von sich.

»Warum suchen Sie einen impotenten Mann?« wollte er zum Schluß noch wissen.

»Weil ich von potenten Männern die Nase voll habe«, gab sie zur Antwort.

»Also dann bis Montag. Ich freue mich.«

»Ja, bis Montag.«

Ein dunkelblauer Jaguar fährt langsam an dem Café vorbei. Carmen versucht, unauffällig etwas zu erkennen, was aber nicht gelingt, da die Scheiben dunkel getönt sind.

Erwarte nicht gleich wieder das Tollste, ruft sie sich selbst zur Ordnung. Trotzdem gibt sie ihm, mit Parkplatzsuche, etwa fünf Minuten, bis er hier erscheinen müßte. Und tatsächlich. Ihr Irish Coffee wird eben serviert, da geht ein einzelner Herr durch die Tischreihen. Sie erkennt ihn sofort. Groß, schlank, das markante Gesicht, ein rotes Poloshirt und helle Leinenhosen.

Einige Damen schauen ihm verstohlen nach.

Carmen grinst. Wenn ihr wüßtet... Aber nun ist sie doch aufgeregt. Er sieht gut aus. Eine Erscheinung, die den Mann von Welt verrät. Erfahren, erfolgreich, selbstbewußt.

Fast tut es Carmen leid, daß er impotent ist.

Überhaupt ist es ein komisches Gefühl, einen Mann zu taxieren und diesen kleinen Hintergedanken ganz auszuschließen.

Reiß dich zusammen, Carmen Legg, sagt sie sich. Dies ist mal einer, der nicht mit dir ins Bett will! Ist doch toll!

Sie hebt den Arm und winkt.

Er sieht es, nickt ihr von weitem lächelnd zu und steuert ihren Tisch zielstrebig an.

Carmen wird es flau im Magen. Was soll ich überhaupt mit ihm reden?

»Stefan Kaltenstein, guten Tag.«

»Carmen Legg, guten Tag, Herr Kaltenstein, bitte setzen Sie sich doch!«

Sie geben sich die Hände, Stefan Kaltenstein nimmt ihr gegenüber Platz.

»Es ist das erste Mal, daß ich mich unter solchen Bedingungen mit einer Frau treffe«, sagt er und schüttelt leicht den Kopf. »Ich bin noch ganz erstaunt über mich selbst!«

»Ja?« lacht Carmen. »Das kann ich mir vorstellen. Ich bewundere Ihren Mut!«

»Nun, nachdem ich Sie gesehen habe und weiß, daß Sie durchaus zu der zivilisierten Sorte Mensch gehören, bin ich froh darüber.«

»O Gott – was haben Sie denn erwartet?«

Er zögert kurz.

»Ich weiß nicht recht, vielleicht ein zahnloses, teigiges Wesen, grau im Gesicht und mit Haaren auf der Brust!«

»Ha.« Carmen greift zu ihrem Irish Coffee, zieht an dem Röhrchen, schaut ihn dabei verschmitzt lächelnd an. »Ich glaube«, sagt sie und zieht noch mal, »bei dem Vergleich kommt so ziemlich jede Frau gut weg!«

»Aber Sie besonders!«

»Danke, ich nehm's als Kompliment!«

»Es ist die Wahrheit. Und das macht mich natürlich noch stutziger. Denn bei einer häßlichen Frau hätte ich verstanden, daß sie das Suchen nach einer intakten Beziehung aufgegeben hat. Aber Sie?«

»Suchen Sie nach dem berühmten Haken?«

»Irgendwie wahrscheinlich schon«, sagt er und winkt dem Kellner.

»Es gibt keinen. Ich habe es Ihnen ja schon am Telefon gesagt. Ich suche ganz einfach einen Mann, der phantasievoll ist, gern gute Gespräche führt, der Spaß am Leben hat und der nicht nur von morgens bis abends das eine im Sinn hat. Das kann einem nämlich ganz schön auf die Nerven gehen.«

»Guten Tag der Herr, was darf ich Ihnen bringen?«

Der Kellner stört Carmens Gedankengänge. Sie war eben so schön in Fahrt.

»Dasselbe wie die Dame bitte. Und einen Erdbeerkuchen. Haben Sie Erdbeerkuchen?«

»Ja, aber jetzt ist Pflaumenzeit, und ich könnte Ihnen auch einen wunderbar frischen Pflaumenkuchen anbieten.«

»Mag sein, danke, ich bleibe aber doch lieber bei Erdbeeren. Ich darf doch annehmen, daß die auch frisch sind?«

»Ja, ja – sicherlich der Herr, natürlich. Gern. Wird gleich serviert.«

Carmen beobachtet Stefan. Keiner, der sich etwas aufdrängen läßt. Und keiner, der leicht nervös wird. Die Hände, langfingrig und sehr gepflegt, liegen ruhig auf dem Tisch, er macht durch und durch den Eindruck eines Mannes, der immer alles unter Kontrolle hat. Und ausgerechnet ihm spielt die Natur einen Streich. Oder wer weiß, vielleicht gerade deshalb?

»Gut.« Er blickt sie wieder an, voll in die Augen, wie ein Mann, der eine Frau ganz schnell verführen will. »Sie mögen mit all dem recht haben. Aber meinen Sie nicht, daß dann – auch bei Ihnen – zwischendurch mal der Wunsch nach einem ebenbürtigen Partner kommt? Was würden Sie da machen? Fremdgehen?«

Fremdgehen? Das ist für Carmen in diesem Zusammenhang ein seltsames Wort.

»Ja«, bekräftigt er. »Würden Sie sich fürs Bett einen anderen Partner suchen?«

»Darüber habe ich noch nicht nachgedacht«, weicht sie aus.

»Na, sehen Sie, das sollten Sie aber. Denn stellen Sie sich vor, Impotente haben auch Gefühle. Wenn Sie meine Freundin wären und würden trotzdem mit einem anderen Mann ins Bett gehen, würde mich das sehr verletzen.«

Carmen wird es unbehaglich. So bis in die letzte Konsequenz hat sie sich das nicht überlegt. Und es stimmt schon, so dann und wann wollte sie es eigentlich gar nicht ausschließen. Das hatte Peter völlig richtig gesehen.

»Sie sind sich da nicht sicher?« sagt er, die Augen leicht zusammengekniffen. Wegen der tiefstehenden Herbstsonne, oder weil er ein etwas kritischer Zeitgenosse ist? Carmen kann es nicht einschätzen.

»Vielleicht sollte man sich ja auch erst ein bißchen besser kennenlernen«, versucht sie die Situation zu retten.

»Nein, Carmen. Sie müssen sich zuerst sicher sein, was Sie wollen. Ich möchte mich nicht in Sie verlieben, um nachher festzustellen, daß Sie mir nur das Herz aufreißen.« Er schaut sie an. Carmen sucht eine passende Antwort. »Und zum Verlieben sind Sie«, fährt er fort.

»Danke. Sie aber auch!«

»Nett von Ihnen. Aber ich mache Ihnen einen Vorschlag. Wir unterhalten uns nun ein bißchen über Gott und die Welt, trinken unseren Irish Coffee und essen den Kuchen – möchten Sie übrigens auch einen? Keinen? Nein? Auch keinen frischen Pflaumenkuchen? – und dann trennen sich unsere Wege. Sobald Sie sich Klarheit über das verschafft haben, was Sie wirklich wollen, rufen Sie mich an. So einfach ist das!«

Carmen nickt nur. Ihr fällt beim besten Willen nichts ein. Ihm jetzt zu beteuern, daß sie überhaupt im Leben mit keinem Mann mehr schlafen will, wäre auch nicht korrekt. Zwischendurch mal, mit dem einen oder anderen – warum nicht? Aber, da hat Stefan recht, sie hat das alles zu wenig durchdacht. Oder der Typ da sieht es zu eng. Das wird's sein. Ist doch eigentlich klar, daß keine Frau einem impotenten Mann fürs Leben treu sein kann.

Das Gespräch zieht sich mit Belanglosigkeiten über Irish Coffee und Kuchen hinweg, und sie gehen noch gemeinsam zum Parkhaus.

Tatsächlich, hat sie es doch gewußt. Der Jaguar gehört ihm. Paßt zu ihm. Beide haben etwas von englischem Landadel.

Sie verabschieden sich mit kräftigem Händedruck.

Im Auto schiebt sie die *Genesis*-Kassette in den Recorder. Der ist viel zu straight, sagt sie sich. Der ist so gerade, daß bei ihm zu Hause sicherlich kein Buch schief steht. Wahrscheinlich lebt er in einem Schloß und heißt auch nicht Stefan Kaltenstein, sondern Stefan Graf zu Kaltenstein oder so ähnlich. Und ich müßte dann immer adrett im Kleidchen nebenhertanzen und die perfekte Gastgeberin spielen. Ne, das schenke ich mir.

Sie fährt in ihre Garage, das Garagentor steht offen, welch Wunder, und geht langsam über die Straße. Mit den hohen Absätzen versucht sie immer genau die Pflastersteinmitte zu treffen und bloß nicht in die Fugen zu geraten. Kopfsteinpflaster ist für Carmen das typischste Zeichen für Männerherrschaft im Städtebau. Wenn Sportwagenfahrer gegen Städte Recht bekommen, weil sie mit ihren tiefer gelegten Autos in verkehrsberuhigten Zonen an den hohen Schwellen hängengeblieben sind, was würde den Herren Bürgermeister erst blühen, wenn ihnen Tausende von Frauen ihre aufgerissenen Absätze auf die polierten Schreibtische werfen würden? Die Städte wären bankrott! Sind sie ja sowieso, denkt Carmen, blickt hoch und sieht Elvira am Fenster.

Sie winkt ihr zu, gestikuliert, daß sie gleich vorbeikommen würde.

Kaum daß Elviras Tür hinter ihr ins Schloß gefallen ist und sie in dem Wohnzimmer aus längst vergangenen Zeiten steht, bricht es aus ihr heraus: »Es war eine totale Niederlage! Elvira, ich habe mich saublöd benommen!«

»Gott, Kindchen, was ist denn? Das Treffen mit Stefan Kaltenstein?«

Carmen läßt sich aufs Sofa sinken und ist den Tränen nahe.

»Können Sie es sich vorstellen? Ein Mann wie aus dem Bilderbuch – und impotent? Ist das nicht furchtbar?«

Elvira stellt zwei Weingläser auf den Tisch.

»Aber Sie wollten es doch so, Carmen!«

Carmen sieht die Weingläser und winkt ab. »Aber so nicht. So wollte ich es nicht – Elvira, ich kann heute keinen Wein trinken. Hätten Sie Selters da?«

»Oh, das muß ja ganz schlimm gelaufen sein. Wollen Sie erzählen?«

Carmen schaut auf und nickt: »Dazu bin ich ja schließlich hergekommen! Ich fühle mich so, ich weiß nicht, so halbwertig. So, als sei dieser Stefan der ganze Mann und ich die halbe Frau. Er hat mich hingestellt wie ein kleines Schulmädchen, das irgend etwas erzählt, was es nicht richtig weiß. Und das Schlimme ist, Elvira, er hatte recht!«

»Was ist er denn für ein Mann, dieser Herr Kaltenstein?«

»Es ist schwer zu erklären, Elvira. Er ist sicherlich ein Mann, wie jede Frau ihn sich wünschen könnte. Aber ich glaube, er ist auch verdammt schwierig. So ein Mimöschen, ich glaube, er hört das Gras wachsen.«

»Vielleicht ist er durch seine Impotenz so geworden!«

»Herrje, hoffentlich haben nicht alle solche Probleme. Das kann ja stressig werden!«

Und dann erzählt Carmen ausführlich von ihrem Treffen. Elvira nickt und meint zum Schluß, daß sie diesen Mann gut verstehen könne.

»Ja«, gibt Carmen ihr recht. »Aber was soll ich denn machen? Ich kann doch nicht dafür garantieren, daß ich mich niemals mehr sexuell abreagieren will. Schließlich bin ich ja nicht impotent!«

»Wohl wahr. Aber wenn Sie zwischen potent und impotent wählen und impotent vorziehen, müssen Sie auch dazu stehen!«

»Ich glaube, Elvira, ich gehe jetzt hoch, nehme ein Bad, lege mich ins Bett, lese die neuen vier Briefe und denke über mich nach!«

»Es sind neue Zuschriften da?«

»Ja, ich werfe sie Ihnen morgen früh in den Briefkasten, oder besser – ich lege sie Ihnen vor die Tür!«

»Unter den Schuhabstreifer. Man kann ja nie wissen!«

»Ja«, und Carmens gute Laune wagt sich wieder etwas hervor,

»das wäre was, wenn Frau Domhan von nebenan die Post lesen würde. Die würde die Welt nicht mehr verstehen...«

»Stimmt. Die würde wahrscheinlich die entgegengesetzte Anzeige aufgeben – oder glauben Sie vielleicht, der Herr Domhan taugt noch viel?«

»Tja«, erwidert Carmen im Gehen, »die Welt ist halt verdreht. Wie man's auch hat, ist es verkehrt!«

Der zweite Brief spricht Carmen an. Der erste war derart voller schwülstiger Anspielungen, daß sie ihn nicht einmal zu Ende gelesen hat. Der zweite Schreiber wirkt sehr jungenhaft und frisch. Er schreibt so euphorisch, daß er den Eindruck vermittelt, das Geilste, was einem Mann je widerfahren könnte, sei die Impotenz. Carmen hat sich einen Tee aufgebrüht und sitzt mit angezogenen Beinen schräg auf der Couch. Sie nippt am heißen Tee und beißt in ein belegtes Brötchen, das sie sich am Nachmittag noch gekauft hat. Hoffentlich kann er kochen, denkt sie dabei. Frederic Donner, die Telefonnummer steht darunter. Auch der Name gefällt ihr gut. Kurz entschlossen greift sie zum Telefon, das vor ihr auf einem kleinen Beistelltisch steht, und wählt die Nummer.

»Donner.«

Eine Frauenstimme. Ach du mein Schreck, ist er etwa verheiratet? Instinktiv legt sie wieder auf. Ihr Herz schlägt bis zum Hals. Das ist auch nicht die feine Art, einfach aufzulegen, ohne sich gemeldet zu haben, schilt sie sich. Ihre Gedanken jagen durcheinander. Kann es sein, daß ein impotenter Mann verheiratet ist? Natürlich! Und auf ihre Anzeige antwortet? Warum nicht? Sie war, trotz ihrer Verbindung zu Peter, ja auch manchmal versucht gewesen, auf besonders ansprechende Anzeigen zu antworten. Sie hat es nie getan – aber das ist schließlich eine andere Sache. Warum gibt er dann die Telefonnummer an? Postfach wäre in diesem Fall sinnvoller gewesen!

Sie nippt am Tee. Was mache ich jetzt? Das Brötchen ist schon fast verschwunden, automatisch aufgegessen. Sie greift beherzt nochmals zum Hörer.

Es meldet sich dieselbe Stimme.

»Donner.«

»Guten Tag, entschuldigen Sie, ich hätte gern Herrn Donner gesprochen.«

»Frederic?«

»Ja, wenn es möglich ist?«

»Sicher ist es möglich, wenn er zufällig da sein sollte – Augenblick, bitte!«

Carmen hört, wie sie nach Frederic ruft, vernimmt schwach eine Männerstimme, dann ist die Frau wieder am Apparat: »Er ist da, ich verbinde.«

»Vielen Dank«, antwortet Carmen, aber die Leitung ist schon unterbrochen.

Eine Männerstimme meldet sich.

»Donner?«

»Hier ist Carmen Legg, guten Abend, ich wollte Sie so spät eigentlich gar nicht mehr stören...«

»Wenn Sie mir mal verraten, wer Sie sind, tun Sie's vielleicht ja auch nicht...«

»Ach ja, klar, mein Name sagt Ihnen ja nichts – Sie haben auf meine Anzeige geantwortet!«

Kurze Pause.

»Ach ja, jetzt ist alles klar!«

Wieder eine kurze Pause, und Carmen überlegt, was sie nun sagen könnte.

»Ich dachte, ich melde mich gleich mal...«, zu blöd, denkt sie, fällt dir denn nichts Gescheiteres ein.

»Das ist nett.«

Wieder eine Pause. Jetzt wird es Carmen langsam lästig. Dann kommt ihr eine Idee.

»Sind Sie nicht alleine? Können Sie nicht reden?«

»Schlecht, ja!«

Also doch verheiratet, denkt sie und verwünscht, überhaupt angerufen zu haben.

»Aber wir könnten uns treffen«, sagt er.

Carmen ist völlig überrascht.

»Ja? Wann?«

»Heute noch, wenn Sie Lust haben!«

»Heute?« Sie schaut an sich hinunter. »Ich liege aber schon im Feierabendlook auf der Couch.«

»Sagen Sie bloß, Sie sind so eine, die sich immer zurechtmachen muß...?«

Na, eigentlich schon, denkt sie. »Nein, eigentlich nicht!«

»Wo liegt dann das Problem?«

Sie will nun nicht auch noch auf der Uhrzeit herumreiten, schließlich hat sie ja angerufen: »Wo meinen Sie denn?«

»Am besten komme ich bei Ihnen vorbei, dann brauchen Sie sich nicht groß umzuziehen.«

»Ach ja.« Paßt mir das nun, oder paßt mir das nicht? Eigentlich nicht! Ein fremder Mann?

»Wann denn?« fragt sie.

»Gleich, sagen Sie mir nur Ihre Adresse...«

»Zur Zinne 7.«

»Das ist mitten in der Altstadt, stimmt's?«

»Ja, um die Ecke vom *Laguna*, einem italienischen Restaurant, wenn Sie das kennen!«

»Alles klar, bin gleich da!«

Es knackst.

Langsam legt Carmen den Hörer auf.

Dann springt sie auf, saust ins Bad, legt sich ein leichtes Make-up auf, nimmt helle Wolleggins und einen gleichfarbigen weiten Wollpullover aus dem Schrank und zieht sich schnell um. Der Pullover hat einen überlappenden Ausschnitt, sehr sexy. Sie zupft ein bißchen daran, dann schüttelt sie den Kopf über sich selbst. Alte Gewohnheit. Es geht doch wirklich nicht darum, daß er sie anziehend findet. Er soll sie nett finden. Und sie ihn auch. Das ist alles.

Sie läuft in die Küche, schaut in den Kühlschrank.

Was kann sie ihm anbieten?

Sekt ist da, Wein, Bier, Sprudel, Orangensaft. Sechs Eier, ein bißchen Wurst zum Frühstück und ein Rest Butter. Wahrlich nicht berauschend. Aber essen kann er schließlich woanders. Sie wird abwarten, was er will.

Carmen läuft zurück ans Telefon. Sie wählt 3 13 57.

»Elvira, stellen Sie sich vor, ich bekomme Besuch!«

»Ja? Wen denn?«

»Entschuldigung, habe ich Sie geweckt? Es ist schließlich schon zehn, und ich habe im Moment überhaupt nicht daran gedacht!«

»Nein, Sie wissen doch, alte Menschen wie ich...«

»Ja, ja, ich weiß«, unterbricht Carmen ungeduldig, »aber stellen Sie sich vor, ich habe einen angerufen, und der kommt jetzt noch!«

»Wer denn?«

»Frederic Donner. Ich hätte Ihnen den Brief morgen hingelegt, Sie haben ihn noch nicht gelesen.«

»Ach, das ist ja spannend! Klang er so gut?«

»Ja, finde ich schon.«

»Und die anderen?«

»Der erste war Schrott, und zu den restlichen bin ich noch nicht gekommen!«

»Dann war's aber ein zündender Brief.«

»Ja, irgendwie schon... Elvira?«

»Ja?«

»Nun, wenn ich mich bis Mitternacht nicht bei Ihnen gemeldet habe, würden Sie dann mal nachschauen? Oder zumindest anrufen?«

»Sie oder die Polizei?«

Carmen lacht.

»Nein, im Ernst, haben Sie Befürchtungen?«

»Nein, eigentlich nicht, aber man weiß ja nie... oder ist Ihnen Mitternacht zu spät?«

»Nein, Sie wissen...«

»Ja, danke, ich weiß«, lacht Carmen. »Sie sind ein Engel, Elvira. Ich bin wirklich froh, Sie kennengelernt zu haben!«

»Ganz meinerseits!«

Sie legen auf, Carmen läuft wieder los, räumt hier etwas weg, stellt dort etwas auf einen anderen Platz.

Blumen fehlen. Warum kaufe ich mir nie Blumen, denkt sie und schaut sich um.

Ab morgen wird das anders!

Sie geht ins Bad, putzt sich schnell noch die Zähne, da klingelt es.

Weit weg kann er nicht wohnen – sie wischt sich hastig den Mund ab. Ein letzter Blick in den Spiegel. Halt, Zahnpasta im Mundwinkel. Sie befeuchtet hastig die Ecke eines Badetuchs, wischt sich den Mund ab. Jetzt ist der Lippenstift auch flöten. Es klingelt wieder. Sie rennt an die Tür. Drückt den Öffner.

Drei Stockwerke, das braucht Zeit.

Zurück ins Badezimmer, leicht Lippenstift aufgelegt.

Es klopft bereits.

Mein lieber Mann, der ist schnell.

Sie geht gemessenen Schrittes an die Tür. Nur nicht gehetzt wirken oder schön gemacht. Das wäre fatal.

Sie öffnet.

Vor ihr steht ein junger Mann in einer völlig durchnäßten braunen Lederjacke. Kurze, schwarze Haare stehen naß in alle Richtungen ab, Regentropfen hängen darin. Auch die Jeans ist naß.

»Du meine Güte«, entfährt es Carmen. »Regnet es etwa?«

»Regnen? Gar kein Ausdruck. Es ist der Auftakt zum Jüngsten Gericht!«

»So?« Leicht verwirrt geht Carmen einen Schritt zurück. Wie hat er das gemeint? Ist er etwa ein religiöser Fanatiker? In irgendeiner dubiosen Sekte? Vielweiberei statt Impotenz?

»Was ist? Darf ich eintreten?«

»Sorry, natürlich, bitte!«

Sie geht auf die Seite, nimmt ihm die Lederjacke ab. Es ist ein dunkelbrauner Glattlederblouson mit Gürtel um die Taille und breiten, verstärkten Schultern.

»Sind Sie etwa mit dem Motorrad da?«

»Das geht in der Altstadt schneller als mit dem Auto. Aber mit so einem Wolkenbruch habe ich nicht gerechnet.«

»Ihre Jeans sind auch ganz naß!«

Er schaut an sich hinunter.

»Ich kann sie ja ausziehen!«

Um Gottes willen, Elvira, denkt Carmen und deutet aufs Wohnzimmer.

»Da hinein, bitte!«

Sie geht hinter ihm her.

Seine breiten Schultern verraten irgendeine kräftezehrende Sportart. Er trägt trotz der Jahreszeit ein ärmelloses T-Shirt Marke Mottenbiß, das viel braune Haut zeigt.

»Schön«, er bleibt stehen, schaut sich um, »doch, wirklich schön!« Dann geht er auf die Couch zu und läßt sich hineinfallen.

Carmen schwankt in ihren Empfindungen. Sie kann sich noch kein rechtes Bild machen.

»Was möchten Sie trinken?«

»Könnten wir mal das alberne Sie weglassen? Du bist zarte 35, und ich bin gestandene 28, also brauchen wir uns doch nicht zu siezen.«

Donnerwetter, so jung, denkt Carmen und wirft einen zweiten Blick auf ihn. Und der Body? Was soll der sein? Impotent?

»Also«, paßt sie sich seiner knappen Redeform an. »Bier, Wein, Sekt, Saft?«

»Mineralwasser, wenn du das hast. Ich muß noch heimfahren.«

Er schaut sie an. »Oder?«

»Ja, natürlich!« sagt sie schnell. Was soll denn das? War das ein Indiz dafür, daß er gar nicht impotent ist, oder kann er mit solchen Dingen locker umgehen, weil er impotent ist?

Sie greift im Kühlschrank nach der Mineralwasserflasche und nimmt zwei Gläser. Selten, daß sie auf diese Weise Gäste bewirtet. Beides stellt sie auf den Tisch und setzt sich ihm gegenüber hin.

»Also«, beginnt er fragend.

»Was?«

»Was«, macht er sie nach und zieht dabei eine Augenbraue hoch. »Was ist mit dir los, daß du einen impotenten Mann brauchst?«

»Läßt du mich zunächst mal eine Frage stellen?«

»Wenn darüber meine nicht in Vergessenheit gerät...«

»Bist du verheiratet?«

Frederic streicht sich mit allen zehn Fingern durch die kurzen Haare. Wassertropfen fallen ab, die Haare stehen noch widerborstiger als zuvor.

»Wie kommst du denn auf so was?«

»Es hat sich doch vorhin unter deiner Telefonnummer eine Frau Donner gemeldet.«

»Klar, Clara Donner – meine Schwester. Meine Eltern sind bei einem Autounfall ums Leben gekommen, und das Haus war für einen einzelnen zu groß. So haben wir es uns geteilt. Wir kommen gut miteinander aus – warum also nicht?«

»Ach so, das tut mir leid!« Carmen schenkt die Gläser voll. Liegt im Tod der Eltern etwa der Grund für seine Impotenz? Ein Schock? Oder hatte er danach ein Verhältnis mit seiner Schwester, und das schlechte Gewissen hat ihm auf die Potenz geschlagen?

»Wann ist das mit deinen Eltern passiert?« fragt sie.

»Vor sechs Jahren. Aber laß uns über was anderes reden. Darüber, warum du einen impotenten Mann suchst. Ich meine, warum hältst du dir nicht einen potenten und wirfst ihn raus, wenn es dir zuviel wird? Du kannst dir das doch leisten!«

»Ich bin erstaunt, so etwas von einem Mann zu hören!«

»Gleiche Rechte für alle. Männer tun so was doch auch. Ich hab's zumindest schwach in Erinnerung.«

Carmen muß lachen, nimmt, um es zu verbergen, einen großen Schluck aus ihrem Glas.

»Ich will eben keinen Potenten mehr. Und wenn ich dich so anschaue, entschuldige, dann traue ich dir in der Beziehung auch nicht so ganz«, sagt sie und mustert seinen Körper. »Du siehst so unglaublich männlich aus. Ich kann mir einfach nicht vorstellen, daß du impotent sein sollst!«

»Ich werd's dir beweisen!«

»Wie?« Carmen schaut ihn erstaunt an. »Beweisen? Wie denn das?«

»Zieh dich aus!« sagt er kurz.

»Wie bitte?«

»Du sollst dich ausziehen!«

»Ich kann mich doch nicht vor einem wildfremden Mann einfach ausziehen!«

»Warum denn nicht? Es passiert doch nichts!«

»Wie kann ich das denn wissen?«

»Du weiß es nicht! Deshalb will ich es dir ja beweisen!«

Carmen greift wieder nach dem Glas.

»Also, ich weiß nicht, ich komme mir komisch vor, wenn ich mich einfach so ausziehe.«

»Du brauchst dich ja nicht ganz auszuziehen. Bis BH und Slip reicht. Da springt jeder normale Mann an. Du wirst schon sehen – ich nicht!«

Elvira, Hilfe, fleht Carmen im stillen, was mache ich jetzt bloß? »Aber«, sagt sie und zieht automatisch ihren Ausschnitt etwas zusammen, »verstehst du denn nicht? Ich kenne dich jetzt seit einer halben Stunde. Ich weiß ja gar nicht, ob das stimmt, was du mir erzählst, und stell dir mal vor, ich zieh mich hier aus und du …«

»Toll! Du meinst, ich könnte über dich herfallen? Wenn das passiert, kaufe ich dir einen Ferrari. Das gebe ich dir schriftlich!«

Carmen muß schon wieder lachen. Sie überlegt: »Und wenn noch jemand dabei wäre? Ich habe eine Freundin, die wohnt nur zwei Stockwerke unter mir. Die könnte doch schnell hochkommen.«

»Also, ich glaube, mit einer Anstandsdame wäre die Situation dann wirklich merkwürdig!« Er schüttelt den Kopf. »Unter solchen Bedingungen würde wahrscheinlich noch nicht mal ein sehr potenter Mann einen hoch bekommen!«

Carmen reibt sich mit dem Zeigefinger die Nase. »Da kannst du recht haben!« Sie stellt sich Elvira als gestrenge Sittenwächterin vor und lacht laut los, bis ihr die Luft ausgeht. Frederic zieht eine Augenbraue hoch und wartet ab.

»Hast du öfters solche Ideen?« fragt sie schließlich.

»Nein, das ist das erste Mal. Aber bisher hat auch noch nie jemand einen solchen Beweis verlangt!«

Er schenkt sich nach, stellt die leere Flasche auf den Tisch. »Gibt's Nachschub?«

»Wasser? Oder darf's auch Wasser mit Geschmack sein? Ein Tee beispielsweise? Würde dir sicherlich guttun, du bist ja noch ganz naß!«

»Kannst du einen Jägertee kochen?«

»Mit Rum, oder wie?«

»Rum und Wasser, halbe – halbe, und viel Zucker!«

»O Gott, ich wollte den heutigen Tag eigentlich überleben!«

»Ich tu's nur für dich. Vielleicht wirst du dann ein bißchen lockerer und bist nicht mehr so fürchterlich verkrampft!«

»Was? Ich bin verkrampft? Du spinnst wohl!« Carmen lacht schon wieder. Sie fühlt sich gut, und Frederic gefällt ihr.

»Weißt du was? Wir stellen den Tee zusammen auf, trinken ihn, und dann veranstalten wir eine Modenschau. Ich ziehe mal ein bißchen was aus der heißeren Schublade an, dann werden wir schon sehen.«

Sie stehen in der Küche und albern wie Kinder. Frederic ist für das heiße Wasser und den Zucker zuständig, Carmen schüttet den Rum dazu. Mit zwei dampfenden Tassen gehen sie wieder ins Wohnzimmer zurück.

»Du bist süß, Carmen. Zum Verlieben, ehrlich! Warum hast du dich erst jetzt gemeldet? Vor sechs Jahren wäre alles noch ganz anders gewesen!«

Sein Tonfall wird bedrohlich ernst. Carmen ist es nicht nach ernsten Gesprächen. Nicht heute abend. Sie möchte die lustige, leichte Stimmung erhalten.

»Vor sechs Jahren wärst du mir bedeutend zu jung gewesen. Welche gestandene Frau läßt sich schon mit einem 22jährigen Hüpfer ein?«

Er lacht wieder, die weißen Zähne blitzen.

»Setz dich hin, trink deinen Tee, ich komme gleich wieder!« Carmen drückt ihn in den Sessel, nimmt ihren Tee mit und verschwindet im Schlafzimmer. Übertreiben will sie es nicht, aber ein bißchen herausfordern möchte sie ihn schon. Sie hat ein langes, schwarzes Catsuit im Schrank, das bringt ihre Formen gut zur Geltung, ist sehr körperbetont und sexy, und sie ist trotzdem vom Hals bis zur Ferse angezogen. Dazu einen breiten Gürtel und hohe Schuhe – das müßte jeden Mann auf Zack bringen. Und wenn nicht, dann ist alles klar!

Sie zieht sich schnell um und denkt dabei, daß sie sich noch nicht einmal für Peter so präpariert hat. Aber das wäre auch unnötig gewesen, der hat sowieso durch jede Aufmachung hindurchgeschaut und nur Busen und Bärchen gesehen. Sie legt noch kurz roten Lippenstift auf, bürstet sich durch ihr langes Haar. Und wenn er jetzt weg ist, und mit ihm mein Geldbeutel, die Scheckkarten und Schecks? Der Gedanke trifft sie beim Hinausgehen. Aber sie glaubt es nicht. Irgendwie, aus einem unerfindlichen Grund heraus, hat sie Vertrauen zu ihm.

Er hat den Sessel mit der Couch vertauscht, sitzt bequem in der Ecke, hat seine Beine hochgelegt, die Schuhe neben sich gestellt und hält den dicken Teebecher wärmend zwischen seinen Händen.

»Blitz und Donner!« sagt er und nickt anerkennend mit dem Kopf. »Das wäre für Otto Normalverbraucher schon eine Spur zuviel. Bevor der einen Ständer hätte, hätte ihn wahrscheinlich schon der Schlag getroffen!«

Carmen muß lachen. Die *Genesis*-Kassette spielt gerade eines ihrer Lieblingslieder, und sie tanzt danach.

»Das ist ja selbst für mich kaum auszuhalten«, sagt er und hält sich theatralisch die Hand vors Gesicht, blinzelt aber durch die Finger hindurch.

»Du!« droht Carmen mit dem Finger, zögert kurz und will dann neugierig wissen: »Tut sich was?«

»Schau selbst!«

Carmen kommt näher, bleibt aber in gebührendem Abstand stehen.

»So kannst du's nicht sehen!« Frederic verzieht die Mundwinkel und schüttelt den Kopf.

»Ich kann's so oder so nicht sehen!« Carmen deutet auf seine Hose. »Oder glaubst du, ich bin Hellseher?«

»Och.« Frederic schaut an sich hinunter. »Wo liegt das Problem?«

»Zieh die Hose aus!«

»Was soll ich?«

»Na und? Plötzlich so dünnhäutig? Vorhin wolltest du das doch bereits schon an der Tür!«

»Das war spontan!«

Carmen lacht laut los: »Und jetzt? Was ist denn schon dabei, ich nehme an, du trägst noch etwas darunter!«

»Darf ich erst mal kurz nachschauen, ob meine Dessous heute auch ladylike sind?«

Carmen balanciert ihm gegenüber auf ihren hohen Absätzen.

»Jetzt hab dich nicht so, ich habe ja auch mitgespielt.«

»Aber nur halb«, sagt er schmollend.

»Trotzdem.« Carmen will es jetzt wissen, und außerdem fängt die Sache an, ihr richtig Spaß zu machen. »Jetzt bist du dran!«

»Hmm.« Frederic öffnet den Gürtel, dann den Knopf und zieht, bevor er zum Reißverschluß greift, vorsichtig mit Daumen und Zeigefinger zwei Zentimeter seiner Unterwäsche hervor.

»So ein Zufall«, sagt er dann und atmet laut auf, »ich habe heute ja richtig was Feines an!«

Es sind bordeauxrot-hellgrau gestreifte Boxer-Shorts aus Seide, die zum Vorschein kommen. Frederic streift sich die Jeans über die Beine, steht dann auf und hält die nasse Hose am Bund weit von sich. »Kann ich die Gelegenheit nutzen, sie irgendwo an eine Heizung zu hängen? Vielleicht trocknet sie ja noch!«

»Aha – wie lange gedenken der Herr denn zu bleiben?« Carmen legt den Kopf schief.

»Bis ich dich überzeugt habe!« antwortet er und läuft mit der Hose zu einem der Heizkörper.

»Ich könnte sie auch schnell in den Trockner werfen.« Carmen geht einige Schritte hinter ihm her.

»So eine Energieverschwendung! Wegen einer Hose – überleg mal!«

Sie bleibt stehen und schaut ihm nach. Was sie sieht, gefällt ihr: Braune, behaarte Beine, die Wadenmuskeln treten bei jeder Bewegung hervor. Ein knackiger Po, von den Seidenshorts eher betont denn verdeckt. Frederic hängt die Jeans sorgfältig auf und kommt zu ihr zurück. Sie studiert ihn von vorn. Auch die Oberschenkel sehen nach Krafttraining aus. Nur das Stück darüber zeigt wirklich kein Leben. Unter der feinen Seide zeichnet sich nichts, aber auch gar nichts ab.

»Siehst du's jetzt?« fragt er, und sie wird fast rot.

»Setz dich hin, ich kann ja noch 'nen Zahn zulegen!«

»Ich schau mir's gern an, aber du wirst schon sehen – ich bin der absolut richtige Mann für dich! Wir werden die nächsten sechzig Jahre jungfräulich nebeneinander verbringen!«

»Wie furchtbar!« rutscht es Carmen heraus. Erschrocken schlägt sie sich auf den Mund und hätte es gern rückgängig gemacht. »Sorry, aber ich habe uns schon als vertrocknete Mumien nebeneinander liegen sehen. Sex ist ja nicht alles. Man kann sich ja schließlich auch so gern haben«, fügt sie hinzu. »Man kann sich in den Arm nehmen, sich streicheln, kuscheln, sich liebhaben. Man muß ja nicht ständig wie wild aufeinander herumhüpfen!« Sie setzt sich neben ihn auf die Couch.

»Komm, hilf mir mal aus meinem Catsuit!« Er beginnt, die kleinen Knöpfe auf ihrem Rücken aufzuknöpfen. Eigentlich sind sie mehr Dekoration, zum An- und Ausziehen nicht nötig, aber ihr gefällt diese kleine Spielerei.

Frederic öffnet Knopf für Knopf, küßt ihr dabei auf die nackte Schulter, küßt sie immer tiefer, bis er beim letzten Knopf in Taillenhöhe angekommen ist. Carmen räkelt sich, es ist ein angenehmes, ein sehr erotisches Gefühl. Seine Hände, fest und trocken, streifen das Oberteil nach vorn, mit beiden Hände greift er nach ihrem Busen. Eine Gänsehaut läuft ihr über den Rücken. Ach, das ist schön, das tut gut. Frederic streift ihre langen Haare nach vorn und küßt zärtlich ihren Nacken, während seine Hände sanft ihre Brustwarzen streicheln. Die richten sich auf, die Haut wird fest, erwartungsvoll. Carmen greift nach seinem Penis. Frederic zuckt kurz zusammen, läßt es aber geschehen. Er ist nicht klein, sondern eher groß, liegt aber völlig unbeteiligt auf seinem Schenkel. Carmen massiert ihn eine Weile mit den Händen, dann beugt sie sich hinunter, nimmt ihn in den Mund. Einen schlaffen Penis hat sie noch nie geküßt, aber irgendwie will sie es jetzt nicht mehr glauben, daß ein so angeturnter Mann nicht erregbar sein soll. Und gleichzeitig regt sich in ihr auch der Ehrgeiz. Das gibt's doch nicht, daß er nicht auf sie reagiert!

Seine rechte Hand gleitet nach unten, zwischen ihre Beine. Er findet den Kitzler und streichelt ihn so erfahren, daß Carmen aufstöhnt. Sie bearbeitet ihn jetzt mit Mund, Zunge und mit beiden Händen, aber es ist vergebens. Es regt sich nichts, absolut nichts.

»Jetzt hättest du's doch gern!« stellt er schließlich fest, und Carmen fühlt sich ertappt.

Sie taucht wieder auf und kuschelt sich an ihn.

»Aber nur, weil die Stimmung danach ist und weil ich mir vorstelle, daß es mit dir wunderschön sein könnte. Es kommt dir jetzt möglicherweise leicht schizophren vor, aber generell ist's schon so, daß ich von den ständig geilen Männern die Nase voll habe. Ich will nicht immer von einem aufgerichteten Penis bedrängt werden. Wenn ich wählen kann, ist's mir so viel lieber!«

»Na.« Sein Tonfall klingt skeptisch, trotzdem hört er nicht auf, sie leicht und genau an der richtigen Stelle zu streicheln, daß ihr abwechselnd heiße und kalte Schauer über den Körper jagen und sie fast versucht ist, ihn zu fragen, ob er in seinem vorigen Leben einmal Frau war. Aber angesichts der Situation läßt sie die Frage lieber. Sie genießt. Mit der linken Hand fährt er ihr nun zärtlich über das Gesicht und hält dann ihre schweren Haare im Nacken zusammen.

»Na«, wiederholt er, »bist du dir da sicher?«

Sie nickt. »Bin ich. Absolut. Und du zeigst mir ja jetzt, daß ich völlig richtig liege!«

»Im wahrsten Sinn...«

Frederic wird unterbrochen. An der Haustüre klingelt es Sturm.

»Ach du mein Schreck.« Carmen fährt auf, Frederic zieht langsam die Hände zurück. »Das habe ich ja total vergessen!«

»Was? Kommt dein Mann? Dein Freund? Um Mitternacht?«

»Nein«, lacht Carmen und zieht schnell einen Ärmel wieder über die Schulter. »Mein Bodyguard. Ich habe jemanden organisiert, der mich aus deinen Klauen befreien soll, falls ich mich bis Mitternacht nicht gemeldet habe! Und das ist er!«

»Muß ich mich jetzt bewaffnen?«

Carmen lacht herzlich. »Du siehst so aus, als könntest du mit meinem Beschützer fertig werden – vorausgesetzt natürlich, er hat gerade einen schlechten Tag. Mein Bodyguard ist nämlich auch nicht von schlechten Eltern! Du wirst schon sehen!«

Und sie läuft, halbnackt wie sie ist, zur Tür.

»Ich komme schon«, ruft sie, und zu Frederic, über die Schulter: »Laß die Jeans ruhig aus. Sie ist sowieso noch feucht!«

Frederic, der eben zu diesem Zweck aufstehen wollte, läßt sich wieder auf die Couch zurückfallen.

Das ist ein Stilleben, denkt Carmen noch und öffnet die Tür.

»Gott sei Dank, Kindchen, du lebst ja noch!«

»Schön, daß du da bist, Elvira, komm herein«, sagt Carmen, und ihr fällt auf, daß sie beide nahtlos von »Sie« auf »du« übergegangen sind.

»Darf ich dir Frederic vorstellen?«

Sie deutet mit einer Handbewegung zur Couch. Frederic sitzt kerzengerade und fängt dann an zu lachen.

»Tut mir leid«, sagt er und springt auf, kommt auf Elvira zu, nimmt ihre Hand und küßt sie formvollendet, »ich wollte nicht lachen, es ist nur so urkomisch, weil mir Carmen mit Ihnen gedroht hat!«

»Das war ja auch ganz richtig so, junger Mann«, lächelt Elvira, »und nicht ganz unbegründet. Ich habe zu diesem Zweck extra meine Schlagwaffe mitgenommen!« Sie hebt leicht ihren Gehstock. Dann schaut sie Carmen an: »Habe ich euch jetzt etwa gestört?« und mit einem strafenden Blick zu Frederic: »Haben Sie sich etwa unter Vorspiegelung falscher Tatsachen in Carmens Wohnung geschlichen?«

»Nein, nein«, lacht Carmen. »Komm, setz dich mal – Entschuldigung, Elvira, aber wir duzen uns jetzt so selbstverständlich – darf ich dabei bleiben?«

»Aber gern, mit Freuden«, und mit einem Blick auf Carmens Aufzug: »Was ist hier denn eigentlich passiert?«

»Nichts, liebe Elvira, rein gar nichts, was mich beruhigen könnte«, grinst Frederic und bietet Elvira, ganz in der Rolle des Hausherrn, Platz an. Carmen fummelt sich langsam wieder in ihrem Catsuit zurecht, und Frederic fragt Elvira: »Stört es Sie, wenn ich keine Hosen anhabe? Sie sind nämlich naß« – er deutet zur Heizung. Elvira nickt: »So, so, ich verstehe!«

»Das bezweifle ich«, lacht Carmen, »das Ganze ist nämlich so verrückt, daß es überhaupt nicht zu verstehen ist!«

»Aber schön?« wirft Elvira fragend ein, und als Carmen lächelnd leicht mit dem Kopf nickt, schließt Elvira kurz die Augen und sagt dann: »Das ist das Allerwichtigste!«

Sie sitzen zu dritt, unterhalten sich noch ein bißchen, aber langsam werden sie müde, und als Elvira nach einer halben Stunde gehen will, schließt sich Frederic ihr an.

»Ich begleite Sie noch hinunter – wer weiß, es gibt so viele Unholde. Überall lauern welche!«

Elvira, mit Blick auf ihn: »Ja, stimmt, das dachten wir auch!«

Carmen bringt die beiden zur Tür.

»Sind deine Hosen trocken geworden, Frederic, damit sich der Abend wenigstens gelohnt hat?«

»Du bist gut! Vielen Dank, Carmen – für alles. Du hörst von mir. Bussi!« Und er drückt ihr mit spitzen Lippen einen Kuß auf den Mund.

»Ciao«, nickt Carmen. »Und vielen Dank für deinen Einsatz, Elvira. Ein Glück, daß du um Mitternacht nicht gleich die Polizei geholt hast!«

»Ach?« Frederic runzelt die Stirn. »Das hätte mir auch blühen können? Die hätten sich über so einen dicken Fang wie mich gefreut! Schade, das wäre lustig geworden«, und mit einem kleinen Seitenblick zu Elvira, »aber die Vorhut war auch sehr nett!«

»Will ich doch meinen«, hört Carmen Elvira antworten und winkt den beiden nach, wie sie nebeneinander die Treppe hinuntergehen. Frederic, ganz Kavalier, stützt Elvira leicht am Arm und sagt, noch immer in Hörweite von Carmen, zu seiner Begleiterin: »Und was stellen wir beiden Hübschen jetzt noch an? Schlummertrunk bei Ihnen, oder gehen wir lieber zu mir?«

Elvira lacht: »Hat Ihnen Carmen nicht genügt?«

»Ich stehe auf reifere Damen! Davon kann ich nie genug kriegen!«

Carmen schließt die Tür.

Er ist wirklich herzig, findet sie. In seinem löchrigen T-Shirt und den nassen Jeans. Wie einem James-Dean-Film entsprungen. Aber ist er wirklich was für sie? Während sie die Gläser wegräumt und dann ins Bad geht, stellt sie sich Frederic in verschiedenen Situationen vor. Im Restaurant, Fünf-Gänge-Menü, einer muß den Wein auswählen. Er wird garantiert nach einer Cola fragen. Oder in der Oper. Ob er Sinn für so was hat? Wahrscheinlich geht er lieber auf Open-Air-Festivals. Das Gedränge kann nun Carmen nicht ab. Ein Open-Air mit Tina Turner in München hat ihr gereicht. Beim Anmarsch blieb sie gleich mal im Sumpf stecken, verlor einen ihrer Schuhe, konnte ihn nicht mehr zurückerobern, weil von hinten nachgedrängelt wurde, schaffte es dann mit Mühe, auf Sichtweite an die Bühne heranzukommen, sah in der Ferne einen sich bewegenden Punkt, wurde an ihrem begnadeten Verstärkerplatz von der Lautstärke fast erschlagen, hatte mit dem Gegenstrom zu kämpfen, der zu den Toiletten, Erfrischungsständen oder sonstwohin wollte, sah dann noch eine Frau, die zusammenbrach und deren Helfer kaum mit ihr zum Sanitätswagen durchkamen, hatte dann endgültig genug von alledem, kämpfte sich heraus, hatte eine Riesenbeule an ihrem Auto und für das ganze Spektakel 54 Mark bezahlt. Nie wieder, hatte sie sich geschworen, und dabei wird sie auch bleiben. Mit oder ohne Frederic.

Was regst du dich denn so auf, sagt sie zu ihrem Spiegelbild. Du weißt doch gar nicht, ob er ein Open-Air-Freak ist. Du mußt ihn doch überhaupt erst besser kennenlernen. Eigentlich war das ja sowieso unglaublich, was sich da abgespielt hat. Sie muß über sich selbst lachen. Einem potenten Mann hättest du schon bei einem zu scharfen Blick auf die Finger geklopft, und den hier läßt du an dich heran, als sei es das Selbstverständlichste auf der Welt. Was ist da bloß über mich gekommen? Das war ja der reinste Quicky. Ein Quicky mit einem Impotenten, ausgerechnet in der Phase, da man dem Sex abschwören will. Sie schüttelt den Kopf über sich. Vielleicht liegt's aber auch an Frederic. Weil er nicht wirkt wie jemand, der seinen Vorteil aus der Berührung mit einem anderen ziehen will. Eigentlich hat er mich ja nur bedient und keine Gegenleistung gefordert. Das sind natürlich andere Voraussetzungen, und so macht das dann eben auch Spaß! Basta, sagt sie zu ihrem Spiegelbild und schminkt sich weiter ab. Frederic ist witzig, jungenhaft, frisch – sie hält in der Bewegung inne – ja, aber ist er denn nun das, was ich wollte? Hätte ich ihn nicht doch lieber eine Spur reifer, erwachsener?

Wir werden sehen, beschließt sie das Thema, schminkt sich vollends ab, nickt ihrem Spiegelbild zu, zieht sich im Hinausgehen aus, legt den Anzug über den nächsten Stuhl und schlüpft unter die Bettdecke.

Ach, ist es herrlich, so ganz zufrieden in sich selber zu ruhen. Sie drückt sich das Kissen zurecht und legt sich auf den Bauch. Wie herrlich, wenn man müde ist, schläft man ein, und keine Hand faßt einem zwischen die Beine und keine Stimme dazu nervt so lange, bis man nachgibt. Sie kugelt sich zusammen und schläft mit einem entspannten Lächeln auf den Lippen ein.

Ihre Mitarbeiterin schaut schräg an ihr vorbei. Was hat sie denn? Carmen dreht sich um. Im Eingang steht Frederic. Er trägt löchrige Jeans, seine verschlissene Lederjacke und im Arm einen Riesenstrauß roter Rosen. Sein Gesicht verschwindet fast dahinter. Carmen braucht eine Sekunde, bis sie reagiert.

»Frederic – wie kommst du denn hierher?«

»Es ist Dienstag, und dienstags kaufe ich immer Blumen. Heute eben mal für dich!«

»Das ist aber nett!«

Aus den Augenwinkeln heraus bemerkt sie, wie Britta Berger der Mund offen stehenbleibt.

Klar, sagt sie sich und muß grinsen, solche Typen hat die mit mir noch nie gesehen.

Sie geht Frederic entgegen, er haucht ihr mit spitzen Lippen einen Kuß auf den Mund und drückt ihr die Blumen in den Arm.

»Wo steht die Bodenvase?« fragt er.

»Bodenvase?« wiederholt Britta, obwohl sie gar nicht angesprochen war, und schaut sich um.

»Wir haben keine!«

»Was ist denn das für ein Haushalt!« Frederic gibt sich betont ärgerlich, geht wieder zur Eingangstür, sagt über die Schulter: »Ich bin gleich wieder da« und ist raus.

Britta Berger schaut Carmen nur stumm an. Carmen grinst: »Das war Frederic Donner.« Mehr sagt sie dazu nicht. Was gehen die Berger ihre privaten Verhältnisse an. Durch die großen Schaufenster des Büros schaut sie Frederic nach, der zielstrebig davonmarschiert. Es nieselt leicht. Herbstregen. Irgendwie regnet's immer, wenn Frederic kommt. Carmen setzt sich wieder an ihren Schreibtisch. Sie hat sich am Vormittag einige neue Firmen herausgesucht, bei denen sie eben um Termine nachfragen wollte. Britta Berger geht wieder an ihre Schreibmaschine, um den angefangenen Brief an einen Kunden zu beenden. Da klingelt das Telefon.

»Ich geh schon ran«, winkt Carmen Britta ab, die ebenfalls nach dem Hörer greifen will.

»Versicherungsbüro Legg?«

»Kaltenstein!«

»Stefan? Das freut mich aber!«

Britta Berger schaut kurz hinter ihrem eingespannten Papierbogen hervor.

»Es ist leider so, Carmen, daß Sie mir nicht aus dem Kopf gehen. Das irritiert mich. Kann ich Sie wiedersehen?«

»Ja.« Carmen zögert leicht. »Natürlich. Unser Treffen war vielleicht ein bißchen kurz...?«

Die Berger spitzt wieder die Ohren, denkt sie.

»Genau, das meine ich auch. Es freut mich, daß Sie es auch so sehen. Vielen Dank. Ja, wie wäre es morgen abend, Carmen?«

»Morgen abend, morgen abend, nein, warten Sie, da habe ich schon einige Termine festgelegt. Donnerstag abend würde mir besser passen!«

»Ja«, seine Stimme klingt tief und weltmännisch, »ja, da habe ich zwar schon eine Verabredung – aber die werde ich verschieben. Gut, abgemacht. Darf ich Sie abholen?«

Carmen denkt an Elvira und antwortet: »Das ist mir sehr recht!«

»Sie wohnen?«

»Zur Zinne 7, das ist mitten in der Altstadt!«

»Ich werde es finden! Halb acht, paßt das?«

»Ja, das paßt!«

»Ich freue mich sehr, Carmen. Dann auf Wiedersehen!«

Carmen legt langsam den Hörer auf. Was fabriziere ich da nur? Jetzt hat sie schon zwei Männer. Früher war ihr einer zuviel.

In ihrem Rücken geht die gläserne Außentür wieder auf. Frederic stellt eine riesige Bodenvase auf ihren Schreibtisch.

»Die muß ja ein Vermögen gekostet haben!« entfährt es Carmen. »Bist du verrückt?«

»Nein, nur verliebt!« grinst er, küßt sie aufs Ohr und sagt dann, mehr zu Britta als zu Carmen: »Zahlt alles das Bundesausbildungsförderungsgesetz!«

»Wie beruhigend!« Carmen schüttelt den Kopf, muß dann aber trotzdem lachen. »Einen Rosenkavalier stelle ich mir aber irgendwie anders vor!«

»Es wird Zeit, daß du ein bißchen umdenkst, mein Fräulein, ich bin ja auch nicht auf einem Pferd hergeritten, sondern auf einer Kawasaki. Wir leben zwischenzeitlich im zwanzigsten Jahrhundert, die Damen tragen keine Reifröcke mehr und die Herren keine Perücken, nimm das doch bitte zur Kenntnis!« Er fährt sich schnell durch die kurzen Haare.

»Ja, das ist sehr lieb von dir«, sie umarmt ihn. »Schlitzohr«, flüstert sie ihm ins Ohr, »was soll denn meine Mitarbeiterin denken?«

»Denken Sie schlecht über mich?« fragt er Britta laut über Carmens Schulter hinweg.

»Ich? Nein, wieso?«

»Na, siehst du!« sagt Frederic und hält Carmen ein Stück von sich weg. Carmen funkelt ihn an. Sie hätte ihm eine schießen können, so ein Heini, sie so bloßzustellen!

»Also, meine Damen, Kaviar und Champagner kommen morgen, aber ich muß jetzt erst mal gehen. Ihr entschuldigt mich?«

Er nickt Britta zu, küßt Carmen nochmals spitz auf den Mund, dreht sich um und geht in den Nieselregen hinaus.

Carmen setzt sich. Sie weiß nun überhaupt nicht, was sie zu Britta Berger sagen soll.

Britta rettet die Situation.

»Vielleicht sollten wir erst einmal die Rosen ins Wasser stellen«, meint sie, steht auf, nimmt die Blumen und die Vase und geht in den kleinen Toiletten-Nebenraum.

»Ich weiß nicht, hoffentlich wächst mir das Ganze nicht über den Kopf!« Abends sitzt Carmen bei Elvira. Sie hat aus dem *Laguna* zwei Pizzen mitgebracht, die sie nun langsam und genüßlich verzehren. »Wenn ich jetzt die anderen auch noch alle anrufe, werden es ja immer mehr!«

»Das ist schon richtig. Du mußt die alle schließlich erst mal kennenlernen.«

»Aber jetzt der Kaltenstein wieder. Den hatte ich doch eigentlich schon abgehakt!«

»Vielleicht gefällt er dir ja doch?«

»Nun – irgendwie wohl schon. Und vor allem, wenn er mich hier abholt, kannst du ihn dir ja mal anschauen!«

Sie lächelt Elvira an und hebt das Glas.

»Was ich dich schon mal fragen wollte, Carmen – hast du eigentlich keine Freundin? So eine feste Freundin, wie sie jede Frau so hat?«

»Doch – dich!« nickt Carmen und formt einen Kußmund.

»Das ist nett von dir und ich freue mich darüber – aber ich bin doch eine alte Frau. Ich meine eine gleichaltrige Vertraute, eine Busenfreundin, so wie ich meine Anna damals hatte, die ich wie eine Zwillingsschwester liebte!«

»Habe ich auch. Meine Anna heißt allerdings Laura, und sie ist für zwei Wochen in Brasilien und verpaßt wieder die wichtigsten Entwicklungen in meinem Leben!«

»Zwei Wochen in Brasilien? Ist sie Reiseleiterin?«

»Beinahe«, lacht Carmen, »sie ist Lehrerin und hat gerade Herbstferien. Aber du hast fast richtig getippt – ein bißchen Reiseleiterin ist sie schon, denn am liebsten ist sie unterwegs. Und meistens ist sie's auch!«

»Verheiratet?«

»Befreundet!«

»Was ist bloß los, daß die heutigen Frauen alle nicht mehr heiraten wollen – oder«, und sie schaut Carmen mit einem schrägen Lächeln an, »keine richtigen Männer mehr haben wollen!«

»Also entschuldige, Elvira, du lebst auch seit gut fünfzig Jahren alleine. Und? Hattest du zwischendurch einen festen Freund?«

»Nein – ja. Ja, eigentlich schon. Ich hatte in meiner Heimat, in Deutsch-Südwest, mal einen Freund, mit dem ich sehr gut auskam, aber der war schwarz, und das war in der Öffentlichkeit unmöglich. Wir konnten uns nur heimlich treffen!«

»Ehrlich?« Carmen rückt näher. »Erzähl!«

»Da gibt's nicht viel zu erzählen.« Elvira schneidet sich noch ein Stück von der Pizza ab. »Wir waren beide etwa so alt wie du heute, wir waren beide Ärzte, aber seine Herkunft war völlig anders als meine. Er kam aus Zaire, ich war Deutsche, seine Familie war arm, meine wohlhabend, er war schwarz, ich war weiß. Und er war kein Christ – das kam noch dazu!«

»Das hat dich gestört?«

»Mich doch nicht! Mich hätte nichts von alledem gestört. Aber die Umgebung. Was glaubst du, ich wäre bei den weißen Frauen als weiße Schlampe unten durch gewesen, und die weißen Männer hätten meinen Freund gelyncht, wenn sie ihn erwischt hätten.«

Sie schaut in ihr Weinglas und lächelt leise. Ihre Finger umfassen den langen Stil und drehen das Glas langsam hin und her. Carmen läßt ihr Zeit. Die Standuhr tickt.

»Aber es war schön«, sagt sie. »Unsere gemeinsame Zeit war wirklich schön. Völlig anders als die mit Johannes, aber auch schön. Wir waren schließlich ja auch schon älter!« Elvira legt wieder eine nachdenkliche Pause ein. »Er war groß und hatte eine sehr sportliche, muskulöse Figur. Er war immer gut aufgelegt, er nahm die Dinge nicht so ernst. Er meinte, im größten Dunkel sei immer irgendwo ein Licht, und er konnte es mir immer beweisen, selbst wenn es nur ein Leuchtkäferchen war. Und er hatte eine wunderbare Stimme. Kannst du dir vorstellen, diese alten Lieder, die die Schwarzen singen, die Gospels? Manchmal, wenn ich dem Wind zuhöre, denke ich noch heute, ich höre ihn.«

Sie schweigt wieder und schaut dann auf.

Carmen ist betroffen. Wie einsam muß sich diese Frau hier gefühlt haben. Nach diesem Leben?

»Du sprichst immer in der Vergangenheit, Elvira? Ist er schon tot?«

»Schon lange! Er ist erschossen worden. Wir kannten uns schon gut sechs Jahre. Ich war für einige Monate in Europa, um mich fortzubilden, da bekam ich plötzlich keine Briefe mehr von ihm. Und er war ein phantastischer Briefeschreiber. Seine Zeilen waren immer voller Lyrik, das ganze Leben sammelte sich darin. Ja, erst dachte ich, die Post sei schuld, selbst von Windhuk aus war die Post damals nicht unbedingt gesichert, dann versuchte ich, telefonisch etwas herauszubekommen. Aber du kannst dir ja vorstellen – vor 45 Jahren war das so eine Sache. Es klappte nicht. Ich flog beunruhigt wieder zurück. In der Klinik, in der wir beide angestellt waren, wurde mir gesagt, er sei bei Unruhen erschossen worden. Er hatte keine Familie in Deutsch-Südwest, so konnte mir niemand sein Grab zeigen. Ich glaubte es nicht. Ich habe recherchiert, mein Gott, was hätte ich drangegeben, um die Wahrheit herauszufinden. Ich weiß es bis heute nicht. Und das tut weh, vor allem, weil ich nicht weiß, ob ich nicht vielleicht doch der Grund für seinen Tod war!«

»Oh, Elvira, das ist ja schrecklich!« Impulsiv greift Carmen nach der Hand der alten Dame und drückt sie. »Was du alles in deinem Leben erleiden mußtest! Zwei Männer, die dich liebten, und trotzdem bist du heute alleine!«

Beide Frauen sitzen sich eine Weile stumm gegenüber, die Pizza auf der Mitte des Tisches wird kalt, keine hat mehr Appetit.

»Es sind vergangene Zeiten«, sagt Elvira schließlich, schaut hoch und gibt ihren Zügen ein Lächeln, »wir leben aber in der Gegenwart und in der Zukunft. Auf die Zukunft, Carmen«, und sie hebt ihr Glas.

»Du bist sehr tapfer. Ich weiß nicht, ob ich so wäre. Ich glaube, mich beutelt alles gleich viel mehr!«

»Man darf nur nie aufgeben. Nicht aufgeben, weitermachen, besser machen. Bloß nachdem ich vor zwei Jahren mein Becken gebrochen hatte, hatte ich plötzlich kein Ziel mehr. Das war eine schreckliche Erfahrung für mich, wirklich bitter. Bis zu dem Zeitpunkt war ich auch hier noch aktiv, habe im Altenclub Kurse gegeben, alten Menschen geholfen. Aber nach dem Sturz habe ich dann wirklich geglaubt, jetzt ist alles zu Ende, jetzt kannst du ebensogut abtreten! Aber siehst du, ich hab's kaum gedacht, und schon warst du da!«

»Viel zu spät, ich bin viel zu spät gekommen, Elvira! Ich schäme mich, wenn ich denke, daß ich hier in dem Haus gelebt habe und mir nicht aufgefallen ist, daß du plötzlich nicht mehr hier warst, daß du alleine im Krankenhaus gelegen hast und ich auch nicht gemerkt habe, daß du plötzlich nicht mehr richtig gehen konntest. Ich schäme mich wirklich für die Blindheit und Sorglosigkeit, mit der ich lebe.«

Die zwei restlichen Briefe hat Carmen noch immer nicht gelesen. Sie nimmt es sich vor, als sie am Mittwoch von drei Außenterminen nach Hause kommt. Es ist gegen 21 Uhr, sie schleppt zwei Einkaufstüten, eine für Elvira, eine für sich selbst. Carmen freut sich auf einen gemütlichen Abend. Aus der Tiefkühltruhe im Supermarkt hat sie sich Calamari mitgenommen, die wird sie sich heute abend zubereiten. Bleibt auch nicht viel anderes übrig, denn nach den drei Stunden im Auto sind sie bereits halb aufgetaut. Die passende Remoulade wurde ihr empfohlen, und den trockenen französischen Rotwein hat sie selbst ausgesucht. Dazu wird sie die beiden Briefe lesen, die sie seit Montag oben liegen hat. Wer weiß, vielleicht ist der Wunderknabe, auf den sie wartet, ja dabei? Am Briefkasten stellt sie alles ab. Ein Brief vom Finanzamt, das bringt schon wieder die richtige Feierabendlaune, und ein großer brauner Umschlag vom Verlag. Donnerwetter, denkt sie, auf eine einzige Anzeige so viele Zuschriften? Sie freut sich, klemmt die Briefe unter den Arm, nimmt die Tüten, schließt die Haustür auf und geht hoch. Vor Elviras Tür stellt sie die eine Tüte ab und klingelt kurz. Nichts rührt sich. Vielleicht ist sie gerade im Badezimmer und hört nichts. Sie wird nachher nochmals runtergehen oder anrufen. Hier klaut sowieso keiner was. Sie läßt die Tüte stehen und geht hoch.

In dicken Leggins und Sweatshirt steht Carmen in der Küche und versucht, sich auf der Rückseite der Calamari-Verpackung zurechtzufinden. Viele Sprachen, aber wo ist die deutsche Backanleitung? Aha, frittieren. Sie hat keine Friteuse. Es wird doch wohl auch anders gehen. In deutsch steht weiter nichts, aber in englisch entziffert sie, daß man die Tintenfischringe auch in der Pfanne anbraten kann. Das rettet sie und ihr Abendessen. Carmen nimmt Pfanne und Butter, läßt das Fett heiß werden, schüttet die Calamari hinein. So halb aufgetaut sehen sie nicht gerade appetitanregend aus. Keine Panik, das wird gleich besser werden. Carmen nimmt einen Kochlöffel und wendet die weißlichen Ringe eifrig. Die einen kleben, die anderen werden langsam schwarz, bei den übrigen tut sich gar nichts. Carmen läßt nicht locker. Das wäre doch gelacht! Sie versucht das Ganze mit ein bißchen Butter zu retten, aber von der knusprigen Bräune, die Enzos Calamari so auszeichnen, sind ihre weit entfernt. Egal. Als Carmen glaubt, nun müßten eigentlich alle durch sein, schüttet sie die Portion auf einen Teller, gibt Zitrone darüber, einen Löffel Remoulade dazu, entkorkt den Wein, schenkt sich ein Glas ein und macht es sich auf der Couch bequem. Die Tintenfische schmecken, wie sie aussehen, und Carmen hegt den leisen Verdacht, daß sie sich mit diesen Dingern den Magen verderben wird. Sie kauen sich wie Reifengummi und haben überhaupt keinen Geschmack. Carmen knabbert vorsichtig an vier Ringen und läßt es dann. Vielleicht findet ja die Hauskatze von Frau Neumann im Erdgeschoß Gefallen daran.

Sie öffnet den Umschlag. Es sind noch mal vier Briefe darin. Sie geht kurz die Absender durch, eine Frau ist dabei. Das interessiert sie. Sie reißt das Kuvert mit dem Zeigefinger auf. Elvira und ihr silberner Brieföffner sind leider nicht in der Nähe. Es ist eine sehr christliche Dame, die ihr den Sinn des Lebens erklären will. Christus' Vermächtnis an die Menschen sei nicht, sich mit Abartigkeiten abzugeben, sondern die Aufgaben von Mann und Frau lägen, ganz im Sinne seines Vertreters, des Papstes, darin, für Nachkommenschaft zu sorgen. Und diese Berufung sei mit einem impotenten Mann nicht zu erfüllen und deshalb schiere Gotteslästerung. Carmen läßt den Brief sinken, und es juckt sie in den Fingern, die Frau gleich anzurufen und ihr diverse Fragen zu stellen. Über die Dritte Welt zum Beispiel, über Kinder in Abfalleimern, über Kinder als lebende Organspender, über die ausgesetzten weiblichen Säuglinge in Indien. Diese gottesfürchtige Person hat zwar forsch mit Gerda H. unterschrieben, alle weiteren Informationen fehlen jedoch. Und mit Gerda H. wird sich die Telefonauskunft voraussichtlich schwertun. Carmen nimmt einen Schluck. Was soll sie sich ärgern. Ist doch eigentlich witzig. Sie wird den Brief Elvira zeigen. Elvira hat auch keine Kinder, lebte auch in Sünde. Was hätte diese Gerda H. wohl gesagt, wenn Elvira ihrer Aufgabe als Frau nachgekommen wäre und einen Mischling geboren hätte? Nehmet ihn auf in Gnaden? Oder: Lasset den Bankert fallen?

Sie nimmt noch einen Schluck. Nächster Brief, ohne Absender. Es ist wieder eine weibliche Unterschrift: Annemarie Weber steht da, in kleiner, geschwungener Schreibschrift. Kein Kuli, sondern Füller. Carmen ist erstaunt. Mit Zuschriften von Frauen hat sie überhaupt nicht gerechnet. Wieder eine bigotte Weltverbesserin? Nein, diesmal eine junge Frau, die ihr zu ihrem Mut gratuliert. »... Sie brachten mich da auf einen Gedanken, der unbeschreiblich ist. Ich bin ein Mensch, der immer wieder auf die falschen Männer hereinfällt, gepiesackt wird, aber nie rechtzeitig Schluß machen kann. Ich sage noch ja, wenn sich mir vor Ekel schon die Nackenhaare aufstellen. Meine Freundin meint, ich bräuchte einen Psychiater, aber ich weiß jetzt, was ich wirklich brauche: Einen impotenten Mann. Einer, der mich in Ruhe läßt, wenn ich in Ruhe gelassen werden möchte. Vielleicht wäre es Ihnen ja möglich, die Antworten der Männer, die Ihnen nicht zusagen, einfach an mich weiterzuschikken. Ich muß ihnen gestehen, daß mir eine eigene Anzeige ganz einfach zu teuer ist – und die Lösung mit dem impotenten Mann war ja auch Ihre Idee. Sollten Sie auf meinen Vorschlag eingehen, so wäre allen gedient. Sie nehmen sich den, der Ihnen gefällt, und den Rest überlassen Sie mir!«

Interessant. Carmen legt den Kopf schief. Eine Art Biotonne für impotente Männer. Nicht schlecht, da hat sie schon keine Mühe mit den Rückschreiben.

Unter ihren Namen hat Annemarie Weber ihre vollständige Adresse und ihre Telefonnummer geschrieben. Carmen greift zum Hörer und wählt.

Eine reichlich verschlafene Stimme meldet sich.

»Weber?«

Carmen wirft einen Blick auf ihre Armbanduhr. So spät ist es doch noch nicht, knapp nach zehn.

»Carmen Legg, guten Abend, spreche ich mit Annemarie Weber?«

»Nein, mit der Mutter. Annemarie schläft schon, sie hat morgen Frühschicht!«

»Oh, entschuldigen Sie, ich wollte nicht stören. Sagen Sie ihr nur bitte, das mit den Anzeigen geht in Ordnung. Ich sammle die Briefe und schicke sie ihr zu!«

»Ich verstehe nicht ganz«, kommt zögernd die Antwort.

»Macht nichts, Frau Weber, Ihre Tochter weiß schon, worum es geht. Sagen Sie ihr noch einen schönen Gruß, sie kann mich ja zurückrufen, wenn sie will.«

»Ja, hat sie die Nummer?«

»Nein, aber Carmen Legg steht im Telefonbuch!«

»Moment mal bitte...« Oh, jetzt geht das wieder los! Carmen hört, wie der Hörer hingelegt wird und sich jemand entfernt. Schubladen gehen auf und zu, schließlich kommt ihre Gesprächspartnerin zurück.

»Entschuldigen Sie, aber ich kenne mich hier nicht so gut aus, ich bin nur zu Besuch bei meiner Tochter. So, jetzt noch mal, bitte!«

Carmen buchstabiert dreimal ihren Namen, bis Frau Weber alles richtig aufgeschrieben hat, und wiederholt dann auch noch zweimal langsam und deutlich ihre Telefonnummer.

»So, jetzt habe ich es«, sagt schließlich die Stimme auf der anderen Seite angespannt.

»Das ist fein«, antwortet Carmen. »Schönen Gruß an Ihre Tochter und auf Wiederhören, Frau Weber!«

Das ist ein zäher Abend heute, denkt Carmen und rollt sich auf ihrer Couch wieder ein. Also der nächste Brief. Das ist ein Typ, der ganz offensichtlich von ihr geheilt werden will. Er fragt nach Maßen, Größe, Gewicht, will möglichst ein Nacktfoto sehen. Wozu braucht ein Impotenter eine Wichsvorlage, fragt sie sich und legt den Brief weit von sich weg. Mit dem sollte sie sich eigentlich einen Spaß erlauben und ihm eine Domina schicken. Da hätte er Größe, Maß und Gewicht mit der Peitsche. Vielleicht braucht er das. Den wird sie Annemarie nicht zumuten. Oder vielleicht gerade. Soll sie ruhig sehen, mit welchen Spinnern man es durch eine harmlose Anzeige zu tun bekommt.

Nummer vier. Das liest sich wieder ganz vernünftig, in sauberer, gerader Handschrift auf Büttenpapier:

Ich kann es mir bis heute nicht erklären, was eigentlich der Auslöser war. Ich kenne nur die Auswirkungen. Meine Ehe ging kaputt, meine Frau zog mit unserer gemeinsamen Tochter nach München, meine Firma, ich arbeite in der Computerbranche, ging in Konkurs, ich fühlte mich nicht einmal mehr halb-, sondern nur noch viertelwertig. Heute habe ich mich wieder aufgerappelt, das Leben geht weiter, und es gibt Wichtigeres als die Potenz. Ich möchte Sie nicht mit meinen Problemen belasten, aber es würde mich doch interessieren, was für eine Frau sich hinter einem solchen Wunsch verbirgt, denn etwas außergewöhnlich ist es doch schon. Auch mit einem ersten kurzen Gespräch würden Sie mir eine große Freude bereiten. Ich hoffe sehr, Sie melden sich,

mit bestem Dank
und freundlichem Gruß
Ihr Oliver Lehmann.

Carmen erledigt alles immer gern gleich. Außergewöhnliche Frauen dürfen auch noch nach zehn Uhr anrufen. Sie nimmt den Hörer und wählt.

»Ja bitte?« Ja-bitte-Leute sind Carmen eigentlich zuwider. Jeder Mensch hat schließlich einen Namen. Mit »Ja bitte« kann man sich melden, wenn einem die Steuerfahndung auf den Fersen ist.

Aber sie hat das Telefonat angefangen und wird es auch durchziehen.

»Spreche ich mit Oliver Lehmann?«

»Ja?«

»Hier ist Carmen Legg, Sie haben auf meine Anzeige geantwortet.«

»Entschuldigung, es ist schon spät – welche Anzeige?«

Mein Gott, so ein Dösbattel, denkt Carmen.

»*Wanted: Klaren Männerkopf*«, antwortet sie knapp.

Jetzt ändert sich der Ton auf der anderen Seite schlagartig. Carmen kommt es vor, als müsse er zunächst einmal tief Luft holen.

»Sind Sie noch dran?« fragt sie, um seine Überraschungssekunden etwas zu verkürzen.

»Ja, ja, und wie! Schön, daß Sie anrufen!«

Jetzt wirkt er ganz anders. Aufgeweckt, atemlos.

»Ich habe eben Ihren Brief gelesen, Herr Lehmann, und natürlich setze ich mich gern mit Ihnen zu einem Gespräch zusammen.«

»Das ist schön, sehr schön. Sie ahnen ja nicht, wie ich mich freue!«

»Ja?« Über seinen Eifer muß Carmen nun doch lachen. »Ich befürchtete schon, ich hätte sie aus dem Bett geholt.«

»Haben Sie auch. Das heißt, genauer, ich liege im Bett. Ich mußte heute morgen recht früh geschäftlich nach Hamburg fliegen, und deswegen habe ich mich schon schlafen gelegt.«

»Och, Hamburg ist eine schöne Stadt, ein Traum. Da wäre ich gern dabeigewesen!«

Erst ist auf der anderen Seite eine kurze Pause, dann lacht er.

»Ist das Ihr Ernst?«

»Ich fände es wahnsinnig schön, mal wieder herauszukommen!«

»Heute ist es leider vorbei, aber nächste Woche muß ich nach New York. Fliegen Sie doch da mit!«

»Ist das Ihr Ernst?«

Er lacht: »Warum nicht, eine bessere Gelegenheit, sich kennenzulernen, gibt es sicher nicht!«

»Da mögen Sie recht haben. Aber vielleicht sollten wir uns doch vorher mal kurz sehen.«

»Mut zum Risiko haben Sie wohl nicht?«

»Ich bin nicht in der Computerbranche – ich mache in Versicherungen!«

Er lacht schon wieder. Sein Tonfall ist ruhig geworden, er scheint wirklich amüsiert zu sein. Das habe ich gut hingekriegt, denkt Carmen. Fast beispielhaft für ein Marketingseminar.

»Eins zu null für Sie. Wann paßt es Ihnen?«

»Morgen in der Mittagszeit?«

»Ich müßte schnell herüberfahren – ja, wenn es nicht vor ein Uhr ist, könnte ich es einrichten.«

»In der Innenstadt, im *Café Mohren*?«

»Gibt's da auch was für hungrige Männer?«

Carmen lacht: »Zumindest ein Rumpsteak mit Salat, ja!«

»Dann bin ich ja beruhigt. Gut, abgemacht. Sie erkennen mich leicht, ich bin einssechsundneunzig, habe Glatze und Vollbart!«

Ach du mein Schreck, denkt Carmen. »Und ich bin einsvierundsiebzig, mit langen Haaren und ohne Bart!«

»Jeder, wie er kann«, tönt es amüsiert durch den Hörer.

»Gut, dann bis morgen!«

Carmen legt auf. Was hat das schon zu sagen. Er scheint sehr nett zu sein, und was spielen da Haare schon für eine Rolle!

Sie greift zum nächsten Brief, da klingelt das Telefon.

»Ich höre nichts von dir, ich sehe nichts von dir, du telefonierst pausenlos mit anderen Leuten, sag bloß, du hast mich vergessen!«

»Frederic! Das ist aber eine Überraschung!«

»Eine Überraschung stelle ich mir anders vor. Ich dachte, du hättest schon Kerzen aufgestellt, das Badewasser einlaufen lassen und Eiswürfel gerichtet.«

»Was, wieso?«

Seine Stimme klingt schmollend, so als hätte Muttern statt Pfannkuchen Spinat auf den Tisch gestellt.

»Ich hab's doch gestern angekündigt, daß den Rosen Champagner und Kaviar folgen werden. Nun liegt das Zeug in meinen Satteltaschen und wird naß. Es regnet nämlich, stell dir vor!«

»Ach was!«

Frederic auf dem Weg zu ihr? Das paßt ihr nun überhaupt nicht in den Kram.

»Wo bist du denn?« Vielleicht sollte es ja bloß ein Scherz sein.

»In einer Telefonzelle bei dir um die Ecke. Ich kann hier natürlich auch noch bleiben, bis es Zeit zum Frühstück ist. Dann bringe ich eben Champagner und Croissants. Man ist ja flexibel.«

Wider Willen muß Carmen lachen. »Na, komm halt. Kannst mir beim Bügeln helfen!«

»Wunderbar, endlich eine vernünftige Beschäftigung. Bin gleich da!«

Es dauert keine fünf Minuten, da klingelt es. Carmen hat auf Make-up und Lippenstift verzichtet; er ist schon ein alter Bekannter und außerdem ist er schneller die drei Stockwerke hochgelaufen, als ein Lippenstift auf- und zugedreht werden kann. Frederic steht in der Tür, unterm Arm tatsächlich zwei Flaschen Champagner und eine Einkaufstüte von Delikatessen Scheideck.

»Du bist verrückt«, begrüßt sie ihn, er drückt ihr einen seiner spitzen Küsse auf.

»Aber doch hoffentlich schön verrückt, oder?« Er geht an ihr vorbei, stellt alles auf einem der Beistelltische am Sofa ab.

»Was ist denn das?« fragt er und hält mit zwei spitzen Fingern einen der Calamariringe in die Luft.

»Katzenfutter für Frau Neumanns Mieze, extra schonend für ihr Mägelchen gebraten.«

»So sieht's auch aus, Darling. Darf ich das entfernen?«

Carmen nickt, schaut ihm zu. Dann läßt sie sich in den Sessel sinken. Frederic braucht sie sowieso nicht. Er läuft einmal durch die Wohnung, bringt Sektkühler, Champagnergläser, Teller und Messer mit. Dann packt er aus. Zwei Dosen Kaviar, eine Zitrone, Crème fraîche, Toastbrot. Er schaut sie an und schnippt mit den Fingern.

»Madame, es fehlen nur noch Eiswürfel und ein Toaster!«

»Ja, gut. Der Toaster steht dort im Schrank, bei Eiswürfeln muß ich leider passen. Herr Eismann sitzt mit seinen ganzen Erzeugnissen in meinem Eisfach. Ich habe leider keinen Platz mehr für so profane Dinger wie Eiswürfel. Aber wenn du mal genau hinschaust – auf dem Kühlschrank steht für solche Zwecke ein Plexiglaskühler. Der hält auch gut kalt.«

»Igitt, was ist denn das für ein Stil! Plexiglas für so ein edles Tröpfchen! Ich höre wohl nicht recht, da schaudert's mich ja! Streng mal dein hübsches Köpfchen ein bißchen an, so spät ist's ja noch nicht – wo kriegen wir jetzt Eiswürfel her?«

»Schau doch mal raus, vielleicht schneit es ja schon!«

Frederic winkt ab. »Vielleicht hat Elvira welche. Meinst du, um die Uhrzeit können wir noch bei ihr klingeln?«

Carmen fährt hoch. »Ich wollte sowieso noch bei ihr vorbeischauen, weil sie sich vorhin nicht gemeldet hat. Das habe ich ganz vergessen!«

»Siehst du, wenn du mich nicht hättest! Vor ihrer Tür steht übrigens eine Einkaufstüte, das habe ich beim Hinaufgehen gesehen!«

»Hmmm.« Carmen schaut Frederic zweifelnd an. »Die habe ich hingestellt. Die müßte sie längst reingenommen haben, so war es zumindest abgesprochen. Das gefällt mir nicht. Ich rufe mal an!«

Carmen greift zum Telefon und wählt, während Frederic den Toaster holt.

Sie schaut ihm nach. Sie kann diesen Menschen nicht einordnen. Baccara-Rosen, Champagner und Kaviar, und dann aber wieder eine der löchrigen Jeans und ein Sweatshirt, das erbarmungslos um ihn herumschlabbert und in grauer Vorzeit mal bessere Tage gesehen haben mag. Man müßte ihm etwas zum Anziehen kaufen.

»Es ist besetzt!«

Komisch, mit wem mag Elvira um diese Uhrzeit, es ist immerhin fast Mitternacht, noch telefonieren?

»Um so besser, dann ist sie zumindest noch wach!« Frederic steht mit dem Toaster vor ihr: »Wo ist die Steckdose?«

»Hinter der Couch!«

»Das Kabel reicht nicht!«

»Ein Verlängerungskabel liegt im Flurschrank, ganz rechts unten!«

Er wird sich in meiner Wohnung bald besser auskennen als ich, denkt sie und drückt die Wiederholungstaste. Noch immer besetzt.

Frederic installiert den Toaster, schiebt zwei Brote hinein, gibt die Butter auf ein kleines Tellerchen, die Crème fraîche auf ein anderes, schneidet die Zitrone durch und legt sie daneben. Dann nimmt er die beiden Kaviardosen mit in die Küche. Carmen hört Schränke auf- und zugehen. Frederic kehrt mit zwei ineinandergestellten Glasschalen, die innere randvoll mit Kaviar gefüllt, zurück.

»So«, sagt er, »jetzt fehlen wirklich nur noch die Eiswürfel. Vor allem für den Kaviar hier. Und dann wäre auch noch eine Kerze angebracht. Gibt's das hier überhaupt?«

»Im Schlafzimmer!«

»Wie sinnig!«

Er grinst und kommt gleich darauf mit dem Leuchter zurück,

stellt ihn auf den Tisch, greift in die Hosentasche, zieht ein silbernes Feuerzeug heraus und zündet beide Kerzen an.

»Ich bin beeindruckt«, sagt Carmen und schaut sich um. »Ich muß gestehen, du überraschst mich!«

»Schon wieder?« fragt er, und seine weißen Zähne blitzen. »Was ist nun mit unseren Eiswürfeln?«

Carmen drückt die Wiederholungstaste.

»Besetzt!« Sie blickt auf. »Ich kann's kaum noch glauben!«

Frederic blickt sie nachdenklich an. »Laß uns vielleicht mal besser runtergehen und klingeln. Dann haben wir zumindest Klarheit...«

Carmen steht abrupt auf: »Meinst du, es ist etwas passiert?«

»Bei alten Menschen weiß man nie, oder?«

Carmen greift nach ihrem Wohnungsschlüssel, Frederic drückt mit Daumen und Zeigefinger die Kerzen aus. Sie eilen die zwei Stockwerke hinunter. Die Einkaufstasche steht noch unberührt vor der Tür. Carmen klingelt. Erst zweimal kurz hintereinander, nach einer Pause dann dreimal und schließlich Sturm. Frederic drückt ihr die Hand weg.

»Wer hat in diesem Haus noch Schlüssel zu den Wohnungen?«

»Frau Neumann unten. Sie ist die Hausmeisterin.«

»Dann laß uns da mal hingehen!«

Sie stürmen hinunter, Carmen klingelt dreimal lang.

Erst tut sich nichts, dann hört sie ein Rumoren.

Carmen preßt den Mund an die Glasscheibe: »Frau Neumann, ich bin's, Carmen Legg vom dritten Stock. Wir befürchten, mit Frau Gohdes ist etwas passiert!«

»Wie?« Die Türe öffnet sich langsam, eine Sicherheitskette liegt vor.

»Ach, Sie sind's«, sagt Frau Neumann, als sie Carmen erkennt. »Was ist denn passiert? Warten Sie, ich öffne erst mal.«

Jetzt dauert Carmen alles viel zu lang. Bis die Türe zu und wieder auf ist...

»Haben Sie die Schlüssel zu Frau Gohdes Wohnung?« fragt sie drängend.

»Ich habe alle Schlüssel zu allen Wohnungen! Wieso?«

»Wir befürchten, daß mit Frau Gohdes etwas passiert ist. Sie hat sich heute abend schon nicht gerührt, als ich ihr eine Einkaufstüte hingestellt und geklingelt habe und jetzt war ihr Telefon laufend besetzt...«

»Dann telefoniert sie, deswegen brauchen Sie mich doch nicht aus dem Schlaf zu läuten!«

»Telefonieren? Um diese Uhrzeit? Nein, da stimmt was nicht! Lassen Sie uns schnell hochgehen!«

Mißtrauisch mustert Frau Neumann Frederic, der, zugegebenermaßen, in seiner Street-Worker-Aufmachung nicht gerade vertrauenerweckend aussieht.

»Das ist Frederic Donner, ein Bekannter von mir, keine Sorge!«

»Na gut. Augenblick mal!«

Frau Neumann zieht sich den Gürtel um ihren Bademantel fester, was bei ihrer Leibesfülle schwierig ist, und geht zurück in den Flur. Carmen hört Schlüssel klirren, dann tut sich eine kurze Ewigkeit lang nichts, bis Frau Neumann damit endlich zum Vorschein kommt. »Gehen wir!« Am liebsten wäre Carmen gerannt, aber Frau Neumann mit ihren sechzig Jahren und gut hundert Kilo hat Schwierigkeiten, dem Tempo zu folgen. Mit geschwollenen Beinen stampft sie langsam die Treppe hinauf, und Carmen ist versucht, ihr die Schlüssel abzunehmen. Hoffentlich kommen wir nicht zu spät, denkt sie inbrünstig.

Oben klingelt die Hausmeisterin völlig außer Atem zunächst selbst noch einmal und steckt dann, unter dem Drängen von Carmen und Frederic, den Schlüssel ins Türschloß. Sie dreht und dreht, schafft es aber nicht, die Türe aufzuschließen.

»Lassen Sie mich mal!« Frederic nimmt ihr den Schlüssel aus der Hand. Aber auch er schafft es nicht.

»Der Schlüssel steckt von innen«, meint er, »da kann es nicht gehen!«

Carmen versucht, durch die kleinen viereckigen Glasfenster in der Holztüre etwas zu sehen. Aber es ist Milchglas, und Carmen kann noch nicht einmal erkennen, ob Licht brennt oder nicht.

»Was jetzt?«

»Aufbrechen!« sagt Frederic.

»Da müssen wir einen Schlosser rufen!« sagt Frau Neumann und stöhnt mit einem Blick auf ihre kleine Armbanduhr, deren goldenes, schmales Band tief in ihr fleischiges Handgelenk einschneidet.

»Dazu ist keine Zeit! Haben Sie Werkzeug unten, Frau Neumann? Brecheisen oder Ähnliches?«

»Nein, nein«, stottert sie. »Und ausgerechnet diese Woche ist mein Mann auf Montage! Er hat seine Werkstatt garantiert abgeschlossen! Ich brauch da ja nie was!«

Frederic hat sich bereits sein Sweatshirt ausgezogen und um die rechte Faust gewickelt.

»Geht lieber mal einen Schritt zurück«, fordert er Carmen und Frau Neumann auf. Seine Brustmuskeln spannen sich, und mit voller Wucht durchschlägt sein rechter Arm die untere linke Fensterscheibe. Er greift durch und schließt die Türe von innen auf.

»Aber Sie können doch nicht einfach...«, protestiert Frau Neumann schwach, aber Carmen schneidet ihr mit einer Handbewegung das Wort ab. »Was zählt eine Fensterscheibe gegen ein Menschenleben, Frau Neumann? Was?«

Carmen geht als erste hinein. Frederic folgt und drückt auf den Lichtschalter. Der Flur ist nun hell, ansonsten liegt die Wohnung im Dunkeln. Carmen eilt ins Wohnzimmer. Schon von der Türe aus sieht sie am Telefonschränkchen etwas Dunkles liegen.

»Elvira!« Sie stürzt hin. Frederic sucht und findet den Lichtschalter. Elvira liegt am Boden, im Gesicht weiß wie die Wand, den Telefonhörer in der Hand.

»Ruf sofort den Rettungsdienst an!« ruft Frederic, ist mit wenigen Schritten bei Elvira und beugt sich nach ihrem Handgelenk, um den Puls zu fühlen.

Carmen nimmt ihrer Freundin den Hörer aus der leblosen Hand. Es ist nicht einfach, Elvira hält ihn fest umklammert.

»O Gott, sie ist tot, sie ist tot! Eine Tote in unserem schönen Haus!« jammert Frau Neumann, und Carmen fährt sie an: »Seien Sie doch endlich still!«

Auf dem Display des Telefons stehen drei Zahlen: 4521 – die letzte, die 1 fehlt. Sie hat in ihrer Not also noch versucht, mich zu erreichen, denkt Carmen, und eine Gänsehaut jagt ihr über den Rücken.

»Sie lebt!« sagt Frederic. Carmen atmet erleichtert auf. »Aber ihr Puls ist sehr schwach.«

In diesem Moment meldet sich auch der Notdienst. Carmen schildert die Situation, gibt Adresse, Namen und Stockwerk an.

»Was können wir tun? Welche Erste Hilfe können wir leisten?« fragt sie noch.

»Legen Sie ihre Beine hoch, ansonsten lassen Sie sie am besten so liegen, wie sie ist. Wir sind gleich da!«

Carmen legt den Hörer langsam auf. Sie kniet bei Elvira nieder, bettet ihre Füße auf Sofakissen und tupft ihr den kalten Schweiß von der Stirn. Die Tränen laufen ihr übers Gesicht. Frederic hockt sich ebenfalls hin.

»Sie wird schon wieder«, beruhigt er Carmen. »Sie ist bewußtlos, aber das hat noch nichts zu sagen. Es kann harmlos sein. Vielleicht hat ganz einfach der Kreislauf versagt!«

»Das darf aber doch nicht so lange dauern, sonst wird es gefährlich!«

»Wir wissen ja nicht, was vorher los war. Möglicherweise liegt sie ja noch gar nicht so lange!«

»Oh, Frederic, sie darf nicht sterben!«

»Das wird sie nicht. Das wird sie schon nicht!«

Frau Neumann steht noch unentschlossen in der Mitte des Zimmers. Da hört man schon das Martinshorn, ein Wagen bremst vor dem Haus, an der hohen Decke wechseln sich blau-weiße Lichtsignale ab. Es sieht unheimlich aus.

»Das ging aber schnell!« Frederic springt auf und läuft hinunter, um den Sanitätern den Weg zu weisen. Währenddessen streichelt Carmen Elviras Gesicht. Die alte Dame hat die Augen zu, Carmen ist sich nicht sicher, ob sie noch atmet. Sie ist blaß, sehr blaß, die Augen liegen in dunklen Höhlen. Aber das Gesicht wirkt entspannt, ruhig, die Falten weniger tief als sonst. Der Mund steht leicht offen. Lieber Gott, laß sie nicht sterben, betet Carmen leise und fügt hinzu, mach, daß die schnell hier oben sind, daß ihr schnell geholfen wird. Sie hört eilige Schritte, Frederic und der Notarzt kommen herein.

»Guten Abend«, sagt der Arzt ruhig, stellt seine Tasche neben Elvira und kniet sich neben ihr auf den Boden. Er überprüft den Blutdruck und legt dann eine Infusion mit einer isotonischen Kochsalzlösung. Carmen hält die Luft an. Der Arzt steht auf: »Sollte sie nicht bald wieder zu sich kommen, werden wir ihr ein kreislaufförderndes Mittel spritzen. Genaueres können wir erst sagen, wenn wir sie im Krankenhaus haben, aber alles deutet auf einen Kreislaufkollaps hin. Gut, daß Sie so entschlossen gehandelt haben«, sagt er und nickt Frederic zu, »das hat ihr wahrscheinlich das Leben gerettet. Wir nehmen Ihre Nachbarin erst einmal mit und Sie auch gleich – Sie müssen auf jeden Fall genäht werden!«

»Wie?« Erst jetzt sieht Carmen, daß aus Frederics Sweatshirt, das er noch immer um den Arm gewickelt trägt, Blut hervortropft.

»Du hast dich ja verletzt! O Gott, Frederic! Ist es schlimm? Tut's weh?«

Die beiden jungen Sanitäter, die kurz nach dem Notarzt mit der Trage hereingekommen waren, legen Elvira vorsichtig darauf und gehen mit ihr aus dem Raum. Carmen deutet auf Frederics Arm: »Laß mal sehen!« fordert sie ihn auf.

»Es ist nicht tief«, wehrt der Notarzt ab, »es ist besser, er behält den Pullover fest darum gewickelt und wir nähen es gleich. Möglicherweise sind ja Glassplitter in der Wunde! Sind Sie tetanusgeimpft? Aber das können wir nachher klären. Haben Sie für ihn ein Kleidungsstück griffbereit?«

Er denkt offensichtlich, wir gehören zusammen, denkt Carmen, und Frederic grinst sie in alter Frische an: »Bring mir doch bitte mein frisch gebügeltes weißes Leinenhemd, Schatz!« Carmen ist nicht nach Scherzen zumute. »Für Frau Gohdes werde ich auch etwas einpacken müssen?« will sie wissen.

Der Notarzt nickt. »Das wäre eine große Hilfe. Vielleicht kann Ihnen die Hausmeisterin ja dabei helfen!«

Das wird er sagen, damit nachher keiner behaupten kann, ich hätte was geklaut, schießt es Carmen durch den Kopf, aber es ist ihr egal.

»Gut, fährst du gleich mit?« fragt sie Frederic.

Der Notarzt nickt.

»Dann wartet schnell, ich hole dir was!«

Sie läuft an den beiden vorbei, hoch, zieht aus ihrem Schlafzimmerschrank ihr größtes Sweatshirt und läuft damit wieder hinunter. Im Vorbeigehen muß sie beim Anblick des so feierlich gedeckten Tisches kurz müde lächeln. Nur gut, daß Frederic heute abend auf so eine Idee gekommen ist!

»Also, das Ding ist mir ja viel zu klein«, mault Frederic, »und den Tiger darauf mag ich auch nicht.« Tatsächlich, Carmens größtes Kleidungsstück sieht an Frederic etwas eingegangen aus. »Sei zufrieden, ich hätte dir auch einen Bustier bringen können!« sagt sie, und Frederic grinst. Der Notarzt blickt von einem zum anderen. »Also los denn«, sagt er. Die Sanitäter sind schon unten, Carmen geht mit bis zur Haustüre. Andere Mitbewohner sind nun wach geworden, stellen Fragen. Frau Neumann schmückt die Geschichte aus, erzählt, als sei sie die Heldin des Tages. Carmen hört es und verzieht das Gesicht. Fehlt nur noch, daß sie RTL anruft und einen Beitrag für eine Reality-Show anbietet. Gegen Bares natürlich!

»In welches Krankenhaus fahren Sie denn?«

»Ins Städtische!« Der Notarzt sitzt schon im Wagen. »Fragen Sie in der Unfallstation nach mir, Gerd Lindner!«

»Ich komme gleich nach!«

Carmen und Frederic sitzen die ganze Nacht an Elviras Bett. Elvira war schon im Rettungswagen wieder aufgewacht, schlief nach der Untersuchung aber gleich wieder ein und wurde von einer Schwester in ein Überwachungszimmer geschoben, in dem Carmen und Frederic bereits warteten.

Ein behandelnder Arzt kam kurz darauf ebenfalls herein.

»Sie war schon wieder recht klar, wir wollen nur noch untersuchen, ob sie sich beim Sturz etwas zugezogen hat. Wir denken da vor allem an ihr Becken, das ihr nach dem Bruch noch immer zu schaffen macht. Wir behalten sie zunächst mal hier, aber wenn alles gut geht, kann sie schätzungsweise bis Samstag unser Haus wieder verlassen. Sie sollte sich dann allerdings etwas schonen.«

»Das ist selbstverständlich, ich werde tun, was ich kann«, hatte Carmen genickt. »Sagen Sie uns noch, was es denn nun war?«

»Ein Kreislaufkollaps, wie mein Kollege Dr. Lindner bereits sehr richtig diagnostizierte.«

»Dürfen wir hier bei ihr bleiben?«

»Nun, nötig ist es eigentlich nicht, denn sie ist über dem Berg. Aber sicherlich tut es ihr gut, wenn beim Aufwachen jemand da ist!«

Er nickte beiden zu und verließ das Zimmer.

Carmen und Frederic machten es sich gemütlich, soweit dies auf zwei Stühlen möglich ist, und unterhielten sich leise, philosophierten über das Leben, über die Unendlichkeit des Universums, über Anfang und mögliches Ende der Menschheit.

Gegen fünf Uhr morgens greift Carmen seine Hand und meint: »Du bist ein prima Kamerad, Frederic! Ich glaube nicht, daß viele Männer so gehandelt hätten.«

»Das ist doch eine Selbstverständlichkeit!«

»Sagst du! Und ich sage dir, den meisten wären Champagner, Kaviar und dann das vermeintliche Schäferstündchen danach wichtiger gewesen. Vor allem das Schäferstündchen. Und wenn ein Champagner-Vorspiel durch so einen ärgerlichen Zwischenfall gestört wird, fällt auch der Rest ins Wasser. Ist doch klar! Und deshalb läßt man sich lieber schon gleich mal nicht stören!«

»Du hast vielleicht ein Männerbild!«

»Bin ich die Frau oder du?«

Er seufzt. »Das weiß ich nicht so recht. Eigentlich glaube ich, du bist der Mann und ich die Frau. Wenn ich mir mal überlege, wie ich gestern das Abendessen gerichtet habe und du im Sessel saßt – da ist die Rollenverteilung doch eigentlich klar!«

»Du!« lacht sie und rempelt ihm ihren Ellenbogen in die Seite. »Mußt du morgen eigentlich zur Arbeit? Arbeitest du überhaupt irgend etwas?« schießt es ihr dann plötzlich durch den Kopf.

»Gute Frage«, antwortet er. »Was verstehst du so unter Arbeit?«

»Ja, Arbeit eben. Irgendeine Tätigkeit, die du regelmäßig ausübst, um Geld zu verdienen. Also Kellnern zum Beispiel, oder Straßenfegen, Müll trennen, Fenster putzen...«

»Ist ja interessant, wie du mich einschätzt! Ich gehe täglich duschen, wenn du das meinst. Das ist regelmäßige Betätigung genug. Das heißt, heute werde ich wahrscheinlich zweimal duschen, weil ich abends mit dir ausgehen will. Ich nehme nicht an, daß unser kleines Abendmahl in aller Frische auf uns gewartet hat, also müssen wir uns was anderes einfallen lassen!«

Carmen wird es heiß und kalt. Erst jetzt fällt ihr wieder ein, daß sie ja heute, von ihrer Arbeit ganz abgesehen, zwei Verabredungen hat. Mittags mit Oliver und abends mit Stefan. Soll sie Frederic das sagen? Oder soll sie beiden absagen? Eigentlich ist sie für solche Anstrengungen auch viel zu müde. Die ganze Nacht ohne Schlaf, und dann noch freiwillig so einen Zirkus?

»Was ist, hast du was anderes vor?«

Er mustert sie scharf und fügt dann wissend hinzu: »Du mußt die Reihe der Impotenten durchprobieren, stimmt's?«

»Ja, stimmt«, sagt sie und denkt sich, Ehrlichkeit währt am längsten. »Ich habe mich heute mittag und heute abend verabredet!«

»Ich dachte, wir würden eventuell gut zusammenpassen!«

»Denke ich auch, Frederic, denke ich auch. Es ist nur so...«

»Du willst schauen, ob nicht eventuell doch noch was besseres nachkommt!«

Carmen zieht betreten einen Hautfetzen von ihrem Fingernagel weg. »Das ist es nicht! Das weißt du ganz genau! Ich mag dich sehr!«

»Na gut. Ich kann's ja nicht ändern. Hast du in deinem Terminkalender eine Lücke für mich eingeplant? Ostersonntag vielleicht? Im April?«

»Ach, jetzt hab dich doch nicht so. Ich hab's nun mal angefangen, jetzt will ich es auch zu Ende führen. Bis jetzt bist du ja sowieso der einzige, mit dem ich mich ständig treffe!«

»Na klar, weil ich dir ständig auf die Pelle rücke!«

Er stellt seine Ellbogen auf die Knie und stützt seinen Kopf in beiden Handflächen auf.

»Frederic, bitte!«

»Ist schon gut. Ich werde wieder meine Brötchen backen und warten, bis du mich anrufst. Meine Nummer hast du ja und die Frau, die möglicherweise an den Apparat geht, ist meine Schwester und nicht meine Angetraute, nur um dir das nochmals in Erinnerung zu rufen!«

»Es ist noch nicht mal eine Woche her. Wie sollte ich das also vergessen, Herr Donner?«

»Na, Frauen wird doch ein extremes Kurzzeitgedächtnis nachgesagt!«

»Was soll denn das jetzt?!«

»Vorurteil. Nichts als ein blödes Vorurteil!« Er schaut Carmen schräg von unten an. Carmen beugt sich zu ihm hinunter, drückt ihm einen Kuß auf den Nasenrücken.

»Du bist unbezahlbar. Und wenn's dich nicht gäbe, müßte man dich erfinden!«

»Psst!«

Beide schauen auf Elvira. Sie hat sich bewegt. Carmen steht schnell auf und geht näher zu ihr hin. Sie ist nicht mehr ganz so blaß, etwas Farbe ist in ihr Gesicht zurückgekehrt. Auch die Lippen sind wieder besser durchblutet. Es sieht friedlich aus, wie sie so ruhig und fast kindlich schläft.

Carmen geht zurück zu Frederic, setzt sich rittlings auf seinen Schoß und legt die Arme um seinen Hals.

»Weißt du, irgendwie komme ich mir neben dir so gestanden vor. Nicht alt, nein, das nicht, aber so reif. Kannst du dir das vorstellen? Ich bin wahnsinnig gern mit dir zusammen. Aber ich bin mir nicht ganz so sicher, daß es auch fürs Leben paßt!«

Er drückt sie an sich.

»Ach, wir sprechen vom Leben? Du suchst dir gerade einen Mann fürs Leben? Weißt du überhaupt, was du da sagst?«

»Ja, klar. Darum geht's doch! Ich will endlich mal in einer harmonischen, glücklichen Zweierbeziehung leben. Ohne Sticheleien, ohne Zwänge, ohne Bedrängungen. Genau das will ich, das ist mein Ziel!«

»Na ja, wenn du alle durchprobiert hast, kommst du einfach wieder zu mir zurück!

Die Türe geht auf, eine Nachtschwester schaut herein. Sie räuspert sich. »Störe ich?«

»Nein«, lacht Carmen, »das sieht nur so aus. Wir versuchen, uns wach zu halten!«

»Dabei wollte ich Ihnen auch gerade helfen und Ihnen eine Tasse Kaffee anbieten. Ich stelle gerade welchen auf. Wollen Sie?«

»Ja, gern!« freut sich Carmen.

»Mit frischen Croissants?« fragt Frederic und erntet dafür einen Knuff von Carmen.

»Mal sehen, was sich tun läßt«, lächelt die Schwester und schließt leise die Tür hinter sich.

Als Elvira um sieben Uhr aufwacht, sitzen Carmen und Frederic noch immer an ihrer Seite. Carmen springt gleich auf und drückt ihr einen dicken Kuß auf die Wange.

»Hallo, Elvira. Wir danken allen Heiligen Geistern, daß du wieder da bist! Wie geht es dir? Kannst du sprechen?«

»Ja... ich fühle mich etwas merkwürdig...«

Elvira braucht eine Weile, bis sie wieder weiß, was überhaupt passiert ist.

»Es war – wenn ich jetzt hinübergegangen wäre, hätte ich nichts davon mitbekommen!«

»Sag bloß, du bedauerst, daß wir dich gefunden haben!« entrüstet sich Carmen. »Du kannst doch nicht so einfach abtreten, wir brauchen dich doch noch!«

»Ich meinte nur, es wäre so leicht gewesen. Aber jetzt bin ich wieder hier und ich freue mich, die Sonne wiederzusehen, die Vögel zu hören, euch zu haben, nein, wirklich, ich bin euch sehr dankbar!« Carmen legt den Zeigefinger auf den Mund.

»Psst! Du sollst nicht reden, du sollst dich schonen. Wir sind jedenfalls wahnsinnig glücklich, daß dir nichts Ernsthaftes passiert ist!«

»Was hat Frederic da am Arm?« Schwach deutet Elvira auf Frederics bandagierten Unterarm.

»Ich konnte es einfach nicht erwarten, dich wiederzusehen, Elvira. Du weißt doch, wie Liebhaber sind. Da war ich wohl etwas zu stürmisch!«

Elvira wagt ein leises Lächeln, und Carmen fährt ihm durch die Haare. Dann drückt sie Elviras Hand: »Tut mir leid, Elvira, aber ich glaube, ich muß jetzt gehen. Du bist gut aufgewacht, wir sind beruhigt, die Nachtschwester hat uns ein Frühstück wie im Grandhotel gezaubert, aber ich habe heute morgen einige Termine, die ich einhalten sollte. Meinst du, wir können dich alleine lassen?«

»Sei unbesorgt, mein liebes Mädchen, ich schlafe noch eine Runde, das tut mir gut!«

Carmen sitzt in einer seltsamen Hochstimmung im Büro. Sie ist nur kurz nach Hause gefahren, hat sich geduscht und umgezogen und ist dann wieder losgebraust. Sie fühlt sich kein bißchen müde, eher im Gegenteil: Aufgekratzt, überdreht. Ihren Gedanken, ihr Treffen mit Oliver und Stefan zu verschieben, hat sie zwischenzeitlich wieder verworfen. Was soll das, sie hat es eingefädelt, sie wird es durchstehen. Morgen ist Freitag, und am Wochenende wird sie durchschlafen.

Den ganzen Vormittag lang sind Kunden bei ihr, die Kleinigkeiten nachfragen, Bagatellschäden angeben und ausführliche Beratungen haben wollen. Es ist ein ständiges Kommen und Gehen, und sie schafft es kaum, das Büro kurz vor 13 Uhr zu schließen.

Das Café *Mohren* ist nicht allzuweit von ihrem Büro entfernt, trotzdem fröstelt sie in ihrem Kleid, als sie im Eingang den Schirm ausklopft und an der Garderobe den Mantel aufhängt.

Sie geht hinein. Das Café ist gut gefüllt, wie immer um die Mittagszeit. Aber sie hat Glück, am Fenster ist noch ein Zweiertisch frei. Einen hochgewachsenen Glatzkopf mit Vollbart sieht sie nirgends. Das ist ihr recht, so kann sie noch in aller Ruhe einen wärmenden Tee trinken und ihre Gedanken ein bißchen sammeln.

Am Nebentisch sitzt ein blonder, junger Mann, Marke Hawaii-Sunnyboy, der interessiert zu ihr hinüberschaut. Carmen streift sich die langen Haare zurück. Sie wirft ihm einen kurzen Blick zu. Auch wieder so einer. Seinen Augen sieht sie schon auf fünf Meter Entfernung an, was er denkt und will. Ihre Stimmung kippt sofort, und es liegt ihr ein bissiger Satz wie »Aufreißen ist nicht, mein Lieber« auf den Lippen, da taucht ein Riese vor ihr auf. Also, ihr Traummann ist Oliver Lehmann garantiert nicht – das kann sie schon auf den ersten Blick sagen. Er hat etwas von einem aus den Fugen geratenen Gartenzwerg. Aber er streckt ihr eine große, warme Hand hin und sagt: »Sie sind sicherlich Carmen Legg!«

»Und was würden Sie tun, wenn ich's nicht wäre?«

»Ich würde mich nicht weiter umschauen. Man soll immer bei dem bleiben, was man als erstes für richtig empfunden hat. Besser wird's selten!«

Carmen lacht, das Eis ist gebrochen. Schön ist er nicht, aber sympathisch, denkt sie.

»Na, dann setzen Sie sich mal«, Carmen deutet auf den leeren Sitz ihr gegenüber, »ich bin's!«

Oliver Lehmann rückt sich den Stuhl zurecht, legt die Zeitung, die er unter dem Arm trug, auf den Tisch. Es ist die Zeitung mit ihrer Anzeige, und sie nickt ihm lächelnd zu. So auf die Nähe gesehen gewinnt er. Der Vollbart verdeckt zwar das halbe Gesicht, ist aber gepflegt. Seine Augen sind grün-braun, die Nase recht groß und die Haut großporig und leicht gebräunt. Vielleicht hat er Akne-Narben und verdeckt sie mit diesem Bart, orakelt Carmen. Oder aber er macht damit seine Kopfhaare wett. Die sind wirklich spärlich, außer einem Kranz am Hinterkopf wächst dort oben nichts mehr. Aber immer noch besser als einer, der seinen kümmerlichen Haarwuchs quer über die Platte kämmt, denkt Carmen. Außerdem sollen Männer mit Glatze sehr potent sein. Sie grinst.

»Sicher ist Ihnen etwas aufgefallen?« fragt er zurückhaltend lächelnd.

»Entschuldigen Sie«, platzt Carmen heraus, »aber dem Volksmund zufolge müßten Sie geradezu beängstigend potent sein!« Jetzt macht er sicherlich einen Rückzieher, denkt sie gleich darauf, das war wohl doch etwas zu forsch!

»Wenn man nach dem gleichen Volksmund geht, müßten Sie absolut sexbesessen sein«, kontert er.

»Und warum?« fragt Carmen, obwohl sie natürlich weiß, was er sagen wird.

»Langes, rötliches Haar, große Augen, geschminkter großer Mund, ein Körperbau, der jedem Mann den Atem nimmt – sie müßten eigentlich jede Nacht einen anderen Mann im Bett haben. Von tagsüber ganz zu schweigen!«

»Um Gottes willen!« wehrt Carmen ab. Sie weiß nun nicht so genau, wie er es gemeint hat. War das schon beleidigend? Oder noch lustig?«

»Also gut«, sagt sie, »Sie meinen, ich sei nicht unbedingt die Frau, die einen impotenten Mann sucht!«

»Genau, wie ich nicht unbedingt der Prototyp eines impotenten Mannes bin!«

»Ah, ja!«

Die Bedienung kommt, Carmen bestellt eine Linsensuppe mit Würstchen, Oliver Steak mit Salat und Beilagen.

»Beilagen?« fragt die Frau zurück. »Wir haben hier nur Brot!«

»Hab' ich's doch geahnt.« Er wirft Carmen einen kritischen Blick zu. »Nichts für harte Männer! Doppelt Brot, bitte! Und ein Pils!«

»Das Brot ist hier sehr gut«, sagt Carmen aufmunternd. »Es ist Holzofenbrot, frisch vom Bäcker!«

Er fährt sich mit der Hand über den blanken Schädel. »Sehr beruhigend. Das nächste Mal gehen wir ins Steakhouse. Dort gibt's auch frisches Brot, aber auch Kartoffeln in der Folie, Kroketten, Kartoffelbrei, Pommes Frites, Gratin, Bratkartoffeln, Rösti...«

»Danke, danke, schon kapiert«, winkt Carmen ab. Und dann, nach einem kurzen Zögern: »Waren Sie schon immer so bestimmend, oder ist das erst gekommen, nachdem Ihr Leben durcheinandergeraten ist?« Sie denkt an seine Frau, die ihm davongelaufen ist, an seine Computerfirma, die in Konkurs ging.

»Eine Frau, die ich liebe, trage ich auf Händen!«

»Aha«, erwidert Carmen. »Mit Stacheldraht drum herum, oder so, daß sie auch mal runterhüpfen kann?«

Er lacht, aber es klingt nicht sehr echt.

»Das braucht sie doch nicht. Bei mir ist eine Frau rundherum bestens versorgt!« versichert er kopfnickend. »Also, nehmen wir mal an, wir beide fliegen nach New York«, und Carmen denkt, werden wir nie, »dann ist es doch selbstverständlich, daß ich, als Mann, die Reisevorbereitungen treffe. Also, ich würde die Tickets kaufen, ein gutes Hotel buchen, Musicalkarten für den Broadway besorgen und einen Gourmetführer mitnehmen. Was wäre daran verkehrt?« Er schaut sie mit seinen grün-braunen Augen erwartungsvoll an. Die Bedienung kommt dazwischen, das Essen wird serviert.

»Das ging aber schnell«, sagt er, und Carmen ist sich nicht sicher, ob dies nun tadelnd oder anerkennend war. Vielleicht schließt er aus schnellem Essen auf mangelnde Qualität? Sie bestellt noch ein Glas Mineralwasser.

»Guten Appetit.« Oliver nickt ihr zu und schneidet sich ein großes Stück Fleisch ab. Er mustert es kritisch, nickt dann »In Ordnung« und schiebt es sich in den Mund.

»Ich finde«, sagt sie, um seine Frage zu beantworten, und sucht nach dem passenden Wort, »das klingt alles so festgefügt. Suchen Sie das alles alleine aus, oder beraten Sie sich mit Ihrer Partnerin?«

»Bisher habe ich das immer alleine gemacht. Meine Frau wollte nicht mitentscheiden, das hat sie nicht interessiert.«

»Aber können Sie sich nicht vorstellen, daß es Frauen gibt, die das wollen?«

»Bis zu meiner Impotenz dachte ich eigentlich immer, Frauen wollen was anderes, und das ständig!«

Carmen seufzt im stillen. Mit deutlich gelangweiltem Tonfall sagt sie: »Und das haben Sie dann auch eifrig gemacht!«

»Hätte ich gerne. Aber meine Frau war leider frigide!«

»Was war sie?« Fast hätte Carmen herausgelacht. »Frigide?«

An Oliver vorbei fällt ihr Blick auf den Sunnyboy von gegenüber. Sie hat wohl etwas zu laut gesprochen. Er schaut zu ihr herüber, den einen Mundwinkel etwas spöttisch verzogen. Der hört zu, ärgert sie sich. Wir müssen leiser reden! Aber wieso eigentlich. Ist doch egal. Einem Mann mit einer solchen Einstellung kann man sowieso nicht helfen, den hat die Impotenz zu Recht erwischt. »Wie kommen Sie denn darauf?«

»Na, eine Frau, die keinen Spaß daran hat und, wenn es mal passiert, nur darauf wartet, daß es schnell wieder vorbei ist, die muß doch frigide sein. Ist doch klar!« Seine Augenbrauen ziehen sich zusammen, der Blick verdunkelt sich. Der Mann hat zwei Seiten, sagt sich Carmen. Eine aufgeschlossene, fröhliche und eine total unangenehme, verbohrte – der typisch männliche Halbgott.

Carmen legt ihren Löffel beiseite. »Es gibt keine frigiden Frauen. Das ist eine Erfindung der Männer. Es gibt nur die falschen Männer für diese Frauen.«

Er schaut von seinem Teller auf: »Also, Entschuldigung, aber das ist doch ausgemachter Blödsinn. Wenn eine Frau beim Geschlechtsverkehr nichts fühlt, wie würden Sie das denn nennen? Stiller Orgasmus, oder so?«

»Ich glaube, Sie haben in den Jahren mit Ihrer Frau wirklich nichts gelernt!« Am liebsten hätte sie ihm für seine dumme Arroganz eine gescheuert. Wütend funkelt sie ihn an: »Es wäre bestimmt interessanter, mit Ihrer Frau darüber zu sprechen!«

»Also«, er kaut kopfschüttelnd, »ich sehe da keinen Sinn dahinter. Ich sehe übrigens auch den Grund nicht, weshalb Sie sich über die Frigidität meiner Frau aufregen. Ich dachte, wir wollten über uns reden. Deshalb sind wir doch zusammengekommen. Und weil wir nach New York fliegen wollten. Irgendwie sind wir wohl vom Thema abgekommen, was?« Und er hat wieder den netten, leicht amüsierten Tonfall, der Carmen am Telefon so gut gefiel.

Wie biege ich das jetzt ab, überlegt sie und nimmt einen Schluck aus ihrem Glas.

»Wann fliegen Sie denn?« fragt sie, »und in welchem Hotel steigen Sie ab?«

»Ich fliege nächsten Mittwoch und bleibe übers Wochenende. Und das Hotel?« Er lacht sie an und seine Augen blitzen. Innerlich schüttelt Carmen den Kopf. Jetzt ist er wieder total sympathisch. Das gibt's doch nicht. Der Mann ist wirklich unberechenbar!

»Für mich gibt's in New York nur ein Hotel! Das hat einfach Tradition, muß sein!«

Carmen überlegt kurz. »Das kann eigentlich nur das Plaza sein – oder das Waldorf Astoria...«

»Richtig!« Er lacht und entblößt dabei eine Reihe ebenmäßiger Zähne. An den Rändern sind sie leicht gelb, wie die Zähne eines starken Rauchers. »Ich liebe das Waldorf! Kennen Sie es?«

»Nein, leider nicht. Ich muß gestehen, ich war zwar schon mehrmals in Amerika, in Florida, in L. A., in San Francisco, in Washington, in Key West, aber noch nie in New York. Ist das eine Bildungslücke?«

Er nickt: »Aber eine, die man nachholen kann. Ich wiederhole meinen Vorschlag noch mal. Falls Sie Lust und Zeit haben, wäre es schön, wenn Sie mich begleiten würden!« Er nimmt sein Pilsglas, prostet ihr zu: »Die Kosten übernehme natürlich ich!«

»O nein«, wehrt sie ab. »Das kommt ja nun überhaupt nicht in Frage! Falls ich mitfliege, bezahle ich schon selbst. Vielen Dank!«

»Fangen Sie schon wieder an?« fragt er und droht scherzhaft mit dem Zeigefinger.

»Wie? Nein, nein, aber ich kann mich doch von Ihnen nicht so einfach aushalten lassen.«

»Und ob Sie sich einladen lassen können«, sagt er, schaut auf und winkt der Bedienung. »Das werden Sie gleich sehen. Wir fangen hier schon mal damit an!«

O je, denkt Carmen, ein impotenter Macho. Da habe ich mir ja was eingehandelt. »Na gut. Aber ich muß noch mal meine Termine durchgehen. Mittwoch, Donnerstag, Freitag sind immerhin drei Tage. Mal schauen, ob ich das überhaupt so schnell einrichten kann.«

Er hält ihren Blick fest und meint: »Mal schauen, ob Sie es sich einrichten wollen!«

Jetzt hat er mich durchschaut, denkt Carmen. Na gut. Soll er. Wir würden uns ja doch nur in die Haare kriegen. Frigide Frauen! Wenn ich so was schon höre!

Oliver bezahlt, Carmen verzichtet auf Einwände. Was soll's schon. Eine Linsensuppe und ein Mineralwasser sind keine fruchtlosen Diskussionen wert.

Draußen verabschieden sie sich. Es hat aufgehört zu regnen, aber eine bleierne Stimmung hängt über der Stadt. New York wäre schön, sagt sie sich. Das mache ich auch. Aber mit einem anderen! Mal sehen – mit Frederic? Oder vielleicht sind ja noch mehr attraktive Zuschriften in der Post? Zwei liegen ja noch ungeöffnet auf

Vorrat. Ihre gute Stimmung kehrt augenblicklich zurück. Mal schauen, was der Tag noch bringt! Sie geht einige Schritte, und dann fällt ihr Stefan ein. Hoffentlich ist der Abend mit ihm erfreulicher. Wenn der mir jetzt auch noch was von frigiden Frauen erzählt, lasse ich es ganz mit den Männern. Dann suche ich mir eine Lesbe!

Jetzt fehlt ihr Elvira wirklich. Carmen kommt sich ganz verlassen vor. Dabei hatte sie Stefan extra nach Hause gebeten, um ihn Elvira vorzustellen. Na ja, sie wird bald wieder da sein, Gott sei Dank – aber heute abend, heute abend! Es ist 19 Uhr. Carmen steht frisch geduscht vor ihrem Kleiderschrank. Wie sie Stefan Kaltenstein einschätzt, wird er auf die Sekunde pünktlich klingeln. So ein Pünktlichkeitsfanatiker ist doch überhaupt nicht ihr Fall! Warum geht sie eigentlich mit ihm aus? Um ihn kennenzulernen! »Ich bin eben ein neugieriger Mensch«, sagt sie laut, »und ein unentschlossener dazu. Was soll ich bloß anziehen?!« Was wird er vorhaben? Sicherlich eher fein. Also Rock? Rock und Pullover? Nein, Rock und Jackett. Sie hat eine smokingähnliche Jacke, die zu allem paßt – Jeans aufpeppt, Röcke festlich werden läßt. Dunkle Strümpfe, schwarze Schuhe. Schon wieder hohe Absätze! Sie stöhnt und geht barfuß zum Fenster. Es regnet! Natürlich! Egal. Herr Kaltenstein wird sicherlich bis vor die Haustüre und dann bis vors Lokal rollen. Carmen zieht sich einen schwarzen Spitzenbody an und schwarze Strümpfe. Auf Zehenspitzen geht sie vor den großen Wandspiegel. Schau mal einer an! Die verflixten zwei Kilo hat sie runter. Ihr schlanker Körper zeichnet sich klar und ebenmäßig unter dem Body ab. Toll. Sie fährt sich mit der Hand leicht über die Hüfte und über den Bauch. Da haben sie gesessen, die kleinen Speckteufelchen, und haben standhaft jeder Abmagerungskur widerstanden. Und jetzt, welch Wunder, seitdem sie ihre Impotenz-Aktion gestartet hat, sind sie sang- und klanglos verschwunden. Ohne daß Carmen auf Cholesterin, Fett oder Zucker geachtet hätte. Vielleicht stressen impotente Männer mehr als potente? Sie lächelt ihrem Spiegelbild zu, tätschelt sich leicht auf den flachen Bauch und beginnt sich anzuziehen.

Fünf vor halb steht sie im Bad und legt sich frisches Make-up auf. Nicht zuviel, aber doch etwas getönte Creme für den Teint, kräftig Wimperntusche, aber möglichst ohne Fliegenbeine, ein fein gezogener, schwarzer Lidstrich und dunkelroter Lippenstift. Das paßt gut zu ihrem rötlichen Haar, das sie jetzt durchbürstet, bis es voll und in Wellen über ihren Rücken fließt. Sie dreht sich nochmals kurz vor dem Spiegel, ach, jetzt hängen wieder Haare auf dem Jackett, schnell wegzupfen, dann Lippenstift, Schlüssel und Portemonnaie in die kleine Abendtasche einpacken – und klar, schon klingelt es. Ein Blick auf die Uhr, auf die Sekunde 19.30 Uhr. »Pedant!« sagt sie laut. »Pedanten und Spießer kann ich nicht leiden!« Sie drückt auf die Gegensprechanlage. »Bin gleich da«, flötet sie. Eigentlich hatte sie vorgehabt, ihn hinaufzubitten. Aber mit fünf Minuten Verspätung wäre er ihr irgendwie sympathischer gewesen. Und außerdem ist Elvira zum Check nicht da, und ihre Wohnung benötigt dringend das kommende Putz-Wochenende! Wer weiß, was kritische Augen hier alles sehen. Sie schnappt sich ihr schwarzes Cape, schlüpft in die Schuhe und geht hinaus. Bloß nicht zu schnell, denkt sie, als sie hinunterläuft. Diese alten Holztreppen sind teuflisch glatt, und wenn Frau Neumann mal wieder einen ihrer neurotischen Bohnerwachstage hatte, ist der Flugschein direkt mit eingebaut.

Sie reißt die Haustüre auf und steht direkt unter einem Schirm. Wußte sie es doch. Stefan Kaltenstein ist der Gentleman in Person. Sein scharf geschnittenes Gesicht liegt unter dem Schirm etwas im Dunkeln. Es ist kaum zu erkennen – und trotzdem liegt ein besonderer Ausdruck darin. Carmen kann es nicht sehen, aber sie fühlt es. Was ist es? Carmen ist sich nicht sicher, aber er hat eine außergewöhnlich starke Aura, das spürt sie.

»Schön, Sie zu sehen«, begrüßt er sie und faßt sie leicht am Arm. Carmen nickt ihm lächelnd zu: »Ich freue mich auch!«

Er führt sie zum wartenden Auto, das er tatsächlich direkt vor der Haustüre geparkt hat. Sie hätte sich mit ihrem Wagen eine solche Verkehrsbehinderung nie erlaubt. Stefan hält ihr die Türe auf, Carmen gleitet hinein, fühlt sich wie in einer anderen Welt. Dunkelblaues Leder und Zedernholz, die Instrumente von silberglänzenden Zierleisten umfaßt, es duftet nach Leder und Holz und irgendwie nach Geborgenheit. Carmen beschleichen ganz seltsame Gefühle. Komisch, ihr Wagen ist doch auch komfortabel und mit Leder ausgestattet, aber sie hat ihn immer nur als schnelle und zuverlässige Fortbewegungsmaschine betrachtet. Das hier ist irgendwie anders.

Stefan ist auf der Fahrerseite eingestiegen.

»Kein Wetter für einen englischen Herrn wie diesen«, lächelt er und startet den Motor.

»Sie sprechen von dem Wagen, als sei er ein Mensch«, sagt sie und schaut Stefan dabei an.

»Ja?« lächelt er. »Vielleicht, weil ich ihn so gut kenne. Ich weiß, was er mag und was er nicht mag. Dieses Wetter haßt er. Obwohl ja gerade ein Brite daran gewöhnt sein müßte!«

»Lustig«, sagt Carmen. »Ich habe meinen Wagen noch nie als Bayern betrachtet. Aber es stimmt schon, ich habe eben beim Einsteigen darüber nachgedacht. Unsere Autos beispielsweise trennen Welten. Wenn ich mir nur die Armaturen hier betrachte. Ich fahre einen BMW, das ist Technik pur, der ist funktionell, zuverlässig, schnell und praktisch. Und in Ihrem Jaguar hier meint man den englischen Landadel förmlich zu riechen. Man sieht weite Wiesen, verträumte Herrschaftssitze, Pferde und Jagdhunde!«

»Sie haben Sinn für Romantik«, sagt Stefan und mustert sie amüsiert.

»Stelle ich auch gerade fest.« Carmen zieht ihren Rock glatt und schaut dann hinaus. Die Regentropfen prasseln gegen die Scheiben, viel Licht gibt der Jaguar nicht. Jedenfalls mit ihren Halogenscheinwerfern nicht zu vergleichen. Und auch ihre Scheibenwischer funktionieren besser. »Wohin fahren wir eigentlich?«

»Habe ich das noch nicht gesagt? Verzeihen Sie.« Er greift nach ihrer Hand und deutet einen Kuß an.

Natürlich hast du es noch nicht gesagt, und du weißt das auch ganz genau! »Eine Überraschung?« fragt sie.

»Nein, nicht direkt. Das Dinner wird eine Überraschung, Dinner Surprise, sozusagen, aber der Ort ist nicht geheimnisvoll. Wir fahren zu mir nach Hause!«

Huch, Carmen gibt es einen Ruck. Was? Zu ihm nach Hause? Das paßt ihr gar nicht. Das ist ihr viel zu intim! Wie kann er nur auf so eine Idee kommen!

»Also, ich weiß nicht«, sagt sie vorsichtig, »ist das nicht ein bißchen verfrüht...?«

»Keine Sorge!« Er lacht. »Wir sind nicht alleine! Sie brauchen vor mir keine Angst zu haben!

»Ah, eine Party?«

»Party? Nein, eigentlich nicht. Keine Party. Vielleicht wird's ja noch eine – aber vorgesehen ist es nicht!«

»Sie machen es ja wirklich spannend! Wir essen bei Ihnen, sind nicht alleine, aber eine Party ist es auch nicht, dann haben Sie eben einfach mehrere Leute zum Essen eingeladen. Und wer empfängt und bewirtet die jetzt, während Sie mich hier abholen?«

Er schüttelt den Kopf und lacht wieder herzhaft: »Ich bin ja nicht völlig vertrottelt – zum Dinner mit Ihnen noch andere Leute einzuladen. Damit würde ich mich ja selber bestrafen. Nein, nein, wir beide sind völlig alleine!«

»Völlig alleine?« Carmen schaut ihn irritiert an. »Sie widersprechen sich, Stefan. Eben sagten Sie noch...«

»Ja, ja«, winkt er ab und bremst vor einer roten Ampel. Das rote Licht liegt gespenstisch auf seinen Zügen, und Carmen denkt mit einem Anflug von Panik, und wenn er irre ist?

»Die Leute«, fährt er fort und legt den ersten Gang ein, »sind das Personal. Ich werde mich doch nicht in die Küche stellen, wenn Sie da sind!«

»Das finde ich eine reizende Idee«, sagt sie und lehnt sich wieder entspannt zurück. Toll! Hat er eigens ihretwegen einen Partyservice mit Leihpersonal engagiert. Das rechnet sie ihm hoch an. Fast so schön wie in »Die Giganten«, als James Dean für ein Dinner zu zweit ein ganzes Restaurant inklusive Orchester mietete, um seine Elisabeth Taylor zu überraschen. Oder waren es Robert De Niro und Elisabeth McGovern in ›Es war einmal in Amerika‹? Ist auch egal, jedenfalls ist es spitze. Carmen fühlt sich wohl. Irgendwie hat sie neben diesem Mann ein gutes, vertrautes Gefühl. Das Autoradio ist an, es läuft Musik aus den Siebzigern. Carmen ist völlig entspannt. Da gleitet das Ortsschild an ihnen vorbei.

»Wohnen Sie außerhalb?« fragt sie, schon wieder etwas angespannter. Wer weiß, wenn er mit ihr in so eine einsame Hütte irgendwo im Wald fährt? Elvira wird kaum um Mitternacht auftauchen!

»Keine Sorge, wir sind gleich da!«

Linkerhand säumt eine hohe Hecke die Straße. Der Jaguar bleibt vor einem großen, schmiedeeisernen Tor stehen, das lautlos aufgeht. Carmen sieht über dem Tor rechts und links Kameras, deren Rotlicht Bereitschaft signalisiert.

»Donnerwetter!« entfährt es ihr, als Stefan wieder Gas gibt und langsam durch das Tor hindurchfährt. »Wo sind wir denn jetzt?« Die Straße verliert sich vor ihr in der Dunkelheit. Rechts und links stehen Pappeln. Weit hinten, wohl hinter Baumgruppen versteckt, sieht sie einige Lichter. Aber der prasselnde Regen nimmt ihr jede weitere Sicht.

»Ist das da hinten ein Haus?«

Sie schaut ihn an, und an seinem Blick kann sie es ablesen. Er hätte jetzt weiß im Gesicht sein können, und die Eckzähne hätten ihm wachsen können, dann hätte sie gedacht, es paßt zur Situation, nichts wie weg hier! Aber sein Lächeln wirkt wenig dämonisch, eher väterlich. Und sie empfindet es auch nicht als störend, als er seine Hand leicht auf ihren Oberschenkel legt. Er wird ja nicht gerade ein Nachkomme des Marquis de Sade sein!

»Es gehört Ihnen«, sagt sie.

Er nickt. »In vierter Generation! Also nicht mein Verdienst. Ich unterhalte es bloß!«

Bloß, denkt Carmen. Bloß!

Die Allee führt um eine Biegung herum und dann geradeaus auf das Haus zu. Carmen kann nicht allzuviel erkennen, die Umrisse verschwinden im Regen und in der Dunkelheit. Aber es ist entweder eine sehr große Villa oder schon ein Schloß. Sie fahren an Nebengebäuden vorbei, wohl Gesindehäuser und Stallungen, und dann eine Auffahrt hoch bis direkt vor die Freitreppe.

»Ich weiß überhaupt nicht, was ich sagen soll. Ich glaube, ich träume, oder ich bin in einen Film geraten! Ich wußte überhaupt nicht, daß es hier so etwas gibt!«

»Doch, doch, Schloß Kaltenstein ist nicht ganz unbekannt.«

Obwohl er so tut, als sei es nicht weiter schlimm, hat sie das flaue Schülergefühl, versagt zu haben. So, als ob sie eine Trivialfrage à la »War Napoleon Korse oder Franzose?« nicht hätte beantworten können. Blödsinn, sagt sie sich, mein IQ ist völlig in Ordnung, mein Allgemeinwissen ist bestens, und wenn ich Schloß Kaltenstein nicht kenne, ist Schloß Kaltenstein eben nicht bekannt genug! Basta!

Stefan ist noch nicht ausgestiegen, da wird bereits ihr Türschlag aufgerissen. Ein dunkel gekleideter Herr mit Regenschirm hilft ihr aus dem Wagen. Wieso sind wir eigentlich nicht mit der Kutsche gekommen, denkt sie frech, ist dann aber doch beeindruckt. Stefan kommt an ihre Seite, gemeinsam gehen sie die breite Steintreppe hinauf. In der Mitte liegt ein dicker Teppich, naß und quietschend dämpft er ihren Schritt, und Carmen befürchtet, mit ihren Absätzen in den Maschen hängenzubleiben.

Die Flügeltüre oben steht offen. Sie gehen hinein, am Portal von einem anderen Herrn begrüßt, der ihr den Mantel abnimmt. Beide – Carmen hat so etwas noch nie gesehen, aber es müssen wohl Butler sein – sind eindeutig älter als Stefan. Carmen schätzt sie mindestens auf sechzig. Dann ist sie überwältigt. Die Wände der großen Eingangshalle sind mit Malereien geschmückt. Keine Phantasiegebilde oder sakrale Kunstwerke, sondern Szenen aus dem Leben. Aber aus was für einem Leben! Ein Herr mit breitkrempigem Stetson sitzt hoch zu Roß in einer Art Steinbruch. Um ihn herum stehen und arbeiten schwarze Menschen! Alle blicken mit lächelnden Gesichtern zu ihm auf, allen scheint die Arbeit Spaß zu machen... Der Blick des Mannes ist freundlich in die Ferne gerichtet. Diese Ferne zeigt auf der anderen Wand ein Herrenhaus im Kolonialstil. Groß, weiß, mit Säulen an der Eingangsfront. Auf der dritten Wand prangt die gesamte Familie. Der Herr von eben mit einer Dame im weiten Reifkleid, mit einem sicherlich hochmodischen, kleinen Sonnenhut und einem kleinen, bunten Sonnenschirm. Daneben drei Buben und zwei Mädchen, alle in Sonntagskleidchen, und im Hintergrund die Nanny, die die Kinder betreut und für die gleißende Reinheit der weißen Kleidchen und Anzüge verantwortlich ist.

»Afrika?« fragt Carmen und fügt, um nicht schon wieder so unwissend zu wirken, hinzu: »Westafrika, Togo? Oder Kamerun?«

Stefan lächelt: »Deutsch-Südwestafrika!«

»Namibia«, nickt Carmen und schüttelt darauf den Kopf. »Es ist unglaublich. Seit vierzehn Tagen verfolgt mich Namibia geradezu!«

»Ach so? Kommen Sie, das müssen Sie mir erzählen!«

Er führt sie leicht am Ellbogen in einen der angrenzenden Räume. Ein hoher, mit Holz getäfelter Raum empfängt sie. Ein Lüster mit echten Wachskerzen hängt an der Decke, verbreitet gemütliches, flackerndes Licht. An der langen Seite brennt ein offenes Kaminfeuer. Der Kamin ist mannshoch und sehr tief. Beherrscht wird der Raum von einem sehr langen, massiven Holztisch mit zwölf hochlehnigen Stühlen. Carmen schaut schnell nach den Gedecken. Sie sind nicht an den jeweiligen Stirnseiten, so wie es das Klischee will, sondern es wurde für beide in der Mitte der langen Seite gedeckt. Stefan rückt ihr den Stuhl zurecht, geht dann um den Tisch herum und setzt sich ihr gegenüber hin. Direkt über ihnen hängt der Leuchter, hinter Stefans Rücken prasselt das Kaminfeuer. »Sie haben es sehr schön hier. Fast ist es, als wäre man in eine andere Zeit zurückversetzt. Ich kann mir wirklich kaum vorstellen, daß in der Garage Autos und nicht Kutschen stehen!«

»Ja«, er lacht. »Hier ist die Zeit tatsächlich stehengeblieben. Aber wir haben natürlich auch modernisiert, versteckt zwar, aber es wurde in den letzten Jahren viel getan!«

Der Butler, der den Schirm getragen hat, kommt fast lautlos mit einer Flasche Champagner herein. Sorgfältig füllt er die langstieligen Gläser. Kurz danach serviert sein Kollege zwei kleine Teller mit einem Amuse gueule: »Warmer Hummer auf Gurkenscheiben, bitte sehr, guten Appetit!«

»Vielen Dank.« Carmen schenkt dem Butler ein Lächeln und erhebt dann ihr Glas in Richtung Stefan: »Den guten Appetit werden wir bestimmt haben. Es ist wunderschön hier, Stefan!« Er hebt ebenfalls sein Glas, sie stoßen an, die Gläser klingen.

»Bitte fangen Sie an«, Stefan macht eine weite Handbewegung über die Teller. Carmen nimmt die kleine Gabel und verharrt dann kurz in ihrer Bewegung: »Leben Sie immer so?« fragt sie. Irgendwie kann sie sich nicht vorstellen, daß dieser aufwendige Stil alltagstauglich sein soll.

»Mal mehr, mal weniger«, lächelt er sie an und beugt sich dann etwas zu ihr vor: »Ich gestehe, daß ich auch noch eine kleine Stadtwohnung habe, die im ganzen noch nicht mal so groß ist wie hier die Halle. Dorthin ziehe ich mich zurück, wenn ich meine schwachen Tage habe, meine Durchhänger, wenn Sie so wollen.«

»So etwas kann ich mir bei Ihnen überhaupt nicht vorstellen. Sie wirken so...«, sie sammelt sich kurz, um die richtigen Worte zu finden, er wartet gespannt, »... so beherrscht, so souverän.«

»Noch Champagner, gnädige Frau?«

Der Butler steht mit der Flasche hinter ihr, Carmen schaut fragend zu Stefan. »Wie Sie wünschen, Carmen. Wir können mit dem Wein auch noch etwas warten.«

»Wie sieht denn unser erster Gang aus?« fragt Carmen Stefan, und Stefan schaut den Butler fragend an.

»So, wie Sie es mit dem Koch abgesprochen haben, Herr Baron, frische Waldpilze auf Radiccio Romaine!«

Jetzt glaube ich es bald nicht mehr, denkt Carmen. Und sonst glaubt mir das auch keiner. Wem soll ich's überhaupt erzählen? Elvira liegt im Krankenhaus, Laura ist in Brasilien, Frederic hält mich für total verrückt, und meine Mutter würde überhaupt nichts mehr verstehen. Impotenten Baron auf Heiratsanzeige hin gefunden? Das ist zu blöd, um wahr zu sein.

»Also dazu wäre mir Wein lieber!« sagt sie zu Stefan, der nickt dem Butler zu, der wiederum nickt zu Carmen: »Sehr wohl, gnädige Frau. Ich könnte Ihnen dazu einen Chablis Grand Cru von 1990 empfehlen.«

»Ausgezeichnet«, sagt Carmen, »ein sehr schöner Wein!« und zu Stefan: »Vielen Dank!«

»Freut mich, wenn es Ihnen gefällt. Den Wein habe ich heute morgen ausgesucht. Ich dachte mir, er würde gut dazu passen!«

Carmen bleibt einen Moment still sitzen und schaut sich um. »Es ist wie im Märchen, Stefan. Einfach unglaublich! Und dieser Aufwand. Wie können Sie das bloß alles bezahlen?!«

Stefan macht eine wegwerfende Handbewegung. »Ich hatte kluge Vorfahren. Kaum hatte Deutschland Südwestafrika gekauft, war mein Urgroßvater auch schon drüben und begann nach Bodenschätzen zu suchen. Es gab dort ja, wie Sie vielleicht wissen, Kupfer, Zinn, Silber, Blei, Wolfram und Diamanten. Mein Urgroßvater hatte Glück, er machte schnell viel Geld, holte dann seine Familie herüber, baute hier in Deutschland Niederlassungen und dieses Haus. Sein Sohn, mein Großvater, erweiterte, vergrößerte, und mein Vater pendelte ebenfalls zwischen Deutschland und Afrika, bis er starb. Ja, und jetzt bin ich der typische Nutznießer fleißiger Vorfahren!«

»Ein Nutznießer sind Sie bestimmt nicht! Ich nehme an, Ihnen gehört hier noch einiges, und vielleicht haben Sie auch noch Besitztümer in Namibia, soweit das dort noch möglich ist. Ich kenne die Verhältnisse nicht so genau.«

»Nun, 1920 war der Zauber ja schon vorbei. Im Versailler Vertrag verlor Deutschland sämtliche Kolonien, zumeist an Frankreich und England. Südafrika erhielt das Mandat über Südwest. Und 1949 gliederte Südafrika Südwest ein – übrigens gegen die Entscheidung der UN und des Haager Gerichtshofes. Ah, fein, das Essen kommt!«

Der erste Gang wird serviert und schmeckt köstlich. Auch der Wein hält, was sein großer Name verspricht. Aber Carmen hängt fasziniert an Stefans Lippen. »Erzählen Sie weiter«, sagt sie, kaum daß sie die ersten Waldpilze in den Mund geschoben hat.

»Nun, so viel Interessantes hat sich dann gar nicht mehr zugetragen. Meine Familie war clever genug, sich den wechselnden Bedingungen anzupassen, ich nehme an, es wurde ein Lohnsystem eingeführt, und es wurden, je nach politischer Großwetterlage, einfach immer wieder andere wichtige Leute, also Funktionäre, Militärs, Politiker auf das freundlichste unterstützt. Das einzige System der Welt übrigens, das bisher alle politischen Schwankungen überlebt hat – sei es in Ost oder West, sei es heute oder vor hundert Jahren.«

»Ganz schön zynisch«, sagt Carmen zwischen zwei Bissen.

»Wieso, ist es nicht so?«

»Wohl wahr!«

Eine Zeitlang essen sie schweigend.

»Sagt Ihnen der Name Elvira Gohdes etwas?«

Stefan schaut kurz auf, überlegt, schüttelt den Kopf: »Nicht daß ich wüßte. Müßte er?«

»Nein, nein«, winkt Carmen ab. »Sie hat auch in Südwest gelebt, ist ebenfalls dort geboren worden. Hätte ja sein können – manchmal denkt sich der Zufall ja die seltsamsten Streiche aus!«

»Wo genau hat sie gelebt?«

»Da muß ich leider passen! So genau habe ich nicht gefragt. Aber ich kann sie ja fragen – das heißt, im Moment liegt sie leider im Krankenhaus.«

»Tomatenessenz mit Quarkklößchen.« Der Butler deutet eine leichte Verbeugung an.

Carmen ißt langsam und erzählt zwischendurch das nächtliche Abenteuer mit Elvira. Das Intermezzo mit Frederic verharmlost sie etwas, Champagner und Kaviar läßt sie ganz weg. Sie will ihm nicht weh tun. Aber leise lächeln muß sie beim Gedanken an Frederic schon. Rosen, Champagner und Kaviar, und nun Stefan mit diesem unbeschreiblichen Abend – seitdem sie nur noch mit impotenten Männern zusammen ist, geht es ihr gut. Richtig gut. Sie wird verwöhnt wie noch nie. Oder hat Peter sich jemals solche Gedanken gemacht? Er kam, schaute in den Kühlschrank, nahm sich, was er brauchte, kulinarisch und im Bett, und verschwand wieder. Und seine Vorgänger? Keine Spur besser. Carmen hat zwar davon geträumt, auch einmal verwöhnt zu werden, aber irgendwie ist es immer schief gelaufen. Am Schluß war es immer sie, die die Rechnung gezahlt hat: Gefühle, Geduld, Geld. Damit ist Schluß, sagt sie sich, als der dritte Gang kommt: Scampi mit Champagnermousseline und wildem Reis.

»Es schmeckt phantastisch«, sagt sie und muß nun doch den ersten, kleinen Gähner unterdrücken. Immerhin hat sie eine schlaflose Nacht hinter sich, und es geht jetzt auch wieder auf zehn Uhr zu.

Stefan hat es bemerkt: »Nach so einem Tag müssen Sie ja müde sein! Möchten Sie etwas zum Aufmuntern zwischendurch? Oder möchten Sie abbrechen? Was natürlich sehr schade wäre – oder darf ich Ihnen hier eine Übernachtungsmöglichkeit anbieten? Es stehen genug Gästezimmer zur Verfügung!«

»Nein, nein, überhaupt nicht«, wehrt Carmen hastig ab, denkt beim Stichwort Bett dann aber doch: Von allem haben wir gesprochen, bloß von seiner Impotenz nicht. Auch nicht von seiner Vergangenheit mit Frauen. Mit fünfzig war er doch sicherlich schon einmal verheiratet. Ob er Kinder hat? Soll ich ihn fragen oder besser warten, bis er es von selbst erzählt?

Schließlich gibt sie sich einen Ruck, schaut aber erst nach, ob sich auch kein Butler in ihrer Nähe befindet: »Wenn wir uns besser kennenlernen wollen, sollten wir vielleicht auch über den Grund sprechen, weshalb wir uns überhaupt kennengelernt haben«, sagt sie und denkt dabei, mein Gott, das hast du jetzt aber schön gesagt.

»Sie meinen meine Impotenz«, sagt Stefan frank und frei heraus.

»Ja«, nickt Carmen, verharrt dann aber, weil einer der Butler Cassissorbet offeriert.

»Fein, mein Lieblingssorbet«, freut sich Carmen und wartet, bis die Luft rein ist.

»Ja, genau«, wiederholt sie, »Ihre Impotenz war schließlich der Auslöser zu unserem Treffen. Und ich muß Ihnen wirklich gestehen, ich genieße es unglaublich, hier mit Ihnen zu sitzen ohne den Gedanken an eine mögliche Bettgeschichte. Ich bin gottfroh, daß ich mir nicht schon jetzt überlegen muß, wie ich mich aus der Affäre ziehen kann, wenn ich nachher vielleicht nicht will!«

»Gab's denn da Probleme?« Er genießt sein Sorbet und beugt sich ein bißchen zu ihr herüber.

»Diese Frage steht bei allen Dinners der Welt in der Luft. Man kriegt sie sozusagen mit der Rechnung serviert. Deswegen bestehe ich auch meist darauf, selbst zu bezahlen. Damit dokumentiere ich von Anfang an, daß Carmen Legg im Abendessen nicht inbegriffen ist.«

Stefan lacht und nimmt einen Schluck Wein. »Trotzdem, als Mann trifft es mich natürlich schon, daß Sie in meinem Fall überlegen müßten, wie Sie mich abwimmeln könnten. Sie hätten es ruhig etwas charmanter formulieren können, wenn schon nichts passieren kann!«

Carmen, die ebenfalls einen Schluck genommen hat, blickt ihn über den Rand an. Dann setzt sie das Glas ab. »O ja, das kam vielleicht etwas härter als beabsichtigt. Das hat aber nichts mit Ihnen zu tun, auch wenn es jetzt vielleicht so den Anschein hat. Das hat mit der Situation zu tun. Und wenn ich jetzt sagen würde, daß ich gern mit Ihnen ins Bett wollte, wären Sie wieder traurig, weil's nicht geht!«

»Stimmt«, nickt er, und, nach einer Pause: »Würden Sie's denn gern?«

O je, denkt sie, jetzt wird der Abend doch noch schwierig, und dabei war alles so schön im Lot.

»Herr Baron, würden Sie bitte probieren? Ich möchte den Wein dekantieren, damit er bis zum Hauptgericht das richtige Bukett hat.«

»Sicher, gern«, sagt Stefan, und der Butler hält ihm eine Rotweinflasche hin: »Chateau Lynch Bages Grand Cru Classé Pauillac von 1980.«

»Ausgezeichnet, ausgezeichnet«, murmelt Stefan und schaut sich die Flasche nochmals an.

»Darf ich auch mal?« fragt Carmen. Er reicht ihr die Flasche über den Tisch. Carmen studiert das Etikett. Dann schüttelt sie bedauernd den Kopf.

»Ich trinke gern guten Rotwein, aber dieses Chateau kenne ich nicht!«

»Lassen Sie sich überraschen! Soweit ich Ihren Geschmack jetzt beurteilen kann, wird er Ihnen gefallen, da bin ich – so ziemlich – sicher!«

»Das freut mich.« Carmen reicht die Flasche zurück, der Butler entkorkt sie, schnuppert am Korken, nickt Stefan zu.

»Ausgezeichnet, ausgezeichnet!« erbaut sich der.

Ausgezeichnet, denkt auch Carmen, wir sind vom Thema ab!

Stefan greift es zunächst auch nicht wieder auf. Sie unterhalten sich über die Kolonialzeit, über die Rolle Deutschlands damals und heute in der Welt. Stefan ist sehr belesen und kennt sich in Geschichte bestens aus. Für Jahreszahlen scheint er eine besondere Begabung zu haben. Carmen nicht. Sie kann sich detailliert an geschichtliche Ereignisse erinnern, aber mit der zeitlichen Zuordnung ist sie eher großzügig. Carmen lacht darüber: »Wahrscheinlich spiegelt sich darin unsere Persönlichkeit wider. Ich bin die Frau fürs Grobe, bei mir muß alles schnell gehen, Sie sind der Mann fürs Feine, Sie bringen alles genau auf den Punkt, vorher geben Sie sich nicht zufrieden!«

Stefan nickt: »Das haben Sie gut definiert. Aber ich glaube, es ist schon besser geworden. Ich war früher noch pedantischer. Die letzten fünf Jahre haben mir gezeigt, daß man nicht alles erzwingen kann!«

Aha, denkt Carmen, jetzt sind wir wieder beim Thema.

Der köstliche Rotwein in der Karaffe geht zur Neige, auf die Frage, ob Carmen noch einen Schluck möchte, schüttelt sie verneinend den Kopf. Nein, wegen ihr muß keine neue Flasche mehr geöffnet werden. Sie ist mehr als gesättigt, dem Hauptgang, Lammnüßchen in Estragonjus, grüne Bohnen und Kartoffelgratin, hatte sie nicht widerstehen können und sich reichlich nachlegen lassen. Jetzt ist nur noch Platz für einen Kaffee, wenn überhaupt.

»Sie können doch meinen Koch nicht so enttäuschen«, sagt Stefan bedauernd.

»Weshalb?« fragt Carmen und ahnt schon, was kommt.

»Nun, ein Avocadoparfait mit frischen Feigen dürfen Sie ihm nicht abschlagen. Einem Künstler schlägt so ein Korb aufs Gemüt!«

»O ja«, lacht Carmen. »Mag sein, aber dann muß ich ein paar Schritte gehen. Im Moment ginge noch nicht mal mehr das Kernchen einer Feige!«

»Gut«, nickt Stefan ihr zu und legt seine Serviette auf die Seite, »dann zeige ich Ihnen das Haus, wenn Sie möchten!«

»Gern!« Und mit einem verstohlenen Blick auf die Uhr denkt sie, das paßt, die Geisterstunde beginnt auch gleich.

Sie kommen nicht weit. Schon im nächsten Raum bleiben sie an einer Galerie alter Bilder hängen. Es ist ein stilvoll eingerichtetes Herrenzimmer, Bücherregale bedecken zwei Wände, eine weitere wird von alten Meistern beherrscht, und an der Seite, die ein offener Kamin schmückt, hängen alte Schwarzweißfotografien.

»Darf ich mir die mal anschauen?« fragt Carmen.

»Aber bitte.« Stefan läßt sie vorausgehen.

Alte Fotos haben auf Carmen eine magische Anziehungskraft. Wie die Menschen früher gelebt, sich gekleidet, sich frisiert haben – sie findet das alles faszinierend. Die alten Autos, die großbürgerlichen Häuser, die ganz leicht verstaubte Atmosphäre. »Das ist das Haus, wie es 1903 aussah. Das hier sind meine Urgroßeltern. Also, die, die schon draußen in der Halle verewigt wurden!«

»Schön.« Carmen geht näher ran. Tatsächlich, dieselben Personen. Die Kinder etwas älter, alle um ein offenes, einer Kutsche ähnliches Automobil gruppiert, im Hintergrund Schloß Kaltenstein.

»Welcher von den Jungs hier war denn nun Ihr Opa?«

Zielsicher deutet Stefan auf einen Jungen, etwa zwölf Jahre alt, der in seinem weißen Anzug lang und dünn neben seiner Mutter steht. »Das hier ist mein Opa mit seiner eigenen Familie, fünfzehn Jahre später!«

Wieder dasselbe Motiv, wieder steht eine Familie vor einem Automobil, moderner schon, größer, aber immer noch offen, mit Speichenrädern und großem Verdeck.

Carmen vergleicht die beiden Fotos. Das Haus sieht freundlicher aus, Zierblumen stehen auf der Freitreppe und auf den Fenstersimsen. Die Frau trägt ein langes, gerade geschnittenes Kleid, die Kinder tragen Matrosenanzügchen und Matrosenkleidchen, der Vater einen Knickerbocker-Anzug aus hellem Leinen. Alles sieht sehr forsch, viel lebendiger aus als auf dem Foto von 1903.

Stefan deutet auf einen etwa einjährigen Jungen im Arm der hübschen jungen Frau: »Und das ist mein Vater!«

»Toll«, Carmen lacht. »Eine geniale Idee, die Entwicklung und den Fortschritt immer wieder am gleichen Motiv darzustellen. Jetzt fehlt nur noch das Familienfoto ihres Vaters. Ich bin gespannt, wie Sie als kleiner Junge aussahen!«

»Das ist das letzte Foto meines Vaters«, sagt Stefan und deutet auf ein Foto, das etwas abseits hängt und das Carmen deshalb noch nicht bemerkt hat. Sie tritt näher – und meint, ihr Herzschlag müsse aussetzen. Kalt und heiß läuft es ihr über den Rücken. Das kann doch nicht wahr sein – träumt sie? Wird sie gleich aufwachen? Nein, sie steht mit beiden Füßen auf dem Boden, und das hier ist exakt dieselbe Fotografie, die auch bei Elvira hängt. Ein junger Flieger von etwa 28 Jahren neben seinem Flugzeug.

Im Moment kann Carmen gar nichts sagen. Sie meint, Stefan müsse ihre Aufregung bemerken. Wie soll sie reagieren? Hat nicht Elvira gesagt, daß dieser Mann ihre große Liebe gewesen sei? Der Mann, den sie heiraten wollte? Tausend Gedanken wirbeln ihr durch den Kopf, bis sie schließlich eine einfache Frage formulieren kann.

»Wieso ist das das letzte Foto Ihres Vaters?«

»Er und meine Mutter sind kurz nach meiner Geburt abgestürzt. Beide waren tot. Ich bin bei meinem Onkel, dem Bruder meines Vaters, und seiner Frau aufgewachsen.«

»Oh!« Carmen ist schockiert. Die Gänsehaut steht ihr am ganzen Körper, und sie schluckt trocken. Seine *Eltern* sind abgestürzt? Elviras Freund war schon verheiratet? Und dazu Vater? »Haben Sie noch Geschwister?« fragt sie.

»Nein, ich war das erste Kind. Sozusagen das Kind der Hochzeitsnacht«, er lacht.

Carmen ist völlig verwirrt. Soll sie ihn auf Elvira ansprechen? Nein, unmöglich. Sie muß Elvira fragen. So schnell wie möglich! Stefan hat nichts bemerkt. »Mein Vater muß ein tollkühner Flieger gewesen sein«, sagt er noch, »aber sein Bruder, mein Ziehvater, war auch nicht schlecht. Er war ein sehr anständiger Mensch. Er ist leider vor zwei Jahren, erst 76jährig, gestorben. Und jetzt wollen wir mal nach unseren Avocados sehen – geht's wieder?« Er lächelt sie fragend an. Carmen braucht einige Sekunden, um die Frage auf das Essen beziehen zu können.

Sie lächelt zurück. Dieses Foto hat ihr so auf den Magen geschlagen, daß sie zunächst mal einen Cognac braucht. Stefan ist einverstanden, sie gehen im Eßzimmer zum Digestifwagen, er schenkt ihr einen kräftigen Schluck ein.

»Ich habe jetzt so viele Fotos ihrer Vorfahren gesehen, aber keines Ihrer Mutter«, greift sie vorsichtig das Thema wieder auf.

»Existieren leider keine mehr, noch nicht mal das Hochzeitsfoto. Keiner weiß, wo sie geblieben sind. Mein Vater, pardon, mein Ziehvater, meinte, sie hätten das Familienalbum vielleicht aus irgendeinem Grund dabeigehabt. Die Maschine ist ausgebrannt, müssen Sie wissen, es ist nichts übriggeblieben!«

»Ein Glück, daß Sie nicht dabei waren«, sagt Carmen, und ihr schießen vor Rührung die Tränen in die Augen. Unglaublich, denkt sie, welche Rolle mag Elvira dabei gespielt haben? War sie die Geliebte? Ist Stefan vielleicht sogar ihr Sohn?

Stefan sieht es, denn er steht ihr am Digestifwagen genau gegenüber. Er nimmt sie spontan in den Arm. »Sie haben eine weiche Seele, Carmen, das ist schön. Sicher ist es schlimm, aber da ich meine Eltern überhaupt nicht gekannt habe, ich war erst wenige Tage alt, habe ich sie natürlich auch nie vermißt. Ich bin bei meinem Onkel sehr glücklich aufgewachsen, er und seine Frau konnten keine Kinder bekommen, so war dieses tragische Unglück für die beiden vielleicht sogar ein Glücksfall!«

Der Butler tritt mit den Nachspeisen ein, Carmen löst sich langsam aus Stefans Arm. Wie nüchtern er das sieht! Ob sie es auf sich beruhen lassen soll? Aber irgendwie reimt sich das Ganze nicht zusammen. Vielleicht wurde Stefan von seinen Zieheltern eine völlig falsche Geschichte aufgetischt. Warum gibt es denn keine Fotos von seiner angeblichen Mutter? Das ist doch seltsam. Möglicherweise ist Elvira eben doch seine Mutter, und er weiß es nur nicht. Sie rechnet kurz nach. Vom Altersunterschied her könnte es passen. Das wäre ja ein Ding, wenn sie Mutter und Sohn zusammenführen könnte.

Stefan führt sie zu ihrem Platz, rückt den Stuhl zurecht. Wie angenehm es sich mit diesem Mann leben ließe, überlegt sie. In diesem wunderschönen Haus, vielleicht mit Elvira zusammen?

»Wo sind Sie mit Ihren Gedanken?«

»Ich denke über Ihr Leben nach«, sagt Carmen. »Und – wie das Schicksal so spielt!«

Der Freitagmorgen ist hart für Carmen. Als der Wecker um sieben Uhr klingelt, ist sie versucht, ihn abzustellen und einfach weiterzuschlafen. Es war zwei Uhr gestern, bis sie endlich in ihrem Bett war – und dann konnte sie eine Ewigkeit nicht einschlafen. Ständig spukte ihr der junge Mann mit Seidenschal und Pilotenmütze durch den Kopf. Morgen früh wird sie Elvira aus dem Krankenhaus abholen. Ob sie sie überhaupt darauf ansprechen soll, oder könnte das zuviel für ihren Gesundheitszustand werden? Aber es einfach zu verheimlichen, wer weiß, was sie damit anrichtet? Wenn sie nur jemanden hätte, mit dem sie darüber sprechen könnte. Frederic fällt ihr ein. Oder Laura. Sollte sie nicht dieses Wochenende aus Brasilien zurückkehren? Fängt am Montag nicht wieder die Schule an? Das wäre ideal!

Es ist Viertel nach sieben, als sie sich endlich aus dem Bett quält. Sie versucht, mit Wechselduschen einen klaren Kopf zu bekommen, aber der ganze Effekt ist, daß sie selbst nach heftigem Abrubbeln noch leise vor sich hinbibbert. Kein Wunder, daß es sie friert. Novemberanfang. Sie sucht sich einen dunklen Cashmere-Pullover heraus, zieht blickdichte schwarze Strümpfe und einen schwarzen Wollrock an. Jetzt müßte ihr eigentlich warm werden. Tut es aber nicht! Sie dreht überall die Heizung auf voll, macht sich einen Kaffee und nimmt sich dann ihren weiten, feinen Plüschmantel aus dem Schrank. Das ist zwar ein ausgesprochener Wintermantel, aber Carmen ist das egal. Neidvoll denkt sie an Laura. Die wird im brasilianischen Sommer schwitzen, bis sie in den Flieger nach Deutschland hüpft. Bin gespannt, was die zu meinen impotenten Männern sagen wird!

»Es will heute einfach nicht richtig Tag werden«, sagt selbst ihre Mitarbeiterin Britta, und Carmen beschließt, sich heute frühzeitig aus dem Büro abzuseilen. Sie ist sowieso unkonzentriert, die Arbeit fällt ihr schwer, zu begriffsstutzigen Kunden ist sie kurzangebunden, fast schon unhöflich – alles in allem, es wird Zeit, daß sie geht. Britta Berger hat Verständnis: »Sie sehen auch überhaupt nicht gut aus! Vielleicht bekommen Sie eine Grippe. Gehen Sie doch noch schnell bei einer Apotheke vorbei!«

Ist ja eigentlich nett von ihr, denkt Carmen. Die Berger ist wie ein graues Mäuschen. Immer da, immer zuverlässig, immer freundlich, und jeder übersieht sie. Die Welt ist ungerecht!

»Danke«, sagt sie, nimmt ihren Mantel und geht. Es ist 14 Uhr, und der Himmel ist bleigrau verhangen. Carmen wickelt sich fest in ihren warmen Mantel ein, freut sich, daß sie heute richtig feste Winterschuhe mit dicken Sohlen anhat und beschließt, Brittas Rat zu befolgen und sich in einer Apotheke mit Erkältungsmedizin einzudecken. Da der Zeitungsverlag ganz in der Nähe liegt, geht sie auch dort vorbei. Dasselbe gelangweilte Mädchen wie vor ein paar Tagen bedient sie. Die Antipathie ist spürbar gegenseitig.

»Ich wollte Sie bei Ihrer Arbeit nicht weiter stören, sondern nur meine Chiffre-Post abholen. Auf den Namen Carmen Legg!«

»Sehr recht. Der Umschlag wäre auch schlecht weiterzuleiten gewesen!«

Sie rauscht von dannen, und Carmen wartet. Was sie wohl gemeint hat? Mit einem Monstrum von Umschlag kommt die junge Verlagsangestellte zurück. Er dürfte gut 100 Zentimeter lang und 40 Zentimeter breit sein.

»Und Sie meinen, das ist für mich?« fragt Carmen verblüfft.

»Steht doch drauf!«

»Danke, sehr freundlich!« Carmen nickt kurz, nimmt das Ding und geht. Wer kann ihr einen solchen Brief geschrieben haben? Das ist doch verrückt! Hoffentlich fängt es nicht an zu regnen, sonst weicht alles auf. Sie schafft es gerade noch, rechtzeitig zu ihrem Auto zu kommen. Nix wie nach Hause und in die Badewanne und dann ins Bett!

Das heiße Wasser tut gut. Sie hat sich ein Erkältungsbad gekauft und spürt, wie sich ihre Glieder langsam entspannen. Am liebsten hätte sie ihren Mammut-Brief schon im Schlafzimmer beim Ausziehen gelesen, aber sie hat ihn auf die Seite gelegt. Erst das Bad, und dann mit einem heißen Tee ins Bett. Dazu dann die beiden übriggebliebenen Briefe und dieses Überraschungsei. Der Anrufbeantworter blinkt auch schon ganz aufgeregt, fünf Gespräche hat er aufgezeichnet, aber Carmen hatte keine Geduld, sich das alles anzuhören. Das wird sie nach den Briefen machen. Mal schauen! Sie rutscht etwas tiefer ins Wasser. Wie herrlich, die Augen schließen, Musik hören, an nichts denken. Das Telefon klingelt. Laß es klingeln, sagt sie sich, das ist Anruf Nr. 6. Sie hört von weitem ihre eigene Ansage, kann aber nicht erkennen, wer darauf spricht. Pieps, rum, auch gut. Es klingelt noch dreimal, aber Carmen bleibt hart. Heute ist ihr Tag. Nicht Olivers, nicht Frederics, nicht Stefans und schon gar nicht Peters. Heute widmet sie sich nur sich selbst. Was aber – der Gedanke zieht bis in die Zehennägel – wenn mit Elvira etwas ist? Sie hat ihre Telefonnummer für Notfälle angegeben. Kann nicht sein, beruhigt sie sich wieder, ich habe ja heute mittag noch mit ihr telefoniert, und da ging es ihr bestens. Es wird meine Mutter sein, die mich am Sonntag zum Kaffee sehen will. Und für diese frohe Botschaft reicht es auch nachher noch!

Als sie nach den vorgeschriebenen 20 Minuten aus dem Bad steigt, ist es ihr zunächst einmal schwindelig. Sie setzt sich auf den Badewannenrand. O je, denkt sie, da stimmt wirklich was nicht. Die Finger sind bereits aufgeweicht und schrumpelig, und ihre Haut ist ihr viel zu blaß. Ich muß dringend mal wieder an die Sonne, überlegt sie, während sie zum Bademantel greift. New York fällt ihr ein, aber dort ist es auch November und kalt. Sie sollte besser nach Florida fliegen oder auf die Kanaren.

Carmen zieht sich dicke Socken an die Füße, tauscht den Bademantel gegen ein langes, flauschiges Nachthemd und geht in die Küche, um Wasser für einen Erkältungstee aufzustellen. Nebenher schaltet sie den Anrufbeantworter an: Frederic, der wissen will, ob sie noch lebt, Stefan, der ihr einen guten Morgen wünscht und wissen will, ob sie die Nacht gut verbracht hat, Oliver, der wissen will, ob der Flug am nächsten Mittwoch nach N.Y. nun klappt oder nicht, ihre Mutter, die wissen will, ob sie sonntags zum Kaffee kommt, eine Kundin, die wissen will, welche Laufzeit ihr Vertrag hat, Lauras Drei-Sekunden-Call aus Brasilien, ob sie sie wohl am Sonntag um 17.30 vom Flughafen abholen könnte? Und die letzten drei wurden nach einem kurzen, schweren Atemstoß immer wieder aufgelegt. Entweder einer, der sich nicht traut, auf einen Anrufbeantworter zu sprechen, oder einer, der sie ärgern will. Aber Carmen läßt sich nicht ärgern, sie schüttet das Pulver in den großen Teebecher, das dampfende Wasser darüber, nimmt eine Packung Butterkekse, das gab's bei Muttern im Krankheitsfall auch immer, klemmt sich das Telefon unter den Arm, packt die Briefe und geht ins Schlafzimmer. Ach, wie kuschelig. Sie stellt sich alles zurecht, legt die Briefe aufs Bett und schlüpft unter die Decke. Die Lampe verbreitet eine heimelige Stimmung, im Kassettenrecorder läuft Ray Charles, die bunten Vorhänge schließen den verregneten Novembertag aus. Carmen schüttelt sich das Kissen zurecht, nimmt einen Schluck Tee und reißt dann den ersten der beiden kleinen Briefe auf.

Er liest sich gut, kurz und knapp. Felix Hoffmann ist 35, war durch Beruf und Freundin reichlich gestreßt, ist wohl deshalb unbewußt auf Impotenz ausgewichen, pflegt sie seither und würde sie gern mit Carmen teilen, falls sie sich auf den ersten Blick mögen. An Liebe auf den zweiten Blick glaubt er nicht!

Na, laß mal sehen, Carmen fischt in dem Umschlag nach einem Foto. Tatsächlich, da ist eines, es ist an der Gummierung festgeklebt. Er sitzt in einer knappen Badehose rittlings auf einem Surfbrett und strahlt. Das Bild sieht sehr ansprechend aus, nach Freizeit, viel Spaß und guter Laune. Die Gesichtszüge sind auf dem kleinen Bild schlecht zu erkennen, aber sie wirken ebenmäßig und sympathisch. Okay, denkt Carmen, auf die Haben-Seite. Dann öffnet sie den zweiten, etwas dickeren Umschlag. Der Mann hat sich offensichtlich seinen Kummer von der Seele geschrieben. Fünf DIN-A4-Blätter liegen vor Carmen, beidseitig eng mit Kuli beschrieben. Daran muß er stundenlang gesessen haben, denkt Carmen. O je. Soll sie sich das jetzt antun? Nun ja, wenn nicht jetzt, wann dann? Sie nimmt noch einen Schluck, puhlt sich einen Keks aus der Schachtel, legt sich bequem in Seitenlage und fängt an zu lesen. Ganz einfach zu entziffern ist seine Handschrift nicht, das macht die Sache auch nicht unbedingt erfreulicher. Und auch das erbetene Foto fehlt. Trotzdem! Sie kämpft sich durch die ersten sechs Seiten, dann gibt sie es auf: Vor den restlichen vier kapituliert sie. Er beschreibt ihr minutiös, wie früher alles so toll geklappt hat, wie dann plötzlich der Einbruch kam, wie er versuchte, dies alles wieder ins Lot zu bekommen, wie er an sich selbst zweifelte, wie er an Selbstmord dachte – an dieser Stelle legt sie den Brief beiseite. Nein, das ist nichts für sie. Morgen wird sie ein Päckchen schnüren für diese, wie hieß sie noch, Annemarie Weber, vielleicht findet sie ja Gefallen an einem solchen Mann. So, sie nimmt noch einen großen Schluck Tee. Langsam kühlt er ab – ob sie ihn noch mal in die Mikrowelle…? Nachher! Jetzt ist dieses Ding dran, das sie durch die halbe Stadt geschleppt hat.

Das Kuvert ist blütenweiß, ihre Chiffrenummer wurde fein säuberlich mit dickem, violetten Filzstift geschrieben, daneben mit Ausrufezeichen: »Nicht biegen!« Auf der Rückseite steht kein Name, keine Adresse, sondern, schwungvoll mit blauer Tinte geschrieben, ein Gedicht:

Herr: es ist Zeit. Der Sommer war sehr groß.
Leg deinen Schatten auf die Sonnenuhren,
und auf den Fluren laß die Winde los.

Befiehl den letzten Früchten voll zu sein;
gib ihnen noch zwei südlichere Tage,
dränge sie zur Vollendung hin und jage
die letzte Süße in den schweren Wein.

Wer jetzt kein Haus hat, baut sich keines mehr.
Wer jetzt allein ist, wird es lange bleiben,
wird wachen, lesen, lange Briefe schreiben
und wird in den Alleen hin und her
unruhig wandern, wenn die Blätter treiben.

Rilke, denkt Carmen. Das ist schön, sehr schön. Sie dreht sich auf den Rücken, zieht die Decke bis zum Kinn und träumt über das eben Gelesene etwas nach. Wie schön sich das anhört: ...wird in den Alleen hin und her unruhig wandern, wenn die Blätter treiben. Klar, denkt sie, alleine bin ich eigentlich auch. Und ich hab' auch kein Haus, bin ein Blatt im Wind. Fast steigen ihr die Tränen hoch, so rührselig ist ihre Stimmung. Wie schön wäre es, zu zweit durch eine Baumallee zu stapfen, Blätter hochzuwirbeln, die wie ein dicker Teppich auf dem Boden liegen, warm eingepackt zu sein und fröhlich? Einzukehren in eine alte Gaststube, eng beieinander am Kachelofen einen Tee zu trinken, vergnügt, geborgen, zufrieden? Was steht drin? Sie taucht wieder unter ihrer Bettdecke hervor. Nein, nicht mit dem Finger, ruft sie sich selbst zur Ordnung, das wäre schade um diesen Brief. Sie springt aus dem Bett, holt sich schnell ein Messer aus der Küche. Jetzt spielt ihr Kreislauf wieder mit. Vielleicht hat sie sich ja auch getäuscht, und es waren gar nicht die Anzeichen einer kommenden Grippe, sondern nur die totale Müdigkeit, die nahende Erschöpfung. Wie auch immer, wenn sie wieder gesund ist, kann sie sich zu diesem Brief auch ein Gläschen Rotwein gönnen. Sie entkorkt schnell eine Flasche, schenkt sich ein Glas ein, geht zurück ins Bett, lehnt sich hinten an der Wand an und zieht die Decke herauf. So. Jetzt der Brief. Langsam fährt sie mit dem Messer den Falz entlang. Offen. Mit spitzen Fingern greift sie hinein, zieht einen graphisch gestalteten, weißen Karton heraus. Carmen hält ihn erst ein bißchen von sich weg, er sieht aus wie ein verstärktes Poster. Dann untersucht sie die Oberfläche genauer. Es sind offensichtlich Computerzeichnungen, die nachträglich mit Aquarellfarben und großem Pinsel eingefärbt wurden. In der oberen linken Ecke prangt eine große rote Sonne, zwei Schwäne fliegen vorbei, nebeneinander, einträchtig. Ein bißchen versetzt, weiter unten rechts, sitzen zwei Katzen auf einem dunkelroten Hausgiebel und schmiegen die Köpfe aneinander. In einem Fenster, weiter unten, reiben zwei Kanarienvögel zärtlich die Schnäbel. Am unteren Bildrand sitzen zwei Mäuschen an der Hausmauer im hohen Gras und haben die langen Schwänze zu einem verliebten Herz verknotet. Und in der linken Ecke gehen zwei Marienkäfer nebeneinander spazieren. Der eine schaut nach oben zur Sonne und sagt in einer Sprechblase:

»Schau, Schatz, wir spiegeln uns am Himmel!«

Carmen ist fasziniert. Was ist das für ein Mensch, der sich so viel Zeit für so etwas nimmt? Einige handgeschriebene Zeilen fügen sich harmonisch in die Zeichnungen ein.

Liebe Unbekannte, natürlich kenne ich Sie nicht, und natürlich weiß ich nicht, ob wir die Partner sind, die sich suchen. Aber mich zieht es zu Ihnen hin, ich kann nicht sagen warum, und intensiven Gefühlen sollte man nachgeben – wer weiß, ob sie, wenn man sie mißachtet, jemals wiederkehren.

Ich möchte mit Ihnen an einem der kommenden Herbstabende einen weiten Spaziergang machen, durch dickes Laub waten und dann irgendwo in einer gemütlichen Stube an einem Kachelofen einen Glühwein trinken.

An dieser Stelle setzt Carmen ab. Genau das hatte sie sich doch vorhin zurechtgeträumt. Gibt's denn so etwas? Sie liest weiter: Noch eines zu meiner Person. Ich bin 34 und kann Sie gut verstehen. Ich gehörte früher auch zu der Sorte der überpotenten Männer, die eine Frau ganz schön nerven können. Damals habe ich das natürlich nicht so gesehen, da kam ich mir mit meinem regen jungen Freund ganz toll vor. In letzter Zeit ist mir einiges klar geworden, auch, daß Liebe und Vertrauen mit Sex nichts zu tun haben.

Bitte rufen Sie mich nicht an, schreiben Sie mir,
Ihr David Franck.

Carmen lehnt sich langsam zurück. Das ist er! Sie hat das ganz sichere Gefühl, jetzt den Richtigen gefunden zu haben. Am liebsten hätte sie tatsächlich sofort zum Telefonhörer gegriffen. Wie seine Stimme wohl klingen mag? Wie er wohl aussieht?

Sie nimmt nachdenklich einen Schluck Wein. Schreiben soll sie? Sie hat seit Ewigkeiten keinen Brief mehr geschrieben. Sie hat nicht einmal mehr richtiges Briefpapier im Haus. Aber welches Briefpapier kommt schon gegen seines an? Eines mit gekauftem Druck wirkt billig gegen seine Idee. Ich werde mir schwarze Zeichenpappe kaufen und einen silberfarbenen Metallic-Painter mit dünner Schreibmine. Das kommt gut heraus. Soll sie auch ein Gedicht...? Nein, nachmachen ist geistlos. Sie schaut auf die Uhr. Am liebsten würde sie jetzt gleich loslaufen und noch einkaufen. Kurz vor sechs. Wenn sie sich beeilt...?

Mit einem Satz ist sie aus dem Bett, schlüpft in Jeans und Pullover, zieht Tennisschuhe an die bloßen Füße, schnappt sich Geldbörse und Schlüssel und läuft in die Garage. Wenn ich bis jetzt keine Erkältung hatte – jetzt kommt sie bestimmt, denkt sie, denn in der Eile hat sie auch keinen Mantel angezogen.

Eine halbe Stunde später ist sie zurück. Es hat geklappt, sie hat alles bekommen und nicht nur das. Sie hat mehrere Arten von Briefpapier gekauft und mehrere Stifte, einen davon mit einer Schreibfeder, die geben das beste Schriftbild ab. Sie setzt sich an den Tisch. Jetzt fehlt nur noch die zündende Idee. Ein Blatt nach dem anderen fliegt zerknüllt vom Tisch. Wenn nur Elvira da wäre, die könnte ihr sicher helfen. Oder Laura. Laura hat immer so ausgefallene Ideen und eine unglaubliche Phantasie. Aber es nützt alles nichts, sie will den Brief spätestens morgen abschicken. Bloß keine Zeit verlieren! Schließlich steht alles in silberfarbener Schrift auf schwarzem Grund:

Lieber David, Ihre Mammutkarte ist überwältigend. Sie wird einen Ehrenplatz bekommen (in der Toilette, aber das sagt sie ihm nicht), denn besonders das Maikäferchen hat es mir angetan. Schön, mit welcher Unschuld es davon ausgeht, daß die Sonne nur sein Spiegelbild sein kann. Irgendwo ist es größenwahnsinnig, aber in seiner Unschuld wiederum putzig.

Auf Ihren Vorschlag gehe ich gern ein – es paßt, wie auch das

Gedicht von Rainer Maria Rilke, zu meinem Bild vom Herbst, und wenn ich es könnte, würde ich einen herbstlich gefärbten Laubwald zeichnen, mit zwei dick vermummten Gestalten und einem Hund – ich hoffe, Sie haben einen – darin: Sie und ich.

Es würde mich freuen, bald von Ihnen zu hören,
Carmen Legg.

Lege ich nun ein Foto bei oder nicht? Und wenn ja, welches? Er hat ja auch keines dazugelegt. Lassen wir uns überraschen, sagt sie dann und schreibt sorgfältig die Adresse auf den passenden Briefumschlag. Rosenweg 17. Rosenweg 17? Wo mag das sein? Soll sie im Stadtplan nachschauen und morgen mal vorbeifahren? Klar, sie könnte Elvira abholen und einen kleinen Abstecher machen. Was aber, wenn er zufällig draußen ist und sie später wiedererkennt? Das wäre aber peinlich. Sie könnte höchstens bei Dunkelheit vorbeifahren. Jetzt gleich?

Sie ist hin- und hergerissen. Wenn er seinen Brief persönlich im Verlag abgegeben hat, könnte sie ihren doch auch persönlich bei ihm einwerfen. Oder würde er das als Eingriff in seine Privatsphäre betrachten? Wahrscheinlich schon, denn wer läßt sich schon gern ausspionieren. Sie wird morgen Elvira fragen.

Beim Zubettgehen fällt ihr der Brief von Felix Hoffmann in die Finger. Ach, den hat sie ja total vergessen. Was soll sie jetzt damit? Laß nicht nach, sagt sich Carmen. Triff ihn. Wer weiß, vielleicht stellt sich David ja als Niete heraus, und du hättest dein Glück verpaßt! Und morgen schnüre ich das Päckchen für Annemarie, sagt sie sich, während sie sich im Bett ihre Liegeposition sucht, dann sind alle glücklich! Kurz darauf ist sie eingeschlafen.

Elvira sitzt fix und fertig gerichtet neben ihrem kleinen Köfferchen. Die Begrüßung ist stürmisch, Carmen brennen schon im Auto heiße Fragen auf den Lippen, aber sie verkneift es sich noch. Sie muß eine bessere Gelegenheit abwarten, um über Stefan Kaltenstein zu sprechen.

»Wo fahren wir eigentlich hin?« fragt Elvira nach einer Weile.

»In den Rosenweg 17!«

»Rosenweg 17? Ist ja interessant. Müssen wir dort was holen?«

»Nein, hinbringen!« Carmen grinst sie an. »Dreh dich mal um!«

Elvira schaut nach hinten. Auf der Rückbank steht Davids Riesenkarte.

»Was ist denn das?« fragt Elvira.

»Mein Mann fürs Leben!«

»Mach keine Witze! Und was ist mit Frederic?«

»Frederic ist dafür doch nie in Frage gekommen!«

»Ach so«, staunt Elvira, »das sah aber irgendwie ganz anders aus!«

»Findest du?« Carmen lacht aus vollem Herzen. »Nein, mit David ist das etwas ganz anderes. Und du sollst da auch nur kurz einen Brief einwerfen.«

»Ach, bin ich jetzt der Liebes-Postillon?«

»Wenn du so willst – ach, paß auf, hier beginnt jetzt der Rosenweg.«

»Romantisch!« sagt Elvira trocken.

Romantisch ist er nun überhaupt nicht. Graue, langweilige Blöcke stehen nebeneinander. Keine Spur von Rainer Marias Herbsttag, weit und breit keine Marienkäfer.

Wahrscheinlich überlebt in so einer Siedlung noch nicht einmal ein Kieselstein, wenn er nicht aus Beton ist, denkt Carmen und ist zutiefst enttäuscht.

»Was sind das denn für Hausnummern?« fragt sie.

»Kann ich nicht entziffern, ich habe keine Brille auf!«

Carmen fährt rechts ran und schaut angestrengt. »Ist auch überhaupt keine Hausnummer dran. Abgerissen. Wie das ganze Haus. Vielleicht am nächsten!« Sie fährt einen Block weiter: »132. Gott sei Dank!«

»Meinst du, daß sich das Flair wegen der paar Nummern ändert?« Elvira schaut skeptisch die gleichförmige Straße entlang.

»Aber Elvira, mehr Optimismus bitte! Das Schloß liegt sicherlich hinter der nächsten Biegung versteckt, da!« Sie deutet mit dem Zeigefinger vage in eine Richtung. »Wahrscheinlich hinter diesem Menschensilo dort!«

Beim Stichwort »Schloß« fällt ihr wieder Stefan Kaltenstein ein. Sie muß es bald anbringen, sonst platzt sie.

Tatsächlich, ab der Hausnummer 50 wird die Gegend grüner, werden die Häuser kleiner. Langsam fährt Carmen von Hausnummer zu Hausnummer. Die Nummer 19 ist eine große, verrottete Villa, daneben, zurückversetzt und im Schatten einiger zerfledderter Pappeln, steht Haus Nummer 17. Es ist aus Glas und Stahl konstruiert, hypermodern, obwohl die Bausubstanz selbst auf diese Entfernung ahnen läßt, daß es schon vor längerer Zeit gebaut wurde. Auch der Garten sieht danach aus. Wild zugewachsen, kaum, daß ein Weg sichtbar ist.

»Und da willst du mich jetzt hineinjagen?« fragt Elvira und legt die Stirn in Falten.

»Nur bis zum Briefkasten. Bitte!«

»Wieso machst du das nicht selbst?«

»Wenn er mich sieht – das ist doch blöd!«

Carmen drückt ihr den Brief in die Hand, mit einem Seufzer greift Elvira nach ihrem Stock, steigt aus und geht langsam auf die Gartenmauer mit dem Nummernschild »17« zu. Carmen schaut angestrengt aus Elviras Seitenfenster zum Haus. Vielleicht kann sie ja etwas entdecken. Aber in dem Glaskasten spiegelt sich alles, der Himmel, das Haus auf der gegenüberliegenden Seite, bloß hineinsehen kann man nicht. Trotzdem ist sich Carmen fast sicher, daß sich drinnen nichts rührt. Es ist keiner zu Hause.

»Wollen Sie zu mir?« Carmen zuckt zusammen. Vor dem offenen Wagenfenster auf ihrer Seite steht ein Mann. Etwas dicklich, nicht besonders groß, etwa 35 Jahre alt, schwarze Lockenmähne, eine prall gefüllte Einkaufstüte in der Hand.

»Ich – ich weiß nicht so recht«, Carmen kommt ins Stottern, »wenn Sie David Franck sind, ja!« Mein Gott, denkt sie, wenn er es wirklich ist, wie ziehe ich mich bloß aus der Affäre?

»Wenn ich David Franck wäre, würde ich an irgendeinem Strand liegen und mir von mindestens drei hübschen Mädchen den Bauch kraulen lassen!«

»Aha«, antwortet Carmen irritiert.

»So aber sorge ich emsig für unseren Lebensunterhalt«, fährt er fort und hält die Plastiktüte hoch. »Soll ich ihm denn etwas ausrichten?«

In diesem Moment steigt Elvira wieder ein.

»Nein, danke«, sagt Carmen, »schon erledigt!«

»Nun, denn.« Der Schwarzgelockte schüttelt den Kopf und geht am Auto vorbei auf das Gartentor zu.

»Alles klar?« Elvira schaut Carmen fragend an: »War er das?«

»Das traust du mir zu?« fragt Carmen entsetzt. »Meinst du ernsthaft, so sieht mein Mann fürs Leben aus?«

»Warum nicht«, Elvira zuckt die Achseln, »zumindest kann er gut kochen – da möchte ich fast wetten!«

»Mag sein.« Carmen wendet den Wagen. »Aber da bleibe ich lieber bei meinen eigenen Kochkünsten – davon werde ich wenigstens nicht dick!«

Elvira wirft ihr einen Blick zu: »Apropos, vielleicht sollten wir uns noch irgendwo etwas mitnehmen. Ich könnte uns einen kräftigen Eintopf kochen, das paßt zur Jahreszeit!«

»Auja, fein!« Carmen ist begeistert. »Da gehen wir am besten gleich mal einkaufen! Und als Willkommensgruß für dich stifte ich zum Aperitif eine Flasche Champagner!«

Elvira legt ihre Hand leicht auf Carmens Oberschenkel: »Ich bin glücklich, wieder daheim zu sein!«

Carmen freut sich über Elviras Geste, aber spontane Zuneigung macht sie immer rührselig. Sie wischt ihre Stimmung weg, und da fällt ihr Stefan Kaltenstein wieder ein, und daß sie immer noch nicht weiß, wie sie mit ihrer Entdeckung umgehen soll.

Nach dem Mittagessen besteht Carmen darauf, daß sich Elvira hinlegt. Sie nimmt Elviras Hausschlüssel, um sie später nicht aus dem Bett klingeln zu müssen, und geht in ihre Wohnung. Dort holt sie sich Felix Hoffmanns Brief und wählt seine Nummer. Sein Anrufbeantworter läuft. Sie hinterläßt ihm eine unverfängliche Nachricht, sagt nur Carmen Legg, Stichwort »klarer Männerkopf«, bittet um Rückruf, und gibt ihre Nummer an. Dann zieht sie nochmals das Foto von ihm auf dem Surfbrett heraus. Er gefällt ihr wirklich gut. Seit ihrer Begegnung mit dem Schwarzgelockten steht sie David Franck etwas differenzierter gegenüber. Wenn der schon einen solch komischen Freund hat, was wird er dann wohl selbst für eine Marke sein… und die Geschichte mit den hübschen Mädchen hat ihr auch nicht gefallen.

Sie schnürt ein Päckchen mit den übrigen Briefen für Annemarie Weber, schreibt einige kurze, persönliche Zeilen dazu und adressiert es. So, das hat sie weg. Das Telefon klingelt. Sie denkt an Felix Hoffmann, vielleicht ist er ja inzwischen nach Hause gekommen und nimmt ab.

»Kaltenstein.« Mit Stefan hat sie überhaupt nicht gerechnet.

»Stefan, wie schön!«

»Es ist Samstag, Carmen, und ich dachte, daß Ihnen für heute abend eventuell ein Galan fehlt, der Sie nett zum Essen ausführt. Ich wollte diese Lücke füllen!«

Carmen lacht. »Das ist sehr lieb von Ihnen, Stefan, aber meine Freundin Elvira Gohdes, ich habe Ihnen ja von ihr erzählt, ist aus dem Krankenhaus zurück, und ich wollte ihr heute abend Gesellschaft leisten!« Einen Moment lang überlegt sie, ihn einfach dazu einzuladen. Vielleicht würden sich die Dinge dann am schnellsten von selbst lösen. Aber sie verwirft es wieder. Wer weiß, was sie damit anrichten würde. Sie muß überlegter vorgehen.

»Das ist sehr schade.« Stefan Kaltensteins Stimme klingt betrübt. »Aber ich kann es natürlich verstehen. Kann ich Ihnen dabei irgendwie behilflich sein?«

»Das ist liebenswürdig, danke. Aber wir haben heute mittag recht viel gegessen, heute abend werden wir uns nur noch eine Kleinigkeit gönnen – nichts Schweres vorm Zubettgehen. Aber ich werde ihr natürlich von dem himmlischen Dinner bei Ihnen zu Hause erzählen!«

»Bringen Sie die Dame doch einfach mal mit. Zwei, die beide in Deutsch-Südwest geboren wurden, treffen sich hier ja auch nicht alle Tage!«

Carmen lacht etwas gequält. »Da dürften Sie recht haben. Darf ich Ihnen einen Vorschlag machen, Stefan? Könnten wir am Montagmorgen telefonieren? Dann können wir vielleicht nächste Woche etwas gemeinsam unternehmen.«

Er klingt schon wieder engagiert. »Gute Idee, möglicherweise gibt es ja ein Musical oder ein gutes Theaterstück, hätten Sie auf so etwas Lust?«

»Wahnsinnig gern, das ist eine schöne Idee. Gut dann, bis Montag, Stefan!«

Sie legt auf und denkt über sich nach. Welche Empfindungen hat sie denn überhaupt? Ihre Gefühle Stefan gegenüber kann sie im Moment gar nicht einschätzen, weil sie ständig an dieses Foto und an Elvira denken muß. Diese schwebende Vermutung macht sie völlig konfus, läßt sie in bezug auf Stefan kaum einen klaren Gedanken fassen. Könnte ich mit ihm zusammenleben, fragt sie sich, aber auch darauf kann sie keine Antwort geben. In seiner Gegenwart fühlt sie sich zwar wunderbar geborgen, aber so distinguiert, so in die vornehme Rolle gedrängt, daß sie sich nicht vorstellen kann, mit ihm jemals in Jeans herumalbernd durch den Regen zu laufen. Mit Frederic kann sie sich wiederum nur das vorstellen. Mit ihm zusammen ist sie jung, frei, unbelastet. Natürlich ist da dann auch nirgends eine beschützende Hand. Die bräuchte er wahrscheinlich selber. Während sie noch hin und her überlegt, klingelt das Telefon wieder. So, das dürfte jetzt Felix sein. Nein, es ist Oliver. Er möchte wissen, was nun mit dem gemeinsamen Flug nach New York ist. Carmen schwindelt nicht gern, und das Telefonat mit Oliver ist ihr jetzt höchst zuwider. Aber wenn sie ehrlich geblieben wäre, hätte sie ihn verletzen müssen. So schiebt sie einen übervollen Terminkalender und ihre plötzliche Erkrankung vor. Ja, davon wisse er schon, er habe am Freitagabend noch in ihrem Büro angerufen, und ihre Mitarbeiterin habe ihm das erzählt. Na, denkt Carmen, prima, habe ich ein Alibi. Gleichzeitig überlegt sie sich aber auch, was sich Britta wohl denken wird bei diesem Männerzirkus in letzter Zeit.

Felix Hoffmann ruft nicht an, dafür Laura. Sie sei kurz vor dem Rückflug und wolle nur nochmals checken, ob alles klappt. Klar, beruhigt sie Carmen, morgen um halb sechs pünktlich.

»Es wird Zeit, daß du wiederkommst!« sagt sie noch.

»Finde ich auch«, antwortet Laura, dann reißt die Verbindung ab. Laura wird das Geld ausgegangen sein, denkt Carmen grinsend und legt auf. Sie möchte zumindest noch einen Korb Wäsche bügeln, bevor sie wieder zu Elvira geht.

Es ist gegen 19 Uhr, als Carmen Elviras Wohnungstür aufschließt. Elvira hat sich auf der Couch etwas ausgeruht und nebenher ein Buch gelesen. Carmen fragt sie nach Wäsche: »Ich könnte doch gut hier unten ein bißchen weiterbügeln, Elvira. Das macht mir doch nichts aus!«

»Kommt gar nicht in Frage, Kindchen. Unsere kostbare gemeinsame Zeit mit Bügeln zu verschwenden. Ich kann morgen früh bügeln!«

»Nein«, beharrt Carmen, »ich bestelle uns jetzt im *Laguna* eine Kleinigkeit zu essen und bügle dann anschließend!«

»Frau Eigensinn, ich warne Sie«, Elvira droht mit dem Zeigefinger, »ich richte uns jetzt einen Salat mit Schinken und Ei, und du wirst weder bügeln noch aufwendig ein Essen bestellen!«

Sie legt Brille und Buch aus der Hand und will aufstehen. Da klingelt es.

»Wer kann denn das jetzt sein?« Elvira schaut Carmen erstaunt an.

»Vielleicht Frederic? Er wollte dich im Krankenhaus anrufen, hat er dich erreicht?« Carmen läuft schon zur Türe und drückt auf den Türöffner. »Wir werden es ja gleich wissen!«

Ein großes Tablett schwebt durch das dämmrige Treppenhaus nach oben. »Augenblick, ich mache Licht«, ruft Carmen.

»Partyservice«, schallt es von unten.

Hat Elvira den Partyservice bestellt? Das ist ja eine süße Idee! Das Tablett schwebt höher.

»Sind Sie Frau Gohdes?« Jetzt kommt der dienstbare Geist um die letzte Treppenhausbiegung, Carmen sieht sein Gesicht: »Stefan!« ruft sie und wäre ihm vor Schreck fast entgegengefallen. Was mache ich denn jetzt?

»Wer ist es denn?« fragt Elviras Stimme aus dem Wohnzimmer.

Stefan hat es gehört.

»Der Partyservice«, ruft er laut.

»Partyservice?« Jetzt kommt auch Elvira an die Haustüre.

Carmen hat sich gefangen und lacht.

»Das ist Stefan Kaltenstein«, sagt sie, und Stefan steht nun oben, auf der letzten Stufe.

»Guten Abend, meine Damen.« Er deutet eine leichte Verbeugung an. »Darf ich das zunächst mal abliefern? Es sind magenschonende, kleine Häppchen zur Rekonvaleszenz. Sie sehen noch sehr blaß aus, gnädige Frau!«

»Das ist aber eine Überraschung, Herr Kaltenstein.« Elvira geht einen Schritt zurück, deutet in ihre Wohnung. »Wollen Sie nicht hereinkommen?«

Carmen geht voraus, weist ihm den Weg. Auf dem großen Eichentisch stellt er sein Silbertablett ab. Unter einer Klarsichtfolie sind kleine Happen angerichtet. Verschiedene Salate, geräucherte Forellen, frischer Meerrettich, Forellenkaviar und Crème fraîche.

»Ich weiß überhaupt nicht, was ich sagen soll!« Elvira schaut ihn an, schüttelt dann den Kopf. »Das ist… das kann ich doch nicht annehmen!«

»Wollen Sie mich beleidigen?« fragt Stefan, und Carmen schüttelt lachend den Kopf: »Stefan Kaltenstein, wie er leibt und lebt, Elvira. Darauf gibt es höchstens eine Antwort: Laß uns eine Flasche aufmachen!«

»Eine gute Idee!« Stefan greift in die große Tasche seines Lodenmantels und zieht zwei Champagner-Piccolos heraus.

»Zuviel Alkohol wird Ihnen im Moment sicherlich nicht guttun«, lächelt er Elvira zu, »deshalb habe ich das kleine Format gewählt!«

Typisch, denkt Carmen, ein Mann, der alle Situationen im Leben im Griff hat und am liebsten auch gleich bestimmt. Ein Hauch von Unwillen breitet sich in ihr aus. Elvira ist doch wohl alt genug, um zu wissen, ob sie ein oder zwei Gläser trinken will und kann.

»Bitte, nehmen Sie Platz!«

Elvira deutet zum Tisch und geht dann zum großen Buffet. Dort hält sie sich fest. Carmen sieht es und läuft hin. »Laß nur, Elvira, ich mache das schon!«

Sie führt die alte Dame zum Tisch zurück, holt dann Teller, Gläser, Besteck und Servietten. Stefan bringt mittlerweile seinen Mantel zur Garderobe. Auf dem Weg zum Flur läuft er an den alten Schwarz-Weiß-Fotografien aus Südwest vorbei.

Laß ihn jetzt bloß nicht dorthin schauen, richtet Carmen ein Stoßgebet nach oben und beißt die Zähne zusammen, während sie schnell deckt. Soll sie das Bildchen schnell verschwinden lassen, solange er draußen ist? Aber Stefan kommt schon wieder zurück. Er schaut zu Carmen und nicht zur Wand.

Sie setzen sich zu Elvira an den Tisch, Carmen zieht die Plastikfolie ab.

»Das war eine tolle Idee«, Carmen lacht Stefan zu. »Wirklich großartig. Sie haben sicherlich vermutet, daß bei uns die Küche etwas zu kurz kommt…«

Stefan schüttelt leicht den Kopf. »Nun, ich wollte einfach ein bißchen helfen. Zumal es sich bei Frau Gohdes doch um eine Landsmännin handelt!«

»Seit wann… leben Sie hier?«

Elviras Stimme klingt belegt. Carmen schaut auf. Sie scheint sich wirklich nicht sonderlich wohl zu fühlen.

Stefan lacht. »Noch nicht so sehr lange – ich habe früher immer die Stadt vorgezogen, lebte eigentlich nur in Hamburg. Aber während der letzten Jahre kam ich immer öfter zu unserem Landsitz, und seit einem Jahr habe ich meine Wohnsitze ganz vertauscht. Jetzt lebe ich ganz hier und bin nur noch geschäftlich in Hamburg. Ich nehme an, Carmen hat von unserem Dinner erzählt?«

Carmen verteilt die Salate und die Fischhälften und schüttelt bedauernd den Kopf: »Ich bin leider noch nicht dazu gekommen. Ich habe Elvira ja erst heute morgen aus dem Krankenhaus abgeholt, und die Tage davor haben wir nur immer kurz telefoniert.«

»Ach so. Ja, jetzt interessiert es mich natürlich, einiges über Sie zu erfahren, Frau Gohdes. Aber vielleicht ist heute nicht der richtige Abend für solch ausführliche Gespräche, obwohl ich natürlich unglaublich gespannt bin – wann trifft man schon mal einen Deutschen, der in Südwest geboren wurde?«

Er lächelt Elvira freundlich an und füllt dann die Gläser: »Aber wir warten lieber ab, bis es Ihnen wieder richtig gut geht. Und überhaupt muß ich mich ja selbst tadeln. Ich wollte dies hier nur abgeben und wieder verschwinden, und jetzt lade ich mir selber den Teller voll!«

Elvira wehrt ab: »Aber ich bitte Sie, Sie haben ja so reichhaltig eingekauft! Das ist mehr als genug, das reicht noch für mindestens drei weitere Personen!«

Stefan nickt ihr zu: »Dann essen Sie mal ordentlich, damit Sie wieder zu Kräften kommen! Wir trinken auf Ihre Gesundheit!« Er erhebt sein Glas, stößt mit Elvira und Carmen an.

Carmen mustert die beiden heimlich. Sind Ähnlichkeiten da? Stefan sieht gut aus. Er trägt ein blütenweißes, locker geschnittenes Hemd und dunkelblaue, feine Hosen. Seine leichtgebräunte Haut spannt sich über seine gemeißelten Gesichtszüge. Er wirkt durch und durch aristokratisch. Doch, er gefällt ihr schon. Irgendwie gefällt er ihr sogar verdammt gut. Und wie er sie verwöhnt – Carmen ist von seiner Art fasziniert. Aber große Ähnlichkeit zu Elvira kann sie nicht entdecken. Elvira ist viel weicher, rundlicher. Sie hat zwar auch diese gerade, scharf geschnittene Nase und die hellen Augen, aber ähnlich sehen sich die beiden nicht. Zumindest nicht auf den ersten Blick!

Sie hört mit einem Ohr zu, wie sich die beiden unterhalten. Stefan fragt nach dem ärztlichen Befund, worauf sie in Zukunft zu achten hätte, dann kommt er wieder auf Deutsch-Südwest. Carmen spitzt die Ohren.

»Aber ich muß nochmals darauf zurückkommen. Welch erstaunlicher Zufall, zwei Südwest-Seelen in so einer kleinen Stadt wie dieser!« Er prostet Elvira zu. »Ich muß gestehen, nachdem mir Carmen dies erzählt hatte, mußte ich Sie einfach kennenlernen. So gesehen war der Partyservice nur das Mittel zum Zweck!«

Elvira nickt: »Sie hätten jederzeit vorbeikommen können, ich...«, sie bricht ab, greift sich unvermittelt ans Herz, »ich hätte mich jederzeit darüber gefreut«, fährt sie langsam fort.

Carmen ergreift ihre Hand. »Was ist, Elvira, geht's dir nicht gut?«

»Ich sollte mich besser verabschieden und wiederkommen, wenn Sie wieder völlig gesund sind«, nickt Stefan ihr zu und will aufstehen.

»Nein, nein«, hastig wehrt Elvira ab. »Bleiben Sie, bitte!«

Stefan schaut kurz zu Carmen, Carmen nickt.

»Wurden Ihnen Tropfen verschrieben?« Stefan hat sich schon wieder leicht erhoben.

Elvira nickt: »Sie stehen in der Küche, zehn Tropfen auf ein Glas Wasser. Die Flasche Mineralwasser steht gleich daneben!«

Carmen will ebenfalls aufstehen.

»Nein, bleiben Sie bei ihr.« Mit einer Kopfbewegung bedeutet ihr Stefan, daß es wichtiger ist, bei Elvira zu bleiben.

Elvira sitzt mit dem Rücken zur Küche, aber Carmen verfolgt mit ihren Blicken, wie Stefan hinausgeht und kurz darauf mit einem Wasserglas wiederkehrt. Er geht zielstrebig an der Foto-Wand vorbei, bleibt aber plötzlich mit einem Ruck stehen und geht drei Schritte zurück. Carmen sitzt stocksteif. Jetzt kommt's, sagt sie sich, er hat es aus dem Augenwinkel gesehen.

»Frau Gohdes, da hängt ja ein Foto meines Vaters... das ist ja unglaublich! Sie kannten meinen Vater?«

»Ihr Vater!« Elvira dreht sich nach ihm um, Carmen hält die Luft an.

»Ja, das hier ist mein Vater!« Kopfschüttelnd steht Stefan vor dem Foto.

»Also doch!« Elvira steht auf.

»Was heißt das?« Stefan schaut sie fragend an.

»Ich war mir nicht sicher, aber ich habe es geahnt!«

»Könnten Sie mich bitte mal aufklären?«

Carmen beißt sich auf die Lippen. Gleich wird sie ihm um den Hals fallen und ihm sagen, daß sie seine Mutter ist. Elvira steht neben ihm, nimmt das kleine Foto vom Haken.

»Ich habe Ihre Eltern sehr gut gekannt, Herr Kaltenstein. Anna, Ihre Mutter, war mir näher als meine eigene Schwester. Und Hannes, Ihr Vater, war ein außergewöhnlicher Mann. Stark, gerecht. Er ging seinen eigenen Weg!«

»Was?« entfährt es Carmen. Die beste Freundin seiner Mutter? Hat sie denn alles falsch verstanden?

»Das ist unglaublich! Einfach unglaublich!«

Stefan nimmt Elvira das Foto aus der Hand, schaut es nachdenklich an. »Deshalb die Rosen?«

»Es waren sieben Rosen. Ihre Lieblingszahl. Ich habe sie geteilt. Drei für Hannes, vier für Anna!«

»Sie haben ein Foto meiner Mutter?«

»Ja, es steht im Schlafzimmer neben meinem Bett. Würdest du es bitte holen, Carmen?«

Carmen hat das Bild auf Elviras Nachttisch schon stehen sehen. Aber sie hatte immer geglaubt, es zeige Elvira in früheren Jahren. Und jetzt fällt ihr auch noch ein weiteres Foto daneben auf. Ein hageres Männergesicht mit klarem, offenem Blick. Sie wird Elvira später danach fragen.

Elvira und Stefan haben sich an den Tisch gesetzt. Stefan hält das Foto seines Vaters in der Hand, er legt es aber beiseite, als Carmen ihm das Bild seiner Mutter reicht. Er betrachtet es lange. »Das war sie also!«

»Ja, das war sie«, bestätigt Elvira langsam. »Sie war eine wunderbare Frau. Aber haben Sie denn keine Fotografie von ihr?«

»Nein, es hieß, das Familienalbum sei bei dem Unfall verbrannt. Es gab noch nicht so viele Bilder von den beiden – sie waren schließlich erst knapp ein Jahr verheiratet.«

Carmen schaut von einem zum andern und muß lachen. »Entschuldigt, aber soll ich euch mal was verraten? Ich habe geglaubt, du seist Stefans Mutter!«

»Wie kommst du denn auf diese Idee?«

»Ich habe dich bei unserem Gespräch – erinnerst du dich an den ersten Tag – wohl falsch verstanden. Und ich habe geglaubt, ich verliere den Verstand, als ich bei Stefan das gleiche Foto entdeckte!«

»Na, das wird ja immer schöner! Jetzt muß ich erst mal was trinken!« Stefan schenkt die Gläser nach: »Und Sie, Elvira, müssen mir alles erzählen. Ich glaub's immer noch nicht!«

Er reicht Elvira die Fotografie, aber sie drückt seine Hand zurück. »Das möchte ich Ihnen schenken.«

»Nein, das kann ich doch nicht annehmen!«

»Doch. Sie müssen ein Foto Ihrer Mutter haben. Sie war eine so starke, aufrechte Frau. Sie hat für ihre Ideale gekämpft. Wie Ihr Vater auch.« Sie zögert. »Die beiden waren für die Familie Kaltenstein sehr unbequem.«

Stefan schaut hoch. »Was heißt das?«

»In den Augen Ihres Großvaters haben Ihre Eltern die Familie unmöglich gemacht. Ihr Großvater war ein Patriarch, er duldete keinen Ungehorsam, er wollte die Fäden in der Hand behalten. Doch Hannes und Anna wichen von der Kaltenstein-Linie ab, sie dachten sozial und wollten auch die Familie zu einer neuen Politik bewegen. Und das Schlimmste war, sie gaben keine Ruhe!«

»Dann kam der Absturz vielleicht gar nicht ungelegen?«

Stefan ist blaß geworden. Elvira schweigt.

»Sagen Sie es mir!«

»Das kann ich nicht behaupten. Tatsache ist, daß Ihr Vater und Ihre Mutter auf dem Flug zu einer Wahlversammlung der Sozialisten in Windhuk waren. Hannes hatte gute Chancen auf den Vorsitz. Ihr Großvater hat alles daran gesetzt, das zu verhindern. Er wußte, daß er sich bei seinen Freunden nicht mehr würde sehen lassen können. Ein Sozi in der Familie Kaltenstein! Er wollte in den Clubs nicht zum Gespött werden. Er hat Hannes und Anna gedroht. Zuletzt mit Enterbung – aber die beiden fühlten sich stark. Sie haben bloß gelacht und sind geflogen!«

Es ist still. »Seltsam«, sagt dann Stefan und schlägt die flache Hand leicht auf den Tisch. »Da komme ich in dieses Haus, und eine Stunde später gerät meine Welt aus den Fugen. Wissen Sie, daß ich bei den Mördern meiner Eltern aufgewachsen wäre, wenn Sie mit Ihren Vermutungen recht hätten?«

»Es tut mir leid«, sagt Elvira einfach.

»Mir auch!« Stefan steht auf. »Ich bin verunsichert. Ich weiß nicht so recht, was die Wahrheit ist. Es ist keiner mehr da, den ich fragen könnte. Ich muß mich selbst fragen. Ich würde es der Familie zutrauen. Aber ich will es nicht glauben!«

Er nimmt das Foto seiner Mutter vom Tisch und wendet sich damit an Elvira. »Das Bild meiner Mutter nehme ich gern mit, ich werde eine Kopie machen lassen. Darüber hinaus weiß ich im Moment nicht, ob ich glücklich sein soll, Sie kennengelernt zu haben. Aber Sie sind die einzige Verbindung zu meinen Eltern – und vielleicht sollte es so sein!«

Mit schnellen Schritten ist er an der Türe. Dort bleibt er kurz stehen: »Bitte entschuldigen Sie meine Unhöflichkeit. Ich möchte alleine sein! Auf Wiedersehen!«

Carmen ist aufgesprungen, um ihm wenigstens noch die Hand zu geben, aber er ist schon weg.

»Donnerwetter!« Sie dreht sich um und greift nach dem Sektglas. »Das haut mich um, Elvira, ich verstehe jetzt überhaupt nichts mehr. Hast du mir nicht erzählt, Hannes sei deine ganz große Liebe gewesen? Aber Hannes war verheiratet – mit deiner allerbesten Freundin!«

Elvira greift ebenfalls nach dem Glas.

»Kindchen«, sagt sie, »ich glaube, ich habe eben einen Fehler gemacht. Ich hätte ihm die Wahrheit nicht sagen dürfen. Aber es kam mir einfach so über die Lippen. Irgendwie mußte es raus!«

»Das war wirklich hart. So eine Familie möchte ich nicht geschenkt! Trotzdem verstehe ich nicht, was mit Hannes war. Habt ihr beide euch den geteilt – du und Anna?«

Elvira schaut sie an, als wäre sie eben vom Mond gefallen.

»Was redest du für einen Unsinn. Ich habe dir nie etwas von Hannes erzählt – *Jo*hannes hieß der Mann, den ich liebte. Und Johannes ist auch nicht abgestürzt, sondern Johannes hat mich verlassen. Ich war Ärztin, ich ging in meinem Beruf auf. Und Johannes, der Mann, den ich heiraten wollte, lernte eines Tages ein Mädchen kennen, das viel Zeit für ihn hatte. Er war trotzdem der einzige Mann, den ich hätte haben wollen!«

»Ist es das Foto neben deinem Bett?«

»Ja, das ist Johannes. Immer wenn ich ins Bett gehe, schaue ich ihn mir an und überlege, wie er wohl mit 80 Jahren ausgesehen hätte!«

»Tatsächlich, das tust du?«

»Ja, und dann denke ich mir, daß ich vielleicht gar nichts verpaßt habe!«

Carmen knabbert an einem Canapé.

»Meinst du, Stefan meldet sich noch mal bei dir?«

»Ich hoffe es sehr. Wenn ich ein bißchen von Anna in ihm entdekken könnte, wäre ich glücklich. Aber ich befürchte, die Kaltensteins haben alles zugeschüttet. Trotzdem mußt du meine Gefühle ihm gegenüber verstehen, Carmen, ich habe das Kind meiner besten Freundin wiedergefunden. Das kannst du nur mit Lauras Baby vergleichen. Es macht mich rührselig, und ich glaube tatsächlich, ich gehe jetzt ins Bett.«

Vor ihrer Wohnungstüre liegt ein riesiger Blumenstrauß, eingewikkelt in einen gigantischen Bogen Geschenkpapier. Zuerst stutzt Carmen, dann nähert sie sich. Wie kommt der denn dahin? Sie nimmt vorsichtig das Papier ab. Es sind Astern, Zinnien und Dahlien, eingebettet in Brombeerranken und Weinblättern, mit einer großen, roten Schleife zusammengebunden. Ein Kärtchen liegt dabei:

Liebe Carmen,

ich wollte mich für deinen spontanen Besuch heute nachmittag revanchieren. Leider hatte ich Pech, wie du auch. Für Deinen Brief bedanke ich mich, und ich meine, es ist jetzt an der Zeit, daß wir uns kennenlernen. Ich hole dich morgen um 10 Uhr ab

– liebe Grüße, David.

O Mann, denkt Carmen. Morgen früh David, dann Kaffee bei meiner Mutter und dann Laura vom Flugplatz abholen, das wird alles ordentlich hektisch. Sie freut sich, David endlich kennenzulernen, aber der Zeitpunkt paßt ihr überhaupt nicht. Soll sie ihn noch anrufen? Im Hineingehen schaut sie auf die Uhr. 23 Uhr, so spät ist es noch nicht. Aber irgendwie würde ein Telefonat das geheimnisvolle Spiel zerstören. Wenn, dann müßte sie ihm schon eine persönliche Botschaft vorbeibringen. Soll sie? Sie trägt die Blumen in die Küche, sucht eine große Vase und schneidet dann die Stiele auf eine

Länge. Im Vorbeigehen sieht sie, daß der Anrufbeantworter blinkt. Die Blumen stellt sie auf den Tisch. Herrlich, so ein Herbststrauß! Dann drückt sie: »Hoffmann, ich danke für den Anruf, leider hatte ich auch nicht mehr Glück, aber vielleicht versuchen Sie es morgen früh nochmal. Wir könnten uns zum Brunch irgendwo treffen, was halten Sie davon? Bitte geben Sie mir Bescheid, ich würde mich freuen. Ciao, Felix!« Der zweite ist Peter. Er will wissen, ob sie wieder auf den Boden der Vernunft zurückgekehrt sei und mit ihm einen langen Sonntagvormittag im Bett verbringen will. Er warte auf ihren Rückruf. Da kannst du lange warten, denkt Carmen. Der dritte ist Oliver, der versucht, den gemeinsamen Flug nach New York zu retten, einen Last-Minute-Flug könne er im Notfall auch noch am Dienstag buchen. Sie solle es sich doch noch mal überlegen. Dann ihre Mutter, die sich vergewissern will, ob Carmen auch pünktlich um die Mittagszeit da ist, weil Vati später einen Termin hat, und er möchte seine Tochter schließlich auch sehen – Carmen zieht die Augenbraue hoch, Vater wird zum Golfplatz wollen, das ist der wichtige Termin, und zum Schluß Frederic, der den Sonntag mit ihr verbringen will. Den ganzen.

Carmen läßt sich auf die Couch sinken. So, überlegt sie. David kommt morgen früh, also muß ich jetzt allen anderen absagen. Und David kann sich dann immer noch überlegen, ob er mit zu meinen Eltern will – das will er sicherlich nicht – oder eben wieder geht. Peter trägt seine Nase wie eh und je weit oben, Brunch mit Felix wäre sicherlich lustig, absagen, und Frederic auch, absagen. Oliver sowieso. Sie greift zum Telefon. Zunächst ruft sie Stefan an. Er ist noch nicht zu Hause, sie hinterläßt eine Nachricht. Dann gibt sie den anderen Bescheid, es geht schnell, denn überall laufen die Anrufbeantworter. Sie freut sich. Klar, am Samstagabend sind alle unterwegs. Bis auf Frederic. Er ist schwer enttäuscht, versteht sie dann aber.

»Soll ich noch kommen? Wir könnten doch die Nacht zusammen verbringen?«

Ein bißchen Wärme würde Carmen auch guttun, und Frederic mag sie wirklich gern leiden, aber sie denkt an David. Wäre wahrscheinlich ein etwas seltsames Bild, wenn der um zehn Uhr morgens klingelt, und Frederic macht ihm in seinen Boxershorts auf. Damit hätte sich der Fall David wohl von selbst erledigt. Und das will sie nicht. »Sei nicht böse, Frederic, aber es hat sich so viel ereignet, daß ich ganz gern einmal für mich alleine bin. Wollen wir uns am Dienstag sehen? Du kannst mich ja um sechs im Büro abholen, wenn du magst!«

»Warum nicht Montag?«

»Weil...« – das weiß sie auch nicht. Montag liegt ihr einfach zu nahe: »Weil Laura morgen abend aus Brasilien zurückkommt und sicherlich am Montag mit mir essen gehen will. Wie das bei alten Freundinnen eben so ist!«

Frederic seufzt: »So ändern sich die Zeiten. Früher waren immer Männer meine Konkurrenten, jetzt sind es schon Frauen!«

»Ach«, Carmen lacht, »jetzt hab dich doch nicht so. Laura wird dir gefallen, da bin ich mir sicher. Aber laß uns unseren Frauenabend. Am Dienstag bist dann du wieder der Mittelpunkt!«

»Ja, ja«, sagt er, »ich verstehe schon. Keiner will mich haben!«

»Was ist denn mit dir los? So kenne ich dich ja gar nicht!«

»Ich habe halt meine Tage!«

Carmen lacht: »Ja, wenn das alles ist, da kenne ich mich aus. Das ist am Dienstag wieder vorbei, du wirst sehen, dann bist du wieder gut drauf, und wir stellen was Verrücktes an!«

»Ja? Was denn?«

»Nebelfetzen fangen, Blätter pflücken, Regentropfen schießen, was weiß ich, uns fällt schon was ein!«

»Dein Wort darauf!«

»Du hast es, Frederic, und jetzt gute Nacht!«

Sie hat kaum aufgelegt, da klingelt es wieder. Es ist nochmal Frederic. Er habe ganz vergessen, sich nach Elvira zu erkundigen, sagt er, ob es ihr denn einigermaßen gut gehe? Ob man ihr etwas Gutes tun könne? Schick ihr ein paar Blümchen, rät Carmen, das wird sie freuen. Und den Rest erzähle sie ihm dann am Dienstag. Dienstag, Dienstag, immer Dienstag, mault er noch und legt dann auf.

Klar, sagt Carmen, als sie ins Bett geht, Dienstag, lieber Frederic. Morgen ist mein Tag! Und der von David Franck!

Um zehn Uhr steht Carmen bereits aufgeregt am Fenster. Sie hat sich Jeans und einen hellbeigen Strickpullover angezogen, das sieht gut aus, ist aber nicht auf schön gemacht. Ihre Haare sind frisch gewaschen, sie fließen seidig glänzend über den Rücken. Auf zu auffallenden Schmuck verzichtet Carmen auch, zwei kleine Perlen schimmern in den Ohrläppchen, und an ihrem schmalen Handgelenk trägt sie die feine, goldene Uhr, die sie von ihren Eltern zum Abitur bekommen hat.

Wo bleibt er nur? Klar, er ist kein Stefan Kaltenstein, aber mehr als 20 Minuten Verspätung gesteht sie auch einem David Franck nicht zu. Sie dreht sich wieder um, vom Fenster weg. Vielleicht sollte sie doch noch einmal schnell Pipi? Da klingelt es. Ihr Herz schlägt schneller, sie drückt den Türöffner und öffnet gleichzeitig ihre Eingangstür. Erschrocken weicht sie einen Schritt zurück.

»Unten war schon offen«, sagt ein blonder, junger Mann, aber der fällt ihr augenblicklich weniger auf als der riesige Hund, der ihr genau gegenübersteht.

»Das ist Kain. Ich sollte doch einen Hund mitbringen!« stellt ihr Besuch den Riesen vor.

Carmen sucht nach Worten.

»Ich bin David. Freut mich, dich kennenzulernen!« David streckt ihr seine Hand hin, und jetzt erst kommt Carmen dazu, sich ihn anzuschauen. Irgend etwas in ihrem Kopf schrillt sofort Alarm, aber sie kommt nicht darauf, warum.

»Fein, freut mich. Ich bin Carmen. Kommt doch herein!«

Sie läßt Mann und Hund vor und schaut ihnen von hinten nach. Wenn der Hund sich aufrichtet, ist er jedenfalls größer als David. So etwas von Hund hat sie überhaupt noch nicht gesehen. Er sieht aus wie ein zotteliger, magerer Wolf in Kalbsgröße.

»Wir wollen gar nicht lange deine Wohnung verschmutzen, wir wollten dich eigentlich nur abholen!« sagt David und bleibt unentschlossen mitten im Wohnzimmer stehen.

»Ich bitte dich«, Carmen macht eine Handbewegung zur Couch hin, »wir werden doch ein Gläschen auf unser Kennenlernen trinken! Trinkt Kain auch Champagner, oder bevorzugt er Limo?«

David lacht. »Ist er dir nicht ganz geheuer? Er ist völlig harmlos, gehört einem Freund von mir. Ich habe leider keinen eigenen Hund, aber da du nach einem Hund gefragt hast, wollte ich dir ein ordentliches Exemplar bieten!«

»Du liebst alles etwas im Übermaß?« fragt Carmen vorsichtig, denkt an die Riesenkarte und den gigantischen Blumenstrauß.

»Nun, das ist einfach das, was übriggeblieben ist. Früher liebte ich übermäßig, heute gestalte ich übermäßig.«

Carmen weiß im Moment nicht, was sie dazu sagen soll.

Wenn sie recht überlegt, hat sie sich mit dem Thema noch nie so genau auseinandergesetzt. Klar, Stefan Kaltenstein ist nicht der Typ, der so einfach über seine Impotenz reden wird. Zumindest nicht nach zwei Treffen. Frederic hat ihr seine Impotenz demonstriert, aber darüber gesprochen haben sie auch nicht. Und hier steht nun David, der bereits im zweiten Satz davon anfängt!

»Leidest du darunter?« fragt sie und holt zwei Gläser. David sitzt auf ihrer Couch, Kain hat brav daneben Platz genommen. Er wirkt wie ein ausgefranster Berberteppich.

»Ich habe gerne Sex gemacht. Ich liebte es, die Frauen zu streicheln, sie zu verwöhnen und dann in sie einzudringen, wenn beide dazu bereit waren.« Carmen schluckt trocken. So auf nüchternen Magen ist sie zu derart intimen Gesprächen noch gar nicht bereit. Aber sie hat gefragt, jetzt muß sie es auch durchhalten. Sie kommt mit einer Flasche elsässischem Crémant zurück, gibt David die Flasche und setzt sich ihm gegenüber hin.

»Und wie kompensierst du das jetzt?« fragt sie, entschlossen, im Fahrwasser zu bleiben.

»Ach, ich kann eine Frau deshalb ja noch immer lieben. Ich schlafe eben nicht mehr mit ihr. Zwangsläufig. Aber wenn ich jemanden liebhabe, kann ich das auch anders zeigen!«

Er hat die Flasche entkorkt und füllt die beiden Gläser. Zum ersten Mal hat Carmen Zeit, ihn richtig zu betrachten. Er sieht gut aus, viel zu gut, um noch frei herumzulaufen. Er ist trotz der späten Jahreszeit noch immer braungebrannt, seine Haare stechen hellblond ab, er trägt den Zehn-Finger-System-Schnitt der Sportler – gepflegt nachlässig. Seine Augen sind türkisfarben, zumindest empfindet Carmen das so, denn er trägt ein türkisfarbenes Sweatshirt. Darunter zeichnet sich die durchtrainierte Figur von Frederic ab, nur gestreckter. Er dürfte gut zehn Zentimeter größer sein. Carmen schätzt ihn auf knapp 1,90 Meter.

»Trinken wir auf das Leben.« Er reicht ihr ein Glas. Seine grünen Augen berühren sie seltsam.

»Ja, und auf die Begabungen!«

Carmen deutet zu dem kleinen Telefontischchen an der Wand.

Dahinter steht Davids Karte. »Du hast erstaunliche Talente! Oder macht das dein Computer ganz von alleine?«

David lacht, und seine Augen blitzen. Ein Typ zum Verlieben, denkt Carmen. Der Mann zum Pferdestehlen. Hoffentlich mag er mich auch!

»Bei meinem Computer und mir sind die Rollen klar verteilt«, um Davids Augen legen sich kleine Lachfalten, »ich bin der Herr im Haus!«

»Aha! Und wie ist das mit deinem Freund?«

»Martin?«

»Ich weiß nicht, wie er heißt, der Schwarzhaarige!«

»Da sind die Rollen auch klar verteilt. Hat er das nicht gesagt? Sonst ist es immer das erste, was er loswerden muß. Er ist für die Hausarbeit zuständig, und ich für die Mädchen!« David grinst etwas schief, Kains großer Kopf schiebt sich auf die Couch. David krault ihm die buschigen Augenbrauen, spielt mit seinen Ohren.

»Ja, ja«, nickt Carmen. »Hat er wohl. Aber ich muß zugeben, gefallen hat mir das nicht. Ich fand das alles etwas – etwas seltsam!«

David lacht. Sein Lachen ist tief und herzlich, nicht aufgeregt, nicht zu schrill, nicht übereilt. Einfach aus dem Bauch heraus, das gefällt Carmen. Gefällt ihr sehr gut. David gibt Kain einen leichten Klaps aufs Nasenbein: »Komm mein Freund, wir gehen!« und an Carmen gerichtet: »Ich habe ihm einen langen Waldspaziergang versprochen und nichts von einem gemütlichen Nickerchen in einer Altbauwohnung erwähnt. Und man soll seine Versprechen Hunden gegenüber nicht brechen!«

»Okay«, lacht Carmen, »wie sieht das Programm aus?«

»Feste Schuhe anziehen, dicke Jacke, Uhr und Lippenstift bleiben hier. Werden nicht benötigt!«

Kain steht auf und schüttelt sich. Seine lange Rute schlägt erwartungsvoll, immer haarscharf an den Champagnergläsern vorbei. Bloß nicht aufregen, sagt sich Carmen, Nerven zeigen. Was sind schon Riedel-Gläser gegen einen Waldspaziergang mit David!

David steht auch auf. Breiter Brustkorb, schmale Hüften. Dieser Mann ist nicht impotent, denkt Carmen, das kann gar nicht sein!

»Augenblick, ich bin gleich zurück«, ruft sie, läuft ins Schlafzimmer, holt eine dicke Daunenjacke und sucht sich im Schuhschrank wasserfeste, knöchelhohe Winterschuhe.

»So«, sagt sie. »Ich bin fertig!« Kain springt auf sie zu, als sei er ein kleines, junges Hündchen, und wirft sie dabei fast um. Sie dreht sich um ihre eigene Achse, lacht laut. »Also los denn!«

»Ist es dir so nicht zu kalt?« fragt Carmen und deutet auf sein Sweatshirt.

»Keine Sorge, ich habe alles im Wagen! Wohl denn, meine Lieben!« Er reißt die Eingangstür auf, Kain stürzt hinaus, schlittert vor lauter Übermut kopfüber die gebohnerte Holztreppe hinunter. Erst auf der Hälfte fängt er sich, dreht sich nach den beiden um und fordert sie mit einem zweifachen, tiefen »Wuff« auf, endlich zu kommen.

»Alles klar, Kumpel, wir sind schon unterwegs!«

David legt leicht den Arm um Carmens Schulter, und sie hätte sich am liebsten an ihn gekuschelt. Was ist bloß in sie gefahren? Sie dreht den Kopf leicht zu Davids Hals hin. Jetzt kann sie seinen Duft einatmen. Er riecht gut. Er riecht herb, nach Wiesengräsern, nach Sommerregen, nach Kernseife, nach Mann. Nicht überzogen nach einem Rasierwasser. Überhaupt nicht. Da ist nur ein leichter, feiner, schwebender Duft, etwas, das man kaum wahrnimmt, aber ganz klar zu ihm, zu seiner Persönlichkeit gehört. Nebeneinander gehen sie die Treppe hinunter. Carmen klingelt kurz zweimal an Elviras Eingangstüre, das ist das Zeichen, das sie jetzt geht und etwa zwei Stunden später unter der Telefonnummer ihrer Eltern zu erreichen ist, falls irgend etwas wäre.

»Ein Geheimzeichen?« fragt David.

»Ja, ab jetzt streue ich die Brotkrumen, damit man mich nachher findet, falls du mich entführst!«

Er lacht und drückt sie etwas fester. Ihr ist, als kenne sie ihn schon ewig. Wie kann sie nur so empfinden?

»Green Eye«, sagt sie leise, zärtlich.

»Bitte?« fragt er und hält ihr und Kain die Haustüre auf.

»Ich habe dich eben Green Eye getauft!«

»Das ist schön«, sagt er. »Das gefällt mir gut.«

Vor dem Hauseingang, genau da, wo vor wenigen Tagen Stefan geparkt hatte, steht ein schwarzer Jeep.

»Komm, Kain, beweg dich!« David öffnet die hintere Wagentüre. Kain hält nichts vom Sprung ins Ungewisse. Er legt die Vorderfüße auf die Stoßstange und bleibt so stehen. Mit dem Kopf schaut er dabei über das Wagendach.

»Quatsch, Kain. Da sollst du hinein – da rein!« David klopft auf den dicken Teppich, den er hinten für den Hund ausgelegt hat. Kain wedelt mit der Rute, bewegt sich aber um keinen Zentimeter. Carmen kommt dazu. »Wie hast du das denn vorhin gemacht?«

»Da hat ihm sein Herrchen irgendein Zauberwort geflüstert, frag mich nicht, was das war. Hopp jetzt, Kain, hinein, hopp!«

Kain wedelt freundlich, rührt sich aber nicht von der Stelle.

»Vielleicht gefällt ihm dein Auto nicht!«

»Also, auf die Schnelle kann ich ihm kein besseres bieten. Ich hätte einen Pferdeanhänger mitbringen sollen!«

Carmen lacht. »Was ist das denn überhaupt für eine Rasse?«

»Ein Irischer Wolfshund. Ich glaube, das sind die größten Hunde, die es überhaupt gibt. Sie haben die größten Köpfe, sind deshalb am intelligentesten und wissen deshalb genau, daß Autos zum Einsteigen gebaut werden und nicht zum Drüberklettern!«

Kain hat den Kopf auf das Dach gelegt, und es sieht wirklich so aus, als wolle er gleich das Autodach erklimmen.

»Laß mich mal.« Carmen klopft entschlossen auf die Liegefläche: »Komm, Kain, wir gehen ada, los, rein in den Wagen!« Kain schaut von oben auf sie runter, so aufgerichtet, wie er neben ihr steht, ist er gut einen Kopf größer als sie. Carmen läßt sich nicht einschüchtern: »Komm, Junge! Wir gehen ada! Verstehst du? Ada! Komm mit, ich mach's dir vor!« Sie klettert vor Kains und Davids Augen über die Ladefläche in den Wagen. Kain läßt sich fallen, steht wieder auf seinen vier Pfoten vor dem Auto. »Los, jetzt.« Carmen sitzt schon drin, schnalzt mit den Fingern. Kain setzt eine Pfote ins Wageninnere, dann die nächste. Die lange Schnauze kommt auf Carmen zu, nur die Hinterbeine stehen noch draußen. David hilft kräftig nach, schiebt ihn am Po, versucht die Beine etwas anzuheben. Mit Ächzen und Stöhnen kommt Kain hereingekrochen.

»Wie ein alter Opa«, lacht Carmen. »Brav hast du das gemacht«, lobt sie Kain und klopft seinen starken Hals. David schlägt hinten die Türe zu, kommt auf die Fahrerseite. Er schüttelt den Kopf. »Ich habe für Pekinesen zwar nicht viel übrig, aber manchmal wären sie doch verdammt praktisch!«

Carmen lacht, tätschelt Kain die Nase, David startet.

Aus einem Jeep sieht die Welt gleich ganz anders aus. So weit oben fühlt sich Carmen als Königin der Landstraße.

»Schönes Gefühl.« Ihre Finger streichen über das schwarze Leder.

»Und praktisch!« bestätigt David. »Nur auf Langstrecken verhungere ich damit. Da tausche ich dann immer mit Martin. Der fährt einen BMW, nichts Weltbewegendes, aber zuverlässig und schnell!«

Irgendwie scheint ein BMW nicht gerade das Auto für Individualisten zu sein, denkt Carmen. Alle fahren ihn, weil er schnell und zuverlässig ist. Aber keiner, weil er ein Herz dafür entwickelt. Vielleicht sollte ich mir mal etwas anderes kaufen. Ein Auto mit Charakter, wie einen Alfa Spider zum Beispiel. Wenn dem was nicht paßt, bleibt er einfach stehen. Wie Kain. Das müßte doch gut zusammenpassen.

Sie muß lachen, denn sie hat das Bild plastisch vor sich. Diesen Riesenhund auf dem Rücksitz eines Spiders!

»Was ist so lustig?« David fährt schnell, aber sicher. Er schaut sie kurz an, muß gleich darauf voll bremsen. Kain rutscht vor, Carmen kann ihn gerade noch mit beiden Armen abstützen, bevor er auf den Vordersitzen landet. Sie stehen an einer Kreuzung, David läßt einem anderen Autofahrer die Vorfahrt, fährt dann wieder an. »Tut mir leid«, sagt er, »für Kain müßte man eigentlich ein Fangnetz spannen oder ihm Sicherheitsgurte anlegen!«

»Gehört er Martin?«

»Wer? Kain? Nein, meinem Nachbarn!«

»Dem in der alten Villa?«

David nickt ihr lächelnd zu: »Du kennst dich gut aus, ja!«

»Das paßt!« Carmen grinst. Klar, zu so einer Villa Kunterbunt kann nur so ein Wolfstier gehören.

»Fahren wir weit?« fragt Carmen.

»Nur zum Rabenwald, zwanzig Minuten, weshalb?«

»Weil ich um zwölf Uhr bei meinen Eltern sein muß, fällt mir gerade ein!«

Er schaut sie mit einem Blick an, der offen zeigt, was er denkt.

»Nicht böse sein, David. Es war so abgemacht, noch vor deinem Brief! Du kannst ja gerne mitkommen!«

Zu der einen hochgezogenen Augenbraue kommt nun auch die zweite.

»Ehrlich. Die beiden sind nett!«

»Sei mir nicht böse, Carmen, aber ich will mit dir zusammensein.

Ich finde es ja lieb, wenn du mich gleich zu deinen Eltern mitnehmen willst, aber ich glaube, das wäre mir heute etwas zu viel. Ich wollte mich einfach ein bißchen mit dir unterhalten, mit dir spazierengehen und im *Rabenhorst* einen Tee trinken. Das ist unter Zeitdruck, mit einem Mittagessen bei deinen Eltern im Genick, nicht zu schaffen!«

»Ja.« Carmen verzieht das Gesicht. »Ich weiß, aber ich kann es auch nicht ändern. Meine Mutter kocht sicher schon und freut sich auf mich, ich kann unmöglich absagen!«

Er seufzt. O je, denkt Carmen, jetzt habe ich ihn verloren, kaum daß ich ihn gewonnen habe. Und alles nur wegen meiner Eltern!

David schnippt ihr mit dem Finger leicht gegen die Wange: »Nimm's nicht so tragisch, ich habe die Lösung. Ich fahre dich jetzt zu deinen Eltern und hole dich anschließend wieder ab. Sagen wir um zwei?«

Das hört sich schon besser an! »Das würdest du tun? Das ist eine super Idee, mir fällt ein Stein vom Herzen!« Sie wirft ihm eine Kußhand zu.

»Na ja!« Er verzieht den Mund. »Nicht gern, ich geb's ehrlich zu, denn ich habe mich auf dich gefreut! Aber dann hältst du mir den Nachmittag und den Abend offen!«

Carmen strahlt. »Klar, wir können dann…« Laura fällt ihr ein. Ihr strahlender Blick verdunkelt sich. »Wir können…« wiederholt sie und bricht dann ab. Das ist ja wirklich vertrackt heute!

»Was ist?«

Er spannt etwas, denkt Carmen, klar. Was sage ich denn jetzt?

»Meine Freundin Laura kommt um 17.30 Uhr aus Rio an. Und ich habe versprochen, sie abzuholen!«

David schüttelt den Kopf: »Das ist ja eine feine Geschichte. Und wann hast du dann für mich Zeit? Zwischen 14 Uhr und 17.30 Uhr, oder ist es vielleicht doch besser jetzt, zwischen, Augenblick mal«, er schaut kurz auf die Uhr, »10.40 Uhr und 12 Uhr?«

»Ach, bitte«, sagt Carmen, vor Enttäuschung den Tränen nahe. »Ich kann doch auch nichts dafür. Ich wollte dich eben unbedingt kennenlernen, und außerdem hast du mich ja auch gar nicht gefragt, sondern dich einfach angemeldet. Und das fand ich auch toll, aber woher sollte ich denn wissen, was du vorhast? Und die anderen Termine stehen eben schon länger!«

»Peace, Peace.« Er bremst. Wirft er mich jetzt raus? Nein, sie stehen vor einer roten Ampel. Sie dreht sich wieder zu ihm. Seine grünen Augen mustern sie. Sein Blick fesselt Carmen. In ihr steigt ein ganz komisches Gefühl auf, eine Mischung aus Verlustangst und Zukunftsfreude.

»Kein Problem«, er nickt ihr zu. Die Ampel schaltet auf grün, er fährt an: »Ist ja klar, ich bin völlig egoistisch. Logisch. Ich habe mir dich ausgemalt, in allen Farben, habe dich in meine Bilder, in meine Texte hineingemalt. Und jetzt bin ich einfach glücklich, verstehst du, Carmen, glücklich. Du hast dieses Schreckgespenst Impotenz an die Seite gedrückt. Unter anderen Voraussetzungen hätte ich ein Versteckspiel mit dir anfangen müssen. Immer ausweichen, wenn's ernst wird. Nicht wissen, wie du reagieren wirst. Nicht wissen, wie ich es dir beibringen soll. Jetzt ist es klar. Du suchst einen impotenten Mann, bitte, hier hast du ihn!«

Impulsiv lehnt sich Carmen etwas zu ihm hinüber, legt ihm ihren Arm um die Schultern und drückt ihm einen Kuß auf die Wange. Er stoppelt leicht, sie atmet seinen Duft ein.

»Ich bin glücklich, daß du es bist!« flüstert sie ihm zu, das Gesicht in seiner Halsbeuge vergraben. Er greift mit der rechten Hand in ihr Haar, läßt es sich durch die Finger gleiten. »Soll ich dir was verraten? Ich habe es schon gewußt, als ich den Brief bekommen und gelesen habe!«

»Was hast du gewußt?«

»Daß du es bist, David, daß du der Mann bist, den ich suche!«

Seine Finger gleiten durch die Haare bis zum Hinterkopf, er drückt Carmen an sich, küßt sie auf die Stirn. »Gut, ich habe dir ja geschrieben, daß mich irgend etwas zu dir hinzieht. Es stimmt, mein Gefühl hat mich nicht betrogen! Auch wenn es etwas schnell geht!«

»Stimmt.« Carmen fühlt sich herrlich geborgen in seinem Arm. »Stimmt, es geht sehr schnell. Aber Gefühle halten sich eben an keine Regeln!« Eine Weile sind sie beide still. Der Motor brummt gleichförmig, Kain hat sich hingelegt, den Kopf auf den Vorderpfoten, und schläft. Im Radio plätschert leise Musik.

»Warum bist du impotent, David? Wie kam das?«

Carmen hat erst Mut sammeln müssen, um danach zu fragen. So direkt hat sie bisher noch niemanden angesprochen. Vielleicht will er ja auch gar nicht darüber reden...?

»Organisch, Carmen, ich habe also keinen Knacks weg wegen einer bösen Frau oder wegen eines Muttertraumas, ich hatte vor drei Jahren einen Motorradunfall. Ich wurde dabei zwar nicht kastriert, aber fast. Die Beine hat es auch ordentlich erwischt, aber mit ein paar Schrauben konnten sie das wieder richten. Den Rest nicht. Na ja.«

»Bist du … da … richtig verletzt? Ich meine, fehlt dir was?«

Er schaut sie kurz an und lacht dann: »Nein, nicht wie zu Zeiten Alexander des Großen, als seinen Dienern alles abgeschnitten wurde!«

»Ehrlich?« staunt Carmen. »Das wurde einfach … wie scheußlich! Dann hast du ja immerhin noch Glück gehabt, daß dir zumindest nichts fehlt. Aber wie bist du nach deinem Unfall mit deiner Impotenz klargekommen?«

»Zuerst überhaupt nicht! Ich habe es dir ja geschrieben. Ich war vor meinem Unfall hyperaktiv, glaubte ständig neue Frauen haben zu müssen, möglichst dreimal täglich mit drei verschiedenen, und das dann auch noch dreimal hintereinander! Eigentlich, wenn ich mir das heute so überlege, war ich total bescheuert!«

Er fährt auf einen Waldweg. Der Jeep holpert von Schlagloch zu Schlagloch, Kain reckt den Kopf und stößt sich prompt an der Wagendecke.

»Meine Impotenz hat mir einiges klargemacht. Vielleicht kam sie für mich genau zum rechten Zeitpunkt, damit ich außer meinem kleinen Freund auch mal das Gehirn einschaltete. Aber ich hoffe trotzdem, daß der Lernprozeß eines schönen Tages beendet ist und ich mein Reifezeugnis bekomme!«

»Du meinst, deine Impotenz wäre heilbar?«

»Würdest du dir das wünschen?« Er schaut sie forschend an. Sie haßt solche Fragen. Sagt sie jetzt ja, fühlt er sich minderwertig, weil er dann vermutet, daß sie will, was nicht sein kann. Sagt sie nein, fühlt er sich vielleicht nicht angenommen.

»Schau, David, ich will dir die Wahrheit sagen.« Der Wagen hält, Carmen schaut hinaus, sie stehen auf einem einsamen Waldparkplatz. Durch die Bäume schimmert ein kleiner See, außer ihnen ist weit und breit kein Mensch da.

Er unterbricht sie: »Komm, laß uns hinausgehen. Ich habe extra einen kurzen Rundgang gewählt, da bist du in einer Stunde trotzdem bei deinen Eltern, das heißt, wenn sie nicht zu weit weg wohnen!«

Carmen ist es recht. Kain steht in gebückter Haltung hinter ihr, David kann ihn gerade noch davon abbringen, über den Fahrersitz ins Freie zu springen. »Stop, Kain, dein Ausgang ist hinten!« Carmen wehrt ihn ab, während David ums Auto herumläuft und die hintere Wagentüre öffnet. Mit einem Satz ist Kain draußen. Carmen steigt aus, kuschelt sich in ihre Daunenjacke, David zieht ebenfalls eine Jacke heraus. Es ist eine bordeauxrote Wetterjacke, sie paßt gut zu seinen hellen Haaren und den grünen Augen.

»Soll der Hund an die Leine?« fragt Carmen.

»Ich kann mir nicht vorstellen, daß der in seiner Tolpatschigkeit etwas fängt – einen Igel vielleicht!« Carmen lacht, schmiegt sich an David. Er legt den Arm um sie, langsam gehen sie Kain nach, der den schmalen Weg bis zu dem See schon in großen Sätzen vorausgefegt ist.

»Ich wollte dich vorhin nicht unterbrechen«, fordert David sie auf weiterzusprechen.

»Ja«, überlegt Carmen, während sie kleine Kieselsteine vor sich herschiebt.

»Du wolltest ehrlich sein«, hilft ihr David.

»Ja, was ich sagen will, ist, daß deine Impotenz die Voraussetzung für unsere Begegnung ist, David. Nicht nur, weil du auf meine Anzeige geantwortet hast. Ich will dir das so erklären. Hätte ich dich irgendwo zufällig kennengelernt, hätte ich dich zwar auch als gutaussehenden, entschuldige den Ausdruck, Sunnyboy empfunden, aber eher in einer negativen Weise. Ich hätte in dir den ewig Beute suchenden Macho gesehen, der mit permanent geschwelltem Penis durch die Gegend läuft. Sorry, wenn das etwas hart klingt...«

Der Waldweg öffnet sich, ein kühler Wind kommt auf, Blätter treiben vor ihnen her.

»Nein, nein«, wehrt David ab. »Du hast sicher recht. Aber es trifft mich doch. Wirke ich denn tatsächlich so aufreißerisch?«

»Ich würde es zumindest so empfinden!«

»Womit wir bei dir wären.« David zieht sie im Gehen ein bißchen näher zu sich. Carmen läßt es gern geschehen, sie sucht seine Nähe, er tut ihr gut.

»Ja, bitte, schieß los!«

»Warum kamst du bloß auf die Idee, dir einen impotenten Mann zu suchen? Ich meine, ich bin ja froh darum, aber es muß da doch einen tiefsitzenden Schock gegeben haben?«

Kain tollt um sie herum, David greift im Vorübergehen nach einem Stock und wirft ihn. Kain ist begeistert. Carmen überlegt.

»Nein«, sagt sie, »nein, es gibt keinen konkreten Auslöser. Es ist die Summe vieler Einzelheiten, vieler Momente, in denen ich dachte, naja, was soll's, laß ihn halt, vieler Augenblicke, da ich eigentlich jemandem über den Mund hätte fahren müssen und es aus Höflichkeit doch nicht getan habe, obwohl ein Mann, wenn er einem verbal an die Wäsche faßt, auch nie über Höflichkeit nachdenkt. Es ist einfach alles, was mich über die Jahre genervt und nicht nur genervt, mehr noch, verletzt hat. Und irgendwann einmal habe ich mir gedacht, warum spiele ich das Spiel denn eigentlich mit? Ich bin ja genauso bescheuert! Ich kann mich doch ausklinken! Und da ich aber nicht zur Lesbe mutieren wollte, fand ich es besser, ganz die Finger davon zu lassen!«

Er schaut sie an.

»Hast du dir das gut überlegt?«

Sie zögert kurz. »Anfangs nicht, das gebe ich zu, da geschah es mehr aus Affekt, war vielleicht unterbewußt vor allem eine Reaktion auf meinen damaligen Freund. Aber in der Zwischenzeit habe ich dazugelernt und fühle mich wohl. Es ist für mich der richtige Weg!«

Sie gehen eng umschlungen an dem kleinen See entlang. Schräg vor ihnen, auf einer kleinen Anhöhe, steht eine rot gestrichene Bank.

Von dort aus fällt der Wiesenhang sanft ab, bis ins Wasser.

»Laß uns dort hinaufgehen«, sagt Carmen.

David nickt, pfeift nach Kain, der auch prompt kommt, und sie steigen den kleinen Hügel hinauf. Die Herbstsonne steht verschleiert am Himmel. Sie schafft es nicht, die Hochnebel ganz zu durchdringen, aber langsam wird der Tag freundlicher. Zumindest regnet es einmal nicht, das ist für Carmen schon ein unglaublicher Trost.

Sie setzen sich, Kain springt den Hügel wieder herunter, zum Wasser und dann nach rechts, auf den Weg zurück.

»Hast du auch wirklich alle Konsequenzen bedacht?« David rutscht auf der Bank ein bißchen nach vorne, streckt sein Gesicht, wie im Liegestuhl, dem etwas helleren Fleck am Himmel, der Sonne, entgegen. Carmen lehnt sich leicht an ihn.

»Ja«, sagt sie, »ich will das so!«

»Was aber, wenn du plötzlich wieder Lust bekommst?«

»Das eine hat mit dem anderen doch nichts zu tun«, wehrt Carmen ab. »Die Zufriedenheit, die eine harmonische Zweierbeziehung schenkt, hat doch mit Lust nichts zu tun!«

David bleibt kurz ruhig und schaut sie dann an. »Das heißt also, daß du Lust und Beziehung trennst. Du willst glücklich in einer Beziehung leben, aber vor einem ewig geilen Mann deinen Frieden haben. Auf der anderen Seite willst du dir, wenn es dir selber mal danach ist, irgendwo anders das nehmen, was du brauchst. Das geht nicht, Carmen. Das kann nicht funktionieren. Mit mir jedenfalls nicht!«

Das gleiche hat ihr Stefan schon gesagt. Aber mit Stefan könnte sie sich überhaupt keine zärtliche Beziehung vorstellen. Mit David schon.

»Weißt du, David, vielleicht bin ich da einfach auch zu unerfahren. Ich will im Endeffekt eine Beziehung, in der ich nicht permanent belästigt werde. Und das finde ich nur mit einem impotenten Mann, so habe ich mir das jedenfalls gedacht. Wer aber sagt denn, daß ein impotenter Mann nicht auch zärtlich sein kann? Wir können doch auch morgens nebeneinander aufwachen und uns zärtlich verwöhnen, wenn es uns danach ist? Wo steht denn geschrieben, daß ein impotenter Mann so etwas nicht kann?« Sie zögert kurz. »Oder kann er es tatsächlich nicht?«

»Au«, sagt David, »darüber muß ich jetzt erst einmal nachdenken!« Und nach einer kurzen Pause: »Oh, schau mal, das Reh!« Er deutet auf die andere Seeseite. Tatsächlich, ein Reh ist aus dem Wald auf die kleine Lichtung getreten, geht vorsichtig zu einer seichten Stelle, trinkt.

»Hoffentlich sieht das Kain nicht«, flüstert Carmen.

»Ich kann ihm jetzt schlecht pfeifen«, flüstert David zurück.

»Da, schau!« Aufgeregt kneift Carmen in seine Jeans. Ein zweites Reh tritt heraus, kurz darauf ein drittes. Und dann folgen zwei deutlich kleinere, zwei Junge.

»Wo ist denn bloß Kain?« fragt Carmen aufgeregt.

»Psst!« David legt den Zeigefinger auf den Mund.

Es ist ein herrliches Bild. Alle fünf stehen am Wasser, zwei blikken aufmerksam in die Runde, die drei anderen trinken. Der See schimmert silbern, der Wald dahinter hebt sich dunkel ab. Auf dem hellen Wiesengrund, der sich, rechts und links von Schilf begrenzt, bis ans Wasser zieht, sind die Rehe gut auszumachen.

Eine solche Idylle, Carmen zieht berührt tief die Luft ein. David faßt ihr wieder vorsichtig in die Haare, streichelt sie am Nacken. Er vermeidet schnelle Bewegungen, um das Bild nicht zu zerstören. Der See ist nicht groß, die Rehe könnten sie bemerken oder wittern, und dann wäre diese Harmonie vorbei.

Mit einem Satz springt Carmen auf, klatscht in die Hände, stürzt den Hang hinunter. Bevor David überhaupt begreift, was passiert, hallt ein Schuß über die Lichtung. Er sitzt wie angewurzelt. Carmen rennt schreiend auf den See zu. Die fünf Rehe flüchten in den Wald, keines scheint getroffen zu sein. David stürzt Carmen hinterher.

»Hat er eines erwischt?«

»Ich glaube nicht, es sah nicht so aus!«

Sie zeigt zu einem Jagdsitz, der gut verborgen rechterhand am Waldesrand steht. Von dort aus hat man natürlich den idealen Überlick, von der Lichtung, wo die Rehe eben noch standen, bis zu der Bank auf der Anhöhe.

Ein Gewehrlauf blitzt hervor.

Täuscht sich David, oder zielt er auf sie?

»Paß auf!« schreit er und reißt Carmen zu Boden. Ein Schuß kracht. Aber nicht ihnen galt er, sondern Kain, der alleine oben an der Bank steht, wo eben noch Carmen und David saßen.

»Nehmen sie ihren Dreckskцter an die Leine, sonst erschieße ich ihn. Hier ist Jagdgebiet!« tönt eine Stimme von oben herab.

»Wenn Sie den Hund erschießen, drehe ich Ihnen den Hals um!« schreit Carmen zurück. Kampfeslustig geht sie in Richtung des Hochsitzes. »Wehrlose Rehe erschießen, Sie Scheusal, was bilden Sie sich eigentlich ein, wer Sie sind? Der liebe Gott?« Laß ihn einen Herzschlag kriegen und von dort oben runterfliegen, betet sie dabei.

»Verlassen Sie sofort mein Jagdrevier!« tönt es wieder von oben herunter.

Der Gewehrlauf zielt immer noch in ihre Richtung. Carmen schäumt. Da holt sie David ein. Er hält Kain am Halsband. Gemeinsam gehen sie auf den Hochsitz zu.

»Ich warne Sie, bleiben Sie, wo Sie sind!«

»Was ist, wollen Sie uns erschießen? Wie eben die kleinen Rehe da?« ruft David. »Wissen Sie, was der Schuß gegen uns eben war? Versuchter Totschlag!«

»Ihr Hund lief frei herum. Ich habe die Berechtigung...«

Mittlerweile stehen David und Carmen direkt unter dem Hochsitz. Noch immer hat sich der Mensch dort oben nicht gezeigt. Nur der Gewehrlauf verfolgt jede Bewegung des Trios.

»Gehen Sie weg!«

David überlegt, ob er hinaufsteigen soll.

Carmen zieht ihn leicht an der Jacke, sie ahnt, was er vorhat.

»Tu's nicht. Das ist ein Angstbeißer. Wer weiß, zu welcher Kurzschlußreaktion der fähig ist«, flüstert sie.

Der Hochsitz ist sehr hoch in die Tanne gebaut. Eine lange, mit wenigen Schrauben befestigte Leiter führt hinauf. Das Holz ist durch Wind und Wetter morsch geworden.

»Gehen Sie da unten weg, ich warne Sie«, keift die Stimme von oben.

David gibt Carmen den Hund, geht zu der Leiter, stemmt sie etwas vom Boden hoch und zieht sie nach außen. Die ersten zwei Schrauben zieht er leicht mit heraus, weiter oben halten sie noch. Mit einem kräftigen Ruck reißt David an der Leiter. Es knirscht und splittert, dann bricht sie im oberen Drittel ab. David hat gut fünf Meter in der Hand, die er jetzt nach hinten wegkippen läßt. Mit einem dumpfen Aufprall bleibt sie im nächsten Baum hängen. David zieht Carmen schnell aus der Schußlinie – man kann nie wissen –, dann sagt er freundlich nach oben: »Wir wünschen einen schönen Sonntagnachmittag. Vielleicht kommt ja noch ein Wanderer vorbei, den sie erschießen können. Vielleicht sollten sie ihn aber besser um Hilfe bitten – die Nächte im November sind kalt. Tschüß!«

Zuerst ist es oben still. David geht mit Carmen, den Hund noch immer am Halsband haltend und in Deckung der Bäume, in Richtung Wagen zurück. Dann hören sie die Stimme vom Hochsitz herunter: »Das können Sie doch nicht machen! Ich werde Sie verklagen! Ich bin im Gemeinderat, ich lasse mir das nicht gefallen! Kommen Sie zurück«, und, als Carmen und David schon beinahe am Auto sind, hören sie ihn um Hilfe rufen. »Bitte kommen Sie doch zurück«, schreit er.

»Wie sich der Ton doch ändern kann durch so ein Stück Holz«, grinst David und schüttelt den Kopf. Carmen fällt ihm lachend um den Hals: »Du warst himmlisch!«

»Aber du warst schneller!«

»Ich habe den Gewehrlauf plötzlich aus den Zweigen blitzen sehen, das war alles!«

»Ich nehme an, du hast einem der Rehe das Leben gerettet!«

»Fein, dann habe ich ja heute schon meine gute Tat vollbracht!«

»Ja«, David bleibt stehen, Kain reibt seinen wolfsgrauen Kopf an seiner Jacke, »und was mache ich?«

»Du kommst mit zu meinen Eltern!«

»Oh, nein, bitte nicht. Hast du keine andere gute Tat?«

»Dann kommst du mit zum Flugplatz, Laura abholen!«

»Okay, also gut. Wenn sie deine Freundin ist, und wenn sie nett ist – gut, das mache ich!«

Sie fällt ihm noch mal um den Hals: »Danke, David, ich freue mich ja so!«

Mit dem einen, freien Arm drückt er sie fest an sich und flüstert ihr dann ins Ohr: »Und laß mich nicht vergessen, heute abend das Forstamt anzurufen, damit sie den alten Knaben finden, bevor er mumifiziert ist!«

»Aber nicht zu früh anrufen. Ein bißchen soll er schon schmoren, da oben!«

»Worauf du dich verlassen kannst«, und er beißt ihr leicht ins Ohrläppchen.

Um 17.15 Uhr sind Carmen und David bereits im Flughafengebäude. Carmen liebt die Atmosphäre von Abschied und Wiedersehensfreude, von Hektik und, bei langen Aufenthalten, von Langeweile. Sie genießt das bunte Völkergemisch und die auf Ausland getrimmten Deutschen, die hier mit allen Insignien fremder Kulturen stolz durch den deutschen Zoll spazieren und sich dann merkwürdig fühlen, sobald sie den kosmopolitischen Kessel verlassen haben und sich der erste Passant auf der Straße nach ihnen umdreht. Flugs verschwinden African-Zöpfe aus dem Haar und Cowboyhüte, Elton-John-Brillen und Ibiza-Fetzenkleider im Schrank und warten auf den nächsten Urlaub oder auf Fasching. David und Carmen amüsieren sich prächtig und hätten darüber fast Lauras Ankunft verpaßt.

»Da ist sie ja«, ruft Carmen plötzlich, als Laura schon in der Halle steht. »Laura!« ruft sie, zieht David am Ärmel und läuft hin. David folgt mit etwas Abstand.

»Wo bist du herausgekommen? Ich habe dich gar nicht gesehen!«

»Da hinten«, deutet sie vage über die Schulter. »Ich hatte keine Lust, lange anzustehen. Aber laß dich mal anschauen, meine Süße, du siehst ja prächtig aus, verliebt, was?« Die beiden Frauen halten sich fest umarmt, küssen sich zur Begrüßung herzhaft auf den Mund. David bleibt knapp neben den beiden stehen. Laura beäugt ihn schon über Carmens Schulter hinweg. Carmen löst sich von Laura, greift liebevoll nach Davids Oberarm: »Das ist David Franck, und das, David, ist Laura Rapp.«

David reicht ihr die Hand, Laura blitzt ihn an: »Ganz frisch verliebt, was? Schön, freut mich für euch. In Brasilien sind die Männer klein, schwarzhaarig und außerdem zumeist schwul. Scheint doch besser zu sein, man bleibt in Deutschland!«

Carmen wirft David einen kurzen Blick zu, aber ihm scheint Lauras lockere Zunge nichts auszumachen.

»Das hat sich Carmen auch gedacht – und das war mein Glück. Wer weiß, ob ich sie sonst kennengelernt hätte!«

»Oh, hört sich gut an. Glückwunsch, Carmen, der Junge meint's ernst. So, wollen wir jetzt schnell zur Begrüßung was trinken oder später essen gehen? Ich hätte Lust auf eine dicke Pizza!«

»Nicht auf Sauerkraut und Eisbein?« fragt David unschuldig.

Laura lacht: »Wenn man lange genug drüben bleibt, schreckt man wahrscheinlich vor nichts mehr zurück, das ist klar, aber nach nur zwei Wochen genügt mir eine echte deutsche Pizza!«

»So«, wundert sich David. »Wo gibt's denn so was?«

»Na, bei Wagner, Iglo oder Eismann.«

David grinst. »Ich würde euch beide ja gern einladen, aber ich befürchte fast, Männer sind heute abend fehl am Platz.«

Carmen zögert, sie hätte diesen Abend eigentlich lieber mit David verbracht als mit Laura, auf der anderen Seite braucht sie dringend mal eine Gesprächspartnerin, und das kann nur Laura sein. Laura hat keine Sekunde daran gezweifelt, daß es ein reiner Frauenabend werden würde.

»Könntest du mich nach Hause fahren, Carmen? Dann werfe ich meine Koffer ab, dusche und wir treffen uns dann im *Laguna*!«

»Nein, wir warten auf dich, dann packst du auch gleich deinen Krempel für morgen und schläfst heute Nacht bei mir!«

Laura nickt, schaut dann aber David an: »Oder störe ich?«

David schüttelt lachend den Kopf: »Ich nehme heute abend Kain mit ins Bett, da habe ich Gesellschaft genug.«

»Auch schwul?« fragt Laura knapp.

»Der Hund? Weiß ich nicht. Habe ihn noch nicht gefragt!«

Alle drei lachen. David nimmt die Koffer, geht in Richtung Ausgang: »Übrigens, Laura, Sie müssen schon mit meinem Wagen vorlieb nehmen. Und etwas eng wird es wahrscheinlich auch!«

Kain schläft schon selig. David war den ganzen Nachmittag, während Carmen bei ihren Eltern war, mit ihm im Wald gewesen, und später, nachdem sie Carmen wieder abgeholt hatten, waren sie im Rabenwald nochmals eine große Runde gelaufen. Im *Rabenhorst* bestellten sie Kaffee und Linzertorte, und Kain bekam den vom Haushund, einem Berner Sennenhund, verschmähten Napf. Der Wirt schüttelte dazu den Kopf. »Unserer ist so verwöhnt, der wartet nur noch auf Rumpsteak und Hühnerbrüstchen!«

Laura steht staunend vor dem Riesen von Hund.

»Ich blick überhaupt nicht, wo der anfängt und aufhört! Und vor allem weiß ich nicht, wo ich mich da hinsetzen soll. Kann mich ja schlecht neben ihn legen. Und wie habt ihr euch das mit den Koffern gedacht?«

»Augenblick mal!« David nimmt die Koffer, öffnet die hintere Wagentüre, wirft den Autoschlüssel nach vorn auf den Fahrersitz, schiebt dann einen Koffer nach dem anderen vorsichtig zwischen Kain und der Wand nach vorn, klettert nach und kniet sich so in Kains Liegeposition, daß er Kain nicht stört und trotzdem die beiden Koffer noch abstützen kann.

»Genial«, sagt Carmen. »Und wer fährt?«

»Na, du. Der Schlüssel liegt vorn, du brauchst nur noch zu starten. Links oben ist der Lichtschalter, den ziehst du einfach heraus, links ist Abblend- und Fernlicht und rechts der Blinker. Und wo Laura wohnt, wirst du am besten wissen!«

»Alles klar, Capitano.« Carmen verstellt bereits Sitz und Spiegel, Laura klettert auf den Beifahrersitz.

»Schönes Auto«, sagt sie. »Waren Sie damit schon mal in Afrika?«

»Nein, noch nicht, aber wenn wir jetzt das Sie mal weglassen könnten, wär's ja vielleicht einmal ein Thema!«

»Zu dritt?« fragt Laura gleich.

»Zu viert!« David deutet mit dem Daumen auf Kain, der in seinem Tiefschlaf fortwährend rhythmisch mit allen vier Pfoten zuckt. Wahrscheinlich läuft er gerade noch einmal die Tour von heute mittag und sucht den Wald nach den fünf Rehen ab.

»Natürlich zu viert«, sagt auch Carmen zu Laura, »oder was ist mit Wilko?«

»Tja.« Laura zieht die Stirn kraus, während Carmen langsam vom Parkplatz fährt. »Wilko hat nicht gerade die Ansprüche erfüllt, die er permanent an andere stellt.«

Carmen schaut sie verständnislos an.

»Mit anderen Worten, er hat sich als ziemlich mies und schäbig entpuppt!« Laura zeigt nach vorn. »Und jetzt schau bitte auf den Weg, ich will meinen Brasilienurlaub nicht im Graben beenden, vor allem nicht, weil ich dann wahrscheinlich ganz unten liege!« Und sie deutet auf Kain, der noch immer von nichts Notiz nimmt, sondern weiterhin enthusiastisch durch sein Traumreich jagt.

Carmen und Laura sitzen sich im *Laguna* gegenüber. David hat sich bis zum Schluß als Kavalier gezeigt, die beiden Frauen sogar noch bis ins Lokal gebracht, bevor er sich jetzt verabschiedet. Sie haben einen hübschen, kleinen Tisch, etwas abseits von den übrigen Gästen. Das Lokal ist gut besucht, Pizzageruch hängt in der Luft und Zigarettenqualm.

»Jetzt bleibt doch da!« sagt Carmen, die es blöd findet, wenn David jetzt hungrig wieder geht. Und auch Laura drängt ihn, das Riesenkalb aus dem Auto zu holen und eine Pizza mitzuessen. Aber David will nicht.

»Ihr habt euch genug zu erzählen, und außerdem stehe ich nicht auf solche Räucherbuden. Kain und ich werden jetzt miteinander nach Hause fahren und in aller Gemütsruhe bei meinen Nachbarn noch ein Gläschen trinken. Und so wie ich den kenne, hat er sowieso noch was im Ofen.«

Er nimmt Carmen in den Arm und drückt ihr einen Kuß auf den Mund. »Ich rufe dich morgen an«, sagt er.

»Ich bin morgen im Büro!«

»Dann gib mir noch schnell die Nummer!« Er reißt ein Stück Papierserviette ab und zieht einen Bleistiftstummel aus der Tasche.

Laura wirft Carmen einen Blick zu, der klar ausdrückt, was sie denkt: Was, der weiß noch nicht einmal deine Telefonnummer? Carmen grinst, während sie David die Nummer angibt.

»Den Nachnamen bitte auch, Darling«, sagt er dazu, also ist ihm Lauras Blick nicht entgangen.

Carmen lacht: »Schon recht! Grüß Martin von mir. Sag ihm, ich habe dich am Bauch gekrault. Er wird's schon verstehen!«

»Donnerwetter, so weit waren wir schon?« grinst David und weicht zurück, bevor Carmen ihn kneifen kann. »Viel Spaß wünsche ich euch noch«, sagt er, hebt zum Gruß kurz beide Hände und geht raus.

»Donnerwetter, wo hast du den denn aufgetrieben, das ist ja eine ganz spezielle Marke!« Laura nickt Carmen wohlwollend zu.

»Mann, Laura, wenn ich dir erzählen soll, was in den letzten vierzehn Tagen alles los war, sitzen wir morgen früh noch da!«

»Das geht nicht, morgen früh habe ich Schule. 6.30 Uhr Wecken. Und außerdem interessiert mich nur, wie du ihn kennengelernt hast. Ich meine, so ein Typ läuft doch nicht frei herum!«

Carmen muß lachen: »Genau das habe ich mir auch gesagt. Aber du wirst lachen, er ist frei!«

»War«, korrigiert Laura, »war frei!«

»Das wäre schön! Eine Pizza Laguna mit doppelt Käse und eine Lasagne bitte, und einen halben Liter von Ihrem roten Landwein!«

»Wünschen Sie Salat?« Enzo bedient sie persönlich.

Beide schütteln gleichzeitig den Kopf: »Das wird zuviel«, wehrt Carmen ab, und Laura schlägt sich auf den flachen Bauch: »Ich hab' sowieso schon zugenommen!«

»Ich lache mich tot!« Carmen zieht die Stirn hoch. »Dann beginnst du jetzt die Laguna-Abmagerungskur, oder was?«

»So ähnlich«, lacht Laura Enzo zu, der grinsend zur Theke geht. Laura rutscht etwas auf ihrem Stuhl vor: »Aber jetzt kommst du nicht mehr drum herum. Erzähl mir sofort, wo es in diesem Kaff solche Helden gibt.«

»Du denkst an Siegfried und die Nibelungen, stimmt's? Hat was. Hat wirklich was. Allerdings fiel David das Lindenblatt nicht auf den Rücken, sondern an eine andere empfindliche Stelle!«

»Hmm? Wie darf ich denn das verstehen?«

»Indem du einfach mal tiefer denkst. Das kannst du doch sonst auch ganz gut!«

»Sei nicht so zynisch! Das steht dir nicht! – Ah, du meinst, er steht – er hat da ein Problem? Oder ist er schwul? Das kam mir aber nicht so vor! Also wo klemmt's?«

Enzo serviert den Wein, Carmen und Laura stoßen an, sehen sich in die Augen und grinsen. Dreckig, würde Laura sagen. Carmen würde es als einvernehmlich bezeichnen. Wie auch immer, sie grinsen wie zwei Freundinnen, die sich seit Jahren in- und auswendig kennen. Gleichzeitig stellen sie die Gläser ab, Laura faßt nach Carmens Hand.

»Schön, daß du wieder da bist.« Carmen formt einen Kußmund.

»Man kann dich ja auch keinen Augenblick alleine lassen. Jetzt sag schon, Mäuschen, was du da wieder angestellt hast!«

»Also, paß auf, Laura, ich habe eine Anzeige aufgegeben. Peter ging mir auf den Nerv, gewaltig sogar, und hier, genau in diesem Lokal hatte ich auch noch mal so ein Aha-Erlebnis, und da ist mir der Kragen geplatzt, und ich habe beschlossen, mir eine ideale Beziehung zu basteln!«

»Aha!« nickt Laura, »ich habe mir fast gedacht, daß der Leim an David noch nicht so ganz trocken ist...«

»Du sollst jetzt zuhören und keine blöden Witze machen. David kam erst später. Also, wir sind bei der Anzeige!«

»Gut, du hast dir einen Mann gesucht!«

»Ja, aber keinen 08/15-Typen aus dem Ersatzteillager, sondern einen, der seine Teile noch alle unverbraucht beisammen hat!«

»Mein Gott, kannst du auch deutsch reden?«

»In meiner Anzeige suchte ich einen impotenten Mann!«

Zunächst ist es still, dann schüttelt Laura den Kopf.

»Du spinnst! Was willst denn du mit einem impotenten Mann! Du! Daß ich nicht lache!«

»Jetzt hör aber auf. Du tust ja gerade so, als sei ich ein männerfressendes Insekt. Mir gehen dieses ewige Fahnenstangen-Getue, diese Penis-hoch-Zapfenstreiche, auf Befehl müssen alle Eierchen versammelt sein, und diese zwanghaften Salutschüsse einfach auf den Geist. Tierisch auf den Geist ...!«

»Man merkt's«, sagt Laura trocken. »Trink noch was, du redest dich ja völlig in Rage!«

»Siehst du, wenn man anfängt, darüber zu reden, hat man es auch schon fast überwunden. Mir geht's jedenfalls schon viel besser!«

»Was willst du denn eigentlich überwinden? Dieses Männergeschwätz oder dieses Triebdenken? Oder was?«

»Ich für mich nur das, was mich persönlich stört. Und da es mich jahrelang leicht und in letzter Zeit vermehrt stört, klinke ich alles, was mich nervt, aus meinem Leben aus!«

»Das heißt also, du willst im Moment mit keinem Mann mehr schlafen!«

»Genau das! Ich will nicht mehr ständig bedrängt werden!«

Laura greift nach ihrem Glas und nimmt einen tiefen Schluck.

»Und David gehört auch zu deinem Programm.«

»Was heißt Programm! Er ist einer der impotenten Männer, die sich einfach gemeldet haben!«

»Interessant. Und? Waren's viele?«

»Eine ganze Menge, man sollte es überhaupt nicht glauben!« Carmen lacht und schüttelt den Kopf.

»Ich habe die Briefe leider schon alle weggeschenkt! Vielleicht sollte ich sie wieder zurückholen, damit du mal siehst, was da so abgeht!«

»Danke, ich habe eben ein eigenes Fiasko hinter mir, ich muß mir nicht auch noch ein fremdes antun!«

Enzo serviert das Essen. Beide greifen wie auf Kommando über den Tisch, naschen auf dem gegenüberliegenden Teller.

»Bei so was hätte Wilko jetzt schon wieder der Schlag getroffen! Er ist ja so etepetete, so wohlerzogen, der Gassenhauer!« Laura schüttelt den Kopf und pustet auf die Gabel voll Lasagne, die vor ihrem Mund dampft.

»Habt ihr euch so in der Wolle?«

»Das ist überhaupt kein Ausdruck! Ich könnte ihn erschlagen!«

Carmen säbelt noch immer an dem kleinen Stück Pizza auf Lauras Teller herum: »Ehrlich, Laura, du weißt, ich habe überhaupt nichts gegen Wilko, im Gegenteil, mit der Zeit fand ich ihn sogar sehr nett.

Aber als ich ihn das erste Mal gesehen habe, habe ich mich wirklich gewundert, wie du überhaupt an den gekommen bist!«

»Laß dir mal helfen.« Laura schneidet ihr ein Stück ab und reicht es auf dem flachen Messer hinüber. »Richtig«, sagt sie dann. »Ich war verliebt. Dabei hätte mir der Spaß eigentlich gleich vergehen müssen, als wir zum ersten Mal miteinander geschlafen haben. Wahrscheinlich ist er mir sogar vergangen, ich hab's bloß nicht gemerkt, weil mir ein Gefühl das Hirn vernebelte!«

»Wieso, was war denn?« Carmen knabbert vorsichtig an der Ecke Pizza.

»Er kam in Unterwäsche, stell dir vor. Er hat dazu noch nicht einmal die weiße Feinripp-Unterwäsche ausgezogen. Kannst du dir vorstellen, wie das aussah?«

»Die Socken hat er auch angelassen, oder nicht?«

»Ja«, Laura lacht, »nein, hat er nicht. Aber dafür hat er geschwitzt, daß ringsherum alles naß war. Für drei Minuten Liebe brauchte der drei Badetücher, ganz zu schweigen davon, wie ich nachher aussah und mich anfühlte!«

»Na.« Carmen hat die Pizza endlich vollständig im Mund und sucht sich jetzt in ihrer Lasagne einige abgekühlte Stellen. »Wahrscheinlich nicht besonders. Wie lange hast du das mitgemacht?«

»So lange, bis ich es gestrichen satt hatte. Und da war's dann leider auch schon zu spät!«

»Wie, zu spät? Was soll das heißen?«

Laura sagt nichts, klopft sich nur leicht auf den Bauch.

Carmen läßt die Gabel sinken, schaut Laura forschend an. »Das ist nicht dein Ernst! Du bekommst ein Kind?«

»Ob ich's krieg, kann ich noch nicht sagen. Ich war in Brasilien, um mir darüber klar zu werden!«

»Warum weiß ich davon denn nichts? Warum hast du mir nichts erzählt?«

»Du mußt entschuldigen, Carmen. Ich hab's erfahren, ich wollte alleine sein, ich habe Last-Minute gebucht und war weg. Ich habe sogar mit dem Gedanken gespielt, es mir dort drüben wegmachen zu lassen, dann hätte es überhaupt keiner erfahren. Du schon, später mal. Aber jetzt sind wir halt wieder da!«

Carmen steht auf, geht zu Laura hinüber, setzt sich leicht in die Hocke und nimmt sie in den Arm. Sie drücken die Köpfe aneinander. Carmen legt eine Hand auf Lauras Bauch und sagt: »Jetzt verstehe ich auch, daß du meinst, du hättest zugenommen!«

Laura lächelt.

»Und jetzt?« fragt Carmen. »In welche Richtung laufen deine Gefühle jetzt? Du sollst wissen, wenn du es behältst, helfe ich dir, so gut es geht!«

»Ich weiß, du bist der einzige Mensch, auf den wirklich Verlaß ist!«

»Weiß es deine Mutter denn schon?«

»Der werde ich es morgen sagen. Vor Brasilien habe ich mit niemandem darüber gesprochen.«

»Und Wilko?«

»Seitdem er seine Maske hat fallen lassen, ist mir klar, daß er mich ganz einfach hereingerissen hat. Er wird nur seinen Triumph darüber auskosten! Es wäre ja nicht sein erstes Kind. Er hat ja Erfahrung in dem miesen Spiel!«

»Wie kannst du das nur von ihm glauben! Er wollte dich doch stets auf einem Silbertablett tragen, hat er mir jedenfalls immer erzählt!«

»Aber nur, solange du schön oben bleibst und tust, was er will. Und vor allem mußt du ihn als den lieben Gott anerkennen, um den herum es nur minderwertige Kreaturen gibt. Und er denkt ja nicht nur im Privatleben so. Ich habe mich halt getäuscht, wie andere auch, das ist alles. In Wahrheit ist er kein seriöser Geschäftsmann, wie er immer tut, sondern ein schäbiger, gewissenloser Betrüger und Hochstapler. Vom Größenwahnsinn ganz zu schweigen. Und die Erkenntnis tut weh. Ist doch klar! Schließlich bin ich darauf hereingefallen und muß mich jetzt fragen, wie blöd ich eigentlich war! Aber einen impotenten Mann wollte ich deshalb trotzdem nicht! Du brauchst für mich also keine Anzeige zu schalten!« Beide lachen, und Carmen geht zu ihrem Platz zurück.

»Daß da jetzt ein Baby drin ist...« Carmen schüttelt den Kopf.

»Ein Embryo, bitte. Ich bin in der fünften Woche, da ist es noch nicht direkt ein Baby!«

»Richtig, Frau Lehrerin.« Carmen kostet die Lasagne. »Hmmm, heiß, aber gut. Ach, das tut gut! Apropos Lehrerin, du bist als Beamtin ja zumindest mal etwas abgesichert. Das heißt, an die Karre fahren kann dir dein netter Wilko schon mal nicht!«

»Er wird es bestimmt trotzdem versuchen, denn es geht sicher gegen seinen komischen Stolz – will wissen, worauf er den eigentlich begründet –, daß ich ihn verlassen habe. Da kannst du Gift drauf nehmen!«

»Verschone mich! Ich trinke Wein, und zwar jetzt mit dir. Und solltest du dich entschließen, dieses Kind zu behalten, meine Liebe, dann war das auch dein letztes Glas Alkohol für die nächsten neun Monate.«

»Acht«, korrigiert Laura.

»Acht?« fragt Carmen zurück.

»Glaube ich zumindest. Aber ich blicke das nicht richtig, die rechnen das in Wochen, und ich rechne ja nur immer von Ferien zu Ferien! Dafür weiß ich aber schon, wie sie heißen wird: Alina Olivia Carmen!«

»Sie?« Carmen grinst.

»Klar, es liegt doch in unserer Hand, die Männer auszurotten. Wir kriegen keine mehr!«

Beide lachen los, viel zu laut für ein Restaurant, aber sie kümmern sich nicht darum, sie lachen, bis ihnen die Luft ausgeht. Dann prosten sie sich zu.

»Willkommen im Lager«, kichert Carmen.

»Du kannst dir deine Impotenten an den Hut stecken!« grinst Laura.

»Allerdings, von David hast du mir jetzt noch gar nichts erzählt! Ich meine, um den ist's doch wirklich schade! Wie kann ein Mann wie er impotent sein?«

»Durch einen Motorradunfall, Laura. Vor drei Jahren. Er meint, er möchte zwar nicht immer impotent bleiben, aber durch die Erfahrung habe er gewonnen. An Persönlichkeit, an Toleranz, an Reife. Frauen zumindest haben für ihn heute einen ganz anderen Stellenwert als vor seinem Unfall.«

»Das kann ich mir denken, so wie der aussieht. War der Gruß an Martin und der Bauch, den du gekrault hast, nicht vielleicht auch ein zarter Hinweis auf seine lebhafte Vergangenheit?«

»He, du paßt ja richtig auf!«

»Klar doch. Vielleicht hat er ja einen Zwillingsbruder oder einen hübschen Freund, der zufälligerweise nicht impotent ist!«

»Also, Martin dürfte dich kaum entzücken. Da sind unter meinen

Männern bessere Typen dabei. Du wirst schon sehen!« Sie nimmt eine volle Gabel und hält sie Laura hin. »Probier, jetzt ist es nicht mehr so heiß. Es schmeckt großartig. Viel zu gut für die Uhrzeit!«

»Ist wahr? Zeig mal!« Laura deutet auf Carmens Armbanduhr, und Carmen hält sie ihr hin: »Wo ist denn deine abgeblieben?«

»Erst 21 Uhr, kann das sein?«

»Normalerweise geht sie korrekt. Also, wo ist deine?«

»Ich werde doch keine Never-come-back-Uhr mit nach Brasilien nehmen. So hoch ist mein Gehalt nun auch wieder nicht! Und als zukünftige Mutter muß ich aufs Erbe achten!«

Carmen lacht: »Du scheinst mit der Rolle schon gut klar zu kommen!« Sie schiebt die letzte Gabel in den Mund, kratzt noch ein bißchen gebackene Käsekruste aus der Schüssel.

»Und wie! Und ich habe auch gleich noch eine Idee: Was hältst du davon, wenn wir jetzt gleich bezahlen, zu dir gehen, bei dir ein Gläschen Mineralwasser im Bett trinken und noch ein bißchen quatschen, bis wir einschlafen?«

»Hört sich gut an! Gib Enzo mal ein Zeichen, wenn du ihn siehst, Laura. Und du bist sicher, daß du für den Tag morgen tatsächlich alles dabei hast? Für die Schule? Mir kam das so wenig vor, was David vorhin hochgetragen hat!«

»Montags habe ich doch nie viel. Ich muß früh los und bin früh zurück. Das unterscheidet uns von euch Versicherungsleuten. Ihr geht spät los und kommt spät zurück. Deshalb könnten wir beide nicht heiraten. Wir würden uns nie zu Gesicht bekommen!«

»Die beste Grundlage für eine Ehe!«

»Kann es sein, liebe Carmen, daß du gerade eine etwas gehässige Phase hast? Vielleicht gibt es ja auch noch intakte Ehen und Partner, die sich wirklich lieben. Morgens, mittags und abends!«

»Streite ich ja überhaupt nicht ab. Anfangs bestimmt. Aber was macht man dann?«

»Keine Ahnung. Erika Berger einladen und solange einen trinken gehen. Und wir gehen jetzt auch!«

Montag vormittag ist Carmen unterwegs, auf Kundenbesuch. Sie schließt eine Lebensversicherung ab, berät eine Firma wegen eines Rechtsschutzes und fährt dann gutgelaunt ins Büro zurück.

Es ist kurz nach zwölf Uhr, Britta ist in der Mittagspause, auf ihrem Schreibtisch liegen sechs Notizzettel. Carmen blättert sie kurz durch. Oliver, Stefan, Frederic, David, Felix und Peter. Alle bitten um Rückruf. So geht das nicht. Die können ihr hier doch nicht den Betrieb lahmlegen. Das ist die reinste Männerwirtschaft geworden! Sie geht in die kleine Küche, schaut in der Thermoskanne nach, ob noch Kaffee drin ist. Tatsächlich, ein lauwarmer Rest. Besser als nichts. Sie nimmt sich eine Tasse und geht zum Telefon zurück. David ruft sie zuerst an. An ihn hat sie den ganzen Morgen schon gedacht, und außerdem an Laura und ihr Baby. Das gibt noch was!

»Franck.«

»Hey, David! Carmen. Wie geht's dir denn?«

»Schön, dich zu hören. Ich habe Sehnsucht. Es bohrt und zupft und ziept in meinem ganzen Körper. Das ist ein verdammt komisches Gefühl!«

»Ich dachte, ein schönes!«

»Das kommt darauf an, ob ich mit meinen Beschwerden alleine dastehe. Wenn du dieselbe Krankheit hast, ist's traumhaft. Das stimmt!«

»Also, ich brenne auch darauf, dich bald wiederzusehen!«

»Na, fein, dann komm doch her!«

Seine Stimme klingt belegt.

»Du bist gut. Wie soll ich das denn machen?«

»Kannst du heute abend?«

»Ja...«, Carmen zögert. Sie denkt an Laura. Mit einladen kann sie sie ja schlecht, aber allein lassen will sie sie im Moment eigentlich auch nicht.

»Gibt's Probleme?« David hat ihre Zurückhaltung gespürt. »Geht's um Laura?«

»Du liegst fast richtig. Allerdings geht es nicht um Laura alleine. Sie bekommt ein Baby und ist in einer heiklen Phase. Sie weiß nicht, ob sie es behalten soll!«

»Natürlich soll sie das! Da mußt du ihr zureden! Gibt's zu dem Baby denn keinen Vater?«

»Wieso? Natürlich gibt es einen Vater...«

»Na, bei euch weiß man das nie so genau, es könnte ja auch von der Samenbank sein!«

»Also, dann wäre die Frage, ob es behalten oder nicht, überhaupt nie aufgekommen!«

»Da hast du auch wieder recht! Also, bring sie doch mit!«

»Macht es dir nichts aus?«

»Sie wird ja wohl nicht gleich einziehen!«

Carmen lacht: »Du bist ein Schatz! Also, gegen sieben bei dir?«

»Ich freue mich!«

»Sollen wir etwas mitbringen?«

»Untersteht euch. Gute Laune! Und einen Knochen für Kain!«

»Ist er schon wieder bei dir?«

»Ich fange an, mich an ihn zu gewöhnen. Heute nacht war er mir ein idealer Partner. Er redet nicht, will nichts und schenkt als Gegenleistung auch noch Wärme. Ich muß schon sagen...«

»Ich hab's verstanden«, lacht Carmen, »ich werde mich anstrengen müssen. Heute abend lasse ich dich reden!«

»Besser Laura. Vielleicht können wir ihr ja irgendwie helfen!«

Als Carmen den Hörer auflegt, hat sie ein angenehmes Gefühl. Sie möchte sich das durch weitere Telefonate eigentlich nicht zerstören. Aber Frederic hat sie den morgigen Tag versprochen, Oliver braucht ein endgültiges Nein, Felix hängt noch in der Luft, sie hat eigentlich gar keine Lust mehr, ihn zu treffen, und Stefan ist sie einen Rückruf schuldig. Also. Sie wählt Stefans Nummer.

»Kaltenstein.« Er ist nach dem ersten Läuten dran, als ob er neben dem Telefon gewartet hätte.

»Legg. Guten Tag, Stefan!«

»Gut, daß Sie anrufen!« Seine Stimme klingt gepreßt.

»Ist was passiert? Mit Elvira?« Sie hat heute morgen noch kurz bei ihr angeklopft, und Elvira hat beteuert, daß es ihr gut gehe. Aber man kann ja nie wissen.

»Es ist schon etwas passiert. Aber nicht mit Elvira, sondern mit mir, Carmen. Ich habe die ganze Nacht kein Auge zugetan. Elviras Andeutungen zu dem Unglücksflug meiner Eltern – das würde bedeuten, daß ich vielleicht bei Mitschuldigen aufgewachsen bin. Es ist so ungeheuerlich, daß ich mich völlig abgehoben fühle, keinen festen Boden mehr unter den Füßen habe. Ich muß dringend mit jemandem reden. Hätten Sie Zeit?«

Carmen stöhnt innerlich. Es kommt alles zusammen. Aber hängenlassen will sie ihn auch nicht.

»Wann denn, Stefan?«

»Am besten jetzt gleich!«

»Oh, das geht schlecht, ich habe heute nachmittag drei Termine, die ich schon seit langem vorbereitet habe – die Kunden wollen wahrscheinlich abschließen, denen kann ich schlecht absagen!«

»Ich bezahle Ihnen den Ausfall. Und noch ein Beratungshonorar dazu. Von mir aus können Sie sich an den Stundentarifen der Psychiater anlehnen, die Angelegenheit dürfte dem auch entsprechen!«

Au, um Stefan muß es ja wirklich schlecht stehen.

»Das werde ich natürlich nicht annehmen, Stefan. Das wäre ja noch schöner! Bitte rufen Sie mich in einer halben Stunde an, ich versuche mal, was ich machen kann!«

Es paßt ihr überhaupt nicht. Dem einen Kunden sagt sie besonders ungern ab. Was hat sie an dem herumgeschraubt, bis sie ihn endlich soweit hatte. Sie will gerade zum Telefon greifen, um ihn anzurufen, da klingelt es.

»Anwaltskanzlei Lessing, guten Tag!«

Carmen braucht einen Moment, bis sie schaltet.

Ach, der doofe, dreiste, wie hieß er noch, Herr Hermann.

»Wir haben auf unseren Brief an Sie keine Antwort bekommen, deshalb wollten wir einmal nachfragen...«

»Tag, Herr Lessing. Welchen Brief? Ich habe keinen Brief bekommen!«

»Er müßte Ihnen bereits seit über einer Woche vorliegen!«

»Haben Sie die alten Postleitzahlen verwendet?«

»Wir sind doch nicht von vorgestern. Sollte das ein Witz sein?«

Du bist der Witz, denkt Carmen, und daß du die Hosen mit Beißzangen anziehst, habe ich schlicht und einfach vergessen.

»Ich kann Ihnen nicht helfen, Herr Lessing, meine Mitarbeiterin ist sehr zuverlässig, hier kam kein Brief von Ihnen an. Was steht denn drin?«

»Daß wir Ihre Vorschläge für vernünftig halten und daß die Verträge in dieser Form, mit ein paar kleinen Änderungen, abgeschlossen werden können!«

»Was für Änderungen?« fragt Carmen und denkt dabei, aha, deshalb soll der Brief angeblich bereits vor einer Woche abgeschickt worden sein, damit er noch in der Frist liegt. Und die Schlamperei will er mir in die Schuhe schieben, der vornehme Herr Lessing. Dabei liegt der Schwarze Peter fein säuberlich auf seinem eigenen Schreibtisch!

»Nichts Großartiges, ein Vertrag kann so bleiben, am zweiten muß die Summe etwas geändert werden, und den dritten mußten wir ganz streichen. Wann hätten Sie denn Zeit?«

»Ich muß überhaupt erst einmal nachsehen, ob eine Stornierung und eine Änderung überhaupt noch möglich sind, Herr Lessing. Sie haben das Widerrufsrecht von vierzehn Tagen überschritten!«

»Also, Frau Legg. Wenn Ihre Post nicht sorgfältig bearbeitet wird…«

»Jetzt lassen Sie es gut sein, Herr Lessing. Sie und ich wissen ganz genau, wie der Hase läuft. Ich prüfe nach, was noch möglich ist, und rufe Sie dann wieder an. Heute oder morgen!«

Immer die alte Tour, schüttelt sie den Kopf, als sie auflegt. Aber immerhin, zwei Verträge sind durch, das hätte sie dem alten Hermann gar nicht zugetraut. Sie wird für heute abend eine kleine Dose Kaviar und eine Flasche Crémant kaufen. Das muß gefeiert werden. Frederic fällt ihr wieder ein. Ach je, wie bringt sie ihm nur bei, daß sie sich tatsächlich verliebt hat? In einen anderen? Besser noch gar nicht, sagt sie sich, das hat bis morgen Zeit. Sie greift wieder zum Telefon, da kommt Britta vom Mittagessen zurück.

Britta ist zwar erst auf dem Weg zur Versicherungskauffrau, aber fleißig und findig. Warum soll sie ihr nicht auch einmal ein Erfolgserlebnis lassen? Britta kann ihr doch die Termine heute nachmittag abnehmen? Im Endeffekt geht es ja nur noch um die Unterschriften. Und sollte es Britta aus irgendeinem Grund doch verhauen, kann sie es wahrscheinlich immer noch retten.

Britta ist begeistert und bedankt sich mehrfach für das Vertrauen. Zuletzt fühlt sich Carmen schon ganz schuldbewußt, geschah dieser Vertrauensbeweis doch eher aus einer Notlage heraus. »Lassen Sie es gut sein«, wehrt sie ab, »schlagen Sie sich tapfer! Sie können es! Viel Glück!«

Carmen fährt die Straße zu Schloß Kaltenstein entlang. Ihr Dinner mit Stefan ist noch gar nicht so lange her. Sie überlegt, wann es war. Letzten Donnerstag. Es kommt ihr vor, als seien seither Jahre vergangen. Was sich alles ereignet hat, wie schnell doch die Dinge eine neue Wendung bekommen können.

Fast wäre sie an der Abzweigung vorbeigefahren. Bei Tageslicht sieht alles anders aus. Sie bremst, biegt ab. Das schmiedeeiserne, große Tor ist kunstvoll gearbeitet, mit einem prunkvollen Wappen aus Gold verziert. Sie möchte aussteigen, um kurz zu klingeln, aber das Tor geht von selbst auf. Sie schaut nach oben, zur Kamera. Die verhangene Sonne blendet, sie kann das Rotlicht nicht erkennen.

Alles ist äußerst gepflegt. Die Hecken fein säuberlich geschnitten, die Straße wie frisch gekehrt, die Allee wirkt wie eine Kompanie von Preußens langen Kerlen: Sämtliche Bäume gleich groß, im gleichen Abstand, adrett und gepflegt, austauschbar, verwechselbar. Alles ist so schön, so ohne Macken, daß es fast schon wieder langweilig ist. Sie fährt langsam um die Biegung, sieht nun das Haus. Es ist viel größer, als sie damals bei Nacht und im Regen erkennen konnte. Es hat tatsächlich die Ausmaße eines Schlosses. Die Giebel und Türmchen hat sie am Donnerstag überhaupt nicht gesehen. Auch nicht, daß das Gesindehaus ein sehr stattlicher Fachwerkbau ist.

Vor der großen Freitreppe zum Haupthaus steht der dunkelblaue Jaguar. Carmen parkt ihren Wagen dahinter. Einer der Butler kommt die Treppe herab. Soll sie sitzenbleiben, bis er ihr die Türe öffnet? Wahrscheinlich ist es so gedacht. Da sie sich in der Warteposition aber komisch vorkommt, tut sie so, als suche sie noch etwas im Handschuhfach. So, der Butler ist da, die Wagentüre geht auf.

»Willkommen auf Schloß Kaltenstein, gnädige Frau!«

»Vielen Dank, sehr freundlich, Herr – darf ich Ihren Namen erfahren?«

»William, sagen Sie einfach William, gnädige Frau. Der Herr Baron erwartet sie!«

»Vielen Dank, William!«

Carmen steigt aus, geht über die rot ausgelegten Treppen auf das geöffnete Portal zu. Stefan tritt heraus, bleibt abwartend stehen. Er ist blaß, und zu Carmens Überraschung trägt er Jeans. So viel Nonchalance hätte sie ihm gar nicht zugetraut.

»Ich bin wirklich sehr froh, daß du da bist«, begrüßt er sie mit festem Händedruck. »Ich danke dir dafür!«

»Ich bin gerne gekommen«, sagt Carmen und im gleichen Atemzug: »Wir können gern beim du bleiben.«

Er lächelt ihr zu, sein Gesicht wirkt noch asketischer als sonst, die Haut spannt sich wie Pergament über die Gesichtsknochen.

Er geht ihr voraus zum Herrenzimmer, läßt ihr an der Türe dann den Vortritt. Im Kamin brennt ein behagliches Feuer, der Digestifwagen wurde in die Nähe geschoben, und auf einem kleinen Tischchen zwischen den beiden sich gegenüberstehenden Ledersofas steht eine Platte mit Canapés. Daneben liegt das in Silber gerahmte Foto von Hannes.

Carmen fühlt sich etwas beklommen, als sie sich auf eines der Sofas setzt. Stefan nimmt ihr gegenüber auf dem anderen Platz.

»Ich danke dir wirklich, Carmen, daß du so schnell gekommen bist, ich bin wirklich ratlos!«

William kommt herein.

»Was möchtest du zu den Canapés trinken, Carmen? Tee, Wein, Champagner?«

»Danke, Tee ist eine ausgezeichnete Idee!«

»Mit Rum?« fragt Stefan.

»Gern«, nickt Carmen, und William deutet eine kleine Verbeugung an: »Sehr wohl, Herr Baron!«

Es ist eine eigene Welt, denkt Carmen. Wirklich, wie fernab jeder Realität, weit, weit weg, in irgendeinem Märchenbuch. Nur Stefan sieht momentan überhaupt nicht wie der Prinz aus, eher wie das Aschenputtel.

»Wie kann ich dir denn helfen, Stefan?« fragt Carmen. Stefan deutet zu den Canapés: »Bitte greif zu, Carmen. Ich habe sie extra für dich richten lassen!«

»Für mich? Und du?«

»Ich habe keinen Hunger!«

»Das geht nicht! Du mußt was essen. Für jeden Happen, den du ißt, esse ich auch einen!«

»Das ist Erpressung«, sagt Stefan und lächelt schwach.

»Die Welt ist schlecht, Stefan!«

Es ist still. Die Holzscheite prasseln im Kamin.

»Da hast du recht! Das Schlimmste daran ist, daß meine Zieheltern zu früh gestorben sind. Ich kann sie nicht mehr fragen, ob es wirklich so war, wie Elvira glaubt. Und ich kann sie nicht fragen, wie sie es fertigbrachten, ihr Glück auf dem Unglück meiner Eltern aufzubauen. Diese Ungewißheit ist fürchterlich. Und noch schrecklicher ist, daß mir mein Gefühl sagt, daß Elvira recht hat. Die Familie war so. Mein Großvater war wirklich ein Patriarch, ein Herrscher, der keinen Ungehorsam duldete. Der Familienclan konnte nur mächtig sein, wenn er zusammenhielt. Wer aus dem Ruder lief, wurde ausgestoßen. Doch, ich kann es mir gut vorstellen. Ein Sozialist in der Familie! Wenn mein Vater gewählt worden wäre, hätte das für alle Kaltensteins Schimpf und Schande bedeutet. Mein Großvater hätte sich bei seinen Freunden nicht mehr sehen lassen können. Sicherlich hat er versucht, das mit allen Mitteln zu verhindern. Und Hannes hat sich wahrscheinlich nicht beeinflussen lassen, hat an seiner Überzeugung festgehalten und ist geflogen...« Stefan läßt sich nach hinten sinken. »Dieser Gedanke ist unerträglich!«

William kommt mit dem Tee, serviert und entfernt sich gleich wieder lautlos. Carmen rührt Würfelzucker hinein. »Vielleicht wäre es doch besser gewesen, du hättest Elvira nie kennengelernt. Dann hättest du die Zweifel jetzt nicht!«

»Ich weiß nicht. Irgendwann hat es wohl einmal so kommen müssen! Elvira wird mir vieles über meine Eltern erzählen können. Bloß – im Moment würde ich das noch nicht ertragen. Aber ich mußte einfach mit jemandem darüber reden, sonst werde ich noch verrückt!« Während er das sagt, steht er auf, geht zu Carmen auf die andere Seite, setzt sich dicht neben sie, legt den Arm um ihre Schultern. Carmen weiß zunächst nicht, was sie davon halten soll. »Stefan«, beginnt sie, aber kaum hat Carmen seinen Namen ausgesprochen, da umklammert er sie mit einem trockenen Schluchzer, küßt sie heftig auf den Hals: »Bitte hilf mir, ich weiß nicht mehr weiter! Was soll ich bloß tun?«

»Stefan, Stefan, bitte!«

Als hätte sie damit einen unterbewußten Startknopf gedrückt, wirft er sich mit voller Kraft auf sie. Carmen rutscht unter seinem Gewicht seitlich weg, in die Ecke des Sofas, gleichzeitig versucht sie, das Gesicht, das groß und mit offenem Mund über ihr schwebt und sie überall zu küssen versucht, mit ihrem Unterarm wegzudrücken. Stefan ist überall. Jetzt wehrt sie sich mit beiden Händen.

»Stefan, was soll das!« Ihre Stimme ist dunkel, sie ist halb unter ihm begraben. Wie ein Ertrinkender klammert er sich an sie, sie schwebt noch immer zwischen Verwunderung und Widerwillen, spürt aber langsam Panik aufkommen. Er küßt sie auf den Mund, versucht mit seiner Zunge zwischen ihren Lippen einzudringen. Unwillig schüttelt sie den Kopf, um ihn loszuwerden.

»Du willst es doch, gib's doch zu, du bist doch nur so spröde zu mir, weil du glaubst, daß ich nicht kann, aber ich zeig's dir, ich zeig's dir«, keucht er, während er versucht, weiter auf sie hinaufzuklettern. Ihr linker Arm liegt wie in einem Schraubstock unter seinem rechten Knie, ihre rechte Hand drückt er auf das Leder, sie kann sich kaum noch bewegen.

Carmen dreht den Kopf weg. »Stefan, um Himmels willen, laß das, du machst alles kaputt!«

Er reißt an ihren Kleidern, schraubt unter dem Pullover an ihrem Busen und versucht dann, ihr gewaltsam den Rock hochzuschieben. »Du spielst mit mir, weil du glaubst, ich kann nicht! Keiner spielt mit mir! Keiner lacht mich aus, keiner!« Er drückt sein Knie zwischen ihre Schenkel, schmerzhaft spürt sie seine Kniescheibe auf ihrem Fleisch, jetzt liegt er fast ganz auf ihr, stützt sich mit dem Unterarm schmerzhaft auf ihren Brüsten ab, während er versucht, seine Hand unter ihren Rock zu schieben. Er stöhnt, er schluchzt »Ich bin nicht impotent, ich bin nicht impotent«, er wütet wie ein besinnungsloses Tier.

»Hör auf, das ist ja Wahnsinn! Hör auf, Stefan!« Carmen hat ihren Verstand jetzt wieder beisammen. Er ist wie von Sinnen, hört und sieht nichts mehr, alles bricht aus ihm heraus, lädt sich über Carmen ab. Carmen sieht, daß sie sich nur noch mit Gewalt retten kann. Worte nützen nichts mehr, erreichen ihn nicht mehr. Sie bäumt sich auf, versucht hochzukommen. Aber er ist stärker, drückt sie wieder nieder. »Laß mich, laß mich«, keucht er, »ich zeig's dir. Ich bin ein Mann. Ich werde es dir zeigen«, und er bohrt und reißt an ihr herum. Carmen schafft es, das Knie hochzuziehen und es ihm mit voller Wucht in die Genitalien zu rammen.

Mit einem Aufschrei fällt er auf die Seite, von ihr herunter, bleibt zwischen Tisch und Sofa auf dem Teppich liegen. Dort krümmt er sich zusammen, weint jetzt hemmungslos.

Carmen flüchtet hinter die Rückenlehne der Couch, richtet ihre Kleidung und versucht, einen klaren Gedanken zu fassen. In ihrem Kopf wirbelt alles. Wie konnte denn das jetzt passieren? Was ist bloß in ihn gefahren? Ist er ein Psychopath? Schizophren? Sie bleibt eine Minute unentschlossen stehen, hört ihn schluchzen und geht dann langsam um das Sofa herum. Er liegt noch immer auf dem Boden, den Kopf nach unten, Weinkrämpfe schütteln seinen ganzen Körper. Carmen überlegt. Eigentlich drängt es sie, sofort abzuhauen. Aber wenn er wirklich krank ist, kann sie ihn dann wie einen armen Wurm hier liegenlassen? Sie steht unentschlossen. Soll sie seinen Butler zu Hilfe rufen? Aber wenn William ihn so sieht, ist der Herr Baron sicherlich für alle Zeiten unten durch. Und flüchtig fallen ihr auch einige Psychokrimis ein, in denen das ganze Herrenhaus unter einer Decke steckte...

Das laute Schluchzen hat aufgehört, einem leisen, steten Weinen Platz gemacht. Carmen beobachtet ihn mißtrauisch. Sie ist fluchtbereit. Vielleicht hat er ja öfter solche Anfälle, dann bräuchte er tatsächlich einen Therapeuten. Ihr fällt das von ihm vorgeschlagene Psychiater-Honorar ein, und sie muß schon fast wieder darüber lachen. Da glaubt man, männlichen Übergriffen ein für allemal entkommen zu sein, und dann gerät man vom Regen in die Traufe. Sie wird ihm die Rechnung schon noch aufmachen!

Sie geht leise hinaus, sucht William und läßt sich von ihm Papier und Kuli geben. Sie überlegt kurz, schreibt: »So haben wir nicht gewettet, der Einsatz war zu hoch. Geh zum Arzt!«, faltet den Brief zusammen und gibt ihn William.

»Wenn Sie den bitte nachher Herrn von Kaltenstein geben. Im Moment braucht er Ruhe, er fühlt sich nicht gut und möchte die nächste halbe Stunde nicht gestört werden.«

»Meinen Sie, wir sollten einen Arzt rufen?«

»Ich glaube, das muß er selbst entscheiden. Aber schauen Sie später bitte mal nach ihm!«

»Sehr wohl, gnädige Frau!«

Es ist William nicht anzusehen, aber Carmen spürt, daß er beunruhigt ist. Er bringt Carmen zum Wagen. Sicherlich wird er als erstes den Brief lesen und dann schnurstracks in das Zimmer gehen. Aber das ist Carmen jetzt egal. Als sie vom Auto zum Haus hochblickt, sieht sie Stefans kalkweißes Gesicht am Fenster. Nichts wie weg, denkt sie, läßt das rechte Seitenfenster hinunter und ruft William zu, der bereits schon wieder auf der Treppe ist: »Und bitte machen Sie auch gleich das Tor auf!«

Wenn nicht, wäre es heute die nächste fröhliche Überraschung, denkt Carmen und startet.

William dreht sich nach ihr um: »Sehr wohl, gnädige Frau!« Er lächelt. Sieht er auf die Entfernung nicht aus wie Klaus Kinski? Grinst er nicht auch so?

Jetzt siehst du schon Gespenster, sagt sie sich und gibt Gas.

Das Tor steht offen, als Carmen um die Kurve in die Allee einbiegt. Sie fährt aufatmend hindurch. Und jetzt? Eigentlich hätte sie jetzt wieder ins Büro fahren und die Verträge selbst abwickeln können. Der Nachmittag ist noch früh. Aber sie möchte Britta nun auch nicht in den Rücken fallen, wie würde das aussehen! Außerdem hat sie jetzt auch nicht den richtigen Kopf, um sich um Lebensversicherungen zu kümmern. Sie fährt lieber nach Hause. Sie muß dringend mit Elvira sprechen. Aber was soll sie ihr erzählen? Alles? Wird sie sich dann nicht Vorwürfe machen, daß sie Stefan mit ihren Vermutungen konfrontiert hat? Ihr Kopf schwirrt. Wie hatte das alles nur passieren können. Wie soll sie es einordnen? Hat er eine vermurkste Persönlichkeitsstruktur, ist er tatsächlich schizophren, oder ist er nur völlig ausgerastet? Sie ist kein Psychiater, aber sie kann sich so einiges vorstellen. Wahrscheinlich kam alles zusammen. Die lang unterdrückte Angst um seine Potenz und die Wahrheit über seine Vergangenheit. Sicherlich fühlte er sich nach Elviras Eröffnungen noch minderwertiger, als er es vorher durch den Verlust seiner Männlichkeit schon tat. Hätte sie gleich mit ihm reden sollen? Durfte sie ihn so liegenlassen? Du mit deinem verdammten Samaritertum, schimpft sie sich selbst. Das war der Versuch einer Vergewaltigung, er war ätzend, ekelhaft, widerlich! Du hättest ihm genausogut noch einen Tritt dafür verpassen können! Aber ganz davon überzeugt ist sie nicht. Eigentlich ist sie nicht wütend auf ihn. Er tut ihr nur leid. Ein Mensch wie er, der nach außen alles hat und in seinem Inneren so armselig ist, kann einem ja nur leid tun!

Mittlerweile ist sie vor der Garage angekommen. Sie steigt aus, um das Tor zu öffnen. Es pfeift ein kalter Novemberwind, sie friert in ihrem Pullover und dem kurzen Rock. Ihre Zähne klappern, aber sie spürt, daß es nicht nur die schneidende Kälte ist. Es kommt von innen heraus, sie fühlt sich elend, sehnt sich nach einem heißen Bad.

Und das wird sie sich jetzt auch gleich gönnen. Heißes Wasser, Entspannung und kein Gedanke mehr an Stefan. Sie parkt den Wagen auf ihrem schmalen Stellplatz, wirft sich schnell den Mantel über, nimmt ihren Aktenkoffer und läuft hinüber zum Haus. Der Briefkasten ist leer. Gott sei Dank, keine impotenten Männer mehr. Die, die sie jetzt hat, reichen ihr vollkommen! Obwohl, sei nicht ungerecht, sagt sie sich gleich wieder und denkt an David und Frederic. Ein Lächeln überzieht ihr Gesicht, und sie spürt, daß ihre gute Laune zurückkehrt. Verrückte laufen eben überall herum. Egal, ob Männlein oder Weiblein, schwul oder lesbisch, monogam, polygam, bi oder impotent. Was soll's, sie kann deswegen schließlich nicht zum Einsiedler werden. Und genau betrachtet hat sie ja wahrscheinlich auch einen Knacks. Wer sucht schon einen impotenten Mann?

Carmen läßt sich das Badewasser einlaufen. Sie zieht sich aus, kuschelt sich in ihren flauschigen Bademantel, holt das Telefon, um nachher in aller Gemütsruhe Elvira und David anzurufen. Frederic schiebt sie noch ein bißchen hinaus, da muß sie noch überlegen, wie sie das anstellt. Sie fühlt gerade die Temperatur und will vorsichtig hineinsteigen, da klingelt es. Hmm, wer kann das jetzt sein. Aufmachen, oder nicht? Eigentlich hat sie überhaupt keine Lust dazu. Vielleicht ist es ja wieder jemand, der sie zu irgendeinem Glauben überreden oder ihr Klobürsten verkaufen will. Die wird sie mit ihrer anerzogenen verbindlichen Art nur schwer schnell los. Es klingelt wieder. Einmal lang, zweimal kurz. Ach, das ist Laura! Gott sei Dank! Sie läuft, nackt und mit nassen Füßen, zum Türöffner und drückt, öffnet ihre Wohnungstüre und flitzt wieder zurück. Und wenn's jetzt nicht Laura ist, denkt sie, während sie schon halb in der Wanne sitzt. Dann kann ich's auch nicht ändern, sagt sie sich und rutscht ganz hinein. Ah, tut das gut! Sie hört Schritte, die Türe fällt zu. Sie hält den Atem an, es wird doch nicht Stefan sein? »Psycho« fällt ihr ein. Klar, daß ihr dieser Film jetzt in den Sinn kommen muß. Aber Stefan ist schließlich nicht Anthony Perkins. Hoffentlich nicht!

Es ist Laura. Carmen läßt die Luft langsam wieder raus. Du schaust zuviel Fernsehen, sagt sie sich und lächelt Laura entgegen: »Hey, Babe!«

»Ist was? Du siehst irgendwie so verschreckt aus! Grüß dich.« Laura bückt sich zu Carmen und drückt ihr rechts und links einen Kuß auf »Darf ich zu dir in die Wanne kommen?«

»Meinst du, du hast Platz?« fragt Carmen zweifelnd. Sie hat es einmal mit Peter ausprobiert, weil sie es sich erotisch vorstellten, aber dann war das in der kleinen Wanne mehr als ungemütlich.

»Okay, dann nicht. Ich mache uns einen Tee, ist's recht?«

Carmen nickt. Sie entspannt sich wieder. Schön, im warmen Wasser zu liegen und verwöhnt zu werden. Mit zwei Teetassen kehrt Laura zurück, setzt sich zu ihr auf den Wannenrand.

»Und? Wie geht es dir?« fragt Carmen.

»Ich bin soweit wie vorher. Wie geht's denn dir?«

»Ich bin einen Schritt weiter – oder zurück. Wie man's sieht!«

»Ach!« Laura nimmt vorsichtig einen kleinen Schluck aus der Tasse. »Wie ist denn das zu verstehen?«

»Stefan!« Carmen verzieht das Gesicht. »Ich bin froh, daß du da bist. Ich weiß nämlich überhaupt nicht, wie ich damit umgehen soll!« Sie stellt die Tasse auf den Beckenrand, pustet den Schaum vor ihrem Gesicht weg.

»Tut mir leid, du sprichst in Rätseln. Was ist mit Stefan?«

Carmen erzählt seinen Auftritt von heute nachmittag. Laura sitzt stumm dabei, hört sich alles an, schüttelt am Schluß den Kopf: »Und du meinst, impotente Männer seien problemlos. Da kann ich ja bloß lachen!«

»Lach du nur«, sagt Carmen mit schmollendem Unterton. »Davon wird's auch nicht besser. Was mach ich nur mit Elvira? Kann ich ihr das erzählen? Sie wird sich doch als Schuldige sehen!«

»Stell mir das Mädchen nachher doch einfach mal vor, dann sehen wir ja zu zweit, ob sie heute für solch eine Botschaft in der Verfassung ist oder nicht!«

»Das ist eine gute Idee!« Mit einem Ruck setzt sich Carmen auf, bringt dadurch Bewegung in den dichten Schaum, das Wasser schwappt gefährlich zum Beckenrand hin. »Und ich habe auch eine gute Idee!«

»So, was?« Laura bringt den Teebecher in Sicherheit.

»Das sag ich dir nicht! Aber ich zeig's dir gleich. Warte. Ich komme raus!«

Zehn Minuten später machen es sich die beiden auf Carmens Bett bequem. Carmen hat sich in ihren Bademantel gehüllt und sucht jetzt die gemütlichste Bauchlage, Laura sitzt im Schneidersitz neben ihr. Dazwischen liegt ein Foto, Felix Hoffmann.

»Du willst mir jetzt aber nicht sagen, daß der auch impotent ist!«

»Klar doch, deshalb hat er ja geschrieben! Da, lies!« Und sie schiebt Laura seinen Brief zu.

»War durch Beruf und Freundin zu gestreßt und ist deshalb auf Impotenz ausgewichen… tttsss«, Laura zischt durch die Zähne »kaum zu glauben! Sieht gut aus, der Junge!«

Sie nimmt sich das Photo, hält es sich zunächst dicht vor die Augen, dann etwas weiter weg. »Eine erstklassige Figur. Hast du dir das genau angeschaut?« Ein Blick zu Carmen: »Was meinst du, ist der heilbar?«

»Was weiß ich, Laura. Ich will ja gar keinen, der heilbar ist. Dann beginnt das Theater ja wieder von vorn!«

»Aha, und dein David?«

Carmen stutzt kurz, lacht dann. »Gute Frage. Ich weiß auch noch nicht so genau. Aber eigentlich glaube ich, eher nicht. Denn stell dir doch mal vor, Laura, das ist doch rasend interessant – ein Mann, bei dem du nicht ständig darauf wartest, wie er es wohl anfängt, dich ins Bett zu bringen!«

»Aber wenn doch gerade das das Spannende ist?« Laura zieht die Stirn kraus.

»Ja, ja«, Carmen winkt ab, »anfangs, klar. Alles hundertfach erlebt. Aber dann? Ich möchte einen Partner, keinen, der mir ewig auf den Slip schielt.«

»Dich hat's ganz schön erwischt!«

»Wie meinst du das?« Carmen legt den Kopf schief.

»Na, das sieht doch ein Blinder mit dem Krückstock. Du bist verliebt! Rettungslos verliebt in David, und jetzt redest du dir das ein, nur um nicht daran denken zu müssen, daß er ja gar nicht kann!«

»Du bist grausam!«

»Mag sein!«

Eine Weile ist es still. Sie schauen sich unwillig an, dann lachen beide wie auf Kommando gleichzeitig.

»Na ja, Carmen, wie auch immer, deinen David finde ich sehr nett. Er gefällt mir wirklich gut. Und wenn Wilko impotent gewesen wäre, wäre zumindest das nicht passiert«, und sie streichelt über ihren Bauch.

Carmen bewegt sich in ihrer Bauchlage etwas herüber und legt das Ohr daran.

»Ich höre noch nichts!«

Laura lacht: »Vor dem vierten Monat wirst du dich damit auch schwertun!«

»Heißt das, du wirst es behalten?« Carmen legt sich wieder zurück.

»Ich habe mir noch eine Woche Zeit gegeben, um mir darüber klarzuwerden!«

»Und wenn du doch mit Wilko...?«

Laura winkt ab: »Auf den Mann ist nicht zu zählen. Er wird sowieso alles versuchen, um sich vor einer Vaterschaft zu drücken!«

»Aber er ist es doch?«

Laura schaut Carmen direkt in die Augen: »So wie ich damals in ihn verliebt war, wäre es die größte Unverschämtheit, etwas anderes zu behaupten! Aber wie ich ihn heute einschätze, tut er es trotzdem!«

Carmen schüttelt den Kopf: »Tut mir leid, ich kann noch immer kaum glauben, daß sich eure Beziehung so mies entwickelt haben soll. Ich habe Wilko ganz anders eingeschätzt! Zumindest fair, und daß er zu dem steht, was er tut!«

»Ich auch, ich auch, Carmen, das kannst du mir glauben. Laß es gut sein. Erzähle mir lieber von deiner Idee!«

Carmen grinst. Dann tippt sie Laura auf die Brust: »Du wirst Felix treffen!«

»Wie?!«

»Klar, du triffst ihn. Dir gefällt er doch, na und, was ist da denn dabei?«

»Aber ich heiße nicht Carmen Legg, das ist doch Betrug!«

»Du kannst ihm ja sagen, daß du meine Freundin bist. Oder am besten schaust du ihn dir einfach mal an!«

Laura schnippt mit dem Zeigefinger gegen das Foto: »Du hast Ideen, das muß ich schon sagen! Ledige Schwangere ehelicht Impotenten! Trotzdem – es hat was. Irgendwie gefällt mir das!«

»Na also. Und heute abend sind wir bei David eingeladen...«

Es klingelt. Carmen setzt sich auf: »Wer kann denn das jetzt sein?« Sie denkt an Frederic. Es ist gerade so gemütlich, warum soll sie überhaupt aufmachen?

»Willst du nicht nachsehen?« fragt Laura.

»Eigentlich nicht!«

Da klopft es. »Der steht ja schon an der Wohnung.« Carmen springt auf. Sie schnürt ihren Bademantel enger und geht zur Türe.

»Ja, bitte?« ruft sie, ohne zu öffnen.

»Ich bin's«, kommt gedämpft die Antwort, »Elvira!«

»Elvira!« Carmen reißt die Türe auf. »Das ist aber eine Überraschung!«

»Ich dachte mir, wenn der Prophet nicht zum Berg kommt, kommt der Berg eben zum Propheten!«

Carmen drückt ihr rechts und links ein Küßchen auf. »Komm, mach mir kein schlechtes Gewissen. Ich hatte vor, dir nachher Laura vorzustellen. Aber so trifft sich's noch besser! Komm doch herein!«

Laura taucht aus dem Schlafzimmer auf. Die beiden Frauen schütteln sich die Hand.

»Elvira, was magst du trinken? Tee, Kaffee oder einen leichten Wein?«

»Einen Tee fände ich gut. Der paßt zum Wetter!« Sie setzt sich auf die Couch, während sich Laura auf dem Sessel einrollt und Carmen in die Küche verschwindet.

»Wie geht es Ihnen denn, Elvira? Ich darf Sie doch Elvira nennen? Carmen hat schon von Ihnen erzählt!«

»So? Das ist ja nett. Von Ihnen weiß ich nur, daß Sie immer in der Welt herumfliegen und Ihre Klasse am liebsten mitnehmen würden!«

Laura streicht ihre schwarzen, kurzen Haare zurück. Sie lacht: »Das fliegende Klassenzimmer, was? Ja, das wäre toll.«

Elvira nickt.

»Schön, wenn von einem Menschen nach seinem Tod noch etwas übrigbleibt. Da hat uns Erich Kästner einiges voraus. In den Köpfen der Menschen ist er unvergänglich. Fast...« Sie schaut sich ihre Hände an, streicht langsam über einige Altersflecken. Carmen, die eben mit dem Tee hereinkommt, sieht es und hört, was Laura darauf sagt: »Wenn Kinder da sind, bleibt doch auch immer etwas übrig...?« Aha, denkt sie, während sie die Tassen abstellt und Zucker und Rum holt, jetzt hat Laura den Punkt also angeschnitten.

Elvira schaut hoch, blickt zu Carmen und dann wieder zu Laura: »Ich dachte mir, daß Sie Bescheid wissen.« Und mit einem zweiten kurzen Blick zu Carmen: »Das ist auch in Ordnung so.« Carmen setzt sich ebenfalls in einen Sessel. »Nun«, fährt Elvira fort, »ich habe in den letzten Tagen viel über Stefan nachgedacht. Ich hätte es ihm besser nicht sagen sollen. Oder noch besser, ich hätte ihn damals vielleicht schnappen und mitnehmen sollen. Aber das ist natürlich hirnrissig. Ich konnte ja nicht einfach ein Baby entführen. Und dann auch – wohin damit? Was dann? Damals war eine ledige Frau mit einem Kind nicht gesellschaftsfähig. Weniger als das, Abschaum. Ich hätte wahrscheinlich keine Arbeit mehr bekommen. Was hätte ich ihm bieten können? In was für einer Welt wäre er aufgewachsen? Ganz unabhängig davon, was mit mir passiert wäre, wenn sie mich geschnappt hätten!«

Carmen schaut Laura an. O je, denkt sie, Elvira weiß ja nicht, daß Laura schwanger ist. »Warum haben Sie das, was Sie wußten, denn nicht bei der Polizei angezeigt?« will Laura wissen.

»Die Kaltensteins waren dort an der Macht. Sollte ich die Leute, die auf ihrer Gehaltsliste standen, gegen sie hetzen?«

»Das ist schon klar«, beschwichtigt sie Carmen. »Manche Dinge wären auch heute noch ein Problem. Nur die Ansicht über ledige Mütter hat sich seit damals geändert. Heute wachsen viele Kinder bei ihren Müttern auf. Die einen unehelich, die anderen nach der Scheidung. Klar, die Frauen tragen die Last«, und mit einem Seitenblick auf Laura, »haben aber auch die Freude damit.«

»Das hast du aber schön gesagt«, grinst Laura, die genau weiß, auf wen die Ansprache gemünzt ist.

»Du sprichst, als wärst du selbst Mutter. Woher willst du das denn wissen? Oder bist du etwa schwanger?« Elvira lehnt sich etwas vor.

»Ha!« Carmen lacht. »Das wäre ein Witz. Ich habe ja seit gut drei Wochen keinen Mann mehr gehabt!«

»Also, Carmen, drei Wochen sagen nichts. Eine Schwangerschaft dauert wohl etwas länger!«

»Nicht Carmen ist schwanger, Elvira, ich bin es. Ich habe noch eine Woche Zeit, mich zu entscheiden, was ich tun werde!«

Carmen ist über Lauras Offenheit erstaunt. Auch Elvira bleibt einen Moment still. Dann sagt sie: »Was heißt, Sie müssen sich entscheiden? Was gibt es da noch zu entscheiden? Sie bekommen ein Baby. Das ist etwas Wunderschönes!«

»Ja, klar.« Laura nippt an ihrer Tasse, ihre braunen Augen glitzern verdächtig. »Klar ist das was Schönes. Wenn man so einem Wurm ein Nest bieten kann. Aber ich, ich habe ja noch nicht einmal einen Vater, der zu ihm steht!«

»Ein Rat von mir mag sich komisch anhören, denn ich wäre ja höchstens ein Muttersatz gewesen. Aber trotzdem plagt mich das Gewissen, daß ich nicht gehandelt, Annas Stelle eingenommen habe. Sie wollte keinen Kaltenstein aus Stefan machen. Aber ich kann das Rad nicht mehr zurückdrehen. Wie muß es da erst einer leiblichen Mutter gehen! Ich wäre gern an Ihrer Stelle!«

»So leicht ist meine Situation eben auch nicht.« Laura zieht die Beine an und schlingt die Arme darum. »Was ist nach der Erziehungszeit? Der Staat tut nichts. Keine Tagesmütter, keine Kindergärten, und wenn doch, dann solche, die zu den blödesten Zeiten öffnen und schließen. Da kann keine Frau vernünftig arbeiten und sich und ihr Kind ernähren!«

Elvira greift zu ihrer Teetasse: »Ja, nur wer selbst kämpft, kommt durch. Zumindest das hat sich nicht geändert!«

»Stefan ist aber nahe dran, am Kampf zu zerbrechen«, mischt sich Carmen unvermittelt ein. »Wenn wir schon solche intimen Dinge besprechen, muß ich dir das auch erzählen, Elvira, er ist völlig fertig und tut Dinge, die er bei klarem Verstand wahrscheinlich selbst nicht für möglich halten würde!«

Elvira wird blaß: »Stefan? Wieso, was ist denn?« Carmen erzählt ihr Erlebnis vom Nachmittag. Elvira schüttelt ein ums andere Mal den Kopf, seufzt, nimmt einen Schluck Tee und rutscht unruhig auf dem Sofa hin und her. Ihr dunkelblaues Kleid knistert leise. Als Carmen geendet hat, stellt sie die Tasse langsam ab: »Da sieht man, was aus einem Menschen werden kann, wenn er in die falschen Hände gerät. Ich frage mich, wie ich ihm helfen kann – und, entschuldige, Carmen, es war sicher ein grauenhaftes Erlebnis für dich!«

»Ich hab's schon abgeschüttelt. Aber rufe ihn doch an, sag ihm, daß du mit ihm reden willst. Das wäre wahrscheinlich die beste Lösung«, schlägt Carmen vor. »Er wird dich ja nicht gleich umbringen!«

Elvira muß lachen: »Nein, das befürchte ich eigentlich nicht – aber du hast recht, vielleicht muß ich wirklich in die Offensive!«

Laura nickt: »Finde ich auch. Und am besten, Sie rufen ihn sofort an!«

Carmen deutet zu ihrem Telefongerät: »Direkt von hier aus, wenn du willst!«

Elvira schüttelt den Kopf: »Seid mir nicht böse, aber das mache ich von unten. Alte Gewohnheit!«

Beide Frauen nicken ihr zu. »Wenn wir dir irgendwie helfen können, melde dich!«

Elvira erhebt sich langsam und geht zur Türe. Dort dreht sie sich nochmals um: »Ich gebe euch auf jeden Fall Bescheid, danke!«

Kaum hat Elvira die Tür hinter sich geschlossen, dreht sich Laura zu Carmen um und klopft sich mit der flachen Hand auf den Schenkel: »Okay, Baby, jetzt bin ich in der richtigen Desperado-Stimmung, jetzt rufen wir Felix an!«

Carmen, die sich während der letzten Minuten einen dicken Zopf geflochten hat, springt auf, das Zopfende in der Hand: »Gratuliere! Wir greifen wieder an, das gefällt mir! Ich hole schnell die Nummer!«

Sie läuft ins Bad, sucht einen Haargummi und nimmt auf dem Rückweg den Brief mit. »73 117«, ruft sie Laura zu.

Laura hat bereits den Apparat in der Hand und wählt. Sie wartet kurz ab, dann meldet sie sich: »Chiffre Legg, spreche ich mit Felix Hoffmann? Ja? Na, prima!«

Carmen setzt sich auf die Couch, nimmt die Beine hoch und zieht den Morgenmantel darüber.

Laura schaltet den Telefonapparat auf Mithören.

Durch den kleinen Lautsprecher klingt es zwar etwas blechern, aber die Stimme wirkt nett.

»Freut mich, daß es endlich mal klappt, ich habe schon kaum mehr daran geglaubt! Vor allem, als Sie mir auch noch den Brunch abschlugen!«

Laura schaut Carmen kurz an und zieht die Achseln hoch. Klar, sie weiß ja nichts von seinem Vorschlag am Samstag.

Macht nichts, denkt Carmen, irgendwie wird sie sich schon wieder herausreden.

»Tat mir auch sehr leid«, sagt Laura und verzieht dabei das Gesicht, »aber das läßt sich ja nachholen!«

»Machen Sie einen Vorschlag!«

»Ja, wochentags ist kein Brunch drin, leider, ich muß arbeiten, aber nachmittags oder abends ginge es schon!«

Die erstaunte Frage: »Arbeiten Sie denn halbtags?« bringt Laura zum Lachen: »Fast, ich bin Lehrerin.«

»So?« Felix klingt erstaunt. »Im Telefonbuch steht neben Ihrem Namen Versicherungskauffrau.«

Laura wirft Carmen einen Blick zu, aber sie gibt nicht auf: »Das ist der Name meiner Freundin, ich habe sie als Pseudonym angegeben. Ich heiße nicht Legg, sondern Rapp!«

»Ziemlich kompliziert, finden Sie nicht?«

»Nein! Es hätte sich ja ein Kollege von mir melden können, und dann hätten wir beide dumm dagestanden. Deshalb der Umweg!«

Carmen staunt. Nicht zu fassen. Wie Laura blitzschnell die Wahrheit verdreht und eine neue Wahrheit daraus macht – mit dieser Begabung muß sie dringend in die Politik. Über ihren Gedanken hat sie seine Antwort verpaßt, sie sieht nur noch, wie Laura erst zur Decke und dann zu ihr schaut. »Was ist?« flüstert sie.

Laura hält die Muschel zu: »Er ist ein Kollege!« flüstert sie leise und verdreht dabei die Augen.

»Nicht möglich!« lacht Carmen.

»Und jetzt?« fragt Laura.

»Treffen!« raunt Carmen.

Laura nickt.

»Ach, was unterrichten Sie denn?«

»Sport und Englisch am Fontane-Gymnasium.«

»Nicht möglich!« platzt Laura heraus, »und da waren Sie so gestreßt, daß ...«

Jetzt legt er auf, denkt Carmen, aber wider Erwarten lacht er: »Wahrscheinlich hat mich die Freundin mehr gestreßt als die Arbeit, ich geb's zu. Also, Kollegin hin, Kollege her, ist doch Quatsch. Sie haben eine Anzeige aufgegeben, ich habe geantwortet, also können wir uns auch treffen! An welcher Schule unterrichten Sie denn?«

»An der Realschule!«

»Na also, falls wir uns überhaupt nicht ausstehen könnten, würden wir uns zumindest nicht ständig über den Weg laufen. Ich sehe kein Problem.«

»Ich auch nicht!«

»Wie wäre es denn dann mit heute abend? Um 20 Uhr im *Paletti*. Kennen Sie das?« Laura schaut Carmen an. »Innenstadt, beim Alten Rathaus«, flüstert sie.

»In Ordnung«, sagt Carmen.

»Wie sehen Sie denn aus?« Die Neugierde klingt deutlich durch.

»Ach, ich erkenne Sie schon, Felix. Ich habe ja ein Foto von Ihnen. Aber wenn Sie es unbedingt wissen wollen, um jeden Irrtum auszuschließen«, sie zögert, »ich bin 152 Zentimeter groß, wiege 102 Kilo und habe braunes, recht dünnes, dauergewelltes Haar!«

Auf der anderen Seite ist es kurz still. Carmen biegt sich lautlos vor unterdrücktem Lachen. Laura wartet noch drei Sekunden, kichert dann und sagt: »Nein, nein, keine Angst, Felix. Ich bin 1,72, wiege 54 Kilo, habe schwarzes, sehr kurzes Haar, braune Augen, trage schwarze Jeans und einen schwarzen Rollkragenpullover. So müßten Sie mich eigentlich erkennen!«

»Dick wären Sie mir lieber!«

Laura lacht. »Warten Sie bis nach dem Essen, da kommt es ganz von allein«, dann verzieht sie kurz das Gesicht in Carmens Richtung und malt mit der Hand einen Neun-Monats-Bauch.

»Also, bis heute abend, ich verlaß mich drauf!« sagt er noch, und sie antwortet »Gebongt!«

Dann legt sie langsam auf. Carmen droht ihr mit dem Zeigefinger: »Ich dachte, du kämest heute abend mit zu David. Ist dir Felix lieber?«

»Nein, natürlich nicht. Aber ich finde, es ist auch ganz gut, wenn ihr beide alleine seid. Und das mit Felix ist doch recht amüsant. Das richtige für meine angeknackste Seele!«

»Na!« Carmen steht auf. »Dann will ich mich mal langsam umziehen. Viel Zeit ist sowieso nicht mehr. Das heißt, ruf doch mal bitte bei Elvira an, Nummer 31 357, was los ist.«

Laura wählt, legt gleich wieder auf: »Besetzt!«

»Ist das jetzt ein gutes oder ein schlechtes Zeichen?« Carmen nimmt eine Münze, die neben der Kerze auf dem Tisch liegt, wirft sie hoch und klatscht sie sich dann auf den Handrücken. »Ein gutes«, sagt sie dann.

»Was war's denn?« fragt Laura neugierig. »Kopf oder Zahl?«

»Köpfchen siegt«, lächelt Carmen und geht in Richtung Bad. »Magst du noch was anderes als Tee trinken?« fragt sie.

»Nein, danke, ich möchte einen klaren Kopf behalten. Es ist immerhin das erste Mal, daß ich mich mit einem Kollegen treffe!«

Das Telefon klingelt. »Geh bitte ran«, ruft Carmen vom Bad aus.

Sie hört, wie Laura sich meldet: »Bei Legg?« und dann »Es ist Elvira, Carmen! Sie fährt zu Stefan. Ihm geht's wohl nicht besonders gut. Sie wird in einer halben Stunde von seinem Wagen abgeholt!«

»Toll, ich freue mich. Frag sie, ob wir noch was für sie tun können – und, halt, Laura, frag sie, ob wir um Mitternacht vorbeikommen sollen!« Sie hört Laura alles wiederholen und sich verabschieden, dann kommt sie zu Carmen ins Bad: »Alles klar, bis auf den Schluß, war das ein Running Gag oder was?«

Carmen zieht sich gerade einen Lidstrich, dreht sich dann nach Laura um und zwinkert ihr zu: »Das hat mit meiner ersten Verabredung mit einem impotenten Mann zu tun. Sie kam, wie verabredet, um Mitternacht zu mir hoch, um mich vor ihm zu beschützen!«

Laura lacht, und Carmen fällt schlagartig Frederic ein. Sie hat ihm die neue Situation noch immer nicht erklärt. Aber am Telefon erscheint ihr das etwas feige. Am besten wäre es wohl, sie würde sich dazu woanders mit ihm treffen. Aber dann muß sie ihn heute auf jeden Fall noch anrufen!

Carmen parkt vor der Hausnummer 17. Jetzt, da es draußen bereits dunkel ist und das Haus hell erleuchtet, kommt es ihr vor wie ein Puppenhaus. Alles wird ihr geboten: Ein offener Wohnraum über zwei Etagen mit Stahltreppe, spärlich modern eingerichtet, eine Küche aus Stahlelementen und ein Arbeitszimmer, voll mit Büchern, weißen Papierrollen und zwei Zeichenbrettern mitten im Raum. Sie kennt noch nicht einmal Davids Beruf, fällt ihr ein, aber der eine Tag war ja auch so kurz. Und so ereignisreich. Ob er wohl das Forstamt tatsächlich angerufen hat? Sie muß ihn gleich mal fragen.

Carmen öffnet das Gartentor. Es quietscht nicht, obwohl es danach aussieht. Sie geht langsam die Steinplatten entlang. Sie sind unregelmäßig angeordnet, und wenn man nicht genau hinsieht, landet man im aufgeweichten Gras. Die Beleuchtung ist spärlich: Alle zehn Meter etwa hängt ein mageres Birnchen an einem dürren Stengel. Wahrscheinlich Kunst, denkt Carmen, denn sie taugen rein gar nichts. Sie ist etwa auf dem halben Weg, da geht die Haustüre auf und ein riesiger Schatten springt heraus, direkt auf sie zu. Im ersten

Moment erschrickt Carmen. Sie ist sich nicht sicher, ob Kain sie noch erkennt. Was, wenn er sie stellt?

»Hallo, Kain, alter Freund«, ruft sie ihm zur Vorsicht entgegen. Kain bellt kurz und heiser und tanzt dann um sie herum, daß der Dreck nur so spritzt. Na fein, denkt Carmen, nach den Erdklumpen am Absatz jetzt auch noch Sprenkel im Gesicht. Aber seltsamerweise macht es ihr nichts aus. Was soll's schon. Der Mantel kann in die Reinigung, und fürs Gesicht gibt's Seife.

»Kain! Komm zurück! Läßt du wohl Carmen in Ruhe!«

Carmens Herz schlägt schneller. David kommt die drei Treppenstufen herunter und geht ihr entgegen.

»Willkommen«, sagt er und schließt sie in die Arme. »Ach, tut das gut.« Er schnüffelt in ihren Haaren, drückt ihr dann einen Kuß auf den Mund. »Komm, meine Prinzessin, verknackse dir dein zartes Füßchen nicht«, und er nimmt sie auf die Arme. »Nein, halt, David«, sagt sie noch, aber er trägt sie schon zur Türe. Kain springt bellend voraus. Erst über der Schwelle läßt er sie vorsichtig herunter.

»Du siehst fabelhaft aus!« David nimmt ihr den Mantel ab und mustert sie von oben bis unten. Carmen hat den Zopf nicht mehr gelöst, er fällt ihr links voll und rötlich bis zum Busen. Ihr auf Figur geschnittenes, kornblumenblaues Wollkleid ist zwar ausgesprochen sexy, wirkt aber trotzdem locker und leger. Dazu dunkelblaue Strümpfe und hohe Schuhe mit mehreren Blautönen. »Ich sollte mit dir ausgehen und dich überall vorzeigen«, David strahlt.

Carmen freut sich darüber. »Vielen Dank fürs Kompliment, David, aber du siehst auch gut aus!« Er trägt von Kopf bis Fuß Schwarz, hat sich aber, passend zu seinen grünen Augen, eine grüne Krawatte umgebunden. Sie zeigt Albert Einstein, wie er unter einem Sonnenschirm seine Füße im Meer badet. »Das ist witzig«, lacht Carmen. »Zu beneiden, der Mann!«

David war beim Friseur, seine blonde Mähne ist offensichtlich gestutzt, behält aber den Touch der Widerspenstigkeit. Die Haare liegen, als seien sie von Wind und Wellen geformt worden und nicht von Fön und Bürste. Er sieht unverschämt gut aus. Dazu der braune Teint und die weißen Zähne, für Carmen schon fast zuviel. Schöne Männer gehören niemals nur einer Frau, dieser Spruch ihrer Mutter fällt ihr wieder ein, und sie muß leise lächeln. Dieser hier vielleicht doch!

»Komm, Carmen, hinein ins Reich der Junggesellen. Martin hat sich solche Mühe gegeben – und ich mir auch. Martin ist der Küchenchef, ich bin der Kellermeister!«

Carmen nickt und geht Kain hinterher, der zielstrebig ins Wohnzimmer läuft. Ein moderner offener Kamin steht mitten im Raum, entlang der Wand ist ein langer Tisch gedeckt. Die Tischplatte ist aus Metall, ebenfalls die Stühle. Knallige Kerzen auf langen, dünnen Metalleuchtern geben ein flackerndes Licht. Von oben kommen Halogenbirnen an langen Kabeln, die aber gedimmt sind.

»Interessant«, sagt Carmen, und sie meint es auch so. Im stillen vergleicht sie es mit Stefans Eßzimmer. Welch ein Unterschied. Krasser könnte es kaum sein. Aber wo fühlt sie sich nun wohler? Nach Stefans Ausschreitungen hat der warme Kirschbaumraum mit dem passenden Parkettfußboden schlechte Karten. Aber wenn sie ehrlich ist, findet sie diese Ausstattung zwar toll und gelungen, doch ihr persönlich wäre es auf Dauer zu kalt. Ich bin eben doch stinknormal bürgerlich, gesteht sie sich ein. Ihre High-Tech-Leidenschaft beschränkt sich auf ihre Stereo-Anlage. Hier ist alles High-Tech. Nun gut.

»Gefällt's dir?« fragt David, der sie beobachtet hat.

»Ja«, sagt Carmen. »Es ist außergewöhnlich, weil der Stil so konsequent durchgezogen wurde. Ich sehe nichts, was auf Privates, Persönliches schließen ließe!«

»Wie meinst du das?«

»Na, Kitsch, persönliche Erinnerungsstücke, alte Fotos, irgend etwas, das nicht perfekt, sondern einfach da ist!«

»Hier ist nichts perfekt«, lacht David, »wirklich rein gar nichts. Das sieht jetzt vielleicht bei dem Licht so aus. Ich zeige dir nachher mein Schlafzimmer, dort steht mein ganzes persönliches Gerümpel, wenn dich das beruhigt. Von dem Foto, da ich zum ersten Mal auf dem Topf sitze, über das Foto von Bärchen, unserem ersten Hund, bis zu meiner ersten Freundin mit 16. Sie trug eine Zahnspange und hatte einen dicken Po. Aber sie war wahnsinnig lieb, und ihre Küsse waren unglaublich. Vor allem ein Stück weiter unten. Vielleicht fahre ich deshalb so auf Metall ab!«

»Oh, verschone mich«, rutscht es Carmen heraus, und sie denkt, bitte nicht schon wieder einen Irren, der dann vielleicht auch noch auf Metall-Strapse steht!

David lacht, nimmt sie in den Arm. »Keine Angst, ich habe keinen Tick! Das hier ist mehr Martin. Ich liebe es eigentlich auch etwas gemütlicher, aber unsere Konstellation werde ich dir nachher erklären. Schau, dort hat er ein bißchen was für uns aufgebaut. Wir haben mit Laura gerechnet, deswegen wurde es etwas mehr. Außerdem wollte er ursprünglich auch noch dazustoßen. Aber nachdem du vorhin angerufen und für Laura abgesagt hast, will er uns nicht stören!«

»Oh, das ist aber lieb!« Carmen ist gerührt. »Kriegt er denn wenigstens was zu essen?«

»Er hat vorhin schon kräftig zugelangt – und außerdem, schaden würde es ihm auch nicht…«

Sie stehen in der Küche. Auf dem Herd köchelt ein Gulasch leise vor sich hin, in einem Warmhaltetopf daneben häufen sich goldgelbe Korkenziehernudeln, Fussili. Auf dem Küchentisch steht eine große Schüssel mit gemischtem Salat.

»Das hat euch ja irrsinnige Mühe gekostet, damit habe ich ja gar nicht gerechnet!«

David schließt sie wieder in die Arme. Sie küssen sich lang und leidenschaftlich. Als er sie langsam wieder losläßt, glaubt Carmen, tatsächlich ihr Blut im Kopf rauschen zu hören.

»So, jetzt haben wir uns Appetit gemacht, jetzt können wir essen«, sagt David und greift nach einem kleinen Stahltopf. Carmen ist sich noch nicht einmal sicher, ob es sarkastisch gemeint war oder ob David schon so mit seiner Impotenz lebt.

Er schöpft aus dem großen Gulaschtopf in den kleinen, stellt ihn und den Nudeltopf auf ein Tablett und geht damit ins Wohnzimmer. Carmen bringt den Salat.

»Bitte.« David steht vor dem Tisch. »Wo magst du sitzen? Mit dem Rücken zum Feuer oder umgekehrt?«

Wie sich alles wiederholt, denkt Carmen, fast alles…

»Mit dem Rücken zum Feuer, bitte!« Jetzt wird sie in den Genuß kommen, sein Gesicht im Wechselspiel der Flammen zu beobachten. Ganz so, wie es Stefan am Donnerstag bei ihr tat.

»Gern.« David stellt ab, nimmt ihren Teller und schöpft ihn voll.

»Stop, stop«, Carmen winkt ab.

»Du wirst doch nicht schon im Vorfeld passen? Martins Gulasch ist berühmt, du kannst ruhig tüchtig zulangen!«

»Es geht weniger um Martins Gulasch als vielmehr um meinen Bauch, David. Was du mir da aufgeladen hast, reicht mir im Normalfall für zwei Tage!«

»Kein Wunder, daß du so dünn bist! Du kannst den Rest ja stehenlassen!«

Auf dem Tisch steht eine Rotwein-Karaffe, aus der er nun langstielige, bauchige Gläser füllt.

»Cheers, auf uns!«

»Ja, auf uns!«

Die Gläser klingen, und die beiden schauen sich tief in die Augen, während sie trinken.

»Ein feines Tröpfchen«, lobt Carmen und schmeckt nochmals nach.

»Ich habe gehofft, daß er dir gefällt.« David lächelt, stellt das Glas ab. »Guten Appetit, Carmen. Es ist sehr schön, daß du da bist. Wenn es ein Zauberwort gäbe, um dich gegen Martin einzutauschen, würde ich es jetzt direkt tun!«

»Was verbindet dich denn mit Martin?« Carmen greift nach Messer und Gabel.

»Er ist mein Halbbruder, der uneheliche Sohn meines Vaters. Also gewissermaßen ein Seitensprung. Seine Mutter ist eine recht erfolgreiche Architektin, und das ist eines der Häuser, das sie vor Jahren gebaut hat. Und da Martin und ich fast gleich alt sind – mein Vater hat seine Mutter sinnigerweise geschwängert, als meine Mutter mit mir im neunten Monat war –, sind wir zusammengezogen, nachdem wir zufälligerweise beide anfingen, hier Architektur zu studieren. Wie das Leben so spielt. Ist das nicht urkomisch?«

»Na, ich weiß nicht recht«, Carmen spießt gerade mit ihrer Gabel mehrere Nudeln auf und versucht, noch ein saftiges Fleischstück oben drauf zu setzen, »ich finde, es menschelt halt überall. Wo man hinschaut, geschehen die unglaublichsten Dinge!«

»So, was denn?« David hat den Mund voll, nimmt die Serviette: »Schmeckt es dir denn?«

»Ausgezeichnet, David, danke! Wirklich sehr gut!« Stimmt. Das Fleisch ist zart, aber kräftig gewürzt, eine Menge Zutaten wurden mitgekocht. Zusammen mit den zarten Nudeln wird sie essen, bis sie umfällt, das weiß sie jetzt schon. »Gulasch, vor allem, wenn es so gut ist wie dieses hier, hat auf mich eine Wirkung wie Kartoffel-

Chips. Ich esse es selten, aber wenn ich mal anfange, kann ich nicht mehr aufhören!«

»Das höre ich gern. Und Martin wird sich auch freuen!«

»Wo ist er denn jetzt?«

»Mit Freunden ausgegangen, du brauchst dir also nichts zu denken. Vor Mitternacht kommt er nicht!«

»Hat er eine feste Freundin?«

»Einen festen Freund. Er ist homosexuell!«

»Jetzt hör aber auf.« Carmen schüttelt den Kopf. »Das ist ja alles verrückt. In den letzten Tagen habe ich so den Eindruck, ich sitze in einem Tollhaus!«

»Meinst du etwa mich?« David nimmt sich bereits ein zweites Mal, hält kurz inne, schaut sie mit gefurchter Stirn an.

»Nein, ich meine alles. Aber es ist so kompliziert, dir das zu erklären. Du kennst Elvira nicht, du kennst Stefan nicht und du kennst Frederic nicht. Und heute abend trifft sich Laura mit Felix, einem Mann, der ebenfalls auf meine Anzeige geantwortet hat. Sie nimmt mir quasi den Termin ab!«

»Was?« David legt die Schöpfkelle zurück: »Du schickst eine schwangere Frau zu einem wildfremden Kerl? Bist du noch zu retten?«

»Halt, halt, Laura ist in der sechsten Woche oder so. Und dieser Kerl wird ihr sicherlich nichts tun, und außerdem sitzen sie ganz offiziell im *Paletti*. Also, da ist nun wirklich nichts dabei!«

David kaut und schüttelt dabei den Kopf: »Im *Paletti*. Dem Mafia-Schuppen. Da hättest du sie gleich ins Puff schicken können, da hätte sie wenigstens Geld verdient!«

»Wie redest du denn?«

Carmen nimmt empört einen Schluck Wein. Sie verschluckt sich, hustet, bekommt keine Luft mehr. David legt die Gabel weg, läuft um den Tisch und klopft ihren Rücken, bis sie wieder durchatmen kann. Dann fährt er mit zwei Fingern ihren Zopf entlang bis zu ihrem linken Busen. Dort verharrt er kurz auf der Brustspitze, trifft dabei genau Carmens Brustwarze, die auch prompt reagiert. Carmen läuft ein Schauer über den Rücken, als er jetzt so nah hinter ihr steht. Sie spürt seinen Atem im Genick. Er küßt sie in den Nacken. Auf Armen und Beinen stellen sich ihre feinen Härchen auf.

Er beißt sie leicht in die Halswirbel und geht dann wieder zurück: »Dagegen kommt Martins Gulasch natürlich nicht an. Aber das werde ich ihm nicht sagen, er würde es ja doch nicht verstehen!«

»Arbeitest du mit ihm zusammen?« Carmen reibt sich kurz die Arme, um das aufgeregte Gefühl zu vertreiben. Dann schöpft auch sie nach.

»Wir haben uns vor sechs Jahren selbständig gemacht und sind seither Partner. Franck und Baumann.«

»Das paßt ja«, lächelt Carmen.

»Was ist mit diesen ganzen Figuren, die du eben aufgeführt hast? Alles Bekannte? Verwandte? Geliebte? Ex-Geliebte?«

Hmm, denkt Carmen, während sie nach der Serviette und dann nach dem Glas greift, hätte ich bloß nicht damit angefangen. Wie erkläre ich das jetzt?

Sie beginnt mit Elvira, erzählt dann in Kurzfassung die Geschichte von Elvira und Stefan, spart aber den Eklat von heute nachmittag aus. Es kommt ihr sowieso vor, als müsse diese Geschichte mit Stefan bereits Jahrzehnte zurückliegen. Was die beiden jetzt wohl machen? Sie blickt verstohlen auf die Uhr. Zehn Uhr vorbei. Da werden sie gerade beim dritten Gang sein, wenn es Stefan überhaupt nach Essen ist.

»Und Frederic?« fragt David. Er hat gut aufgepaßt. Carmen sagt die Wahrheit, erzählt, daß er rechtzeitig zur Stelle war, als Elvira ohnmächtig auf dem Boden lag. Die Spielereien im Vorfeld läßt sie allerdings vorsichtshalber weg.

»Und nach Stefan und Frederic bin jetzt also ich dran«, David nickt. Carmen ist sich nicht sicher, ob er das nun mehr amüsiert oder eher verärgert gesagt hat.

»Du hast ja auch recht lange gezögert, bis du geschrieben hast. Zu diesem Zeitpunkt hatte ich schon gut zehn Briefe vorliegen. Ich konnte denen ja schlecht sagen: Laßt mich in Ruhe, David kommt auch noch!«

David lacht: »Kleine Kratzbürste, was? Darf ich dir noch etwas nachlegen? Sonst laß noch etwas Platz für das Dessert!«

»Dessert?« Carmen schüttelt langsam den Kopf. »Tut mir leid! Für mich war der Salat schon zuviel, so lecker war das Gulasch!«

»Das wird Martin gefallen! Gut, dann zeige ich dir meine Privatgemächer!«

Kain, der die ganze Zeit still etwas abseits auf seiner Decke gelegen hat, klappt jetzt ein Auge hoch und steht auf.

»Er glaubt, ich ginge ins Bett!«

»Geht er tatsächlich immer mit?«

»Ich habe es dir doch gesagt! Und nicht nur das, ich nehme an, auf dich wäre er wahnsinnig eifersüchtig!«

Carmen schüttelt den Kopf und lacht. »Hast du das so ernst genommen, als ich in meinem Brief von einem Hund geschrieben habe?«

»Ich nicht«, wehrt David ab, »aber er!«

Kain geht bereits zum Flur und zu der steilen Treppe aus Stahl. Seine Krallen kratzen, als er hinaufgeht.

»Iihh.« Carmen hält sich die Ohren zu. »Ich würde einen Teppich legen!«

»Martins Mutter wäre tödlich beleidigt! Sie hat uns das Haus gegeben, damit es erhalten bleibt. Sie glaubt nämlich, daß Mieter alles mit Teppichböden, Vorhängen und Tapeten verkleistern würden!«

»Mag sie recht haben!« Carmen geht Kain nach, der schnurstracks auf eine der Türen aus milchigem Glas zugeht.

»Kann man da überall hineinschauen?« fragt Carmen.

David lächelt und nickt.

»Selbst ins Bad? Und in die Toilette?«

»Das ist praktisch, da sieht man schon von weitem, daß besetzt ist!«

»Na, also ich weiß nicht!« Carmen schüttelt den Kopf. »Und die Schlafzimmer? Wie kann man sich denn in einem solchen Glaskasten lieben, wenn von allen Seiten zugesehen wird?«

David verzieht spöttisch die Mundwinkel: »Darüber brauche ich nicht nachzudenken!«

Carmen schlägt sich innerlich auf den Mund. Was ist ihr da nur wieder herausgerutscht. So etwas Idiotisches zu sagen! Vor einer der Glastüren bleibt Kain stehen, drückt die Klinke dann mit der Schnauze herunter. Selbst der Hund schaut zu, denkt Carmen noch, sagt aber nichts mehr. David geht kurz vor, Licht flammt auf. Dann läßt er ihr den Vortritt. Dieser Raum sieht sehr gemütlich aus, ganz anders als die anderen. Zwar auch modern, aber viel wärmer, durch Licht und Farben gestaltet. Auf der einen Seite steht ein großes Eisenbett, die Bettdecke, voller bunter, fröhlicher Ornamente, nimmt dem Ganzen die Strenge. Es wirkt sehr heimelig. Auf den modernen Regalen stehen auch die persönlichen Dinge, alte Bücher, Fotografien, Sammlerstücke, die Carmen unten vermißt hat. Dem Bett gegenüber ist eine gewaltige Hifi-Anlage aufgebaut, obenauf thront ein Fernseher mit riesiger Bildfläche. Rechts davon stehen die klassischen Sitzmöbel von Le Corbusier: Die geschwungene Liege in Stahl und schwarzem Leder, an der Wand das streng geometrische Dreier-Sofa und der dazu passende viereckige Sessel. Dazwischen ein kleiner Tisch, mit Zeitschriften überladen.

»Es gefällt mir bei dir.« Carmen stellt sich auf die Zehenspitzen und gibt David einen Kuß auf die Nasenspitze.

»Das freut mich!« Seine Arme schließen sich eng um sie, sie legt ihren Kopf an seine Schulter.

»Wir können auch oben bleiben, wenn es dir hier besser gefällt. Ich hole schnell unsere Gläser hoch und stelle für Martin das Essen beiseite, damit er nachher auch noch etwas davon hat!«

Carmen nickt und wendet sich ebenfalls zum Gehen.

»Und was willst du?« fragt David, gefolgt von Kain, schon fast an der Türe.

»Dir helfen!«

»Das ist im Hause Franck-Baumann nicht üblich, my dear! Du kannst es dir schon einmal gemütlich machen und die Beine hochlegen. Ich bin gleich zurück. Noch einen Cognac oder sonst einen Digestif?« Carmen fühlt sich wieder vage an Schloß Kaltenstein erinnert.

»Nein, vielen Dank. Ich trinke noch gern meinen Wein, aber mehr Alkohol muß nicht sein!«

David deutet einen Kuß an und geht hinaus. Carmen zieht sich die Schuhe aus, legt sich aufs Bett. Welch merkwürdiges Gefühl. Früher wäre das eine eindeutige Situation gewesen. Also hätte sie sich, um Abstand zu wahren, nur in den einzelnen Sessel setzen können. Jetzt ist das egal. Sie braucht nicht ein einziges Mal über irgendwelche Konsequenzen nachzudenken!

Neben dem Bett liegt die Fernbedienung. Sie schaltet ein. Der Vorspann zu »Babyboom« läuft, ein Film über eine Karrierefrau in einer amerikanischen Großstadt, die ein Kleinkind erbt, damit zunächst überhaupt nicht umgehen kann, durch das Kind ihre berufliche Spitzenposition verliert, idealistisch ein Haus auf dem Land kauft, dabei vom Makler übers Ohr gehauen wird, dorthin zieht, über die einfache Produktion von Babynahrung wieder ins Geschäft kommt und schlußendlich hohe Angebote ihrer früheren Firma ausschlagen kann. Der Film ist toll, den hat sie schon einmal gesehen, den müßte sich jetzt Laura anschauen! Vielleicht ist sie ja schon zu Hause! Carmen schaut sich um. Neben dem Bett steht ein schwarzes Telefon. Sie wählt Lauras Nummer, nichts. Ihre eigene Nummer, Anrufbeantworter. Dann die Auskunft, um die Telefonnummer des *Paletti* zu erfahren. Da geht die Türe auf, David kommt mit einem Tablett zurück. Zwei Portionen Eis, garniert mit Früchten und heißer Schokolade, die Karaffe Wein und die beiden Gläser. Kain streift ihm gefährlich nahe am Arm vorbei.

»Entschuldigung, David, aber es läuft »Babyboom«, und ich wollte nur kurz Laura informieren, damit sie es sich anschaut. Der Film wäre jetzt toll für sie!«

»Hast du sie erreicht?« Er stellt das Tablett auf dem Sofatisch ab.

»Nein, eben nicht. Zu Hause ist sie nicht, bei mir auch nicht mehr, und eben wollte ich die Auskunft nach der Nummer vom *Paletti* fragen!«

David nimmt eine Fernbedienung, gibt einige Befehle ein und geht dann wieder zu seinem Tablett zurück. »Alles paletti, meine Liebe, du kannst die Kassette nachher mitnehmen. Magst du das Eis im Bett essen?«

»Vielen Dank, du bist Spitze! Eigentlich bin ich ja satt, aber Eis rutscht schließlich immer, was? Wenn's dir nichts ausmacht, würde ich gern hier liegenbleiben. Es ist so schön gemütlich, und dieser Breitwandfernseher ist einfach unglaublich. Ich komme mir vor wie im Kino!«

David reicht ihr einen Eisbecher, streift die Schuhe ab und legt sich auf der anderen Seite hin. So löffeln sie gemeinschaftlich ihr Eis, liegen aber gut fünfzig Zentimeter auseinander. Carmen rückt etwas hinüber, legt sich auf die Seite und kreuzt ihren Fuß mit seinem. Sie reibt ein bißchen hin und her, er schaut sie an, den Löffel in der Hand: »Ich würde gern ein bißchen mit dir kuscheln, aber ich traue mich nicht. Ich will nichts heraufbeschwören, was uns nachher unglücklich machen könnte!«

»Was soll uns denn unglücklich machen?« Carmen hat in der Kirsche einen Stein erwischt, fischt ihn nun vorsichtig aus dem Mund.

David hält für den Stein seine offene Hand hin. Er blitzt sie mit seinen grünen Augen an, und Carmen denkt, ich brauche gar nicht mehr weiterzufragen. Es ist schon klar, was er meint. Aber warum will sie es so genau wissen? Warum kann sie es nicht auf sich beruhen lassen? Ihre Knöchel schmusen miteinander. Also gut. Aber ihre Körper könnten doch auch miteinander sprechen, ohne daß sie deswegen miteinander schlafen müssen! Carmen stellt ein interessantes Phänomen an sich fest: Je klarer es wird, daß sie nicht in der Position der Gejagten, sondern in der des Jägers ist, um so stärker forciert sie die Nähe zu ihm. Ist doch interessant, denkt sie. Wäre er intakt, würde ich längst abwehren und hätte wahrscheinlich schon eine Wut auf ihn, weil er sich wie alle anderen von seinem Penis steuern läßt. Aber jetzt, da er es nicht kann, reize ich ihn dazu, es zu tun. Paradox! Sie schaut auf und glaubt in seinen Augen ein Glitzern zu entdecken, das ihr bekannt vorkommt: Die pure Lust. Aber er wendet schnell den Kopf und stellt seinen Eisbecher ab. Dann rutscht er näher, wendet sich ihr voll zu, legt seine Hand auf ihre Seite und fährt ihre Konturen langsam ab. Von der Hüfte hinunter und über die Taille wieder hinauf zum Brustansatz. Dort verharrt er und läßt seine Finger zurückwandern. Carmen streichelt ihn nun auch. Durch den feinen Hemdenstoff spürt sie seine feste Brust, die Muskeln bis hinunter zum Bauch. Sie fährt mit den Fingerspitzen hoch bis zu seinem Hals. Da er den Kopf in der Seitenlage hält, treten Muskeln und Sehnen deutlich hervor.

»Betreibst du Leistungssport?« fragt sie und streicht wieder über seine Brustmuskeln bis zum Gürtel seiner schwarzen Jeans.

»Ich habe jahrelang Zehnkampf gemacht, war aber nie so richtig vorn. Und als das Studium zu Ende war, blieb mir nicht mehr die Zeit für intensives Training. Und außerdem war ich abends auch zu müde. Ein bißchen tue ich schon noch was, aber eigentlich«, er klopft sich leicht auf die Brustmuskeln, »sind das nur noch die spärlichen Reste!«

»Schöne Reste«, sagt Carmen und fährt leicht mit den Lippen über seinen Körper. Kurz vor dem Hosenbund nimmt David sie sanft zurück: »Carmen.« Er streichelt ihren Kopf, fährt mit allen fünf Fingern durch ihre Haare. »Bitte nicht. Du löst sehr merkwürdige Empfindungen in mir aus. Das tut mir nicht gut. Ich weiß genau, ich werde darunter leiden!«

Sie legt ihren Kopf auf seine Schulter. »Das will ich nicht. Natürlich nicht. Es tut mir leid. Ich wollte dir nur etwas Wärme zukommen lassen, dir etwas von meiner Liebe abgeben. Ich empfinde einfach so für dich. Es ist schwer, das auszudrücken!«

Er streichelt zärtlich über ihren Rücken: »Du willst mit mir schlafen!«

»Nein«, sagt sie bestimmt, »das will ich nicht! Ich genieße es ja gerade, daß wir uns eng umarmen können, ohne daß gleich die Reißverschlüsse aufgezogen werden!«

»Für eine junge, wohlbehütete Frau sprichst du eine deutliche Sprache!« Er klopft ihr mit dem Fingerknöchel leicht auf den Kopf.

»Mag sein, daß mir das Süßholzraspeln im Laufe der Jahre einfach vergangen ist. Obwohl ich in solchen Momenten immer noch mit der Erziehung meiner Mutter kämpfe. Sei immer höflich, verletze keinen, sei liebenswürdig, suche im Menschen immer zuerst nach dem Guten! Ich würde noch einen Einbrecher höflich darauf aufmerksam machen, daß er aus Versehen wohl den Wohnungsschlüssel verwechselt hat. Und würde ihn sicherlich trösten: Kann ja mal passieren...«

David lacht und drückt sie an sich.

»Ich glaube, mit dir habe ich einen ganz dicken Fang gemacht. Und ich bin sehr glücklich, daß du da bist!«

Carmen kuschelt sich an ihn, drückt ihr Gesicht in seine Halsmulde: »Ich auch, David, ich auch!«

Carmen hängt ihren Gedanken nach. Sie hat kaum ein Ohr für Britta Berger, die ihr von ihren gestrigen Erfolgen erzählt und wissen will, ob sie auch alles richtig gemacht hat. »Das haben Sie fabelhaft gemacht«, bestätigt Carmen automatisch, »ich hätte es nicht besser machen können!« Ihre Mitarbeiterin strahlt, geht zum ersten Mal, seitdem sie mit Carmen zusammenarbeitet, aus sich heraus, erzählt aufgeregt und mit recht witzigen Details, wie sie die Verträge abgeschlossen hat. Carmen ist erstaunt. So hat sie Britta ja noch nie erlebt! So euphorisch, so leutselig, so glücklich! Es lenkt sie von ihren eigenen Gedanken ab. »Augenblick mal«, unterbricht sie schließlich den Redestrom lachend, »ich glaube, das muß gefeiert werden!« Sie geht in den winzigen Nebenraum des Büros und öffnet den Kühlschrank. Es müßte noch eine kleine Flasche Sekt da sein. Tatsächlich, da liegt sie. Carmen nimmt sie heraus, holt zwei Sektgläser vom Regal und geht damit zu Brittas Schreibtisch. »So, und jetzt wollen wir darauf auch anstoßen! Sie haben einen gewaltigen Schritt vorwärts gemacht, gratuliere!« Sie entkorkt und schenkt ein. Britta Berger freut sich riesig, sie fällt Carmen fast um den Hals.

Wie leicht man doch Freude verbreiten kann, denkt Carmen, stößt nochmals mit Britta an und geht dann zu ihrem Schreibtisch zurück. Sie kommt im rechten Augenblick, das Telefon klingelt. Carmen nimmt ab, und Laura meldet sich.

»Ich muß dich unbedingt sprechen!«

»Du lieber Himmel, ist was passiert?« Carmen nickt Britta zu, die ihr auf die Entfernung nochmals zuprostet und sich dann an ihre Schreibmaschine setzt.

»Das kann man wohl sagen! Dieser sogenannte impotente Felix hat ganz kräftig versucht, sich an mir zu kurieren!«

»Ach, nein. Nicht schon wieder! Das darf doch nicht wahr sein! Wie denn?«

»Das kann ich dir schlecht erzählen. Ich bin im Lehrerzimmer. Im Moment ist zwar keiner da, aber hier haben sogar die Wände Ohren. Ich möchte denen nicht gerade Stoff für ihre Klatschereien liefern!«

»Heute abend bei mir?« fragt Carmen kurz.

»Einverstanden. Ich bringe Hackfleisch und die übrigen Zutaten zu einer feinen Bolognese mit. Hast du Spaghetti zu Hause?«

»Gerade noch!«

»Rotwein?«

»Das sicher!«

»Okay, dann ist's klar – gegen sieben?«

»Paßt genau, Laura. Ich freue mich – und bin sehr gespannt!« Sie legt auf und schaut kurz zu Britta. Klar, sie hat zugehört.

»Sie können gern früher gehen, wenn es Ihnen so besser paßt, Frau Legg. Es macht mir nichts aus, bis 18 Uhr zu bleiben!«

Eines Tages wird es so sein, daß Britta hier die Chefin ist, und ich arbeite ihr zu, denkt Carmen. Nachdem sie die Verträge gestern so problemlos gemeistert hat, steckt sie ihre Ziele ja womöglich ein bißchen höher. Man kann nie wissen! Ach, Quatsch, ruft sie sich gleich darauf selbst zur Ordnung, sie ist einfach nett und hilfsbereit, sonst nichts. Sie ist keine klassische Karrierefrau, die mich mit ihren Ellenbogen vom Platz rammen wird. Oder doch? Schließlich verwaltet sie die ganze Kundenkartei. Was, wenn sie ein Konkurrenz-Büro aufmacht? Mit den Kopien ihrer Unterlagen?

»Vielen Dank für Ihr Angebot, Britta«, sagt sie freundlich, »aber ich habe doch noch einiges zu tun. Ich werde jedenfalls bis 18 Uhr hier sein. Aber Sie können sich zur Feier des Tages gerne mal früher verabschieden. Feiern Sie mit Ihrem Freund!«

»Oh, das ist aber nett von Ihnen!« Britta springt tatsächlich auf, ordnet noch schnell ihren Schreibtisch, schaltet den Computer aus, schnappt ihren Mantel und ist weg.

Carmen ist völlig erstaunt. Also Kommando zurück, Britta ist absolut harmlos. Aber daß sie tatsächlich einen Freund hat? Warum eigentlich nicht? Sie kann es sich einfach nicht vorstellen. Wie mag einer wohl aussehen, der zu ihrer kleinen, unscheinbaren Britta paßt? Sei nicht so überheblich, in deiner Männergalerie sind auch nicht nur Schönheiten. Sie denkt kurz über den einen oder anderen aus ihrer Vergangenheit nach und muß darüber lachen: Schluß damit, an die Arbeit, Carmen, tu endlich was!

Carmen hat mehr getan, als sie ursprünglich vorhatte. Sie ist spät dran und sieht Laura heranfahren, als sie gerade das große Garagentor schließt. Laura parkt auf einem der Stellplätze, springt schnell aus dem Wagen und nimmt Carmen zur Begrüßung stürmisch in die Arme. Sie küssen sich rechts und links auf die Wange und lachen wie auf Kommando beide los.

»Da hast du mir ja was eingebrockt.« Laura schüttelt sich unter Lachkrämpfen.

»Tut mir leid«, sagt Carmen, »aber du wolltest Felix ja unbedingt ausprobieren. Jetzt erzähl doch endlich mal, was überhaupt passiert ist!«

Laura hängt sich bei Carmen ein, zu zweit gehen sie über die Straße auf das Haus zu.

»Also, zunächst war es wirklich sehr nett. Er sieht fabelhaft aus, er erzählte von seinem Sport, von seinen Reisen, wir haben viel gelacht. Dann hatte er irgendwann zuviel Alkohol, und er ging aus sich raus. Nun gut, warum nicht. Bis Mitternacht erzählte er mir, wann es zum ersten Mal nicht mehr ging, wie das genau war, welche Empfindungen er hatte. Du weißt ja«, Laura unterbricht kurz, Carmen öffnet die Haustüre, »du weißt ja, wie ich in solchen Fällen denke. Ich dachte natürlich weniger an ihn als an seine Freundin. Aber darauf ist er gar nicht eingegangen. Ihre Emotionen waren ihm, glaube ich, ziemlich egal. Oder es klang jedenfalls so...« Sie gehen an Elviras Wohnungstüre vorbei. »Hast du etwas von ihr gehört?« unterbricht Laura sich selbst. Carmen schüttelt verneinend den Kopf. »Wollen wir mal klingeln?« Laura drückt schon auf den Knopf. Der Glockendreiklang ist wie immer hell und freundlich, aber es rührt sich nichts.

»Ach, du lieber Himmel!« stöhnt Carmen.

»Und wenn sie gar nicht da ist?« fragt Laura.

»Bis jetzt war sie immer da. Ich bringe ihr doch aus der Stadt mit, was sie so braucht!«

»Womöglich hat sich die Situation ja geändert!« Laura klingelt nochmals, Carmen klopft.

»Nichts!« Carmen überlegt. »Ich habe mit ihr ausgemacht, daß sie mir eine Nachricht in den Briefkasten wirft, wenn sie außer Haus geht.«

»Ja, und?« Laura schaut sie an. »Du hast ja gar nicht nachgesehen!«

»Weil ich dich nicht unterbrechen wollte! Warte mal kurz!« Sie stellt ihren Aktenkoffer ab und läuft die Treppen hinunter, immer zwei Stufen auf einmal nehmend. In Carmens Briefkasten liegt tatsächlich ein kleines, viermal zusammengefaltetes Brieflein. Carmen nimmt es zusammen mit den anderen Briefen und eilt die Treppe wieder hinauf.

»Da ist was!« Sie lehnt sich schnell atmend neben Laura an den Türpfosten.

»Du könntest dich mal wieder etwas um deine Kondition kümmern«, meint Laura trocken und klopft Carmen leicht auf die Schulter.

»Wenn du mir das bitte in meinem Stundenplan ankreuzen könntest«, rümpft Carmen die Nase. »In den letzten drei Wochen hatte ich kaum Zeit, mich mal richtig auszuschlafen!«

»Jetzt bin ich ja wieder da! Laß endlich sehen!«

»Sehr trostreich!« Carmen faltet den Brief auseinander und liest vor:

Liebe Carmen, liebe Laura! Stefan und ich haben uns bis fast zum Frühstück über die Vergangenheit unterhalten, und ich habe dann in einem seiner Gästezimmer übernachtet. Sein Butler fährt jetzt gleich los, um mir das Notwendigste aus dem Bad zu holen und Euch dieses Brieflein einzustecken, damit Ihr Euch keine Sorgen macht! Stefan ist sehr niedergeschmettert, vor allem durch den Vorfall von gestern nachmittag. Er möchte deshalb zum Psychiater gehen. Stefan schämt sich Dir gegenüber sehr, Carmen, und ich befürchte, daß sich sein Zustand kaum bessern kann, solange er sich damit herumquält. Ich bitte dich deshalb im Vertrauen, ihm auf irgendeine Weise Absolution zu erteilen. Ich weiß, es ist eigentlich unzumutbar, aber für ein verzeihendes Wort ihm gegenüber wäre ich Dir sehr dankbar, alles Liebe – Elvira.

»Hmm.« Carmen dreht sich zu Laura um. »Was sagst du nun?«

»Er hat sie umgebracht und den Brief selbst geschrieben!«

»Hör bloß auf!« Carmen schüttelt sich. »Es ist ihre Schrift. Ich kenne sie von ihren Einkaufszetteln her!«

»Dann hält er sie fest und hat ihr das diktiert!«

»Du bist irgendwie durcheinander, Laura. Warum sollte er das tun?« Carmen steckt den Brief zu den anderen, nimmt ihren Aktenkoffer und beginnt, die restlichen Treppen zu ihrer Wohnung hinaufzusteigen.

Laura holt sie ein. »Was weiß ich. Seitdem ich wieder hier bin, habe ich langsam den Eindruck, alles ist möglich!«

Carmen dreht sich im Laufen nach ihr um. »Klar, und du heißt auch nicht Laura, sondern Rosemary, und das da«, sie deutet auf Lauras Bauch, »ist Rosemarys Baby. Isn't it?«

»Du bist blöd!« lacht Laura.

»Klar, du auch!«

Sie stehen oben, Carmen schließt auf. »Wo hast du übrigens die Zutaten zu unseren Spaghetti, Laura? Ich sehe überhaupt nichts...«

»Tut mir leid, ich war zu spät dran. Knoblauch hast du doch sicherlich da, dann machen wir eben Spaghetti all'Aglio ed Olio!«

»Ei, ei, ei.« Carmen schüttelt lachend den Kopf. »Mit dir wird's noch mal ein schlimmes Ende nehmen. Warte, ich ziehe mir nur schnell etwas Bequemeres an, dann will ich endlich die Geschichte über Felix hören!«

»Darf ich mir dazu eine Weinschorle mixen?«

»Nimm, worauf du Appetit hast!«

Carmen hört vom Badezimmer aus, wie die Kühlschranktüre zuklappt. »Wie soll ich das großzügige Angebot verstehen?« hört sie Laura aus der Küche rufen.

»Was meinst du?« Carmen hängt ihre Hose auf einen Bügel, Bluse und Jackett darüber, trägt beides ins Schlafzimmer und greift nach Leggings und einem dicken Sweatshirt.

Laura kommt und lehnt sich an die Türöffnung zum Schlafzimmer.

»Du bist auch nicht besser als ich, Darling, dein Getränkevorrat ist nämlich so gut wie aufgebraucht. Das heißt, eine halbe Flasche Weißwein ist noch da, aber die war offen und schmeckt entsprechend!«

»Hmm.« Carmen zieht sich dicke Socken an die Füße und schaut auf: »Der Rotwein steht nicht im Kühlschrank, sondern in der Speisekammer!«

»Leider auch dort nicht«, grinst Laura.

»Was schlägst du jetzt vor?« fragt Carmen und richtet sich auf.

»Wir gehen essen!«

»Oh, nein! Jetzt habe ich mich eben umgezogen. Eher lassen wir uns vom *Laguna* etwas herbringen!«

»Na, dann eben das! Hast du die Telefonnummer?«

»Sie steht in meinem Adreßbuch neben dem Telefon. Ich hätte gern die Vegetarier-Pizza mit Salami und doppelt Käse. Und zwei Flaschen Rotwein. Aber sag ihm gleich, ich zahle keine speziellen Außerhauspreise für den Wein. Er soll uns gefälligst Mengenrabatt und einen Stammgäste-Rabatt einräumen.«

»Wahrscheinlich willst du auch noch Geld dafür haben, daß wir es überhaupt essen!« sagt Laura, bereits unterwegs zum Telefon.

»Sehr richtig«, antwortet Carmen. »Sag ihm das auch gleich!«

Sie setzt sich auf die Couch, wartet, bis Laura telefoniert hat, und klopft dann mit der flachen Hand neben sich auf das Polster.

»So, Laura-Mäuschen, jetzt bist du dran. Ich will jetzt endlich wissen, was dein Felix gestern angestellt hat!«

»Also, den *dein Felix* kannst du dir schon gleich mal schenken, das ist das erste. Und deine ganzen anderen Impotenten auch, das ist das zweite!«

Carmen lacht. »Was war bloß los?«

»Das kann ich dir sagen!« Sie läßt sich neben Carmen auf das Sofa fallen, lehnt sich dann leicht an sie. »Also, er erzählte mir sein Desaster in allen Einzelheiten. Okay, anfangs war ich nicht so wild darauf, das alles zu hören, später wurde es dann spannender – und warum eigentlich auch nicht, für mich war's ja auch mal ganz interessant, so etwas zu hören. Also, nach seinem ersten sexuellen Einbruch startete er mehrere Versuche, alles wieder in die Gänge zu bekommen. Zuerst legte er manuell Hand an, weil er sich bei seiner Freundin nicht mehr blamieren wollte. Als das auch nichts nützte, war ihm klar, daß sein Unterbewußtsein es nicht anders wollte. Erinnere dich, Carmen, er schreibt ja auch, er habe sich wohl in die Impotenz geflüchtet und wolle sie mit jemandem teilen. Hört sich ja ganz lieb an, aber ich nehme es ihm so nicht ab. Also, nachdem er die Sache seinem Unterbewußtsein zugeordnet hatte, ging er der Sache, typisch Lehrer, auf die Spur. Und wo langte er mit seiner Eigen-Psychoanalyse an? Na, wo wohl?«

Carmen zuckt die Achseln: »Keine Ahnung, wo?«

»Na, bei seiner Mutter, Darling. Ist doch wohl klar!«

Carmen holt tief Luft: »Freilich, wo denn sonst!«

»Na, eben. Er ließ sich also hypnotisieren, um den Weg zurück zur Mutter zu finden, und nicht nur das, er wollte wieder in sie hinein!«

»Jetzt hör aber auf!« Carmen schüttelt sich.

»Wenn ich's dir doch sage! Aber das mit der Hypnose ging schief, er versuchte es mehrere Male, wurde das Geld für eine geplante Weltreise los, aber sein Trauma nicht.«

»War er denn bei einem richtigen Arzt? Möglicherweise ist es ja organisch, dann kann er sich den ganzen Hokuspokus sparen!«

»Er war wohl ganz zu Anfang bei seinem Hausarzt, weil er an eine verdrängte Grippe oder an sonst etwas in dieser Art glaubte. Der Arzt konnte aber nichts feststellen.«

»Ging er nicht zu einem zweiten? Zu einem Spezialisten?«

»Nein, dafür aber zu einer Wahrsagerin!«

Carmen lacht.

»Lach nicht, die sagte ihm dann, er müsse zu seiner Mutter zurückfinden, wenn er geheilt werden wolle!«

»Also das gleiche wie der Hypnotiseur!«

Laura schüttelt den Kopf: »Nein, das gleiche, was er sich in seiner Selbstdiagnose eingeredet hatte. Aber daß der Hypnotiseur ihm nicht helfen konnte, wußte er ja bereits.«

»Und die Wahrsagerin hat ihm natürlich nach dem Mund geredet. Klar. Warum ist er dann nicht zu seiner Mutter, um mit ihr mal über alles zu reden? Das hätte vielleicht wirklich helfen können. Meinst du nicht? Und zwar nicht, weil sie der Ursprung seines Versagens sein soll – so ein Blödsinn –, sondern weil eine Mutter wahrscheinlich mehr Liebe zu ihrem Kind empfindet als irgend jemand sonst in der Welt. Erinnere dich doch bloß mal an das Pusten in der Kinderzeit, durch das die Wunde aufhört zu schmerzen, nur weil man ganz einfach an die Kraft der Mutter glaubt!«

Carmen hat sich warm geredet, ist jetzt so richtig in Fahrt. Wahrscheinlich hätte sie sich doch mit Felix treffen sollen. Möglicherweise hätte sie ihm helfen können, mit dem Problem so umzugehen, wie er es in seinem Brief so nett beschrieben hat.

Aber Laura macht eine ungeduldige Handbewegung und zieht die Stirn kraus: »Auf die Idee bin ich natürlich auch gekommen, Carmen. Aber das ist nicht so einfach. Seine Mutter ist tot. Wie soll er da mit ihr reden?«

»Ach, je!« Carmen, die sich während der letzten Minuten vor Eifer kerzengerade hingesetzt hat, läßt sich wieder in die Rückenpolster sinken. »Das ist ja eine Geschichte! Und du hast dir das stundenlang angehört? Du Arme!«

»Na ja«, meint Laura. »Ich fand es so grotesk, daß ich dann natürlich alles wissen wollte. Du schaltest den Fernseher, wenn's spannend wird, ja auch nicht aus!«

Carmen streicht sich die Haare nach hinten. »Aber der Typ klingt ja schon direkt gefährlich. Besessen. Was ist dann passiert?«

»Dann wollten die irgendwann das Lokal schließen. Er war schätzungsweise bei seinem zehnten Bier, ich habe nicht mitgezählt – aber ich nehme an, heute fehlt er beim Sportunterricht – und da fragte er mich, ob es nicht toll für mich sein könnte, einen impotenten Mann zu heilen. Das müßte mir doch eine irre Befriedigung verschaffen!«

»Irre schon«, sagt Carmen trocken, »aber Befriedigung?«

Laura lacht: »Ja, das ist nämlich ganz ein Schlauer. Nachdem alle sphärischen Künste versagt hatten, griff er wieder zu irdischen Mitteln. Er ging ins Puff. Dort mußte er keiner Frau Rechenschaft ablegen, wenn's nicht klappte, dort bezahlte er, blieb anonym und konnte sein Gesicht wahren.«

»Ja, und?« Carmen horcht auf.

»Auf die normale Tour geschah nichts. Absolut nichts. Er versuchte sämtliche Nutten durch, rot, braun, schwarz, blond, dick und dünn, bis er pleite war und wieder zur Wahrsagerin ging. Und die sagte ihm, jetzt halte dich fest, helfen könne ihm nur eine Frau, die wie seine Mutter aussieht!«

»Hör auf, das ist ja ekelhaft!«

»Ja, und es kommt noch besser. Deshalb war er auch für einen Moment so still, als ich mich beschrieben habe, erinnerst du dich? Seine Mutter war klein, dick und hatte braune Locken!«

»Das ist starker Tobak!«

»Ja, er wollte mich dann überreden, mit ihm zu schlafen. Er habe ja zumindest die Phantasie, ich könne klein und dick sein!«

»Nein!« Carmen prustet es heraus, setzt sich wieder gerade hin: »Das darf doch nicht wahr sein! Und du?«

»Ich habe bezahlt und bin gegangen!«

»Wie, bezahlt hast du auch noch? Dafür, daß er sich bei dir auf die Couch gelegt hat? Stell ihm eine Rechnung über eine Therapiesitzung!« Stefan fällt ihr wieder ein.

Irgendwie sind die Probleme mit impotenten Männern wirklich nicht kleiner. Im Gegenteil. Sie scheinen immer größer zu werden. Aber sie sind Gott sei Dank nicht alle so verschroben. Sie denkt an David und Frederic. Abartigkeiten gibt es überall. Da ist die Impotenz dann vielleicht nur noch der Auslöser dafür. Es klingelt.

»Das wird unsere Pizza sein, ich mache auf!« Laura steht auf und geht zur Tür. Nach einigen Schritten bleibt sie stehen und dreht sich noch mal um: »Und weißt du, was das Seltsamste ist? Nicht, daß er in den Kleidern seiner Mutter mit mir schlafen wollte oder umgekehrt, ich weiß es nicht mehr so genau, weil ich gerade im Aufbruch...«

»Was?« fährt Carmen auf, »davon hast du ja noch gar nichts gesagt!«

»Ich wollte dir nicht ganz den Appetit verderben – ich hatte nicht mehr den Nerv, mir das auch noch anzuhören, es reichte mir bis oben – nein, das Tollste war, daß ich heute morgen Zweifel bekam, ob er wirklich impotent ist oder ob er nur eine Show abzog, um für seine wirren Phantasien eine Frau ins Bett zu kriegen!«

Carmen holt schon mal Teller, Gläser und Besteck und sagt, während sie schnell deckt: »Dabei sieht er wirklich hübsch und harmlos aus. Da sieht man mal wieder, daß man darauf nicht gehen kann! Im übrigen wundert es mich, daß er so offen zu dir war, wo du doch eine Kollegin bist!«

Laura lacht: »Gut, ich habe ihn natürlich ziemlich ausgehorcht, das gebe ich zu. Und zudem war er ordentlich betrunken. Aber die Absicht, mit mir etwas anzufangen, war von Anfang an da, da bin ich mir ziemlich sicher. Vielleicht hat er sich auch ausgerechnet, daß er mit der Tour ziemlich schnell bei mir landen kann, was weiß ich. Und ist dann dabei übers Ziel hinausgeschossen.«

Sie öffnet die Türe.

Ein breitschultriger Typ mit abgewetzter Lederjacke und ausgewaschenen Jeans steht ihr gegenüber. Er stutzt kurz, fährt sich mit fünf Fingern durch die schwarzen, unbezähmbaren Haare. »Nanu.« Er kneift die blauen Augen zusammen. »Ich hatte Carmen ganz anders in Erinnerung!«

Laura schaut ihn unverwandt an, geht dann einen kleinen Schritt zurück in Richtung Wohnzimmer, ohne ihn aus den Augen zu lassen. »Carmen, kommst du mal bitte?«

»Was ist?« Wahrscheinlich haben sie die falsche Pizza gebracht, oder ihr Geld reicht nicht, denkt Carmen und bequemt sich vom Sofa herunter. An der Wohnzimmertüre muß sie lachen: »Frederic! Das ist aber schön!« Sie läuft ihm entgegen und umarmt ihn stürmisch. Dich habe ich ja total vergessen, denkt sie, dabei wollte ich dich gestern noch unbedingt anrufen. Na, egal, jetzt bist du da, und jetzt muß ich dir eben heute abend von David erzählen. Laura steht abwartend daneben. Carmen löst sich von Frederic und nimmt Laura am Arm.

»Das ist Laura, meine beste Freundin, und das ist Frederic, ein guter Freund, ein sehr guter Freund!« Die beiden geben sich die Hand.

Es klingelt wieder.

»Und das ist die Pizza!« sagt Laura und drückt auf den Türöffner.

»Erzähl, wo hast du gesteckt?« Carmen knufft Frederic in die Seite.

»Wo wohl, bei meinem lieben Schwesterlein und habe dort von dir geträumt!« Er zieht seine schwere Lederjacke aus, hängt sie in die Garderobe. Laura beobachtet ihn genau. Er trägt ein einfaches T-Shirt aus olivfarbener Baumwolle, am runden Halsausschnitt wurde auf einen Saum verzichtet. Also entweder ganz billig aus Taiwan oder ganz teuer mit Designername, ebenfalls aus Taiwan.

Carmen lacht: »Du Charmeur, du schwindelst ja. Du warst froh, daß du die paar Tage Ruhe hattest, gib's doch zu!«

Es klopft. Laura öffnet, einen Fünfzig-Mark-Schein in der Hand.

»Danke«, sagt David und nimmt den ihm hingestreckten Geldschein entgegen. »Nett, so empfangen zu werden! Gibt's davon noch mehr?«

»David!« Mit einem Aufschrei fällt ihm Carmen um den Hals. »So eine Überraschung!«

»Das finde ich auch!« Frederic verschränkt die Arme.

Über Carmens Schulter schaut David in die Runde: »Tag, allerseits!«

Es klingelt.

»Das ist jetzt aber die Pizza!« sagt Laura und drückt auf den Türöffner.

Carmen löst sich von David, dreht sich um. Ihre Augen strahlen, ihre Gefühle für David sind offensichtlich. Zu Frederic sagt sie: »Das ist David«, und zu David: »Das ist Frederic. Ich habe dir ja schon von ihm erzählt!«

»Ach«, sagt Frederic, »wie nett! Was denn?«

David reicht ihm die Hand: »Von Ihrem Einsatz bei der Nachbarin. Elvira hatte ordentlich Glück, daß Sie gerade da waren!«

»Das ist so lange her, daß es kaum mehr wahr ist!«

»Noch nicht einmal eine Woche, Frederic«, lacht Carmen. »Letzten Mittwoch war's!«

»Seitdem hat sich wohl einiges ereignet.« Frederic schaut von Carmen zu David, von David zu Laura und wieder zurück zu Carmen.

»Wo du recht hast, hast du recht«, nickt Laura und öffnet die Wohnungstüre.

Enzo steht vor der Türe, zwei Pizza-Schachteln balancierend, zwei Flaschen Rotwein unter den Arm geklemmt.

»Toll, der Chef höchstpersönlich!« begrüßt ihn Carmen.

»Eine Party?« fragt Enzo. »Ein bißchen wenig für so viele Leute! Wieso kommen Sie nicht rüber? Das wäre einfacher!«

»Die Party war nicht eingeplant«, lacht Carmen selig und nimmt Enzo am Arm. »Aber jetzt kommen Sie doch erst einmal herein! Trinken Sie einen Schluck mit?«

»Tut mir leid, ich bin selbst gekommen, weil ich momentan keinen Mann entbehren kann, bei uns ist die Hölle los. Und wenn's nicht Sie gewesen wären«, er wirft Carmen einen schmelzenden Blick zu, »hätte ich direkt abgesagt!«

»Oh, das ist aber lieb von Ihnen«, freut sich Carmen. »Aber ein Gläschen? Ein kleines Schlückchen wird doch gehen?« Enzo schüttelt bedauernd den Kopf. »Ich könnte Ihnen noch nicht einmal etwas nachliefern. Wir haben wirklich einen totalen Engpaß. Pedro ist weg, seine Frau bekommt gerade ein Baby, und Luigi ist krank. Ich kann wirklich nicht!«

»Das tut mir leid«, Carmen nimmt ihm die Pizzen ab, Laura die zwei Flaschen.

»Was sind wir Ihnen schuldig?« fragt Laura und reicht ihm den Fünfzig-Mark-Schein.

»Das machen wir das nächste Mal, wenn Sie wieder bei uns sind!«

Carmen begleitet ihn zur Türe: »Nochmals vielen, vielen Dank, Enzo, das werde ich Ihnen nicht vergessen!«

»Schon gut«, er winkt ab, ein gutmütiges Lächeln überzieht sein rundes Gesicht: »Für Sie habe ich es gern getan, mia bella! Schönen Abend wünsche ich.« Er reibt sich kurz die Hände an dem großen Serviertuch ab, das er als Schürze um den Bauch trägt, grüßt mit einer Hand in die Runde, dreht sich um und geht.

Jetzt sind sie alleine, zu viert mit zwei Pizzen. Carmen wird die Situation jetzt bewußt. Wie blöd, hätte sie doch Frederic abgesagt oder ihn zumindest vorgewarnt. Sie stellt die zwei Kartons auf den Tisch, Laura plaziert die zwei Flaschen daneben, geht in die Küche, um einen Korkenzieher zu holen. Die beiden Männer stehen nebeneinander und schauen zu. Besonders wohl fühlen sie sich dabei nicht, das ist nicht nur deutlich zu spüren, sondern sogar zu sehen. Sie wissen nicht so genau, was sie voneinander halten sollen, daher kommt auch kein Gespräch in Gang. Laura wirft Carmen einen Blick zu. Carmen runzelt kurz die Stirn. Sie kann es ja auch nicht ändern. Es ist eben unglücklich gelaufen.

»Zwei Pizzen für zwei Leute, ich würde vorschlagen, Frederic, wir befolgen Enzos Rat und essen im *Laguna!*« Laura sieht Frederic fragend an.

»Nein, nein, es ist für alle genug da. Wir halbieren sie, und so viel Hunger habe ich nicht«, widerspricht Carmen schnell.

»Aber ich!« sagt Laura. »Oder glaubst du etwa, daß ich meine Pizza mit dir teile? Oder mit David? Oder mit Frederic? Ich will meine eigene Pizza!«

»Aber es sind doch eure Pizzen!« wirft David ein. »Wir beide, Frederic und ich, wir müssen uns um Nachschub kümmern. Und nicht ihr!«

Frederic schaut zu Laura: »Ich finde, Laura hat recht. Wir beide machen uns jetzt einen gemütlichen Abend im *Laguna*, lassen uns dort von Enzo bedienen, und ihr könnt hier schauen, wie ihr klarkommt!« Er nimmt Laura am Arm und führt sie in den Flur. Dort dreht er sich nochmals zu Carmen und David um, die beide verdutzt dastehen. »Wenn ihr uns sucht, wißt ihr ja, wo wir abgeblieben sind!« Er greift nach seiner Lederjacke, wirft sie sich über den Arm, nimmt den nächstbesten Mantel für Laura, und dann fällt auch schon die Türe hinter ihnen zu.

»Oh, oh«, sagt David und zieht die Stirn kraus. »Irgendwie war das wohl nicht so gelungen, was?«

»Macht nichts.« Aber auch Carmen hat ein ungutes Gefühl im Bauch. »Er wird es verkraften!«

David schließt sie in die Arme. »Kann ich dich jetzt endlich mal begrüßen?« Engumschlungen küssen sie sich. Dann löst sich David plötzlich von ihr: »Andiamo, die Pizzen werden kalt! Wäre schade. Ist meine Lieblingspizza auch dabei?«

Carmen lacht: »Ich weiß noch nicht einmal, was Laura bestellt hat. Ich stehe auf die Gemüse-Ausführung mit Salami und doppelt Käse!«

»Streng vegetarisch, was?« David grinst und legt zwei gleiche Hälften auf die Teller. »So bleibt zumindest die andere länger heiß! Sieht nach Quattro Stagioni aus!«

Carmen nickt: »Stimmt, die ißt sie oft! Welche hast du am liebsten?«

»Mit vier verschiedenen Käsesorten. Die macht einen so richtig schön fertig!«

Carmen lächelt ihm zärtlich zu und entkorkt eine Flasche: »Ich kann mir nicht vorstellen, daß dich überhaupt etwas fertigmachen kann!«

Er schaut sie ernst an: »Doch, du!«

Carmen schweigt verlegen.

David wirft einen Blick zur Uhr: »Au, kurz vor acht. Carmen, würde es dich sehr stören, wenn ich die Tagesschau ansehe? In Frankfurt ist heute ein großes Juweliergeschäft überfallen worden, hast du's gehört?«

Carmen schüttelt verneinend den Kopf: »Ich habe heute überhaupt keine Nachrichten gehört. Wieso, was ist damit?«

»Wir haben das Haus vor zwei Jahren gebaut, und nun ist die Frage, wie die Täter trotz der Sicherheitsvorkehrungen nachts hineingelangen konnten. Sie müssen sich entweder gut ausgekannt haben, oder sie hatten die Baupläne. Die Kriminalpolizei war heute schon bei mir!«

»Was? Wegen eines Einbruchs?«

»Raubüberfall mit Geiselnahme und Diebesgut im Wert von über zwei Millionen Mark!«

Carmen legt das Pizzastück wieder auf den Teller zurück und springt auf. »Dann müssen wir schnell ins Schlafzimmer. Ich schau nur noch im Bett – Tagesthemen und Spätfilme!«

»Keine Hektik, wir haben noch zwei Minuten.«

»Moment noch, ich habe ein Frühstückstablett, das man im Bett ausklappen kann, das ist praktisch.«

Sie flitzt in die Küche, kommt zurück, und während David Teller und Gläser daraufstellt, geht sie schon voraus, um den Fernsehapparat einzuschalten. Sie kommen gerade rechtzeitig, die Tagesschau beginnt.

Carmen klappt die kurzen Tischbeinchen heraus, bedeutet David, sich mit ausgestreckten Beinen auf das Bett zu setzen, und setzt sich eng neben ihn. Mit vereinten Kräften hieven sie das Tischchen über ihre Beine.

Beide verfolgen gespannt die Berichte. Tote bei Rassenunruhen in Südafrika, Erdbeben mit Erdrutsch in Japan, Verletzte bei einem Grubenunglück in Lothringen, der Kanzler bei einem Freundschaftsbesuch in Washington. Und dann: Geiselnahme in Frankfurt. Carmen nimmt einen Schluck Wein. Viel zu sehen ist nicht.

Das Geschäftsgebäude von außen, toll, hypermoderne Architektur. So etwas kann David? Alle Achtung, denkt sie und legt impulsiv ihre Hand auf seine, die ruhig neben dem Teller liegt. Das Gebäude ist weiträumig abgesperrt, Polizeiautos stehen herum, ein Krankenwagen, jede Menge Journalisten. Der Kommentator erklärt das Geschehen, während die Kamera Details des Juweliergebäudes einfängt: »Drei Männer sind vermutlich in der Nacht eingedrungen, haben zu Geschäftsbeginn das Personal überrascht und mit Waffen bedroht, ließen sich die Safes aufsperren, fesselten die Verkäufer und räumten aus. Beim schnellen Verlassen des Juweliergeschäfts fielen die drei einer zufällig vorbeifahrenden Streifenwagenbesatzung auf, die sofort anhielt und die Gangster zu stellen versuchte. Einem heranrasenden Fluchtauto gelang es, zwei der Täter aufzunehmen, der dritte schaffte es nicht mehr, er nahm sich mit gezückter Waffe eine Passantin als Geisel und zog sich mit ihr wieder in das Juweliergeschäft zurück.« Jetzt kommt der Reporter selbst ins Bild, weist auf das Gebäude: »Dort hält er nun sieben Personen als Geiseln gefangen. Die beiden anderen Männer konnten mit einer Beute im Wert von rund zwei Millionen Mark entkommen. Inzwischen wurde auch der Inhaber, der mehrere große Juweliergeschäfte besitzt, informiert. Er ist mit einem Privatflugzeug hierher unterwegs, um eventuell mit dem Geiselnehmer zu verhandeln. Ein Polizeipsychologe ist ebenfalls schon eingetroffen. Bisher hat der Geiselnehmer noch keine Forderungen gestellt – ach, da sehe ich, wie eben eine Polizeieskorte heranrollt, das könnte Stefan von Kaltenstein sein, der Besitzer. Frage an die Regie…«

Mit einem Ruck fällt das Tablett um, alles ergießt sich über die Bettwäsche. Carmen hat plötzlich die Beine angezogen, kniet jetzt im Bett, um näher am Fernseher zu sein. »Was ist?« stammelt sie. David schaut sie verblüfft an, sammelt Pizzareste und Gläser schnell wieder ein. Der Rotwein versickert bereits großflächig in der Bettwäsche. Carmen sieht nichts davon. Der Reporter geht auf die Wagenkolonne zu. Aus dem zweiten Auto steigt – Stefan!

Ein Polizeioffizier schüttelt ihm die Hand, das Kamerateam drängt sich vor: »Herr von Kaltenstein, was gedenken Sie zu tun, um das Leben der Geiseln zu retten?«

Stefan sieht blaß aus, aber irgendwie imposant. Er ist perfekt gekleidet, seine Stimme ist ruhig und tief, er artikuliert präzise: »Wir werden alles daran setzen, das Leben der Geiseln nicht zu gefährden, was immer der Geiselnehmer verlangen wird!«

»Welche Angebote werden Sie ihm unterbreiten?«

»Bisher hat er, soviel mir bekannt ist, noch keine Forderungen gestellt.«

»Werden Sie ihn zur Aufgabe überreden wollen?«

»Das ist die Sache des Polizeipsychologen, nicht meine! Ich kann nur dazu beisteuern, was in meiner Macht steht!«

»Was steht in Ihrer Macht, Herr von Kaltenstein?« fragt der Reporter.

Stefans Gesicht in Großaufnahme. Er verzieht keine Miene: »Geld! Wenn ich mit Geld das Leben dieser Menschen retten kann, werde ich es tun!«

Der Reporter ist wieder alleine im Bild: »Wir werden uns noch im Laufe dieser Sendung einschalten, falls sich irgend etwas Neues ergeben sollte, ansonsten spätestens zu den Tagesthemen!«

Der nächste Bericht folgt, Carmen fällt zurück in die Kissen. »Ich werde verrückt«, sagt sie und schaut dann zu David, der zwischenzeitlich alles vor ihr in Sicherheit gebracht hat. »Das ist ja unglaublich!«

David streichelt ihr leicht über das Haar: »Wenn ich geahnt hätte, daß du dich darüber so aufregst...«

»Das ist doch kein Wunder, daß ich mich darüber aufrege! Stefan in einen Geiselnehmerfall verwickelt und Inhaber dieser Juweliergeschäfte...«, ihr bleibt wirklich schier die Luft weg.

»Ich verstehe überhaupt nichts.« David steht auf. »Wir werden gleich mal das Deckbett in die Waschmaschine stecken, sonst bekommst du die Flecken nie mehr heraus! Und dann kannst du mir mal in Ruhe erklären, warum du dich so aufregst. Eigentlich müßte doch ich mich darüber aufregen...«

Carmen ist in ihren Gedanken so weit abgehoben, daß sie die Rotweinflecken noch gar nicht realisiert hat. »Was meinst du?« fragt sie und schlägt sich vor den Kopf: »So etwas Idiotisches! Ausgerechnet jetzt sitzt Elvira bei ihm im Schloß und wird in diese ganze Aufregung hineingezogen – ich muß sie gleich mal anrufen!« Ihr Blick fällt auf David, der sie verständnislos anschaut. »Entschuldige, aber du kannst das ja nicht verstehen. Das war Stefan, der Stefan, von dem ich dir im Zusammenhang mit Elvira, meiner Nachbarin, schon erzählt habe. Verstehst du jetzt? Ist das Ganze nicht verrückt?«

David läßt sich wieder aufs Bett sinken: »Doch, da hast du recht! Den Kaltenstein kenne ich natürlich, er war bei unseren Plänen, Entwürfen und bei der Durchführung natürlich die höchste Instanz. Aber du hast mir nicht gesagt, daß dein Stefan *der* Stefan ist!«

»Ich hatte ja keine Ahnung!« Carmen läuft los, kommt mit ihrem Adreßbuch und dem Telefon zurück.

»Na«, sagt David, »der Kaltenstein ist ein dicker Fisch, ein ganz dicker. Seine Vorfahren haben in Südwest das ganz große Geld mit Edelsteinen, vor allem Diamanten, gemacht und außerdem in Brasilien, versteht sich. Ich glaube, er hat auch noch in anderen Ländern große Juwelierläden!«

Carmen wählt bereits.

»William, sind Sie's?« Ihre Stimme hat eine hohe Tonlage, sie räuspert sich kurz. »Ja, nein, ich bin nicht von der Presse, ich bin Carmen Legg, war einige Male – ach, ja, Sie wissen? Das ist fein. Sagen Sie, ist Elvira Gohdes denn noch bei Ihnen, die alte Dame, die... ja? Hat sich hingelegt? Wie? Einen Arzt? Schlimm?«

Sie trommelt mit den Fingern auf ihr Adreßbuch. Williams ausführliche Erklärungen dauern ihr zu lange. »Warten Sie, William, sagen Sie ihr, Carmen sei schon auf dem Weg. Ja, ich kümmere mich um alles! Ja! Und lassen Sie niemanden von der Presse herein – ach, hat der Baron auch schon gesagt... ja, ich bin schon unterwegs!«

Sie schmettert den Hörer auf die Gabel. »David, Elvira geht es schlecht, sie liegt im Bett, der Arzt ist schon unterwegs. Ich glaube, es ist besser, wenn ich hinfahre. Kommst du mit?«

»Gib noch schnell die Bettwäsche in die Maschine, auf die zwei Minuten kommt es nun auch nicht mehr an!«

»Wie kannst du in so einem Moment an Bettwäsche denken!«

»Weil du sie sonst wegwerfen kannst, und das muß ja nicht sein! Und außerdem solltest du vielleicht bei Enzo anrufen und den beiden Bescheid geben!«

»Mach du das doch bitte. Ich packe mir für den Notfall mal eine Zahnbürste ein.«

Sie zieht sich noch schnell Jeans über die Leggings, holt sich warme Winterschuhe und eine dicke Lederjacke. »Okay, ich bin soweit. Hast du die beiden erreicht?«

David greift nach seinem Autoschlüssel. »Nein, sie waren zwar dort, aber Enzo hatte keinen Platz mehr.«

»Macht nichts, wir rufen sie nachher von Stefan aus an.«

Sie laufen nebeneinander die Treppe hinunter.

»Meinst du, deinem Herrn Kaltenstein wäre es recht, wenn ich dich begleite?«

Darüber hat sie überhaupt noch nicht nachgedacht.

»Warum denn nicht?« fragt sie rein rhetorisch. Schließlich ist es ein Ausnahmefall, es geht um Elvira und eine Geiselnahme, und er wird heute nacht sicherlich nicht mehr aus Frankfurt herkommen.

Unten reißt sie die Haustüre auf, bleibt vor Davids Jeep stehen, der im Laternenlicht milde glänzt.

»Ich schlage vor, wir fahren mit zwei Autos.« David legt den Arm um sie. »Ich bleibe, solange es notwendig ist, um sicherzugehen, daß Elvira nicht ins Krankenhaus muß oder ähnliches, und fahre dann nach Hause! Und du wirst wohl bis morgen dort bleiben wollen!«

Rein gefühlsmäßig will Carmen eigentlich abwehren, aber sie weiß natürlich, daß es so am besten ist.

»Gut«, sie nickt, schlingt aber dann die Arme um ihn, »es wäre mir lieber, wir blieben zusammen!«

»Schön, daß du das sagst, aber es ist besser so, glaub mir!« Er küßt sie liebevoll, und zum erstenmal seit langem hat Carmen wieder den Wunsch, mit einem Mann zu schlafen. Vielleicht könnte er ihr jetzt die Kraft und Ruhe geben, die sie so nötig braucht und die er so selbstverständlich ausstrahlt. Sie löst sich von ihm, lächelt ihm etwas schief zu und läuft über die Straße zur Garage. Alles dauert heute ewig. Hoffentlich geht es Elvira einigermaßen gut, nur nicht die Tagesthemen verpassen! Sie steuert den Wagen die Auffahrt hoch, David steht schon neben dem Garagentor, um es hinter ihr zuzumachen. Er ist ein Traum, denkt sie, so liebevoll, so aufmerksam und doch so männlich! Sie wartet, bis er in seinen Jeep eingestiegen ist, dann fährt sie los. *Genesis* läuft. Nichts wie raus mit der Kassette, bloß keine Meldungen verpassen. Es ist halb neun, noch eine Weile hin bis zu den Nachrichten. Wenn etwas Entscheidendes passiert, wird SWF 3 schon schalten, dessen ist sie sich sicher. Solange das

Aktuell-Jingle nicht läuft, gibt es sicherlich auch keinen Grund, sich aufzuregen. Oder vielleicht doch? Gerade deshalb?

Sie fährt David recht schnell voraus. Jetzt ist sie froh, daß sie einen funktionellen, zuverlässigen BMW fährt und kein Überraschungsei. Sie schaut die klaren Armaturen des Wagens an, lauscht seinem kräftigen und doch verhaltenen Sound. Aus irgendeinem Grund beruhigt der Wagen sie. Ihre Nerven hören auf zu flattern, das Herz schlägt wieder rhythmisch, das Blut konzentriert sich nicht mehr nur im Kopf, hört auf, ihr ständig in den Ohren zu rauschen. Sie atmet tief durch und gibt Gas. Im Rückspiegel sieht sie, daß David immer dicht hinter ihr bleibt. Wenn jetzt irgendwo eine Radarfalle steht, sind sie beide dran.

Vor der Schloßeinfahrt legt sie eine Vollbremsung hin. Fast wäre sie daran vorbeigefahren. David hat Mühe, hinter ihr so plötzlich zum Stehen zu kommen. Carmen biegt ein und springt aus dem Wagen, um zu klingeln, aber auch heute öffnet sich wie von Zauberhand das große, schmiedeeiserne Tor. Mit welchen Gefühlen ist sie gestern – war es tatsächlich erst gestern? – hier herausgefahren, und wie fährt sie jetzt wieder zurück? Jetzt hat sie das ausschließliche Bewußtsein, Teil eines Ganzen zu sein. Sie reflektiert nicht, ob es Elvira oder Stefan guttut oder ob sich David darüber vielleicht Gedanken macht, für sie ist es klar, sie muß jetzt helfen, sie gehört dazu!

Carmen fährt direkt bis vor die Freitreppe, läßt ihren Wagen da stehen, wo gestern noch der blaue Jaguar parkte. David stellt sich knapp dahinter. Gleichzeitig steigen sie aus, gehen die Steintreppe hinauf. William kommt ihnen entgegen.

»Ich bin sehr froh, Sie hier begrüßen zu dürfen, gnädige Frau, und Sie natürlich auch, mein Herr!«

»Das ist David Franck, ein guter Freund!«

William nickt beiden zu und geht ihnen dann zum Eingang voraus. »Ist der Arzt denn schon da? Wie geht es ihr? Was gibt es Neues in Frankfurt, William?«

Er nimmt ihnen in der Halle die Jacken ab. Carmen hat ihr Handgepäck vorerst im Wagen gelassen, vielleicht wäre es ja sinnvoller, Elvira später mit nach Hause zu nehmen. Wenn nicht, kann sie die Tasche immer noch schnell holen.

David steht da und schaut sich um. Genauso muß ich beim ersten

Mal auch geguckt haben, lächelt Carmen milde und kommt sich schon vor wie die Schloßherrin. Wie idiotisch von ihr. Aber trotzdem, sie fühlt sich hier fast schon ein bißchen heimisch.

»Ich habe leider keine neuen Nachrichten, gnädige Frau, aber Andrew sitzt vor dem Fernseher und läßt gleichzeitig in drei Radios drei verschiedene Stationen laufen, so daß wir eigentlich nichts verpassen können. Wir sind sehr beunruhigt, wie Sie sich vielleicht denken können! Baron von Kaltenstein senior war immer äußerst darauf bedacht, Privates und Berufliches nicht miteinander zu verquicken. Und nun muß sich der junge Herr so der Öffentlichkeit ausliefern. Wir sind sehr beunruhigt, sehr beunruhigt!«

»Wovor haben Sie denn Angst?« fragt Carmen.

»Nun, die Juweliergeschäfte sind nie öffentlich mit den von Kaltenstein in Verbindung gebracht worden. Aus gutem Grund nicht, es ist schon einmal eine Entführung im Hause Kaltenstein in letzter Sekunde vereitelt worden. Die Herren von Kaltenstein wollten hier nicht wie im Hochsicherheitstrakt leben müssen!« Er geht ihnen voraus zur Treppe. »Sicherlich möchten Sie zuerst nach der Patientin schauen, ich darf Ihnen vorausgehen. Dem Arzt mußten wir auf ihr Geheiß hin eben wieder abtelefonieren, sie sagt, es gehe ihr viel besser und sie habe die entsprechende Medizin dabei. Sie freut sich sehr, daß Sie kommen.« Damit nickt er Carmen leicht zu. Heute geht er ja direkt unglaublich aus sich heraus.

»Steht in ihrem Zimmer ein Fernsehgerät?« will David wissen.

»Ich befürchte, das wäre zuviel Aufregung!«

»Aber nein, im Gegenteil, William, die Wahrheit beruhigt mehr als die Ungewißheit!«

»Da mögen Sie recht haben.« Er ist oben angelangt, geht zu einer mit grünem Leder dick gepolsterten Türe und klopft gegen den Holzrahmen. »Ich werde Ihnen sofort ein Gerät bringen lassen! Möchten Sie etwas zu trinken?« Er schaut Carmen an, öffnet nach dem zarten »Herein« die Türe und meldet sie an: »Besuch für Sie, gnädige Frau, Ihre Freunde!« Dann wendet er sich wieder an David: »Der Herr? Etwas Erfrischendes? Ein Bier vielleicht?«

David nickt. »Besten Dank, eine ausgezeichnete Idee. Haben Sie zufällig ein alkoholfreies da? Ich muß nachher noch fahren!«

»Selbstverständlich! Und die Damen?« Er geht Carmen voraus in das Zimmer. Ein breites, antikes Himmelbett nimmt eine ganze

Zimmerwand in Anspruch. Gedrechselte Holzspiralen halten den Himmel. Zarte, in der Mitte zusammengehaltene Stoffbahnen fallen an allen vier Ecken bis auf den Boden herab. Mitten im Bett ein kleines Gesichtchen, Elvira, das nun langsam aus federweichen, großen Kissen auftaucht.

»Elvira! Was machst du für Sachen! Geht's dir einigermaßen?« Carmen stürmt an William vorbei, beugt sich zu ihr hinunter, küßt sie rechts und links.

»Darf ich den Damen etwas zu trinken bringen und dazu vielleicht einige Häppchen servieren?« William steht höflich abwartend neben der Türe. Carmen schaut zu ihm hin. Was der mit seinen rund 60 Jahren wohl schon alles erlebt hat? Vereitelte Entführung? Sie muß ihn nachher nochmals darauf ansprechen. »Mir einen Campari Orange, bitte, und Elvira, was möchtest du?«

»Ich habe alles, danke«, sagt sie abwinkend. »Ich werde hier so verwöhnt, daß ich mich auf deine Schmalhansküche direkt schon wieder freue!«

William deutet eine kurze Verbeugung an und geht hinaus. Carmen lacht und nimmt Elvira in den Arm. »Schau, Elvira, das ist David. Der mit der großen Karte und der Glaskastenvilla, erinnerst du dich?«

»Natürlich, ich bin im Moment vielleicht etwas geschwächt, aber doch nicht verkalkt! Was ist denn nun los mit Stefan? Die wollen mich hier so schonen, daß sie mich damit völlig auf die Palme bringen!«

»Wir bekommen gleich einen Fernseher, und unten sitzt der andere Butler, jetzt weiß ich auch, wie er heißt, Andrew, und hört sich mehrere Programme gleichzeitig an. Also können wir eigentlich nichts verpassen!«

»Hoffentlich!« Elvira holt tief Luft, dann schaut sie zu David. »Sie sind also der geheimnisvolle Briefeschreiber, mit Rilke in der Feder. Haben Sie ihn abgeschrieben, oder können Sie ihn auch auswendig?«

David grinst, kommt näher, und während er Schritt für Schritt geht, zitiert er das Gedicht.

»Bravo!« nickt Elvira am Schluß, und Carmen rieselt es warm und kalt durch die Adern. »Warum hast du eigentlich den Arzt wieder abbestellt? Wäre es nicht besser gewesen...?« Elvira schneidet

Carmen das Wort ab: »Ich werde hier so in Watte gepackt, da müssen meine alten Knochen ja rebellieren, das sind die einfach nicht gewöhnt!« Carmen schüttelt den Kopf, aber Elvira kommt ihr zuvor: »Nein, im Ernst, kein Grund zur Beunruhigung. Ich hatte mich über die Sache mit Frankfurt etwas aufgeregt, das war alles. Die Gespräche mit Stefan waren sehr gut, daran lag's also nicht. Ich habe den Schwächeanfall vorzeitig gespürt, schnell meine Medikamente genommen, und es ging mir sofort wieder besser. William hat etwas übertrieben«, sie lächelt leicht und tätschelt auffordernd die breite Bettkante, »wollt ihr zwei euch nicht zu mir setzen?« Es klopft leicht an die Türe, zwei junge Männer grüßen und tragen einen Fernseher herein. Wie viele Menschen hier wohl arbeiten, fragt sich Carmen. Mehr, als auf den ersten Blick zu vermuten ist, denkt sie. Ob er schon eine Betriebsversicherung hat? Leben? Feuer? Sie schüttelt den Gedanken ab. David hilft, die Antennenbuchse zu finden und das Gerät einzurichten. Es ist kurz vor neun.

»Wo steht hier ein Radio?« fragt Carmen und schaut sich um.

Einer der jungen Männer deutet auf eine im Schatten stehende Kommode: »Dort müßte eines stehen!«

Tatsächlich, ein kleines, tragbares Gerät.

David läuft hin und stellt den Sender ein. Gerade rechtzeitig zu den Nachrichten. Frankfurt kommt zum Schluß, anscheinend gibt es keine Veränderung. Noch immer sitzt der Geiselnehmer mit sieben Menschen verschanzt in dem Geschäft, noch immer hat er keine Forderungen gestellt.

»Es müßte doch möglich sein, den einen Mann dort zu erledigen!« sagt Carmen im Anschluß und schüttelt den Kopf.

»Wer sollte das tun, und vor allem – wer soll die Verantwortung dafür übernehmen?« David setzt sich neben Carmen aufs Bett.

»Na, die GSG 9 natürlich! Wozu haben wir so eine hochkarätige Truppe, wenn sie nur alle Halbjahr einmal eingesetzt wird? Im Fall Dieter Degowski hätte die Silke sicherlich auch nicht sterben müssen, wenn man denen einen Präzisionsschuß zugestanden hätte. Und so waren es dann zwei Menschen, die aus staatlicher Feigheit und Kompetenzgerangel daran glauben mußten: Der Italienerjunge und das Mädchen!« Die beiden jungen Männer nicken ihr zu und gehen dann.

»Nicht alle Leute sehen das so wie du, Carmen. Für manche ist der Schuß aus einer Polizeiwaffe eben schlimmer als der aus einer Terroristenwaffe, selbst, wenn bei dem Terroristenschuß Zivilisten draufgehen. In Deutschland haben Verbrecher so lange einen hohen Stellenwert, bis man selbst einmal das Opfer ist. Dann kann der Schrei nach der Polizei aber nicht laut genug sein!«

»Der, wie hieß er noch, Grams, war auch so ein Fall«, steuert Elvira bei. »Um den toten Polizisten hat sich keiner geschert. Es ist ganz schön paradox. Aber eine Chance lassen muß man dem Mann da im Juweliergeschäft schon. Bisher ist ja noch kein Blut geflossen!«

»Weiß man's?« fragt Carmen. »Bisher konnte von denen da drin keiner was erzählen. Bisher sind doch alles nur Vermutungen. Die können auch schon längst alle tot sein!«

Es klopft, William kommt mit einem Servierwagen herein. In der Mitte eine riesige Platte mit Canapés, in Carmen rufen sie eine seltsame Erinnerung wach, daneben die Getränke.

»Ich wünsche einen guten Appetit, und falls Sie noch etwas wünschen sollten, drücken Sie bitte einfach auf den Klingelknopf oder wählen Sie die 9. Ich bin die ganze Nacht für Sie da!«

O Gott, denkt Carmen, in dem Alter? Was für ein Job!

»Das wird nicht nötig sein, William.« Carmen steht auf, um ihr Glas entgegenzunehmen. »Herzlichen Dank für Ihr Angebot! Wir können uns aber genausogut selbst versorgen, dann können Sie Ihren Feierabend genießen!«

Fast sieht es so aus, als hätte Carmen den größten Fauxpas ihres Lebens begangen. Williams Gesicht umschattet sich kurz, dann glättet es sich wieder. Mit einem kaum wahrnehmbaren Lächeln meint er: »Wir sind nun in der dritten Generation den Baronen von Kaltenstein zu Diensten, aber die Küche war immer unser Reich. Es ist von Ihnen zwar freundlich gemeint, aber wir werden das auch in Zukunft nicht ändern. Also klingeln Sie bitte! Gute Nacht!«

Er dreht sich um und geht. Carmen schaut David an und macht ein langes Gesicht.

»Ist doch klar«, sagt er, »du würdest ihn ja arbeitslos machen. Du kannst ihm doch das, was er sein Leben lang tat und für wichtig und richtig erachtet, nicht so einfach mir nichts dir nichts aus der Hand nehmen!«

Carmen schüttelt wie in Trance den Kopf: »So war's doch gar nicht gemeint, ich wollte nur nicht, daß er in seinem Alter hier noch wegen uns herumsitzen muß!«

»Das wird er sowieso. Ob du ihn rufst oder nicht. Er wird die Nacht über in Bereitschaft sein, vor allem, solange wir noch im Haus sind und Stefan nicht zurück ist!«

»Aha, du meinst, er paßt auch noch auf? Auf uns etwa? Daß wir nicht überfallen werden, oder daß wir nichts anstellen?«

David reicht Elvira die Platte mit den Käse- und Wurstschnitten, und Elvira legt sich drei davon auf einen Teller.

»Ich nehme ganz einfach an, daß er schützt, was ihm heilig ist. Und das ist die Vergangenheit, die Familie Kaltenstein und das Haus. Ist doch klar!«

Carmen nickt und nimmt sich ebenfalls einige Canapés. Sie fischt sich Gänseleber mit Mandarinenstückchen und Käse mit Trauben heraus.

»Ich muß jetzt einfach das Thema wechseln, Elvira, denn es interessiert mich doch brennend, was sich nun zwischen dir und Stefan eigentlich ergeben hat?«

Elvira schaut kurz zu David, Carmen gibt ihr einen kleinen Hinweis: »David kennt die Geschichte, was dich und Stefan angeht!«

Für Elvira dürfte damit klar sein, über den Gewaltakt von gestern hat sie nicht gesprochen. Elvira schiebt sich ein weiteres Kissen in den Rücken, um noch etwas bequemer zu sitzen: »Nun, wir haben versucht, die Vergangenheit aufzuarbeiten. Er wollte viel über seine Eltern wissen, und ich habe versucht, ihm Anna und Hannes nahezubringen. Anna, die streitbare Anna, die mit wachen Augen durch die Welt ging und Ungerechtigkeit haßte! Und Hannes, der in Anna eine wirkliche Kämpferin gefunden hatte und sich durch sie so stark fühlte, daß auch er seine Ideale nicht verleugnen wollte. Ich habe einfach von damals erzählt.«

»Hat ihn das sehr aufgeregt?«

»Er ist kreuzunglücklich, sieht sein Leben als große Lüge, befürchtet, daß er ein ganz anderer Mensch ist, als er all die Jahre geglaubt hat. Es ist einfach zuviel auf ihn eingestürmt, in letzter Zeit, und er ist völlig durcheinander!«

Carmen greift nach Elviras Hand.

»Ja, und dann haben wir auch über seine Impotenz gesprochen.

Das beschäftigt ihn sehr. Ich glaube«, sie schaut Carmen auch an, »vor allem im Zusammenhang mit dir!«

David zögert kurz, dann will er von Carmen wissen: »Ist er auch impotent, gehört er ebenfalls zu deinen Kandidaten?«

Carmen schluckt ihren Bissen Gänseleber herunter, ihr Hals ist trocken: »Ich dachte, ich hätte dir das gesagt, als ich dir von ihm erzählte!«

»Ja, stimmt!« David schnippt ihr mit dem Finger leicht gegen die Wange. »Er ist ebenfalls ein Rivale im heißen Rennen!« Und er küßt sie schallend auf den Mund.

»Er war im Rennen«, korrigiert Carmen mit einem tadelnden Blick, »und außerdem – wesentlich ist doch, was wir füreinander empfinden. Und ich glaube, das ist eine ganze Menge!«

»Ich würde mich für euch beide freuen!« Elvira beugt sich etwas vor, zu den beiden hin. Sie legt ihre Hand auf Davids Arm, und er wendet sich ihr direkt zu, so daß sie ihm voll in seine türkisfarbenen Augen schauen kann. »Carmen sieht sehr glücklich aus, anders, als ich sie kennengelernt habe. Wenn das Ihrem Konto gutzuschreiben ist, haben Sie schon viel bewirkt!«

David lächelt.

Carmen greift nach seiner Hand, schmiegt sich an ihn: »Jetzt hör mal weg, David!« Und zu Elvira: »Er ist für mich der perfekte Mann, Elvira. David erfüllt für mich alles, was ich mir von einem Mann versprochen habe, der nicht ständig Sex in den Vordergrund stellt und davon alles andere, also Harmonie, Freude, Ausgelassenheit abhängig macht. Die meisten Männer kann man doch darüber steuern, wie und wie oft man mit ihnen schläft. Tut man's oft und raffiniert, liegen sie dir zu Füßen, lassen sich lenken wie Marionetten. Gehst du deinen eigenen Befürfnissen nach und schränkst die ständige Bereitschaft etwas ein, ist schon der Unfriede da. Es fängt an mit: Was ist denn los mit dir? und endet im Kleinkrieg über jeden Mist. Ich glaube, das können David und ich ausklammern!« Sie schaut ihn kurz an, grinst dann aber: »Ach so, du hörst ja gar nicht zu. Also, Elvira, Fazit: David kann nicht und macht mich doch glücklicher, als jeder potente Mann es könnte. Das heißt, vielleicht können Männer ja nur so werden, wenn sie nicht mehr potent sind. Dann rücken sie andere Dinge in den Vordergrund, schalten wieder ihren klaren Verstand ein, statt sich von ihrem unzuverlässigen Gesellen da unten ständig unter Druck setzen und beeinflussen zu lassen!« Sie haucht David einen Kuß auf. »Ich hoffe, daß ich jetzt nicht zuviel gesagt habe!«

David nimmt sie in die Arme: »Ich hab' leider nichts gehört, kannst du es vielleicht noch mal wiederholen?« Er drückt sie und dreht sich direkt zu Elvira hin. »Nein, wirklich, sie hat recht. Der wichtigste Gradmesser für eine Beziehung ist für den Mann normalerweise wirklich der Sex. Ich weiß es aus eigener Erfahrung. Eine Frau kann intelligent sein, interessant, eine tolle Ausstrahlung haben, ein irrer Kumpel sein, verständnisvoll, eigenständig, kann einen Mann von den Pantoffeln bis zur Küche phantastisch verwöhnen und rangiert dann trotzdem hinter einer, die ihn ständig ins Bett zieht und sonst nichts kann und ist. Wie viele Männer bringen nach ihrer ersten Elitefrau plötzlich ein derartiges Dummchen an, daß alle nur den Kopf schütteln. Warum? Ist doch klar. Bei einer solchen Frau sind sie die Größten!«

»Sie scheinen aber nicht die höchste Meinung von Ihrem eigenen Geschlecht zu haben«, stellt Elvira trocken fest.

David lädt sich eben den Teller wieder voll und nimmt einen tiefen Zug aus seinem Glas: »Ich fange eben langsam an, die Mechanismen zu durchschauen! Vielleicht fällt mir das auch leichter, weil ich durch meine Impotenz aus dem Hexenkessel raus bin. Mir braucht keine Frau mehr was vorzuspielen! Darf ich Ihnen auch noch einige Canapés reichen? Gänseleber? Schinken? Lachs? Käse?«

»Gern, von jedem noch etwas, bitte!« Sie reicht ihm ihren Teller und lehnt sich dann wieder in ihre Kissen zurück: »Aber es ist interessant, wie Sie das sehen! Stefan sieht das ganz anders, er hat ein Riesenproblem damit. Für ihn ist der Verlust der Potenz soviel wie der Verlust der Macht. Und ich glaube, daß es dabei noch nicht mal nur um die Frauen geht. Ich hatte nach unserem Gespräch gestern den Eindruck, daß Männer ihre Potenz vor allem brauchen, um sie als Machtmittel gegeneinander einzusetzen.« Elvira schüttelt den Kopf: »Ich weiß, es klingt irgendwie seltsam, aber es wurde mir klar, daß das noch ganz archaische Gefühle sind, etwas zu verlieren, wenn man das Rudel nicht mehr decken kann. Das heißt, der Rivale wird unweigerlich kommen, die Weibchen werden unweigerlich wechseln, der impotente Mann oder auch der von der Natur zu kurz gekommene, wie auch immer, wird unweigerlich der Verlierer sein. Was dann mit ihm selbst und seiner Intelligenz, Geschicklichkeit, Schnelligkeit oder Kraft gar nichts zu tun hat! Das ist deswegen so verrückt für mich, weil ich immer geglaubt habe, daß die Liebe zwischen zwei Menschen den Rest schon richten wird, daß man sich weiter gar keine Gedanken zu machen braucht. Aber es scheint nicht so einfach zu sein!«

David lacht. »Ehrlich gesagt, Elvira, Impotenz ist natürlich auch keine Lösung. Und wenn Frauen wie Carmen anfangen, sich für eine intakte Zweierbeziehung impotente Männer zu suchen, dann läuft ja eigentlich ganz entschieden etwas verkehrt. Aber wahrscheinlich ist es schon so, daß Männer ihr bestes Stück viel wichtiger nehmen, als die Frauen das tun!«

Carmen nimmt einen Schluck aus seinem Glas: »Sicherlich tun sie das! Denn das Getue, als ob es wahnsinnig wichtig wäre, wer den Dickeren, Längeren hat, ist doch eigentlich nur ein Konkurrenzkampf zwischen den Männern im Hinblick auf die Frauen. Den Frauen selbst ist es doch meist ganz egal. Das, was die Männer so in den Vordergrund stellen und glauben, daß es für die Frauen das Wichtigste sei, kommt bei den Frauen in der Einschätzung der Männer ganz zuletzt. Ist das nicht paradox? Liegt da ein genetischer Grundfehler vor?«

David lacht: »Hab' ich ein Glück, daß ich mit all dem nichts mehr zu tun habe! Wenn ich das so höre, müßte ich dem Schicksal fast dankbar sein. Das müssen ja gräßliche Kerle sein, die ihr da beschreibt! Und das Blödeste ist, daß ich euch sogar recht geben muß. Die Sexualität verdrängt wirklich alle anderen Wahrnehmungen. Aber interessant ist es für mich, mal zu hören, wie Frauen das empfinden. Ich dachte bisher auch immer, und da unterscheide ich mich gar nicht so sehr von Stefan, daß man einer Frau etwas bieten muß. Vor allem im Bett. Und daß sich der Mann heute im Bett angeblich zurücknimmt und die Befriedigung der Frau in den Vordergrund stellt, bedeutet für den Mann natürlich auch nur einen hinausgezögerten Orgasmus. Ich gebe schon zu, unsere Beziehungsbrillen tragen Tele, eure Weitwinkel. Irgendwie seht ihr mehr das Ganze, und wir sehen mehr das eine. Ich habe früher nie darüber nachgedacht!«

»David, die Tagesthemen!« Carmen hat fasziniert an seinen Lippen gehangen. Ein Mann, der die Dinge sieht wie sie. Welche wunderbare Fügung, welche traumhafte Kombination. Diese Anzeige war ihre glücklichste Eingebung seit langem. Aber jetzt ist sie bei einem zufälligen Blick auf die Uhr erschrocken. Vor lauter Reden hätten sie fast Stefan vergessen!

David greift nach der Fernbedienung und schaltet den Fernseher lauter. »Noch fünf Minuten«, sagt er. Sofort breitet sich wieder eine seltsame Unruhe aus. Vielleicht ist auch das der Boden, auf dem solche Gespräche gedeihen können, überlegt Carmen. Wann spricht man schon so offen miteinander? Sicherlich nicht zwischen Büroschluß und Abendessen.

Elvira greift aufgeregt nach ihrer Hand: »Hoffentlich ist alles gut ausgegangen! Hoffentlich wurde niemand verletzt! Und alles nur wegen Geld, Geld, Geld! Das war schon früher so, in Südwest. Kaltensteins waren eine Dynastie, reich, mächtig, überheblich. Sie hatten mit ihrem Geld mehr Einfluß als sonstwer. Sie machten dort unten Politik, sie machten hier oben Politik. Gegen sie kam keiner an. Nur Hannes wagte, sich dem Familiendiktat zu widersetzen. Deshalb hat Anna ihn auch so geliebt!« Sie läßt sich langsam wieder in die Kissen sinken, konzentriert sich dann, wie Carmen und David, auf den Fernsehapparat.

Auch bei den Tagesthemen sind die südafrikanischen Toten der Aufmacher. Carmen hört ihr Herz klopfen, als Sabine Christiansen nach dem Beitrag ankündigt, aus Aktualitätsgünden würde jetzt live zu der Frankfurter Geiselnahme geschaltet. Carmen greift intuitiv nach Elvira, schmiegt sich eng an David. Das kann nichts Gutes bedeuten! Es ist der gleiche Reporter wie am Abend in der Tagesschau. Die Kamera zeigt das in grelles Scheinwerferlicht getauchte Haus. Sieben Leute verlassen das Gebäude, langsam, vorsichtig, mit großem Abstand. Eine einzelne Person geht hinein. Schlank, aufrecht, entschlossen. Carmen kann vor Aufregung kaum zuhören: »...hat, nachdem sich die Verhandlungen verhärteten und keine Einigung in Aussicht war, der alleinige Eigentümer des Juweliergeschäftes, Stefan von Kaltenstein, den Austausch seiner Person gegen das Leben der sieben Geiseln vorgeschlagen. Sein Angebot ist von dem Geiselnehmer sofort angenommen worden, von der Polizei wurde eine solche Transaktion zunächst deutlich abgelehnt. Nach längeren Beratungen mit Stefan von Kaltenstein stimmten die verantwortlichen Sicherheitsorgane nun in diesen Minuten – wenn auch unter massiven Vorbehalten – einem Austausch zu. Es liegt nun nahe, daß der Geiselnehmer ein Fluchtauto anfordern und in Begleitung des millionenschweren Barons leichtes Spiel haben wird.« Die ersten Geiseln kommen ins Bild, Beamte und Helfer des Roten Kreuzes nehmen sie mit Decken in Empfang, die Presse wird vorerst abgewehrt, Informationen gebe es frühestens nach einer ersten Vernehmung durch die Polizei. Der Reporter kommt wieder ins Bild, erklärt, daß er sich baldmöglichst wieder melden würde, und gibt zurück ins Studio nach Hamburg.

Elvira ist leichenblaß. »Er wird ihn umbringen! Sobald er ihn nicht mehr braucht, wird er ihn umbringen. Das ist doch klar! Wie konnte er das nur tun! Wie kann er sich so in Gefahr bringen!«

»Ich finde es sehr mutig! Ich bewundere ihn dafür!« David reicht Elvira ein Glas Wasser. »Benötigen Sie irgendwelche Medikamente, Elvira, kann ich Ihnen etwas bringen?«

Elvira schüttelt langsam den Kopf: »Verrückt. Zuletzt habe ich ihn als Baby in den Armen von Anna gesehen, und dann finde ich ihn als Mann – und jetzt soll ich ihn gleich wieder verlieren? So ungerecht kann das Leben nicht sein, so ungerecht nicht!«

Carmen kuschelt sich an sie: »Es wird ihm nichts passieren, Elvira, bestimmt nicht. Das ergäbe ja keinen Sinn. Er nützt ja nur etwas, solange er lebt!«

»Wer hat denn die Bankvollmacht? Weißt du das?« fragt David plötzlich.

Elvira schaut ihn überrascht an. »Nein, natürlich nicht. Warum?«

»Weil der gute Mann Stefan jetzt für seine Flucht braucht und, sollte sie gelingen, später Geld für seine Freilassung fordern wird. Viel Geld. Das ist doch klar. Wer aber wird das Lösegeld bezahlen? Der Staat? Das Bundesland? Die Stadt? Frankfurt ist pleite, Hessen auch, und die Bundesregierung wird einen Teufel tun. Also bleibt nur das Geld von Stefan selbst. Und wer kommt da im Falle eines Falles dran?«

»Keine Ahnung«, sagt Carmen. Auch Elvira schüttelt den Kopf: »Er wird einen Vermögensverwalter haben, was weiß ich...« Sie zieht die Knie an, sitzt wie ein Häuflein Elend in dem riesigen Bett. »Warum tut er das nur? Glaubt ihr, er meint, daß er sich beweisen muß?«

»Kann sein, daß das auch eine Rolle spielt«, meint David. »Aber wahrscheinlich liegt es in ihm drin. Er ist ein starker, mutiger Mann. Das ist sicher. Impotenz allein treibt keinen Mann zu so etwas!« David steht auf, geht zum Telefon und wählt die 9. Carmen schaut ihm nach. Wie gut, daß er da ist. Wie umsichtig er alles regelt.

»William«, hört sie ihn sagen, »Sie haben es gesehen? Ja? Stehen Sie denn in Kontakt mit der Polizei am Tatort? Nein? Informationssperre? Auch für Angehörige?... Ach so? Ja, dann für enge Freunde?« Er lauscht und legt dann auf: »Verflixt, wir haben gar keine Chance, Informationen zu bekommen. Er hat keine direkten Angehörigen mehr. Seine Frau ist nach der Scheidung abgefunden worden und lebt in Los Angeles, Kinder gab's keine. Und unsere Familien-Butler können wir auch nicht vorschieben, die zählen rein rechtlich schon zweimal nicht!«

David läuft hin und her. Es muß doch irgendeinen Weg geben, überlegt er. Carmen beobachtet ihn. »David«, sagt sie, einer plötzlichen Eingebung folgend: »Und wenn wir direkt nach Frankfurt fahren? Ich halte das Herumsitzen kaum noch aus!«

»Was würde das bringen? Das Gebiet um das Juweliergebäude ist abgesperrt. Wir würden weniger erfahren als vor dem Fernseher. Und wenn der Geiselnehmer tatsächlich mit Stefan türmt, können wir auch nicht helfen!«

»Aber wenn er ihn freiläßt, wären wir da! Da hätte er doch etwas davon. Rein psychisch, meine ich«, wirft Carmen ein.

»Nun, von mir hätte er wahrscheinlich am wenigsten; wenn er dich sehen würde, hätte er vielleicht spontane Hoffnungen, die du nachher nicht erfüllst, und Elvira? Willst du ihr in ihrem Zustand eine stundenlange Autofahrt und dann ewiges Warten in der Menge zumuten?«

»Nein, stimmt, das will ich nicht! Aber irgend etwas müssen wir doch tun!«

David geht wieder zum Telefon zurück und läßt sich von der Telefonauskunft die Nummer des Frankfurter Polizeipräsidiums geben. Dort fragt er die Vermittlung nach der Presseabteilung. David meldet sich frech mit Schloß Kaltenstein und bittet um genauere Informationen im Falle Kaltenstein, da man sich um den Onkel Sorgen mache. Es nützt nichts, das kann Carmen aus seinen Antworten hören: »...Ja, ich weiß, daß es eine Sperre gibt. Aber wir wollen Ihre Informationen ja auch nicht weiterverbreiten, sondern einfach zu unserer eigenen Beruhigung. Wir bibbern hier alle um Stefan, das müssen Sie doch verstehen!«

Es dauert einige Sekunden, dann hält David die Muschel zu: »Die Telefonnummer von hier, schnell!«

Verflixt, Carmen weiß sie nicht auswendig, und das Adreßbuch liegt im Wagen, sie rempelt Elvira recht unsanft an: »Die Telefonnummer von hier, Elvira, schnell!« Elvira sagt sie leise vor, David spricht sie laut nach.

»Ja, gut, herzlichen Dank, wir sind wirklich sehr froh, ja, danke, auf Wiederhören!« Aufatmend legt er den Hörer zurück.

»Also, wir haben Glück, da haben wir einen netten Typen erwischt. Er wird prüfen, was möglich ist, und dann zurückrufen!«

»Er wird prüfen, ob die Nummer wirklich die von Schloß Kaltenstein ist«, wirft Carmen ein.

»Das denke ich auch«, sagt David, »deswegen wäre es auch etwas peinlich gewesen, die eigene Nummer nicht zu kennen!« Er grinst: »Vielleicht kommen wir so ja einen Schritt weiter!«

»Sollten Sie unten nicht einmal Bescheid geben, David? Damit William weiß, worum es geht, und das Telefonat auch durchstellt?«

»Sie haben recht, Elvira!«

»Ich geh' mal schnell runter!« Carmen steht auf. »Das tut mir gut! Wollt ihr noch was? Soll ich was mit raufbring...« Davids Blick trifft sie. Sie lacht: »Schon gut, ich hab's ja kapiert!« Sie läuft schnell zu ihm hin, umarmt ihn, er drückt sie fest an sich, Wange an Wange bleiben sie für einen Moment stehen: »Bin ich froh, daß es dich gibt, David! Ich kann mir gar nicht vorstellen, wie ich so lange ohne dich sein konnte!«

Sie geht die breite Treppe hinunter, an den Wandmalereien vorbei, und bleibt dann mitten in der Halle stehen. Wohin jetzt? Die zwei Türen, die in das Herrenzimmer und ins Eßzimmer abzweigen, kennt sie. Was aber mag hinter den anderen sein? Und wo steckt William? Sie hätte doch unten anrufen sollen, das wäre einfacher gewesen. Und jetzt?

»William«, ruft sie verhalten. Keine Antwort. »William?« Keine Reaktion, nichts bewegt sich. Sie muß ihn finden, bevor der Anruf aus dem Polizeipräsidium kommt. Ich drücke einfach mal draußen auf den Klingelknopf, dann wird er schon kommen – Carmen öffnet die schwere Eingangstüre. Es ist bleierne Nacht, und es hat wieder angefangen zu regnen. Rechts und links der Flügeltüren brennen Lampen. Sie sind nicht besonders hell, aber zusammen mit dem Licht, das durch die geöffnete Tür aus der Halle fällt, reicht es aus. Sie schaut sich um, untersucht die Steinwand. Kein Klingelknopf, keine Klingelschnur. Eigentlich klar, zu einem Schloß kommt auch keiner so daher und klingelt einfach an der Tür. Da hört sie Kies knirschen. Sie dreht sich um und schaut angestrengt die Treppe hinunter. Aber sie kann gerade noch die beiden Autos erkennen. Wahrscheinlich hat sie sich getäuscht. Sie will sich gerade wieder zur Eingangstür umdrehen, als sie deutlich neben dem Auto die Silhouette eines Menschen ausmacht. Im nächsten Augenblick flammt ein Blitzlicht und noch eines und noch eines. Sie steht für Sekunden völlig geblendet, läuft dann hinein und schlägt die schwere Tür hinter sich zu. Von innen lehnt sie sich an, zittert am ganzen Körper. Anscheinend hat jetzt auch William etwas bemerkt, eine Tür in der Halle geht auf, er kommt, auch um diese Uhrzeit perfekt bis in die Haarspitzen, heraus.

»Kann ich Ihnen irgendwie helfen, gnädige Frau?«

»Gut, daß Sie da sind, William, kann es sein, daß sich fremde Leute auf dem Grundstück herumtreiben? Ich war eben kurz draußen und bin von irgend jemandem fotografiert worden!«

»Hmm.« William runzelt die Stirn: »Der Baron hat schon vor seinem Abflug nach Frankfurt befürchtet, daß sich die Sensationspresse hier herumtreiben wird. Ich werde gleich alles Nötige veranlassen. Kann ich sonst noch etwas für Sie tun?«

»Ja, wir haben eben mit dem Frankfurter Polizeipräsidium telefoniert, um bevorzugt über Stefan informiert zu werden. Es wird gleich ein Rückruf kommen – wenn Sie den bitte nach oben durchstellen wollen. Ich nehme an, es ist ein Test, ob wir auch wirklich von hier aus anrufen. Wir geben Ihnen dann Bescheid, was es Neues gibt!«

»Sehr wohl.« William deutet eine kleine Verbeugung an, atmet dann aber sichtlich erleichtert aus: »Das ist sehr gut. Hoffentlich passiert ihm nichts. Wir beten hier unten für ihn!«

Auf die Idee ist Carmen noch gar nicht gekommen. Sie nickt ihm zu. »Können wir irgendwie helfen, wegen der Journalisten auf dem Grundstück?«

William strafft sich wieder, so, als hätte es nie ein persönliches Wort gegeben: »Sehr freundlich, aber wir sind hier für alles gerüstet. Es kostet nur einen Anruf!«

»Dann gehe ich wieder hoch!«

Carmen nimmt immer zwei Treppen auf einmal. Oben auf der Galerie sieht sie durch eines der großen Fenster, wie es draußen plötzlich taghell wird. Sie geht an das Fenster, schaut hinaus. Überall sind verborgene Scheinwerfer aufgeflammt, das ganze Gelände, soweit Carmen sehen kann, ist taghell beleuchtet. Aus dem Fachwerkhaus laufen einige Männer mit Schäferhunden heraus. Carmen bleibt gebannt stehen. Es ist wie im Krimi, denkt sie. Ich sollte mich zwicken, damit ich mal wieder aufwache! Sie schaut noch eine Weile zu, dann läuft es ihr kalt über den Rücken. Wenn der Typ nun aber schon im Schloß ist? Durch irgendein Fenster eingebrochen? Plötzlich hinter ihr auftaucht? Mit einem komischen Gefühl in der Magengrube schaut sie den düsteren Gang entlang. Nichts zu sehen. Sie geht schnell wieder in Elviras Zimmer.

»Was war denn los?« David deutet in den hell erleuchteten Park.

»Ich war kurz draußen und bin von irgend jemandem fotografiert worden. Daraufhin sind jetzt Männer losgegangen, um das Gelände zu sichern!«

Das Telefon klingelt. David nimmt ab.

»Nett, daß Sie zurückrufen«, sagt er, dann nickt er nur noch. »Gut«, bestätigt er schließlich. »Wir sind Ihnen sehr dankbar, auf Wiederhören, ja, danke!« Langsam legt er auf.

»Was ist?« Elvira sitzt kerzengerade im Bett.

»Sie haben sich vergewissert, daß unsere Nummer stimmt. Wir sind jetzt in den Kreis der zu benachrichtigenden Personen aufgenommen, falls sich irgend etwas Dramatisches ereignen sollte. So hat er sich ausgedrückt!«

»Und im Moment?« Carmen zieht schon an der Klingelschnur für William.

»Wie wir es prophezeit haben. Der Gangster fordert einen zweimotorigen Turbinenhubschrauber für einen Langstreckenflug und will zwei Millionen Mark in gebrauchten Scheinen. Dieselbe Summe, die seine Kollegen erbeutet haben. Jetzt sind sie gerade dabei, alles zu organisieren. Hubschrauber und Geld!«

»Mein Gott.« Elvira zieht die Stirn kraus. »Seitdem ich dich kennengelernt habe, Carmen, geht es in meinem Leben nur noch drüber und drunter!«

Carmen streicht sich die langen, schweren Haare nach hinten und schlingt sie zu einem Knoten: »Ich kann doch nichts dafür, Elvira. Das hat sich eben alles so ergeben!« Und mit trotzigem Ton: »Aber immerhin hast du durch mich den Sohn deiner Busenfreundin gefunden, das muß man ja auch mal sagen!«

»Es war ja auch kein Vorwurf, Carmen!« Begütigend hebt Elvira die Hand. »Es ist nur eben so, sonst nichts!«

Es klopft, William tritt ein. David schildert ihm kurz die neue Lage.

»Ein Hubschrauber für Langstreckenflüge«, überlegt William laut. »Wo kann er nur hinwollen?«

»Möchten Sie sich nicht ein wenig zu uns setzen?« fordert David ihn zum Bleiben auf.

»Sehr freundlich, aber ich bleibe besser in der Nähe des Telefonapparates. Die Männer sind draußen, haben Funkkontakt zu Andrew, der die Kamera überwacht, das Ganze muß koordiniert werden. Wenn ich Ihnen aber noch Getränke heraufbringen kann, tue ich das gern. Ich sehe, Sie sitzen vor leeren Gläsern, das ist in diesem Haus nicht üblich, das wäre dem Herrn Baron sicherlich nicht recht!!«

»Dürfte ich Ihnen, in Anbetracht der besonderen Umstände, dabei helfen? Dann könnten Sie am Telefon bleiben, das ist jetzt sicher wichtiger. Und wenn Ihnen für irgend etwas ein Mann fehlt, bin ich gern bereit, Ihnen zu helfen!«

»Ich auch!« sagt Carmen.

Williams Gesicht zeigt keine Regung: »Ich weiß Ihr Angebot zu schätzen, Herr Franck. Wenn Sie bitte mit herunterkommen möchten?« Carmen setzt sich zu Elvira aufs Bett, während die beiden aus der Tür gehen. »Da hast du es mal wieder!« sagt sie. »Und wir Frauen sitzen da und werden vom Warten schier verrückt!«

Elvira lächelt und tätschelt ihre Hand. »Warten ist eben eine Kunst, Kindchen. Mit 35 konnte ich das auch noch nicht. Aber du bist doch sonst immer so beherrscht und souverän, dir dürfte es doch leichtfallen, dich unter Kontrolle zu halten!«

»Tatsächlich? Wirke ich so?« staunt Carmen. »Mag sein, wenn ich im Geschäft bin, vielleicht auch anderen Leuten gegenüber.

Aber bei euch beiden, David und dir, komme ich mir vor wie ein kleines Mädchen. Ich weiß eigentlich überhaupt nicht, was das auslöst!«

Elvira schaut sie liebevoll an: »Ich hätte gern eine Tochter wie dich. Was mir im Leben gefehlt hat, war eine normale, glückliche Beziehung!«

»Mir auch.« Carmen deutet auf das große Bett. »Darf ich mich ein bißchen zu dir legen? Nur so ein bißchen, auf die Decke?«

»Gern.« Elvira rückt etwas auf die Seite, obwohl das bei den Bettmaßen eigentlich nicht nötig wäre. »Sehr gern. Aber mach dir da mal nichts vor, Carmen, eine normale Beziehung wird das mit David auch nicht werden. Das ist das Ergebnis deiner Frustration durch die anderen Männer, wobei du vielleicht auch nicht vergessen darfst, daß nicht alle Männer so sind, wie du sie siehst!«

»Wie sollen sie denn sonst sein?« Carmen räkelt sich auf der Decke, um die bequemste Stellung zu finden.

»Ich glaube, daß du diese Reaktionen ganz einfach durch dein Äußeres hervorrufst. Du bist eben sehr attraktiv, du bist sehr aufgeschlossen, du hast für jedermann ein Ohr – nicht jeder kann das richtig einordnen!«

»Wie meinst du das?«

»Nun, daß das, was du als harmloses Spiel ansiehst, von einem Mann schon als eine Aufforderung verstanden werden kann!«

»Ich kapiere überhaupt nicht, was du sagst!«

Elvira richtet sich etwas auf, schaut auf Carmen hinunter.

»Nun, ein graues Mäuschen wird das Geplänkel eines Mannes sicher nicht gleich als nervende Anmache verstehen, sondern sich zunächst einmal darüber freuen. Verstehst du? Weil in ihrem ganzen Leben vielleicht dreimal vorkommt, was du dreimal am Tag hast, nämlich, daß du von Männern begehrt wirst!«

»Du meinst, ich habe das alles nur meinem Gesicht und meinem Busen zuzuschreiben?« Carmen rümpft die Nase.

»Und deiner Art, natürlich. Du bist überdurchschnittlich hübsch, du bist intelligent, du hast langes Haar, du hast alles, was einen Mann zum Wahnsinn treiben muß. Und zudem hast du eine Art, mit den Männern umzugehen, daß sie als Gegengewicht dazu nur ihre Potenz einzusetzen wissen. Sie fallen nicht gleich über dich her, aber vor ihrem geistigen Auge läuft da schon einiges ab, was sie dann auf irgendeine Art verbal umsetzen. Was sie bei einem grauen Mäuschen in der Form bestimmt nie tun würden. Frag mal eine Frau, die von den Männern ständig übergangen wird – du wirst schon sehen, was sie dir sagt. Die wird kein Wort von dem verstehen, was du ihr über die Männer erzählst!«

»Nun, es sind schließlich nicht alle Frauen außer mir Mauerblümchen! Es gibt genug gutaussehende Frauen. Schau Laura an!«

»Und, hat Laura die gleichen Probleme?«

»Sie will jedenfalls keinen impotenten Mann, das hat sie mir gesagt! Warum, weiß ich auch nicht!«

»Sie sieht die Männer eben anders als du!«

»Hmm, du verbreitest hier ja eine ordentliche Portion Lebensweisheit. Aber möglicherweise hast du mit deiner Theorie irgendwo recht. Ich werde mal Britta Berger fragen, die fiel mir eben ein, als du von grauen Mäusen gesprochen hast. Stimmt, ich habe sie kürzlich früher gehen lassen und ihr gesagt, sie solle schön mit ihrem Freund feiern, und war dann ganz erstaunt, daß sie wirklich einen hat. Vielleicht lernt eine Britta Berger aber auch eine ganz andere Sorte Mann kennen als ich. Das kann ja auch sein!«

»Oder ein und derselbe Mann benimmt sich anders, wenn er deine Britta vor sich hat!«

Carmen lacht und läßt sich wieder auf die Decke zurückfallen: »Wie dem auch sei, ich bleibe bei David! Ich glaube, ich könnte ihn lieben, Elvira – wenn ich's nicht sogar schon tue!«

»Das würde ich dir gönnen, Carmen, wirklich!« Carmen kuschelt sich an Elvira, die Tür geht auf, David balanciert ein Tablett mit Getränken herein.

»Wie William das in seinem Alter so leicht bewerkstelligen kann, ist mir ein völliges Rätsel«, sagt er dabei. »Die Treppen herauf ist es eine echte Kunst, alles droht ständig umzukippen, und zudem ist das Gestell auch noch ordentlich schwer!«

Er stellt das Tablett ab, verteilt die Gläser und zieht dann einen bequemen Ledersessel aus einer Ecke heraus.

»Wie es Stefan jetzt wohl gehen mag?« Carmen dankt und nimmt einen Schluck. »Ob er gefesselt ist? Woran er wohl denkt?«

»Er wird Angst haben, wie jeder andere normale Mensch in seiner Situation auch!« David hat den breiten Sessel dem Bett gegenüber hingestellt, setzt sich hinein, streift die Schuhe ab, fragt höflich:

»Darf ich?« und kreuzt dann seine Beine mit Carmens. Dann hebt er das Glas zum Anstoßen. »Wir können natürlich versuchen, ihm durch unsere Gedanken Kraft zu übermitteln. Aber mehr auch nicht!«

»Glaubst du an so etwas?« fragt Carmen fasziniert.

»Ja, schon. Ich glaube, daß der Mensch Stärken hat, von denen er gar nichts weiß. Oder die meisten wissen es zumindest nicht. Ich zähle mich dazu!« Er deutet zu dem großen Kamin auf der anderen Seite des Bettes.

»Da könnte man eigentlich ein Feuer anzünden, das wäre viel gemütlicher, und außerdem ist es hier drin nicht besonders warm!«

»William hat mich schon heute nachmittag gefragt, aber ich wollte ihm keine Umstände machen.« Elvira zieht die Decke etwas hoch.

»Ich kümmere mich mal drum.« David stellt sein Glas weg und geht wieder hinaus.

»Er kann auch nicht mehr sitzen«, Carmen lächelt.

»Kein Wunder, diese Warterei macht einen ja ganz verrückt – und er ist ein kräftiger Mann, er sieht nicht aus, als ob er langes Sitzen vertragen könnte!«

»Stimmt«, überlegt Carmen, »bisher waren wir eigentlich immer in Bewegung. Wenn es ans Sitzen oder Liegen geht, wird er hippelig.«

»Könnte es mit seiner Schwäche zusammenhängen, daß er Ruhephasen meidet? Wenn man immer in Bewegung ist, muß man darüber nicht nachdenken!«

»Meinst du?«

Mitternacht ist längst vorbei, das Kaminfeuer niedergebrannt, als David wieder zum Telefon greift. Sie haben sich stundenlang über alles mögliche unterhalten, aber jetzt sind sie trotz der Spannung, unter der sie alle stehen, müde. Warum kommt kein Anruf mehr? Wurden sie trotz der Zusage ganz einfach vergessen?

»Ich weiß nicht«, bereitet David der Ungewißheit ein Ende, »am besten frage ich mal nach!«

Und er erfährt, daß sich vor morgen früh nichts weiteres ergeben wird, denn der Hubschrauberpilot habe abgelehnt, bei Dunkelheit zu fliegen. So muß zunächst der Tagesanbruch abgewartet werden, bevor irgendwelche neuen Entscheidungen getroffen werden. Vor acht Uhr wird sicherlich nichts passieren.

»Was machen wir jetzt?« fragt Carmen unter der Decke hervor und gähnt herzhaft.

»Zunächst einmal William informieren, damit er nicht die ganze Nacht angespannt da unten sitzt, und dann werde ich nach Hause fahren und noch ein paar Stunden schlafen. Ich habe morgen einige Termine, für die ich einigermaßen fit sein muß!«

»Du willst wegfahren?« Verwuschelt taucht Carmen aus den dikken Kissen auf.

»Ich kann ja schlecht die Nacht hier im Sessel verbringen. Dann bin ich morgen wie gerädert!«

»Ich geh mit!«

»Aber nein, du bleibst da!« David greift nach dem Telefon, verständigt William, hält dann die Muschel zu: »William hat mir eben ein Gästezimmer angeboten, und dir auch. Das ändert natürlich die Sachlage!«

»Warum denn zwei, wir nehmen doch eines!«

»Das kann er ja nicht wissen!«

»Dann sag es ihm doch!«

»Frau Legg liegt schon bequem neben Frau Gohdes, William, das Bett ist groß genug, ein Zimmer würde also vollauf genügen!«

»Warum sagst du denn so was?« fragt Carmen, als David auflegt.

»Weil ich seine Gefühle nicht verletzen will. So ist es zumindest sittlicher, wenn er uns schon Zimmer anbietet. Er kommt im übrigen gleich herauf und zeigt es mir!«

Dreißig Minuten später liegen Carmen und David in einem ähnlich großen Bett wie nebenan Elvira. Carmen kuschelt sich an David. Eigentlich war sie ja todmüde, aber jetzt, so dicht neben ihm, ist sie wieder hellwach. David streichelt sie leicht, beginnt sie dann überall zärtlich zu küssen. Carmen empfindet das wie noch nie. Ihr ganzer Körper zittert, sie hat bald ihre Nerven kaum mehr unter Kontrolle. Sie fällt von einem Orgasmus in den nächsten, alles an ihr spielt verrückt. Als er schließlich wieder neben ihr liegt, ist sie völlig erschöpft.

»Es war wunderbar, David.« Sie kuschelt sich an ihn und beginnt, ihn ebenfalls zu streicheln.

»Bitte nicht, Carmen«, wehrt er ab.

»Warum denn nicht?« fragt sie leise, »du verwöhnst mich so sehr, und ich kann dir gar nichts zurückgeben, das ist doch nicht gerecht?«

Er dreht sich etwas von ihr weg: »Mach es bitte nicht schwerer, als es ist!«

Das hinterläßt bei Carmen einen bitteren Nachgeschmack, aber sie fragt auch nicht weiter. Sie hätte sich so gern eng an ihn geschmiegt, aber auch das traut sie sich nun nicht mehr. Wie bringt sie ihm bloß bei, daß ihr seine Impotenz nichts ausmacht? Er spricht so klar und analytisch darüber, wieso steht er dann nicht dazu? Sie wollte ihn doch so haben, und sie liebt ihn doch so, wie er ist? Ich muß mit jemandem anderen darüber reden, denkt sie, am besten wirklich mit einem Psychiater. Vielleicht kann er mir ja sagen, wie ich David helfen kann.

Das ARD/ZDF-Frühstücksfernsehen brachte es schon, bevor David beim Polizeipräsidium anrief: Der Hubschrauber mit dem Geiselnehmer und seiner Geisel, Stefan von Kaltenstein, ist am frühen Morgen mit unbekanntem Ziel gestartet. Vor dem Juweliergebäude war die Absperrung vergrößert worden, so daß der Hubschrauber ungefährdet landen und starten konnte. Die Bilder zeigten den vermummten Täter, wie er direkt hinter Stefan, die Pistole an dessen Hals, das Gebäude verließ und schnell im bereitstehenden Hubschrauber verschwand. Elvira hat sich die Sendung vom Bett aus angeschaut und dann Carmen und David benachrichtigt.

Zu dritt frühstücken sie nun vor dem Fernsehgerät.

»Jetzt ist es also passiert«, sagt Carmen trocken, und Elvira nickt: »Jetzt kann es nur noch eine ganz gute oder eine ganz schlechte Nachricht geben. Ich bin jedenfalls auf alles gefaßt!«

»Ich werde William bitten, Sie zu informieren, sobald die Presseabteilung anruft. Vielleicht halten die sich ja an das Versprechen, uns über Veränderungen Bescheid zu geben!«

»Jetzt haben sie es schließlich auch nicht getan.« Carmen trinkt noch einen Schluck Kaffee, schiebt dann alles von sich.

Sie sitzen im Frühstückszimmer, einem hellen Raum mit Blümchentapete, gleichfarbenen Vorhängen, passender Tischdecke und dunkelgelbem Teppichboden. Alles sieht nach Sonne und Freude aus, nur die Mienen der drei passen nicht so recht dazu.

»Laßt uns gehen, sonst wird es noch später!« David legt seine Serviette neben den Teller und nickt den anderen zu. William kommt herein, hilft Elvira vom Tisch aufzustehen, reicht ihr ihren Gehstock. Sie fühle sich wieder gut, hat sie am Morgen verkündet, und sie hat, im Gegensatz zu gestern, auch wieder Farbe im Gesicht.

»Danke, sehr freundlich von Ihnen, William, Sie waren mir eine große Hilfe!«

»Ich bitte Sie, gnädige Frau, das ist doch selbstverständlich!«

Carmen steht ebenfalls auf: »Was ich Sie noch fragen wollte, William, was hat sich denn gestern mit diesem Menschen ergeben, der sich eingeschlichen und mich fotografiert hat?«

»Unsere Sicherheitstruppe hat die Stelle gefunden, wo er über die Mauer gekommen ist. Wir nehmen an, daß es irgendein Reporter von einem Boulevardblatt war. Es wird sich zeigen, welches, und dann wird der Herr Baron sicherlich rechtliche Schritte einleiten!«

Er sagt das so bestimmt, als ob es nicht den kleinsten Zweifel geben könne, daß Stefan aus dieser Geschichte heil herauskommt.

Carmen läßt dieser Fatalismus keine Ruhe, sie schiebt ihren Stuhl langsam an den Tisch zurück und bleibt dann an der Lehne stehen: »Warum sind Sie so überzeugt, daß alles gut ausgehen wird?«

»Die von Kaltenstein haben sich nie zurückgehalten, wenn es gefährlich wurde, und sie haben durch diese Einstellung auch nie Schaden erlitten. Er wäre nach Hannes, dem Vater unseres Herrn Baron, erst der zweite Kaltenstein, der nicht auf eine natürliche Weise stirbt. Der junge Herr stürzte damals auf einem Flug gemeinsam mit seiner Frau ab. Wir sind davon überzeugt, daß Baron Stefan morgen wieder da sein wird!«

»Ihren Glauben möchte ich haben«, sagt Elvira leise.

William hilft Elvira und Carmen noch in den BMW, verstaut das minimale Gepäck, David startet schon. Die Sonne blinkt durch die Bäume, dichter Frühnebel liegt auf den Wiesen, vereinzelte Blätter haben sich auf die Auffahrt und die schmale Straße verirrt.

»Gleich wird ein Stoßtrupp mit Besen und Schaufel losmarschieren«, sagt Carmen mit verhaltener Ironie, während sie den Wagen anläßt, »damit auch alles schön poliert ist, wenn Stefan mit dem Entführer im Hubschrauber vor dem Schloß landet. Ich nehme an, William trifft bereits Vorkehrungen für Tee und Biskuits!«

Elvira schaut sie von der Seite an, sagt aber nichts darauf.

Carmen bringt Elvira nach oben, trifft Anstalten, ihr ins Bett zu helfen.

»Jetzt ist es aber gut.« Elvira schließt die Tür zum Schlafzimmer mit einem kleinen Ruck. »Ich kann doch nicht Tag und Nacht im Bett liegen, da werde ich ja verrückt! Ich mache es mir jetzt vor dem Fernseher gemütlich, und wenn William anruft, informiere ich sofort dich und David. Und du machst jetzt, daß du ins Büro kommst, es ist schon bald neun Uhr!«

»Klar, Muttchen, sofort, aye, aye, bin schon unterwegs!«

Elvira droht ihr scherzhaft mit der flachen Hand, Carmen witscht zur Tür hinaus und läuft nach oben.

Neun Anrufe sind auf ihrem Anrufbeantworter. Wie furchtbar, das muß sie sich jetzt alles noch anhören. Hoffentlich nichts Wichtiges. Sie schaltet ein, legt vorsorglich Stift und Notizblock bereit. Dreimal Laura und Frederic gestern abend. Das hätte sie sich denken können, die haben gestern abend ja nun überhaupt nichts mehr geschnallt. Dann die beiden nochmals nachts, nach den Spätnachrichten. Aha, jetzt haben sie was mitgekriegt, vermuten aber nur, daß es da Zusammenhänge gibt. So lange waren die beiden gestern abend zusammen, interessant, denkt Carmen. Wo waren sie überhaupt? Das haben sie in keinem ihrer Anrufe gesagt. Im *Laguna* jedenfalls nicht! Dann zwei Anrufe, die gleich wieder aufgelegt wurden, und Oliver aus New York, der ihr beschreibt, was sie alles verpaßt. Oliver ist für sie bereits so weit weg, daß es kaum mehr wahr ist. Er wird am Mittwoch ankommen und fände es nett, von ihr am Flughafen abgeholt zu werden. »Klar, dann könntest du dir das Taxi sparen«, sagt sie laut, während sie ungeduldig mitzählt. »Nummer sieben, noch zwei, nun mach schon!« Ein Kunde, der zweimal hintereinander um Rückruf bittet. Diese Nummer notiert sie sich, dann geht sie ins Schlafzimmer, zieht sich schnell um.

Pünktlich zu den Neun-Uhr-Nachrichten ist Carmen wieder im Wagen. Ich lebe nur noch von Nachrichten zu Nachrichten, wie Laura von Ferien zu Ferien, denkt sie, während sie an einer Ampel steht. Täter und Opfer sind im Hubschrauber unterwegs, gut, das weiß sie schon, mehr wird nicht gesagt. Wahrscheinlich wieder Nachrichtensperre, die können schließlich nicht ewig in der Luft sein. Vielleicht weiß Elvira ja bereits mehr. Sie wird sie aus dem Büro anrufen.

Britta Berger ist schon da, pünktlich wie immer. Bei ihrem Anblick fällt Carmen wieder Elviras Theorie von der grauen Maus ein.

Der Sache wird sie heute auf die Spur gehen. Britta hat bereits Kaffee gekocht und Croissants mitgebracht. Ausgerechnet heute, da Carmen ausnahmsweise einmal gefrühstückt hat. Aber sie freut sich trotzdem und tut zumindest so, als sei sie irrsinnig frühstückshungrig. Warum auch nicht, wenn man mit kleinen Gesten Freude bereiten kann? Dann ruft sie Elvira an. William hat sich noch nicht gemeldet. Gut, erklärt Carmen, ab jetzt sei sie durchgehend im Büro zu erreichen.

Britta Berger sortiert die Post, trinkt nebenher ihren Kaffee. Die Gelegenheit ist günstig für ein Gespräch.

»Britta, darf ich Sie einmal etwas Persönliches fragen?« Blöd, so gestelzt anzufangen, aber jetzt ist es schon heraus.

»Ja, bitte?« Britta blickt erstaunt auf.

»Sind Sie mit Ihrem Freund fest zusammen? Oder sind Sie gar verlobt? Ich weiß so rein gar nichts über Sie, und ich finde das eigentlich schade. Schließlich verbringen wir täglich viel Zeit miteinander.«

Paß auf, sagt sie sich gleichzeitig, laß es nicht zu vertraulich werden, sonst hast du das dann ständig, auch wenn du es nicht mehr willst.

Britta zögert kurz, dann sagt sie, und ein leises Strahlen beginnt ihr Gesicht zu überziehen und macht sie für einen Moment direkt hübsch: »Ja, ich glaube, jemanden gefunden zu haben. Und ich glaube sogar, daß er jetzt anfängt, meine Gefühle zu erwidern.« Sie stutzt kurz, so, als gäbe sie sich einen Ruck, und fährt dann fort: »Wissen Sie, Frau Legg, wenn ich Ihnen das so sagen darf – für mich ist das nicht so einfach wie für Sie! Wenn ich einen Mann wie Ihren Peter gehabt hätte, hätte ich ihn nie mehr gehen lassen – aber Sie können das natürlich leicht...«

Carmen stellt ihre Kaffeetasse ab. »Warum, das verstehe ich nicht, warum hätten Sie Peter nicht gehen lassen?«

»Weil er Sie liebte. Das Schönste auf der Welt ist doch, von einem Mann geliebt zu werden. Und das tat er doch ganz offensichtlich, jedenfalls sah es immer so aus, wenn er Sie abholte. Und wie oft am Tag er anrief. Das muß Sie doch sehr glücklich gemacht haben!«

Genau das war es, was Carmen immer nervte. Konnte er sie nicht einmal für ein paar Stunden in Ruhe lassen? Mußte er ständig an der Strippe hängen...

Jetzt ist sie etwas verlegen. Wie soll sie erklären, wie sie darüber denkt?

Britta nimmt es ihr aus der Hand: »Aber ich verstehe natürlich, daß man einen Mann leichter mit Füßen tritt, wenn einem Dutzende zu Füßen liegen…« Sie hält erschrocken inne. »Entschuldigen Sie, so wollte ich das nicht sagen!«

»Sehen Sie mich so?« Carmen wirft ihr langes Haar nach hinten. »Seien Sie jetzt ehrlich. Wirkt das so auf Sie?«

Britta zögert. »Ja«, sagt sie dann gedehnt, »schon. Ich meine, es sind so viele gute Männer, die hierherkommen, die Sie anrufen, die Sie abholen und mit Blumen überschütten. Keiner von denen hat mich je auch nur bemerkt. Verstehen Sie? Noch nicht einmal registriert, daß da noch jemand im Raum ist. Und das hat mir schon manchmal weh getan, weil ich dann denke, daß die Welt ungerecht ist. Nicht, weil ich Ihnen diese Männer neide, Frau Legg, nein, überhaupt nicht«, sie sitzt da, ihr Köpflein glüht bis zu den Ohren, »nein, das dürfen Sie wirklich nicht denken. Aber sehen Sie, Sie haben so viele Männer um sich herum, die um Sie kämpfen, und ich kämpfe seit einem Jahr um einen einzigen, und ich fürchte schon den Tag, da er eine andere, schönere Frau trifft und ich dann nichts mehr wert bin!«

»O Gott, Britta«, Carmen ist betroffen. »Das dürfen Sie doch nicht sagen. Sie sind doch eine sehr liebe, intelligente junge Frau mit hoher Auffassungsgabe, und Sie haben sicherlich viele Qualitäten, an die ich nicht im entferntesten heranreiche. Warum also sollten Sie sich von solchen Verlustängsten quälen lassen?«

»Weil das alles nichts zählt, wenn eine Hübschere kommt!«

Da hat sie wahrscheinlich recht, denkt Carmen. Die Welt ist wirklich ungerecht!

»Aber Sie sind doch hübsch!«

»Ich bin nicht ausgesprochen häßlich, gut, aber ich bin auch nicht ausgesprochen hübsch. Ich bin einfach da. Ich bin unscheinbar, und ich funktioniere, das ist alles!«

Warum fällt mir jetzt wieder mein Auto ein? Carmen schüttelt den Kopf: »Das ist nicht wahr, Britta, der Mann, der Sie hat, ist zu beneiden!«

»Ja, gut, aber wenn er das nicht weiß? So ein Mann denkt doch, daß der Mann, der Sie hat, zu beneiden ist. Dabei würde er von mir alles bekommen. Und von einer Frau wie Ihnen nichts. Und trotzdem sind Sie interessanter!«

»Aber geheiratet werden eher Frauen wie Sie!«

Britta lacht kurz auf, ein wehmütiges Lachen, das Carmen seltsam berührt: »Na ja, weil Frauen wie Sie nicht heiraten wollen, Frau Legg. Sie wären auch blöd, wozu denn? Sie haben an jedem Finger einen Mann, Sie können sich das Leben schön machen, bis Sie sicher sind, den Richtigen gefunden zu haben. Und selbst wenn Sie noch ein paar Jahre älter sind, wird immer ein Mann da sein, der froh ist, Sie zu kriegen!«

»Das ist nicht so!« wehrt Carmen ab. »Männer sind nicht unbedingt scharf darauf, Frauen wie mich zu heiraten. Die wollen lieber bodenständige Frauen, keine so abgehobenen wie mich!«

»Mag sein«, lenkt Britta ein. »Aber die, wie Sie sagen, bodenständigen Frauen, also Frauen wie mich, sind dann sicherlich gute Ehefrauen, weil sie alles mitmachen, weil sie ihrem Schicksal dankbar sind, aber wenn der Ehemann dann eine hübschere ins Bett kriegt, wird er nicht nein sagen, schätze ich!«

»Ach, Britta, seien Sie doch nicht so desillusioniert. Warum sollte ein Mann, der Sie hat, fremdgehen? Das wäre doch idiotisch!«

Britta lacht leise auf: »Männer sind wie Kinder, sie spielen gern. Das weiß sogar ich!«

Carmen lächelt Britta zu: »Ich hoffe jedenfalls, daß Ihr derzeitiger Freund weiß, was er an Ihnen hat. Und wenn Sie den Eindruck bekommen, er weiß es nicht, dann schicken Sie ihn mal bei mir vorbei, ich glaube, wenn er mich mal so richtig kennengelernt hat, weiß er Frauen wie Sie wieder zu schätzen!«

Britta lacht jetzt wirklich: »Nett, daß Sie das sagen. Aber das Risiko ist mir zu hoch. Vielleicht wird er dann süchtig, und ich habe das Nachsehen!«

Carmen zieht ihre Stirn kraus: »Das glaube ich nicht. Wenn er seine Entzugsphase überwunden hat, wird er froh sein, wieder klar zu sehen. Da möchte ich fast drauf wetten!«

Sie lächeln sich wie zwei Verschwörerinnen zu und gehen an ihre Arbeit. In Carmens Kopf rumort es. Was führe ich bloß für ein Leben, fragt sie sich. Bin ich so eine Oberflächenkünstlerin, tanze ich immer gerade so am Übergang zwischen Himmel und Erde, so leicht abgehoben, sphärisch? Quatsch, sagt sie sich wieder. Du stehst mit beiden Beinen auf dem Boden, wie Britta auch. Bloß sehen deine Beine eine Spur anders aus, und du kannst dein Leben um diese Spur leichter leben! Oder auch nicht! Das ist ja nun eigentlich die Frage, was leichter ist – sich einen Mann zu angeln oder ihn sich vom Hals zu halten! Interessant wäre es, für einige Tage in die Hülle einer grauen Maus zu schlüpfen. Carmen greift zu der Tasse, nimmt einen Schluck kalten Kaffee. Ich könnte im Urlaub ja mal für eine Woche in Sack und Asche gehen, die Haare zu einem Knoten binden, kein Make-up auflegen, Latzhosen überstreifen. Aber sie kann über diese Idee noch nicht einmal lachen. Nein, das ist nicht ihre Welt – und, o Schreck, stell dir vor, so ein Latzhosen-Müsli wird wild auf dich. Ob der seine Birkenstock-Gesundheitstreter im Bett wohl auszieht? Jetzt grinst sie doch. Ich bleibe, wie ich bin. Was soll's, jetzt habe ich mich über 35 Jahre in mich eingelebt, warum sollte ich jetzt alles ändern. Und ich behalte meinen impotenten Mann, weil ich mich eben auf eine andere Art ausklinke. Das ist auch eine Art Revolte. Ich will keinen deutschen Michel, der mir fünf Kinder anhängt und schwitzend und keuchend über mir zusammenbricht, sondern ich will einen Mann fürs Leben, der mir mehr gibt als seine paar Samenfäden!

Sie schaut kurz zu Britta. Sie scheint bereits wieder völlig in ihre Arbeit vertieft zu sein. Reiß dich zusammen, sagt sich Carmen. Wie sieht das denn aus, wenn du dahockst und Löcher in die Luft starrst? Sie zieht ihren Terminkalender heraus und schaut nochmals heimlich zu ihrer Mitarbeiterin hinüber. Gut, sie bearbeitet zwar die Post und sieht sehr konzentriert aus, aber sicherlich ist sie mit ihren Gedanken auch noch woanders. Daß das Leben auch immer so extrem sein muß, überlegt sie. Die einen haben nichts, die anderen haben alles. Dabei fällt ihr wieder Stefan ein. Im selben Moment klingelt das Telefon. Telepathie, denkt sie und nimmt ab. Aber es ist nicht Elvira, sondern Laura.

»Ich habe eben Pause und wollte mal wissen, ob du noch lebst. Wir haben uns wirklich Sorgen gemacht, vor allem, als mir langsam klar wurde, daß dieser entführte Stefan *euer* Stefan ist. Wo habt ihr bloß gesteckt?«

»Im Schloß«, sagt Carmen kurz, weil sie nicht will, daß Britta zuviel mitbekommt. »Aber du kannst ja ganz ruhig sein. Ihr wart ja auch spurlos verschwunden. Im *Laguna* wart ihr zumindest nicht!«

Laura lacht: »Das stimmt, wir waren bei Frederic zu Hause. Ich habe mich die halbe Nacht mit ihm und seiner Schwester unterhalten. Das ist eine ganz tolle Frau, Carmen. Wirklich, sie hat mir sehr gut gefallen. Du mußt sie unbedingt kennenlernen!« Und ohne Übergang: »Was ist mit Stefan? Hast du Neuigkeiten? Ist er da lebend raus?«

»Ich weiß leider auch nicht mehr. Aber das Schloß soll angeblich bevorzugt informiert werden, und Elvira wird dann sofort David und mich anrufen. Aber ob das klappt, ist eine andere Frage. Die werden im Moment wohl anderes zu tun haben als solche Spielereien!«

»Machst du denn Mittagspause?«

»Ich trau mich nicht vom Telefon weg!« Carmen malt ein Männchen auf ihren Notizblock.

»Ich habe bis 15 Uhr Leerlauf. Soll ich dich besuchen, eine Pizza mitbringen, oder magst du lieber zu Elvira, dann bringe ich drei Pizzen!«

»Pizza«, stöhnt Carmen, »muß das sein? Ich träume noch bald davon!« Zu dem Strichmännchen kommt jetzt ein Strichweibchen, mit langem Haar, die beiden fassen sich an den Händen.

»Muß ja nicht sein. Ich kann auch einen Chef-Salat von Mc Donald's bringen, den gibt's hier ebenfalls um die Ecke.«

»Schon besser«, sagt Carmen, obwohl sie auch darauf keinen Appetit verspürt. Aber wahrscheinlich liegt es daran, daß sie gerade eben ein Croissant gegessen und keinen Hunger hat. Um das Pärchen auf dem Zeichenblock kommt jetzt noch ein großes Herz.

»Weißt du was, Laura, dann treffen wir uns bei Elvira. Das wird ihr guttun. Aber länger als eine Stunde kann ich heute wirklich nicht!«

»Ist in Ordnung. Ich muß erst um drei wieder in der Schule sein, ich kann ja dann für Elvira noch ein paar Besorgungen machen oder so. Staubsaugen vielleicht.«

»Du?« Carmen prustet ins Telefon.

»Blöde Kuh!« schnauzt Laura und dann wieder freundlicher: »Also dann, bis gleich!«

Carmen läßt den Hörer langsam in die Gabel zurückgleiten und grinst. Komisch, sie liebt Laura wie ihre Zwillingsschwester. Daß man zu anderen Frauen solche Gefühle entwickeln kann? So muß es Elvira mit Anna gegangen sein. Sie schreibt unter ihr Werk noch schnell David und Carmen, reißt das Blatt ab, betrachtet es und läßt es dann in der Schublade verschwinden.

Laura ist schon da, als Carmen bei Elvira eintrifft. Sie hat den Tisch nett gedeckt, den Salat aus den Plastikbehältern herausgenommen und auf den Zwiebelmustertellern geschickt drapiert. Jetzt sieht das Ganze aus wie von Feinkost Käfer.

»Wo ist der Champagner?« fragt Carmen als erstes und legt ein Baguette dazu. »Darf ich das beisteuern? Ganz frisch vom Bäcker um die Ecke! Elvira«, und sie schließt die alte Dame in die Arme, die eben mit einer Rotweinflasche und drei Gläsern aus der Küche kommt, »wie geht es dir?«

»Halt, halt, laß mich das erst mal abstellen«, sie lacht über Carmens Impulsivität, dann verzieht sie besorgt das Gesicht: »Organisch gut, psychisch weiß ich nicht. Ich hänge irgendwie in der Luft. Vor allem, weil ich nicht verstehe, daß man nichts hört! Er kann doch nicht fünf Stunden durch die Gegend fliegen. Er müßte doch längst irgendwo gelandet sein!«

»Sie werden nichts herausgeben, weil die Kumpane von diesem Verbrecher ja auch noch frei herumlaufen«, schätzt Laura die Lage ein. »Vielleicht haben sie Angst, die könnten sich zusammenschließen und dann gemeinsam, womöglich auch noch mit Hubschrauber und Stefan als Geisel, türmen. Irgendeinen Grund wird's schon haben, daß man überhaupt nichts hört!«

»Viertel vor eins«, Carmen schaut auf die große Standuhr. »Elvira, könntest du das Radio etwas lauter drehen, damit wir nachher nichts verpassen?«

»Bleib sitzen, Elvira, ich mach' das schon!« Laura steht auf, geht zu dem Radio auf der Kommode und dreht sich dann zum Tisch um: »Das ist gut so alt wie Carmen und ich selber. Ein echter Oldie, was? Mit Röhren, die warm werden müssen, und dem Fädchen, das die Anzeige zieht, stimmt's?«

Carmen grinst: »Damit gehört es auch schon wieder zu den hochaktuellen Artikeln!«

»Wie wir!« nickt Laura und setzt sich wieder an den Tisch.

»Das hast *du* gesagt. Wo hast du die Nacht über eigentlich gesteckt, du hochaktueller Artikel, du?« Carmen greift ihr an die Nase.

Laura weicht mit dem Kopf nach hinten aus und schüttelt sich:

»Das habe ich dir doch schon gesagt, im Elternhaus von Frederic, bei ihm und Clara, seiner Schwester. Eine tolle Frau!«

Elvira blickt von ihrem Salat auf, in dem sie nachdenklich herumstochert, und auch Carmen schaut kurz prüfend zu ihrer Freundin. Laura verzieht zunächst keine Miene, dann lacht sie los: »Schon gut, schon gut! Ja, er gefällt mir. Kann ich was dafür, daß es einer von deinen impotenten Kerls ist? Und nur damit du's weißt und nicht glaubst, daß ich auf deiner Impotentenwelle schwimme, mir wär's lieber, er wäre potent! Das hätte nämlich verdammt lustig werden können, vergangene Nacht!«

»Ja, das glaube ich sogar«, grinst Carmen mit vollem Mund. »Und so war's nur halb lustig?«

»Blöde Frage, natürlich!« Laura zieht eine Augenbraue hoch, schenkt sich Mineralwasser ein und greift nach ihrem Glas.

»Hat er dir bewiesen, daß er impotent ist?«

»Wie kommst du denn auf so was!«

»Hätte ja sein können!« Carmen prostet ihr zu, Elvira schließt sich an, gemeinsam trinken sie einen Schluck.

Laura stellt als erste wieder ab: »Quatsch. Wie kann man denn so was beweisen. Wir saßen die halbe Nacht zusammen, haben gegessen, haben getrunken, und dann habe ich mich gegen fünf Uhr aufs Sofa gelegt und bin eingeschlafen. Um sechs mußte ich dann wieder hoch. Aber trotzdem. Diese eine Stunde hätte ich mir bei Gott anders vorstellen können. Dann wäre ich heute in der Schule sicherlich auch nicht so müde gewesen!«

»Anscheinend bin ich die einzige Frau weit und breit, die einen Knacks hat!« sagt Carmen und haut sich mit der flachen Hand gegen den Schädel.

»Nein, ich habe auch einen!« Laura nickt ihr zu.

»Ach so?«

»Ja, ich habe mich in einen impotenten Mann verliebt. Das hat doch wohl was mit einem totalen Knacks zu tun!«

Elvira taucht aus ihrer eigenen Gedankenwelt wieder auf und hört den beiden mit einem leisen Lächeln um die Lippen wieder zu. Carmen winkt ab: »Na, wenn das alles ist... so was kenne ich schon!«

»Nein, es ist eben nicht alles! Dieser impotente Kerl wird Vater!«

»Was? Wie?« Carmen schaut Elvira an, die ratlos die Schultern zuckt: »Verstehe ich auch nicht! Das kann er doch gar nicht!«

»Wie soll denn das gehen?« fragt Carmen und schießt in der nächsten Sekunde hoch, daß ihr Stuhl nach hinten wegfliegt und krachend auf der Lehne liegenbleibt. »Laura, du behältst dein Baby!« Sie läuft um den Tisch herum und schließt ihre Freundin in die Arme: »Das ist die tollste Nachricht seit langem! Ach, du machst mich so glücklich! Das ist toll, so toll!«

Sie schmiegen die Köpfe aneinander. Auch Elvira ist jetzt aufgestanden und drückt ihr einen Kuß auf die Wange: »Meinen allerherzlichsten Glückwunsch zu Ihrem Entschluß, Laura! Ich habe es mir von Herzen gewünscht, daß Sie so entscheiden würden! Soweit es in meiner Möglichkeit steht, bin ich jederzeit zur Hilfe bereit. So ein Kind braucht schließlich auch eine Omi!«

Gerührt steht Laura auf. Sie lacht Elvira an, ihre Augen strahlen: »Vielen Dank, Elvira, ich weiß das Angebot zu schätzen!«

Carmen setzt sich wieder, wirft einen Blick auf die Uhr. Noch fünf Minuten bis zu den Nachrichten, also noch Zeit genug. Jetzt will sie es genau wissen: »Und was soll das Gerede davon, daß Frederic Vater wird? Du willst uns doch nicht sagen, daß er in nur dieser einen Nacht, während ihr gegessen und getrunken habt und du eine Stunde auf dem Sofa gepennt hast, väterliche Gefühle entwickelt hat und jetzt die Vaterschaft übernimmt? Ich meine, ich traue Frederic einiges zu, er ist sehr spontan, aber das wäre ja geradezu wild...!«

Laura nimmt eine Gabel voll Ei und Schinken und wickelt geduldig ein Salatblatt darum. »Nein, so ernst war das auch nicht gemeint. Aber wir haben die ganze Nacht über dieses Thema diskutiert, das stimmt schon. Und eigentlich war es Clara und nicht Frederic, die plötzlich fragte, warum ich nicht zu ihnen ziehen wollte. Das Haus sei sowieso viel zu groß für die zwei – das stimmt übrigens, es ist ein riesiger Bunker über drei Etagen – und die Lösung sei doch genial. Statt irgendwo Miete zu zahlen, könne ich bei ihnen einen Mitwohnobolus entrichten und den Rest für das Kind behalten. Sie ist Grafikerin, arbeitet viel zu Hause, Frederic studiert ja noch, und ich mit meinem unregelmäßigen Schuldienst, das wäre natürlich ideal. Das Kind wäre rund um die Uhr versorgt. Und, du wirst es nicht glauben, ich hatte den Eindruck, die beiden freuten sich wirklich darauf, und es waren nicht nur so Sprüche zwischen Mitternacht und Morgengrauen. Und soll ich dir noch was sagen, Carmen, seitdem ich merke, wie sehr sich die anderen, euch beide eingeschlossen, auf dieses Kind freuen, seitdem fange ich auch an, es gern zu haben. Ich habe zwar immer noch Bedenken, was die Zukunft angeht, und bin noch nicht ganz so weit mit meiner Freude wie ihr alle, aber ich spüre schon, wie sie von Tag zu Tag wächst. Und ich glaube schon, daß ich den Fratz wahnsinnig liebhaben werde«, sie macht eine kurze Pause, »wenn er nicht zu sehr auf den Vater herauskommt. Sonst muß ich mir immer so eine Miniaturausgabe von Wilko anschauen, und das würde ich schon als Strafe empfinden!«

»Quatsch.« Carmen klopft mit dem Knöchel auf die Tischplatte. »Sie wird nicht aussehen wie Wilko, deine Alina Olivia Carmen. Sie wird ein rassiges Weibsstück werden, genau wie du!«

Laura grinst und hält ihre Hand auf den Bauch.

»Jedenfalls heiße ich dich jetzt willkommen, du kleiner neuer Erdenbürger, und ich werde es jetzt offiziell machen. Auch in der Schule!«

»Halt mal, pssst!« Elvira legt den Zeigefinger auf die Lippen.

SWF-3-Nachrichten. Wieder wird nur berichtet, daß der Hubschrauber heute morgen mit unbekanntem Ziel abgeflogen ist, daß die Luftraumüberwachung von der Geiselnahme informiert ist und daß ansonsten aus Sicherheitsgründen eine Nachrichtensperre verhängt wurde.

Elvira seufzt, die drei Frauen schauen sich stumm an. Allen ist die Sorge ins Gesicht geschrieben. Gleich darauf klingelt das Telefon. Es ist David. Ob sich William schon gemeldet habe. Nein, Elvira ist den Tränen nahe. Carmen und Laura schauen sich an. »Wir müssen mehr auf sie Rücksicht nehmen«, flüstert Laura. »Den ganzen Rest mit Frederic und Clara kann ich dir ja später erzählen!«

Carmen nickt.

Elvira reicht ihr den Hörer: »Bitte, Carmen, David möchte dich sprechen!«

»Ja, David? Ich vermisse dich so!«

»Ich dich auch, Carmen, ich dich auch. Ich wollte dir nur so viel sagen, daß ich bei dieser Geschichte aus dem Schneider bin. Es war also kein Mitarbeiter von mir, der da die Finger im Spiel hatte, sondern ganz offensichtlich ein ehemaliger Angestellter von Stefans Firma.«

»Da bin ich ja beruhigt. Endlich mal eine gute Nachricht!«

»Wieso, habt ihr schlechte?«

»Nein, bisher, was Stefan anbelangt, eben noch gar keine! Wie mühsam das doch ist und wie nervenaufreibend!«

»Ruft William an. Und wenn der nichts weiß – oder besser, ich rufe ihn selber an. Wenn das nichts ergibt, frage ich eben noch mal im Polizeipräsidium nach, da kenne ich mich jetzt ja aus!«

»Das ist eine gute Idee, David, wir wären dir wirklich dankbar!«

Sie legt auf. »Also, David fragt jetzt noch mal im Polizeipräsidium nach!«

Elvira hat sich auf die Couch gesetzt, die Hände im Schoß verschränkt. Sie nickt: »Das ist gut! Dein David ist ein feiner Mensch, Carmen. Ein Mann, auf den man zählen kann. Den solltest du pflegen!«

Jetzt fängt Elvira auch noch an, denkt Carmen. Britta hat ihr eigentlich für heute gereicht. Hat sie je einen Mann gefressen oder zerrupft? Man könnte es fast glauben! Sie setzt sich zu Elvira, umfaßt liebevoll ihre Hände: »Ich habe vor, ihn zu behalten, Elvira. Er gefällt mir nämlich auch sehr gut«, sagt sie und schaut ihr dabei in die Augen: »Und nicht nur das, er gefällt mir sogar ausgezeichnet. Und wenn ich mir in solchen Sachen etwas sicherer wäre, würde ich wirklich behaupten, daß ich ihn liebe!«

Elvira schließt die Augen und nickt ihr zu. Laura läßt sich in einen der Sessel fallen und grinst frech: »Na, bravo. Dann sitzen wir jetzt da, wir zwei Waisenkinder, mit Männern, die vor Power und Dynamik fast schweben, und lieben platonisch. Das hättest du mir mal vor meiner Brasilienreise sagen sollen. Ich hätte mich wahrscheinlich totgelacht!«

Elvira seufzt.

»Gehen wir dir auf den Geist, Elvira?« fragt Carmen besorgt, »sollen wir über etwas anderes reden? Aber weißt du, wenn ich jetzt ständig an Stefan denken muß, werde ich verrückt. Wir können ja doch nichts tun, nur abwarten. Da drehen sich dann die Gedanken ständig im Kreis!«

»Mir ist es lieber, wenn ihr mich ein bißchen ablenkt. Was kommen muß, kommt sowieso. Ganz egal, ob man grübelt oder nicht!«

Sie schaut zu Laura. »Jetzt habe ich aber auch einmal eine Frage. Geht das Ganze nicht etwas schnell? Ich hatte bis vor kurzem den Eindruck, Frederic sei in Carmen verliebt, und jetzt möchte er plötzlich, daß Sie mit Baby in sein Haus ziehen? Ich komme da nicht ganz mit!«

Laura springt auf. »Da muß ich mir erst noch mein Glas holen! Soll ich eure mitbringen?«

»Wenn du schon dabei bist, und vielleicht können wir dann ja auch gleich anstoßen, wenn David eine gute Nachricht hat!«

»Glaubst du das?« Elvira schaut sie fragend an.

»Ich schon«, nickt Carmen, »und du auch, Elvira, wenn du ehrlich bist.«

Elvira blickt in die Ferne und nickt still. »Sollte es anders kommen, ist er bei seinen Eltern«, sie ergreift ihr Weinglas, das Laura ihr hinhält, und nimmt einen Schluck.

»Also, Laura, jetzt spann uns nicht so lange auf die Folter, wie war das jetzt?«

Laura zieht in ihrem Sessel die Beine hoch, rutscht ein bißchen hin und her, bis sie ihre Sitzposition gefunden hat.

»Ja, ich weiß nicht so recht, wie ich das erklären soll, denn Frederic war ja wirklich sehr auf dich abgefahren«, sie blinzelt Carmen zu, »das heißt, ich vermute, er ist es immer noch. Aber ich habe ihn gestern gesehen und dachte, den oder keinen. Er ist genau meine Kragenweite, exakt. Sein Benehmen, seine legere Art, sein Outfit, das gefällt mir einfach, das paßt zu mir, das ist topp!«

Sie schnipst mit den Fingern. »Und als er das mit David spannte, bröckelten seine Illusionen natürlich ab. Es hat ihm gestern schon weh getan, das darfst du mir glauben!« Carmen weiß nicht warum, aber der Satz verschafft ihr eine kleine Befriedigung. Sie greift nach dem Glas. »Aber ich habe dann konstant daran gearbeitet, seine Illusionen wieder aufzubauen«, fährt Laura fort, »nur unter anderen Vorzeichen, versteht sich. Und ehrlich, wann ist ein Mann empfänglicher, wenn nicht dann, wenn er verletzt ist? Ich glaube, als er heute morgen seiner Schwester und dem Gedanken von der Wohngemeinschaft zustimmte, fand er es wirklich toll. Vielleicht noch nicht unbedingt wegen mir, wahrscheinlich wäre ihm eine WG mit dir immer noch lieber, klar, so was geht ja auch nicht von heute auf morgen, aber ich verspreche dir, ich kriege das hin. Mir gefällt er, ich behalte ihn!«

»Ihr redet wie beim Kuhhandel.« Elvira schüttelt den Kopf. »Ich glaube, ich habe in meinen 80 Jahren so etwas noch gar nie gehört! Macht ihr die Männer immer so zwischen euch aus?«

»Nee, bisher waren unsere Geschmäcker immer grundverschieden!«

Carmen schaut auf die Uhr. Warum ruft David bloß nicht an, es dauert schon eine Ewigkeit, und sie muß gleich wieder ins Büro.

»Stimmt ja gar nicht«, berichtigt Laura und hebt drohend den Zeigefinger. »Da waren Harald und Bernd!«

»Jetzt hör aber auf«, lacht Carmen, »das eine war eine Liebelei, und das andere war dein Freund und mein Cousin!«

»Egal«, beharrt Laura. »Es war so!«

Das Telefon klingelt. Elvira steht auf, geht hin.

»Ob David etwas herausbekommen hat?« Laura setzt sich auf, Elvira nimmt den Hörer ab und meldet sich, Carmen hält vor Anspannung den Atem an.

Elvira dreht sich um, ihre Hand zittert, Carmen springt als erste auf, läuft hin und stützt sie, Laura folgt ihr auf dem Fuß.

»Was ist, um Gottes willen, was ist denn?« Carmen befürchtet das Schlimmste und ist selbst einem Herzstillstand nahe. Laura stützt Elvira und führt sie zur Couch, während Carmen den Telefonhörer nimmt.

»David, David, was ist? Elvira ist uns hier fast zusammengebrochen!«

»Oh, das wollte ich nicht. Aber sie mußte es ja wissen: Stefan ist frei, er ist am Leben, unverletzt. Die Maschine wird eben zurückgeflogen. An Bord war ein GSG-9-Mann versteckt und auch der Pilot war einer und gemeinsam haben sie den Geiselnehmer in einem entsprechenden Moment überwältigt. Der Geiselnehmer wurde dabei verletzt, was vermutlich wieder einmal einen Aufstand in der Presse geben wird, deshalb darf noch keine Nachricht nach außen dringen. Außerdem schon deshalb nicht, weil die Polizei einen Gewaltakt der beiden noch freien Ganoven befürchtet. Sie wollen die anderen schnappen, bevor es offizielle Informationen gibt. Der Geiselnehmer wurde der Polizei übergeben und Stefan wird nach Schloß Kaltenstein zurückfliegen, in geheimer Mission, versteht sich. Der Hubschrauber wird dort zunächst auch stehenbleiben, bis die ganze Sache über die Bühne ist. Stefan kriegt in seinem Haus Polizeischutz. Das hat mir der Presseoffizier erzählt, weil er glaubte, ich müßte als Angehöriger jetzt alles vorbereiten. Ich habe es dann direkt an William weitergegeben, deswegen hat es noch ein bißchen gedauert!«

»Gott sei Dank! Gott sei Dank, David. Ich kann gar nicht sagen, wie froh ich bin. Mir fällt ein zentnerschwerer Stein vom Herzen! Weißt du was, heute nachmittag nehme ich frei. Kannst du kommen?«

»Tut mir leid, wir können uns frühestens heute abend sehen. Ich muß dran bleiben, ich habe noch zwei Termine und außerdem Abgabefristen, die ich einhalten muß. Sag Elvira liebe Grüße, heute abend gern!«

»Weißt du, wann Stefan ungefähr ankommen wird?« Carmen tritt von einem Bein auf das andere, jetzt wo alles vorbei ist, drückt ihre Blase vor lauter Aufregung ganz gewaltig.

»Gegen 19 Uhr!«

»In sechs Stunden. Warum dauert das so lang?« Sie schaut Laura zu, die Elvira hilft, sich auf der Couch langzulegen, und dann ein Glas mit Wasser für ihre Medizin holt.

»Ich nehme an, daß sie die Spuren verwischen und erst bei Dunkelheit landen wollen. Das Gelände dort ist ja weitläufig genug. Einen anderen Grund kann ich mir eigentlich nicht vorstellen!«

Carmen schmatzt einen lauten Kuß in die Telefonmuschel: »Wir werden jetzt einen darauf trinken, David, das kann ich dir sagen! Wir werden für dich ein Glas mittrinken! Das hast du großartig gemacht!«

»Das war ja nun wirklich keine Leistung. Stefan hat die Leistung vollbracht. Aber verzichtet bitte trotzdem darauf, euch zu seinem Empfang etwas Tolles auszudenken, ein Feuerwerk aus lauter roten Herzen am Himmel dürfte etwas zu auffällig sein!«

»Spatzl«, lacht Carmen zärtlich, »der einzige, der rote Herzen von mir bekommt, bist du, jetzt glaub's doch endlich mal. Aus irgendeinem Grund fühle ich mich Stefan verbunden, vielleicht wegen der Geschichte mit Elvira. Aber das hat nichts mit Liebe zu tun!«

»Hat es bei uns mit Liebe zu tun?« Seine Stimme klingt verhalten, als ob er nicht alleine wäre.

»Bei uns weiß ich nicht! Bei mir schon!«

Jetzt war's raus. Donnerwetter, Carmen, das hast du ja noch nie gesagt!

»Bei mir auch!« antwortet David sachlich und bestimmt.

»Dann kann ja nichts mehr schiefgehen«, sagt Carmen nachdrücklich.

»Möglicherweise nicht!« antwortet er.

»Alter Zauderer!«

»Ich küsse dich – und schöne Grüße von Martin, er steht eben hinter mir...«

Dachte sie es sich doch. »Schöne Grüße zurück, ich küsse dich!«

Sie legt langsam auf, bleibt aber noch einen Moment vor dem Telefon stehen. Und nachher suche ich mir einen Psychiater heraus und melde mich an, denkt sie. Es geht doch nicht, daß er mich überall küßt und sich sofort wegdreht, wenn ich nur den Finger nach ihm ausstrecke. Da muß es doch irgendeinen Weg geben, ihm das abzugewöhnen. Sie möchte ihn doch streicheln, ihn verwöhnen, so wie er es mit ihr tut. Sie kann einfach nicht verstehen, was ihn vor einer Berührung so zurückschrecken läßt. Sie dreht sich um.

»Hoch die Tassen, Mädels, Stefan ist unverletzt, er ist frei, er ist auf dem Weg nach Hause!« Flüchtig denkt sie an ihren kecken Ausspruch von heute morgen, daß Tee und Biskuits schon gerichtet seien, für den Fall, daß er bald mit dem Hubschrauber einschwebt. Wenn sie geahnt hätte, wie recht sie hatte! Sie grinst darüber.

»Augenblick, ich gehe hoch, ich habe noch eine Flasche Champagner kalt stehen. Die trinken wir jetzt! Stell das Wasser und den ollen Rotwein weg, Laura, jetzt kommt die Perle der Traube!«

»Ui, wie poetisch«, lacht Laura und räumt die Weingläser weg, tauscht sie gegen Champagnergläser aus. Elvira liegt ruhig, hat die Augen geschlossen. Carmen fühlt den Drang, sie zu umarmen. Sie küßt sie auf die Wange: »Ist das nicht toll, Elvira, ist das Leben nicht unglaublich? Sag, wie fühlst du dich? Glücklich? Geht's dir gut?«

Elvira faßt nach ihrer Hand: »Insgeheim fühlte ich mich wohl Anna gegenüber verantwortlich, und jetzt bin ich gottfroh, daß ihm nichts passiert ist!« Und sie atmet tief aus. »Ich bin zwanzig Kilo leichter!«

»Formidable, ich sause schnell hoch!«

»Was meinst du, Carmen, wollen wir den Salat noch essen?« Laura deutet zweifelnd auf die halbvollen Teller. Dann schauen sie sich an, verziehen beide das Gesicht und schütteln den Kopf. Also klar. Laura beginnt, den Tisch abzuräumen.

Carmen holt die Flasche Champagner aus dem Kühlschrank und schaut dann noch schnell ins Telefonbuch. Worunter findet man einen Psychiater? Unter P? *Psychologische Beratungsstelle der Ev.*

Kirche / Familien-, Jugend-, Ehe- und Lebensberatung. Ob sich die Kirche mit impotenten Männern auskennt? Darunter gleich noch die *Psychologische Beratungsstelle des Landkreises.* Beamte als Psychologen, oder was? Sie kann sich das nicht vorstellen. Nein, lieber zahlt sie für eine Stunde einen anständigen Preis und fühlt sich auf neutralem Boden. *Psychotherapeutische Fachpraxis – Axel Deisroth – Psychotherapeut, alle Kassen.* Was? Könnte sie Davids Impotenz auch über die Krankenkasse laufen lassen? Müßig, denn sie ist Privatpatient und David, als Selbständiger, natürlich auch. Eine *staatlich geprüfte Heilpraktikerin* mit *Paar- und Familientherapie und Hypnosetherapie* steht darunter. Isabella Prodan, eine Frau, das würde ihr schon besser gefallen. Aber Hypnose? Ihr fällt sofort wieder Felix ein. Aber der war sicherlich bei keiner Psychotherapeutin, sonst hätte die ihn höchstwahrscheinlich gleich dabehalten. Der war sicherlich bei irgendeinem Scharlatan. Also, warum nicht. Sie schreibt sich die Nummer heraus und ruft an. Die Sprechstundenhilfe will wissen, worum es geht. Carmen schildert den Fall, sie bekommt einen Termin im Dezember. »Tut mir leid«, sagt sie, »ich brauche nur eine kurze Beratung. Mir geht es nicht darum, meinen Freund von seiner Impotenz zu heilen, sondern von seinen Berührungsängsten. Sie müssen verstehen, ich habe nämlich überhaupt nichts gegen seine Impotenz, ganz im Gegenteil, sie gefällt mir.«

»Augenblick mal«, unterbricht sie die Sprechstundenhilfe, »ich verbinde Sie mal eben mit Frau Dr. Prodan selbst.« Eine Bariton-Frauenstimme meldet sich. Carmen schildert den Fall noch mal.

»Interessant«, sagt die Psychotherapeutin schließlich, »ich könnte Ihnen am Freitag in der Mittagszeit noch einen Termin einräumen. Zu dieser Zeit haben wir normalerweise geschlossen, aber wenn es so dringend ist...«

Carmen ist dankbar, schreibt sich die Adresse auf und geht hinunter.

»Wo hast du bloß so lange gesteckt?« empfängt sie Laura.

»Tut mir leid, ich habe mir noch schnell einen Termin bei einer Psychotherapeutin geben lassen!«

»Was? Du? Wieso denn?«

»Für David. Er hat solche Berührungsängste, daß ich einen Weg finden will, ihn an mich, an meine Hände, an meinen Körper zu gewöhnen!«

»Spannend«, grinst Laura, »da komme ich gleich mit. Kannst du sie eben noch mal anrufen und ihr sagen, daß wir zu zweit kommen?«

»Wieso denn das?«

»Weil ich einen Weg wissen will, wie ich Frederic wieder zu einem potenten Kerl machen kann!«

»Das geht doch nicht!« Carmen tippt sich leicht an die Stirn und beginnt, die Flasche langsam zu öffnen.

»Und wieso nicht, Frau Alleswisser? Versuchen kann man's doch mal!«

»Hier ist die Nummer«, Carmen gibt ihr den Zettel, den sie eingesteckt hat, »ruf selber an!«

Im selben Moment löst sich der Korken, läßt dem Champagner mit einem satten »Plop« freien Lauf.

»Elvira, ein Gläschen?«

Elvira schlägt die Augen auf. Sofort schießen Tränen hoch.

»Ihr seid ja so lieb«, sagt sie, »und ich bin ein rührseliges, altes Weib!« Carmen schenkt langsam ein: »Rede doch nicht so, Elvira! Möchtest du denn im Schloß sein, wenn Stefan kommt? Soll ich das irgendwie veranlassen?«

»Ich weiß nicht, ob ihm das passen würde!«

»Warum nicht? Als Muttersatz sozusagen? Aber natürlich würde ihm das passen! Er muß doch empfangen werden. Ihm muß doch gesagt werden, wie wichtig es für uns alle ist, daß er noch am Leben ist. Sonst könnte er ja glauben, es sei egal, ob er lebt oder nicht. Und dem ist doch nicht so. Du sprichst für uns alle, wenn du dort bist, du erzählst ihm, welche Ängste wir um ihn ausgestanden haben. Natürlich machst du das! Ich werde gleich mal William Bescheid sagen!«

Carmen hebt ihr Glas, die drei stoßen an.

»Wenn du meinst?!«

Ein leises Lächeln glättet ihre Züge.

»Natürlich!« Laura setzt sich zu ihr auf die Couch. »Natürlich machen Sie das. Das wird Ihnen guttun – und ihm auch. Und uns im übrigen auch, also allen!«

Carmen grinst sie an. »Bis du einen Gedanken loshast, ist wirklich ein DIN-A-4-Blatt voll. Das ändert sich wohl nie!« Und erklärend zu Elvira: »Das war früher schon so. Im Deutschunterricht hat sie es fertiggebracht, für einen Aufsatz von 12 Seiten ganze zwei Punkte zu kassieren. Das muß man sich mal auf die Seite umrechnen und dann auf die Wörter!« Carmen grinst. »Wahrscheinlich ist sie deshalb Lehrerin geworden, um sich für alles zu rächen!«

»Ach, so? An wem denn?« fragt Laura zurück.

»An den alten hutzeligen Lehrern, die uns schikaniert haben und die nun dem jungen, dynamischen Nachwuchs so langsam, aber sicher weichen müssen!«

»Quatsch, weichen müssen, wir sind ja nicht der Daimler-Konzern. Bei uns tritt man in den wohlverdienten Ruhestand und läßt es sich gutgehen. Wir haben schließlich jahrelang darauf hingearbeitet!«

»Richtig«, grinst Carmen, »ich seh's an dir!«

»Daß du in der Schule nicht durchgeflogen bist, wundert mich heute immer noch!«

»Mich auch, Lauralein, mich auch!« Sie drückt Laura einen schallenden Kuß auf und will die Gläser nachfüllen. Laura zieht ihres weg und greift nach dem Mineralwasser. Carmen nickt ihr zu: »Auf Alina! Aber jetzt, Elvira, laß uns überlegen, wie wir dich unauffällig ins Schloß bringen. Jetzt wäre es wohl noch möglich. Später machen die sicher dicht! Soll ich dir schon mal was zusammenpacken?«

Elvira setzt sich langsam auf, fährt mit ihrer Hand über die Haare: »Packen nicht, aber könntet ihr mir bei meiner Frisur helfen?«

Carmen schaut das schneeweiße, leicht dauergewellte Haar an. »Was meinst du?«

»Nun, so ein bißchen in Form bringen. Ich würde es mir schnell waschen, und ihr föhnt und kämmt es mir zurecht. Das kann ich allein sehr schlecht, und ein bißchen hübsch möchte ich natürlich auch aussehen!«

Carmen und Laura werfen sich einen Blick zu. Daran haben sie noch überhaupt nicht gedacht, daß man auch in diesem Alter noch Ansprüche an sein Aussehen stellt.

»Klar.« Carmen klopft sich auf die Brust. »Ich helfe dir beim Waschen, und Laura soll nachher föhnen.«

Elvira steht bereits auf. »Nein, waschen kann ich alleine, ich dusche jetzt mal eben schnell. Dann erst seid ihr dran!«

Sie nimmt noch einen Schluck aus dem langstieligen Champagnerglas. »Auf Stefan«, sagt sie lächelnd und geht dann ins Bad.

»Gut, dann sage ich jetzt meiner Britta für heute nachmittag ab, und wir beide machen mal schnell einen Fernkurs bei Ottöchen, meinem Friseur. Mal hören, was der uns zu sagen hat!«

»Willst du nicht lieber Vidal Sassoon anrufen?«

»Was heißt anrufen, Laura, herkommen lassen!«

Laura lacht: »Das wird ein Abenteuer, Carmen. Vor allem, weil du das gleich alleine bewältigen mußt, ich habe nämlich ab 15 Uhr Sport, wie du weißt!«

Carmen wählt bereits ihre Nummer, um Britta Bescheid zu geben, drückt dann aber mittendrin die Gabel herunter.

»Du sagst ab!«

»Das kann ich doch nicht!«

»Dir geht's nicht gut!«

»Heute morgen war ich noch quietschfidel!«

»Du bekommst ein Baby!«

Laura zögert. »Das stimmt natürlich!«

»Na, also«, lächelt Carmen, »das ist doch die beste Gelegenheit, die Bombe platzen zu lassen!«

Laura zögert: »Du weißt, das liegt mir nicht!«

»Deinem Baby gefällt die Hopserei in der Turnhalle sicherlich auch nicht!«

»So'n Quatsch, das ist doch noch ein Embryo!«

»Um so schlimmer. Was glaubst du, wieviel Platz dieser arme Wurm in der Gebärmutter hat. Der fliegt da ungebremst von einer Ecke in die andere und wieder zurück. Ping-Pong-Ping-Pong…«

»Hör schon auf. Im Biologieunterricht hast du auch nicht gerade aufgepaßt!«

»Mag schon sein, dafür aber in Menschenkunde. Dir beispielsweise sehe ich an der Nasenspitze an, daß du jetzt darüber nachdenkst, ob die Hopserei deinem Baby tatsächlich schaden könnte!«

»Nun«, gibt Laura zu, »verlieren möchte ich es wirklich nicht!«

»Wie sich die Zeiten doch ändern können«, grinst Carmen frech.

»Gib mir mal deine Nummer! Und morgen gehst du zum Frauenarzt und läßt ein Ultraschallbild von der Kleinen machen, während ich zur Therapeutin gehe. Wir müssen doch mal sehen, wie das Mäuschen aussieht, damit wir das ab jetzt auch so richtig miterleben können!«

»Laß mich selber anrufen«, Laura nimmt Carmen den Telefonhörer aus der Hand und zupft sie leicht am Ohr: »Und anschließend treffen wir uns in einem Café wie zwei hysterische Weiber, die nichts anderes mehr im Kopf haben als ihre Arzttermine!«

»Na und«, sagt Carmen, »ist doch so! Arzttermine und impotente Männer. Mehr braucht's zum Leben doch wirklich nicht!«

»Vielleicht noch ein Schlückchen Champagner?« Carmen wuschelt Laura liebevoll durch die Haare.

»Du schon, Alina nicht!«

In Höhe der hohen Hecke und der Mauer nimmt Carmen den Fuß vom Pedal. Diesmal ist sie auf die scharfe Abbiegung zu Schloß Kaltenstein gefaßt. »Imposant«, murmelt Laura auf dem Rücksitz, als sie vor dem schmiedeeisernen Tor zum Stehen kommt. Neben ihr hält Elvira aufgeregt ihre Tasche auf den Schoß gepreßt. In ihrem dunkelblauen Mantel, dem gleichfarbenen Kostüm mit weißem Spitzenkragen, dunkelblauen Schuhen mit passender Tasche sieht Elvira wirklich aus wie die First Lady. Carmen und Laura haben ihr nicht nur die Haare flott nach hinten geföhnt, sondern auch noch leichtes Make-up aufgelegt.

»Kann ich wirklich so gehen?« hatte Elvira nochmals zweifelnd gefragt, bevor sie die Haustüre hinter sich zuschloß.

»Sie sehen wunderbar aus«, beteuerte Laura und führte sie die Treppe hinunter.

Carmen will eben aussteigen, um zu klingeln, da öffnet sich das Tor, wie die vorigen Male auch, von selbst.

»Donnerwetter.« Laura ist beeindruckt.

»Ich würde wirklich mal gern wissen, wie das Sicherheitssystem hier funktioniert!« Carmen weist in einer weiten Geste über den Park. »Das ist alles kontrolliert, und doch sieht man nichts davon!«

»Du meinst, die sehen uns jetzt?«

»Garantiert«, nickt Carmen. »Wahrscheinlich haben sie in den Bäumen Kameras installiert, und das wird ab jetzt sicherlich noch schärfer werden!«

Die Auffahrt zum Schloß steht bereits voller Wagen. Carmen fährt an allen vorbei bis zur Treppe. Sie will Elvira schließlich nur aussteigen lassen.

William kommt ihnen die Treppe herab entgegen. Carmen steigt aus.

»Schön, daß Sie da sind, gnädige Frau. Der Herr Baron hat uns bereits angerufen und versichert, daß es ihm gutgehe, und hat sich auch nach Ihnen erkundigt. Er freut sich sehr, daß Sie ihn hier erwarten werden!«

Carmen ist sich nicht sicher. Wen meint er mit dem alle umfassenden »Sie«? Elvira alleine, oder sie, oder beide?

»Ich hatte vor, gleich wieder zu fahren, William«, sagt Carmen und deutet auf den Rücksitz zu Laura.

»Oh, nein.« Williams Stimme klingt betroffen. »Das werden Sie dem Hause Kaltenstein doch nicht antun. Kommen Sie mit Ihrer Freundin doch bitte wenigstens zu einer Tasse Tee herein, der Herr Baron wäre untröstlich, wenn ich Sie so würde abfahren lassen!«

Carmen bückt sich, schaut zu Laura in den Wagen hinein. Die zuckt die Achseln: »Warum nicht? Ein Tee wäre jetzt fein – und dann steht Elvira auch nicht so alleine da!«

Carmen nickt William zu: »In Ordnung, wir nehmen Ihre freundliche Einladung gern an.« William deutet eine kleine Verbeugung an und hilft dann Elvira die Freitreppe hinauf zum Portal.

Laura steigt aus und zwinkert Carmen zu: »Seitdem du hier bist, hast du dein Vokabular völlig verändert. Ist dir das denn schon mal aufgefallen?«

Carmen schließt hinter Laura die Wagentüre ab, nebeneinander laufen sie die Treppe hinauf. »Das tut man bei William wahrscheinlich automatisch. Und warum auch nicht, es ist doch schön, wenn man höflich miteinander umgeht!«

Laura grinst: »Ausgesucht höflich, gnädige Frau, ausgesucht höflich!«

Carmen gibt ihr einen kleinen Schubs: »Ach du! Kleines Gassenmädchen aus der Bronx! Trink deinen Tee nachher schön artig und sei ansonsten am besten still!«

William erwartet sie oben an der Türe, Carmen und Laura gehen an ihm vorbei in die Halle, zu Elvira. Laura bleibt staunend vor den Wandmalereien stehen. »Das ist ganz offensichtlich«, sagt sie zu Carmen, »irgend etwas hat mein Urgroßvater bei seiner Berufswahl falsch gemacht. Irgendwo muß ihm ein gravierender Fehler unterlaufen sein. Schade, daß ich ihn nicht mehr fragen kann!«

»Wollen Sie mir bitte folgen?« William geht in das Herrenzimmer voraus, das Carmen mit gemischten Gefühlen betritt. Das Kaminfeuer brennt, Teegeschirr steht auf dem kleinen Tisch zwischen den beiden Sofas, Hannes hängt wieder an seinem Platz, neben ihm das Foto von Anna. Zu blöd, daß Stefan damals so ausgeflippt ist, denkt sie, das Ganze hat doch einen bitteren Nachgeschmack hinterlassen. Sie setzt sich bewußt auf die andere Couch, mit Blick zur Türe. Laura läßt sich neben sie sinken, Elvira nimmt ihnen gegenüber Platz. William geht schnell hinaus, um Tee und Teegebäck zu holen.

»Hier läßt sich's leben!« Laura tätschelt leicht das genoppte Leder des Sofas: »Nur vom Feinsten!«

»Du wolltest Stefan ja immer schon mal kennenlernen«, sagt Carmen, »vielleicht gefällt er dir ja...«

»Daß an alle schönen Dinge immer Bedingungen geknüpft sein müssen«, stöhnt Laura und schüttelt traurig den Kopf.

Carmen lacht. Elvira schaut zur Foto-Wand.

»Worüber habt ihr euch an eurem gemeinsamen Abend eigentlich unterhalten, Elvira? Nur über die Vergangenheit, oder auch über die Zukunft?« Carmen steckt die Kerze an, die in einem schlichten Silberständer auf dem Tisch steht. Elvira löst ihren Blick von den Fotografien. »Über die Vergangenheit, nur über die Vergangenheit! Wir haben versucht, die Ereignisse von damals aufzuarbeiten – das habe ich dir ja schon geschildert. Und dann haben wir ein bißchen aus unserem Leben erzählt...«, Elvira stockt, William hat lautlos einen Servierwagen hereingeschoben, serviert Tee und Gebäck, stellt eine kleine, silberne Klingel auf den Tisch, falls man seine Dienste benötige, und geht wieder.

Carmen balanciert drei gehäufte Zuckerlöffel aus der kleinen Silberdose in ihre Tasse. »Und von seiner Impotenz hat er dir doch auch erzählt – mit mir hat er nicht darüber gesprochen!«

»Was Wunder!« Laura wirft ihr einen Blick zu, als hätte sie nicht mehr alle fünf Sinne beisammen: »Das ist ja wohl auch ein Unterschied! In dir sieht er eine Frau, die er begehrt, in Elvira eine Frau, mit der er reden, der er sein Herz ausschütten kann. Ist doch wohl einleuchtend!«

»Hmmm«, Carmen nimmt vorsichtig einen Schluck Tee aus ihrer dünnen Porzellantasse. »Wie auch immer, ich weiß, daß er seit fünf Jahren impotent ist, aber ich weiß nicht warum. Organisch? Psychisch?«

»Mein Gott«, Elvira knabbert an einem Biskuit, »so genau habe ich ihn auch nicht gefragt. Was ist das überhaupt für ein Thema beim Tee?«

»Eines wie jedes andere auch«, antwortet Carmen trotzig. »Und jetzt haben wir Zeit, uns einmal darüber zu unterhalten. Wir können natürlich auch übers Wetter reden!«

»Nun gut«, Elvira legt ihr Gebäck seufzend auf ihren Teller zurück und beugt sich etwas vor, um den beiden auf der anderen Seite des Tisches etwas näher zu sein. »Ob das nun organisch oder psychisch ist, weiß ich nicht. Er hätte es sicherlich lieber organisch als psychisch, denn an Geistheilung glaubt er nicht. Hat er mir jedenfalls so gesagt. Nun, wie auch immer, er sagt, es hätte in seiner Ehe angefangen. Von heute auf morgen sei nichts mehr gegangen!«

»Aha, die Ehe war schuld! Und damit die Frau. Wie hätte es auch anders sein können!« Carmen verzieht das Gesicht.

»Jetzt warte es doch erst einmal ab, du Desperado!« Laura schüttelt den Kopf: »Laß doch Elvira erst mal zu Ende erzählen!«

»So schief liegt Carmen gar nicht, er dachte wirklich, es läge an seiner Frau. Sie hatte mit 40 wohl plötzlich das Gefühl, vieles im Leben verpaßt, sich nicht selbst verwirklicht zu haben, und stieg in die Modebranche ein. Sie wurde Teilhaberin bei Linda Green, und Linda Green, für mich ein völlig unbeschriebenes Blatt, hatte mit ihrer Avantgardemode wohl plötzlich Erfolg. Nun, aus der wohlsituierten Schloßdame wurde eine Geschäftsfrau. Und schließlich machte sie richtig Geld damit...«

»Das ist toll«, fällt ihr Carmen ins Wort, »das versuche ich auch die ganze Zeit!«

»Also, jetzt hör auf, wenn du nicht Geld verdienst, wer dann?« Laura schlägt mit der flachen Hand auf das Polster.

»Du zum Beispiel«, sagt Carmen, und zu Elvira: »Und dann?«

»Und dann war's plötzlich aus. Diese Frau war nicht seine Frau, nichts ging mehr. Zuerst hat er darüber gelacht, dann hat er sich andere Frauen gesucht, und dann hat er es irgendwann aufgegeben!«

»Du meinst, er ist nie zu einem Arzt, einem Psychotherapeuten?«

»Nein, er hat die Scheidung eingereicht, und damit war für ihn der Fall erledigt!«

»Ein richtiger Hagestolz, was?« Laura schaut Carmen an. »Könntest du mit so was leben?«

»Ich schätze, das ist seine Erziehung!« Carmen nickt Elvira

zu: »Du hättest ihn nehmen sollen. Seine Verwandtschaft hat einen etwas verdrehten Menschen aus ihm gemacht, findest du nicht auch? So viele Ehrenkodexe, so viele Zwänge, diese ewige Beherrschtheit – wenn da eine Frau ausbricht, ist es eigentlich nicht verwunderlich!«

»Und wenn er zusammenbricht und ausflippt, eigentlich auch nicht!«

Laura klopft leicht auf Carmens Oberschenkel.

»Er sollte vielleicht mal zu einem kompetenten Arzt«, überlegt Carmen. »Kannst du ihm nicht zureden, Elvira? Ach, William, ja?«

»Telefon für Sie, gnädige Frau!« Er bleibt mit etwas Abstand stehen.

»Für mich?« Carmen springt auf.

»Ja, bitte!«

Carmen geht ihm nach durch eine ihr noch unbekannte Türe. Dahinter verbirgt sich ein Arbeitszimmer mit großen, schweren Möbeln, dunklem Holz an Wänden und Decke, alten Stichen und Regalen voller Bücher. Ein Arbeitszimmer wie aus einem englischen Herrschaftshaus, denkt Carmen.

»Der Herr Baron wollte ungestört mit Ihnen sprechen, dort ist sein Telefon!« William weist auf den großen, mit Papieren bedeckten Schreibtisch. »Wir vermitteln das Gespräch sofort, heben Sie bitte ab, wenn es klingelt!« Er neigt etwas den Kopf in ihre Richtung und zieht sich schnell zurück. Gleich darauf klingelt es. Hier ist alles perfekt organisiert, denkt sie, während sie abnimmt.

»Ja, bitte, Stefan?«

»Schön, daß du dran bist, Carmen, ich wollte mit dir alleine reden, bevor ich eintreffe. Ich werde gleich wieder in den Hubschrauber steigen, bin also in etwa einer Stunde da. Bis dahin wollte ich nur noch wissen, was mich erwartet!«

»Ja«, Carmen zögert, wie meint er das jetzt? »Die Vorbereitungen draußen konnte ich nicht beobachten, das ist wohl geheim, aber es stehen eine Menge Autos da...«

»Das ist es auch nicht, was ich wissen will, ich weiß schon, daß die Leute ihre Arbeit gut machen – mich interessiert, wie du denkst!«

Carmen spielt mit dem schweren Glasaschenbecher, der vor dem Telefon steht: »Ich denke, daß alle sehr glücklich sind, daß du wieder da bist. Wir hatten höllisch Angst um dich!«

»Wie du persönlich denkst!«

Carmen holt tief Luft.

»Ich persönlich habe den Vorfall, wenn du das meinst, aus meinem Gedächtnis gestrichen, Stefan.« Sie dreht einen Silberrahmen zu sich herum, der in Richtung des Schreibtischsessels zeigt. »Damit will ich sagen, daß ich dir gegenüber keine Aversionen habe. Allerdings bin ich nicht mehr frei für eine enge Verbindung, wenn du das wissen wolltest. Das ist vorbei. Aber für eine Freundschaft, wenn dir das genügt!«

Auf der anderen Seite ist es kurz still. Dann hört sie seine Stimme, verändert, hart: »Nein, es genügt mir nicht, Carmen. Es tut mir leid, daß es so gekommen ist, und ich entschuldige mich in aller Form bei dir für diesen... unerfreulichen Vorfall. Ich war allem Anschein nach nicht mehr Herr meiner Sinne, was ich mir nicht verzeihen kann. Aber dir wiederzubegegnen, ohne Aussicht auf eine Zukunft, wäre für mich heute etwas zuviel, Carmen. Dürfte ich dich deshalb bitten, das Haus vor meiner Ankunft zu verlassen? Ich würde gerne allein sein!«

Carmen schluckt. Ein Hinauswurf, das ist ihr noch nie passiert.

»Ist Elvira auch da?«

Carmen nickt, zwingt sich dann zu einem trockenen: »Ja.«

»Das ist in Ordnung, heiße sie bitte in meinem Namen auf Schloß Kaltenstein willkommen, sie kann gern bleiben. Ich hoffe, du bist nicht gekränkt!«

»Nein, nein, ist in Ordnung, Stefan. Ich sage es ihr.« Auch ihr Ton hat sich verändert, sie merkt selbst, wie sie plötzlich die geschäftsmäßige Gangart einschlägt.

»Gut, dann auf Wiedersehen, Carmen.«

»Tschüß, Stefan!« Langsam legt sie auf.

Sie dreht das Foto auf dem Schreibtisch nun vollends um.

Es zeigt eine hübsche, sehr gepflegte Frau um die vierzig. Sie steht vor einem Mercedes Cabrio, im Hintergrund das Schloß. In geschwungener, weiblicher Handschrift steht darunter: »Ich liebe Dich!« Immer das gleiche Motiv, denkt Carmen, und immer die gleiche Lüge von der heilen Welt. Das ist sicherlich seine Frau, die ausgebrochen ist.

»Recht hast du gehabt«, nickt sie dem Bild zu, dreht es wieder zurück und geht hinaus.

»Also, Elvira, Stefan freut sich sehr, daß du hier bist.« Sie macht eine Pause, während sie durch das Herrenzimmer zur Couch geht. »Mich mag er allerdings lieber nicht sehen!«

»Das kann doch nicht wahr sein, nach allem, was du durchgemacht hast in den letzten Stunden? Wie du mitgelitten hast?« Lauras Blick ist ungläubig, und auch Elvira schaut, als mache Carmen einen Witz.

»Nein, es ist so, er hat es mir eben klar zu verstehen gegeben. Sehr klar. Er möchte nicht, daß ich bei seinem Eintreffen im Schloß bin!«

Elvira schüttelt den Kopf: »Das verstehe ich nicht, und warum nicht?«

»Er wollte wissen, wie ich zu ihm stehe, ich sagte ihm, freundschaftlich, aber nicht mehr, und er meinte, dann wolle er lieber alleine sein, das heißt, mit dir alleine sein, Elvira!«

»Was soll ich da sagen...«, Elvira steht auf, geht langsam zu den Fotografien.

»Gar nichts, Elvira, du bleibst hier, das ist doch klar!« Carmen folgt ihr, steht neben ihr vor Annas Bild und legt den Arm um ihre Schulter. »Er ist Annas Sohn!«

»Er braucht einen Psychiater!« sagt Laura von der Couch her.

»Er hat es sicherlich nicht leicht gehabt. In dieser Familie zählte nur Härte, auch gegen sich selbst, Standesbewußtsein und Durchsetzungsvermögen. Er hat das Blut seiner Eltern, aber er ist das Produkt seiner Erziehung – so schwer es für mich auch ist, das zu begreifen. Aber versteht ihr, wenn ich jetzt ebenfalls gehen würde, würde das ja nichts ändern. Er würde noch eigenbrötlerischer, noch engstirniger werden!«

»Es ist ja auch klar, daß du zu seinem Empfang hier bleibst.« Carmen drückt Elvira an sich. »Ich bin völlig dafür. Ich meine nur, daß ihm geholfen werden muß. Er ist krank!«

»Ob er wirklich krank ist, weiß ich nicht, denn er ist ja auch ein hochintelligenter Mann, ein Mensch mit Führungseigenschaften und Charisma!« wirft Elvira ein.

»Ja, wie bei den Genies so oft. Das eine schließt ja das andere nicht aus – im Kopf und im Beruf hochintelligent, und im Leben, im Leben zu zweit, völlig daneben! Er braucht Hilfe, und zwar bald.«

»Frag doch morgen deinen Psychiater!« wirft Laura ein.

»Genau«, erwidert Carmen, »das werde ich auch tun – worauf du dich verlassen kannst!«

»Es ist schon eine komische Situation«, findet Carmen, als sie die Allee vom Schloß weg wieder hinunterfahren. »Ich habe mich wirklich um ihn gesorgt – ich verstehe überhaupt nicht, warum er so komisch reagiert. Was erwartet er denn? Daß ich ›hier‹ schreie und ihm um den Hals falle?«

Das Tor öffnet sich lautlos vor ihnen. Rechts und links davon stehen Sicherheitsleute mit Funkgeräten, auch das Gebiet um das Schloß ist jetzt mit Posten gut abgeschirmt. In etwa 30 Minuten soll Stefan angeblich landen, die Profis haben ihr Werk begonnen, um ihn in Empfang zu nehmen und für die nächsten Stunden zu bewachen.

»Was willst du heute abend tun?« Laura dreht sich nach dem Tor um, das sich automatisch hinter ihnen schließt.

»Das, was ich sowieso wollte, den Abend mit David verbringen! Und du?«

»Ich gehe mal nach Hause. Vielleicht liegt ja eine Nachricht vor!«

»Du meinst von Frederic?« Carmen schaut sie von der Seite an.

»Schön wär's«, Laura nickt. Beide schauen schweigend hinaus. »Wie doch die Potenz auf die Psyche schlagen kann... man kann es als Frau kaum fassen!« Laura sieht Carmen an. »Kannst du dir vorstellen, daß ein ganzer Mann, also durchschnittlich 180 Zentimeter, von diesen acht bis fünfzehn Zentimetern da unten so abhängig ist? Mir geht das nicht in den Kopf. Ist das nicht albern?«

»Daß gerade du das sagst? Du hast doch bisher immer soviel Wert auf diese fünfzehn Zentimeter gelegt?«

»Weil ich mir darüber noch nie richtig Gedanken gemacht habe. Wozu soll man auch über Dinge nachdenken, die sowieso funktionieren. Und jetzt sehe ich, daß eine Philosophie dranhängt – ach, quatsch, Philosophie – eine Welt hängt dran. Eine ganze Welt. Es kann einem wegen so ein bißchen Fleisch doch nicht alles über dem Kopf zusammenbrechen. Das steht doch in keinem Verhältnis!«

»Stimmt«, sagt Carmen trocken, »zumal jeder kleine Impotente große Vorgänger hat. Dwight Eisenhower war impotent, und der war immerhin als amerikanischer Heerführer im Zweiten Weltkrieg sehr erfolgreich. Pu Yi war impotent, das war der letzte Kaiser von

China. Er mußte fünf Frauen heiraten, keine brachte ihn bei ihm zum Stehen. Ludwig XVI. bekam auch keinen mehr hoch, schon lange vor dem Anblick der Guillotine, und selbst der große Anarchist Michael Bakunin, der alle Aristokraten haßte, mußte im Bett klein beigeben!«

»Donnerwetter!« Laura klopft ihr anerkennend auf den Oberschenkel. »Aber irgendwie glaube ich, daß sich Frederic nicht soviel daraus macht. Zumindest habe ich nicht das Gefühl, daß er unter seiner Impotenz leidet. Oder er tut nur so. Was meinst du?«

Carmen biegt in die Straße zu ihrer Wohnung ein. »Schwierig bei Frederic. Er schauspielert ganz gut, und er ist noch jung. Ich glaube, es ist ihm ziemlich egal, weil er denkt, es kommt sowieso wieder. Er erzwingt nichts, er läßt es auf sich zukommen. So wie sein Leben auch, schätze ich.« Sie hält direkt neben Lauras Wagen. »Magst du noch mit raufkommen, oder fährst du direkt weiter?«

»Was tust du noch oben?«

»Nur kurz den Anrufbeantworter abhören und mir einen kleinen Übernachtungsbeutel mit dem Nötigsten packen – man weiß ja nie!«

»Zumindest müssen wir uns keine Gedanken über Aids machen.« Lauras Gesicht ist eine Mischung aus Selbstironie und Selbstmitleid. Carmen küßt sie zum Abschied auf die Wange. »Siehst du, wenn man im Leben das Positive sieht, geht alles gleich viel leichter! Du bist auf dem richtigen Weg, meine Süße!« Laura verpaßt ihr einen Knuffer, rümpft die Nase und steigt aus.

David hat drei Nachrichten hinterlassen, sie ruft ihn sofort zurück. Zunächst sind sie sich unschlüssig, wer zu wem kommen soll, dann entscheidet David, ihm würde etwas Tapetenwechsel guttun. Der Tag sei nervend gewesen, und morgen gehe es genauso weiter. Ob er etwas mitbringen soll? Carmen ist sich nicht sicher, was noch da ist. Sie will erst einmal kurz nachschauen. »Laß nur«, sagt David. Er steht schon in den Startlöchern und will los und bringt von der Braterei um die Ecke einfach Hähnchen und Rotwein mit. Irgendwie wird das schon passen.

Carmen fegt wie ein Wirbelwind durch die Wohnung, räumt auf, putzt noch das Waschbecken und die Armaturen im Bad, legt sich ein frisches Make-up auf, stellt den Frühstückstisch ans Bett. Da klingelt es auch schon.

Er steht in der Türe, blond, grünäugig, frische Farbe im Gesicht. Er sieht aus, daß Carmen sich sofort zwischen Wellen und Sand mit ihm lieben möchte. Sie sieht Dünen vor sich, züngelndes Meerwasser, meint den lauen Sommerabendwind auf ihrer Haut zu spüren. Er nimmt sie in die Arme, küßt sie, sie zieht seinen Duft ein, sein kaum wahrnehmbares After Shave, seinen Geruch nach Männlichkeit. Am liebsten würde sie für immer so stehenbleiben. Sie drückt sich eng an ihn.

Seine Reaktion ist ihr bereits bekannt und wird ihr wieder bewußt, als er sie gleich darauf von sich wegschiebt, liebevoll zwar, aber bestimmt, und sie anschaut: »Du siehst fabelhaft aus, zum Anbeißen, Carmen. Wie müßte es schön sein, dich zu lieben!«

»Du kannst mich doch lieben!«

»Du weißt genau, wie ich das meine!«

»Und du weißt, daß ich glücklich bin, so wie es ist. Ich brauche das kleine Stück Körper nicht, um mit dir glücklich zu sein. Ich will es nicht! Ich brauche dich als Ganzes!«

Sie umarmt ihn wieder, er hebt sie auf, trägt sie hinein. Mit dem Fuß schiebt er die Wohnungstür zu und trägt sie ins Schlafzimmer. Sanft legt er sie ab, beginnt dann langsam, ihre Bluse aufzuknöpfen. Carmen windet sich. Auf der einen Seite ist sie höllisch erregt, auf der anderen stört sie die Situation: Sie soll nackt vor ihm liegen, und er zieht noch nicht einmal seine Wildlederjacke aus?

Aber auch dieses Spiel hätte seinen erotischen Reiz, wenn es von David nicht so ernst gemeint wäre. Warum nur läßt er sie nicht an sich heran? Sie beginnt, seine Schenkel hochzufahren. Seine Beine fühlen sich unter der Jeans hart und muskulös an, das Geräusch der Fingernägel auf dem rauhen Stoff löst bei Carmen eine Gänsehaut aus. Auch David scheint darauf zu reagieren. Für einen Moment jedenfalls sieht Carmen, wie etwas in seinen Augen aufleuchtet, wie er ihr spontan näherkommt. »Oh, Green Eye«, seufzt sie, greift in seinen vollen, blonden Schopf und zieht ihn sanft zu sich nach unten. Er liegt fast auf ihr, mit seinem schweren Oberkörper berührt er ihre bloße Haut, drückt leicht auf ihren Busen. Sofort reagieren ihre Knospen, Carmen spürt, wie sie sich ihm erregt durch den dunkelroten Spitzen-BH entgegenrecken. David beugt sich etwas hinunter, berührt sie leicht mit den Lippen, spielt und neckt sie durch den leichten Stoff hindurch. Carmen stöhnt vor Verlangen, sie schmiegt sich ihm entgegen, faßt ihn an beiden Schultern und preßt ihren Körper an seinen, umklammert ihn mit ihrer ganzen Kraft. Er rutscht leicht von ihr weg, so daß nur sein Oberkörper mit ihr in Verbindung ist. Carmen nimmt seine Distanzierung sofort wahr, sie spürt gleichzeitig, wie ihre Leidenschaft schwächer wird, die heftige Erregung nachläßt. Sie läßt die Wellen langsam ausklingen, schmiegt ihre Arme nur noch leicht um ihn, streicht dann mit einer Hand durch sein Haar: »Warum läßt du dich nicht einfach gehen? Warum darf ich nicht bei dir sein? Ich will dich doch nur spüren, an mich drücken, sonst nichts! Zieh dich doch einfach aus!«

Er drückt ihren Kopf an seinen und flüstert ihr ins Ohr: »Ich kann nicht, Carmen, wirklich nicht!«

»Wollen wir zusammen duschen? Oder baden?« Sie versucht, einen Weg zu finden, ihm die Scheu vor ihr zu nehmen.

»Bitte quäl mich nicht damit«, sagt er und bleibt dicht bei ihr liegen.

»Ich will dich nicht quälen. Ich will einfach, daß wir normal miteinander umgehen, und daß du weißt, daß ich dich so will, wie du bist. Du brauchst dich nicht vor mir zu verstecken! Schau, ich tu's ja auch nicht!«

Sie steht auf, steht mit ihrer geöffneten Bluse vor ihm auf dem Bett. Er bleibt liegen, dreht sich leicht in Seitenlage.

»Schau her, ich habe keine Geheimnisse vor dir!« Sie öffnet die restlichen Knöpfe der Bluse, zieht sie aus und wirft sie schwungvoll durchs Zimmer, dann hakt sie ihren BH auf, daß ihre vollen Brüste frei in der Luft schweben, öffnet den Reißverschluß ihres engen Rockes, läßt ihn auf das Bett fallen und kickt ihn mit dem Fuß weg, schließlich zieht sie unter einigen akrobatischen Gleichgewichtsübungen auf dem wackeligen Bett ihre Strumpfhose aus und ganz zum Schluß ihren Slip. Beides feuert sie zusammengeknüllt in eine Ecke. Völlig nackt bleibt sie über ihm stehen.

»Schau«, sagt sie, »mein Busen ist zu groß und steht nicht mehr wie früher, meine Blinddarmnarbe ist häßlich, auf dem Po habe ich Schwangerschaftsstreifen, die mir wohl die Pille eingebrockt hat, und auch ansonsten ist an mir alles unvollständig. Wenn man genau hinsieht, dann weiß man's! Warum also soll's bei dir anders sein! Wenn du mich so, wie ich bin, lieben kannst, kann ich das doch bei dir auch!«

David kniet sich wortlos hin, umschlingt ihren Schoß, drückt seinen Kopf gegen ihre Scham. So verharrt er kurz, dann hebt er sie hoch und läßt sich mit ihr umfallen. Sie kommt nackt auf ihm zu liegen. Er umfaßt sie, streichelt ihr den Rücken entlang bis zu den Pobacken und wieder hinauf. Dann stemmt er sie sanft herum, daß sie neben ihm liegt. Carmen wartet ruhig, offen für jede Reaktion von ihm.

»Du bist eine wunderbare Frau, Carmen!« David zieht Jacke, Hemd und Socken aus, behält aber die Jeans an. Dann küßt er sie auf die Schultern, auf das Brustbein, auf die Brustspitzen. »Aber vielleicht hat mein Unfall eben mehr Narben hinterlassen, als du glaubst. Es handelt sich nicht nur um kaum sichtbare Schwangerschaftsstreifen und um eine niedliche Blinddarmnarbe, du wildes Weib, bei mir wurde schon mehr angekratzt. Und ich finde es toll, wie du dich mit allem, was du hast, einsetzt. Aber ich kann eben nicht so einfach über meinen Schatten springen!« Er küßt ihren Bauchnabel, schaut dann von unten zu ihr hoch: »Ein vernarbter Penis im Ruhestand – das ist ein Anblick, den ich kaum ertragen kann. Warum sollte ich dir das zumuten?!«

Carmen sagt zunächst nichts. Sie fährt vorsichtig mit dem Zeigefinger seine Gesichtskonturen nach.

»Wie bringe ich dir nur bei, daß mir das nichts ausmacht, im Gegenteil. Bisher habe ich immer nur erigierte Penisse gesehen, die Jagd auf mich machten. Was glaubst du, wie wohltuend es für mich ist, daß es einmal anders läuft...«

David kommt zu ihr hoch, küßt sie auf beide Augenlider und dann auf den Mund. Carmen erwidert den Kuß, lange, ruhig, voll warmer Liebe.

»Läßt du mir ein wenig Zeit?« fragt er dann leise.

»Jede Zeit der Welt«, Carmen lächelt ihm liebevoll zu. Er deckt sie wieder mit Küssen ein, von oben bis unten, Carmen schließt die Augen, atmet seinen Duft und horcht in ihren Körper hinein. Wie schon vergangene Nacht im Schloß spürt sie, wie ihre Nerven bei jeder Berührung reagieren, wie ihr ganzer Körper nach einiger Zeit in Wallung gerät, zuckt, von ihr nicht mehr zu kontrollieren ist. Als er schließlich in ihrem Schoß liegt und mit seinem Mund ihre verborgenen Stellen nicht nur erkundet, sondern so gezielt küßt und berührt, als seien ihm Carmens Wünsche seit langem bestens bekannt, hält sie sich mit beiden Händen hinter sich an der Bettlade fest. Sie ist kurz davor, sich aufzubäumen, so präzise versteht er es, ihren tiefsten Punkt zu treffen und zu stimulieren. Nie hat sich je ein Mann so in sie hineingefühlt wie David. Und eigentlich ist ihr schleierhaft, wie ein Mann das überhaupt fertigbringt. Woher kann er so genau wissen, was ihr guttut, wo genau diese Stelle ist, und wie lange und wie stark der Reiz sein darf? Sie hat sich das bisher immer von der Liebe mit Frauen erträumt: Endlich mal ein Partner, der nicht wild bohrt und quetscht, sondern mit Bedacht erregt, was er von sich selber kennt. Nur der Schritt zu einer Frau als Liebhaberin ist ihr nie gelungen – und da kommt David und erfüllt ihr alle Träume der lesbischen Liebe.

Sie schmilzt dahin und denkt bald überhaupt nichts mehr.

Als David lang ausgestreckt neben ihr liegt, kuschelt sie sich einfach an ihn, an seine warme, muskulöse Brust mit dem kleinen Pelz hellblonder Haare. Mit einer Hand greift er zur Decke, um sie leicht zuzudecken. Carmen seufzt vor Wohlbehagen. »Es hört sich kitschig an, wenn ich dir das jetzt sage, so nach Roman und Klischee, aber du bist ein unglaublicher Mann. Ich habe das so wie mit dir noch nicht erlebt. Ich weiß nicht, ob du durch deine Impotenz so geworden bist, aber wenn das so sein sollte, hast du dadurch gewonnen. Sehr gewonnen. Das macht dir kein anderer Mann nach!«

David lächelt und drückt sein Gesicht in ihre Halsbeuge. »Ich glaube wirklich, daß das wichtigste Kriterium zwischen zwei Menschen ist, ob sie sich riechen können oder nicht! Und du duftest so gut, daß ich dich ständig fressen möchte. Du schmeckst mir einfach, das ist alles!« Er beißt sie leicht in den Hals, lacht und richtet sich dann auf. »Ich habe was vergessen!«

»Was denn?« fragt Carmen gespannt und zieht sich die Decke etwas hoch. Seitdem ihr Körper wieder zur Normaltemperatur zurückgefunden hat, merkt sie, daß sie vorhin in der Hektik vergessen hat, die Heizung hochzudrehen. Besonders warm ist es nicht.

»Unsere Hähnchen und der Rotwein stehen noch schön brav draußen im Gang und warten auf freundliche Abnehmer!«

Carmen lacht: »Oh, toll. Laß uns feiern! Ich hole Teller und Gläser, und dann machen wir es uns hier so richtig gemütlich!«

»Du bleibst schön liegen, ich mache das schon. Alles im Küchenschrank, stimmt's?«

»Und schau nach, ob im Kühlschrank eine Flasche Crémant ist. Mir wäre es jetzt danach. Und bring dann bitte die Riedel-Gläser mit und nicht die billigen, und – ach, am besten komme ich selbst!«

»Du bleibst liegen und suchst uns ein schönes Abendprogramm heraus. Und vor allem dürfen wir die Tagesthemen nicht verpassen! Kann man den zusammenklappen?« Auf Carmens Nicken hin greift er nach dem kleinen Frühstücksbettisch und verschwindet.

Carmen hört Schränke auf- und zugehen, dann den Signalton der Mikrowelle, und kurz darauf ist David wieder da. Er hat das Frühstückstischchen feierlich geschmückt, auf einer großen, weißen Serviette stehen zwei gefüllte Champagnergläser, eine brennende Kerze und zwei große Suppenteller voll – Carmen kann den Inhalt auf diese Entfernung nicht erkennen. David klappt die Beinchen aus, stellt es vorsichtig über Carmen ab, befreit sich dann von seiner Jeans und schlüpft in dunkelblauen, seidenen Boxershorts zu Carmen unter die Decke. »Das ist Biryani-Chicken, Hähnchen auf indische Art!«

»Hmm, das duftet gut!« Carmen hält die Nase darüber und schaut ihn dann ungläubig an: »Und das hast du hier alles so schnell gezaubert?«

David lacht und gibt ihr einen schallenden Kuß: »Nein, du Küken, das hat Martin zu Hause schon vorbereitet. Ich habe auf dem Weg nur noch das Hühnchen geholt, es schnell in den Rest hineingezupft und das Ganze in den Mikrowellenherd geschoben – und schon bin ich ein gefeierter Held.«

»Du bist traumhaft!« Sie stoßen miteinander an, die Gläser klingen. Dann greifen sie nach den Löffeln. »Und es schmeckt traumhaft!« Und nach einer Weile stillen Genießens schaut sie ihn urplötzlich mit skeptischem Gesichtsausdruck an: »Hoffentlich bist du kein Traum!«

Er lacht herzhaft: »Bisher haben mich alle meine Partnerinnen stets als Alptraum bezeichnet. Irgend etwas muß ich bei dir falsch machen!«

Zu den »Tagesthemen« ist bereits alles wieder abgeräumt, Carmen und David sitzen eng beieinander, glücklich, zufrieden. Sie haben sich die Kissen in den Rücken geschoben, die Decke bis zum Bauch, und schälen Mandarinen auf der Bettdecke. Es sind die ersten Mandarinen, die Carmen in diesem Herbst ißt, und sie bekommt langsam vorweihnachtliche Gefühle. Besonders der Geruch der Schale erinnert sie an die Kinderzeit, als Mutti die Schalen immer auf den Ofen legte und sich ein so schöner, trauter Duft verbreitete.

David stupst sie, aber es wäre nicht nötig gewesen. Stefan und der Geiselaustausch sind bereits an die zweite Stelle gerückt. Carmen und David haben die ganze Zeit über keine Nachrichten gehört, sonst wäre ihnen das sicherlich nicht entgangen: Die beiden anderen Männer wurden am späten Abend geschnappt, als sie in einem silberfarbenen Audi nach Holland einreisen wollten. Sie hatten Perükken auf und falsche Ausweise bei sich, durch die sie auch aufgefallen sind. Eine kleine Farbabweichung der Papiere hatte die Zöllner stutzig gemacht. Wären sie mit ihren eigenen Papieren durch, wäre wahrscheinlich gar nichts passiert, da es durch die Strumpfmasken keine exakte Personenbeschreibung gab. Die beiden waren von den Beamten schnell und ohne ernsthaften Widerstand überwältigt worden, obwohl sich unter den Autositzen Waffen befanden. Von der Beute hingegen fehlt jede Spur.

David grinst: »Fast wie beim Postraub. Eine saubere Aktion ohne Tote und Verletzte, außer dem Entführer selbst, aber mit einem Sack voller Kostbarkeiten, die nie mehr auftauchen werden!«

Carmen zwickt ihm vor Aufregung in den Arm. Die nächste Einstellung zeigt Stefan vor dem Hubschrauber in seinem Park. Das Schloß wurde von der Kamera wohl bewußt ausgespart. Eine attraktive Reporterin interviewt ihn. Wie er sich fühle, wie er wieder an sein Geld kommen wolle und welche Auswirkungen der Vorfall auf die Sicherheitssysteme seiner Juweliergeschäfte haben werde. Stefan, gefaßt und aristokratisch wie immer, betont, daß er über den Ausgang glücklich sei, daß der Schmuck unwesentlich sei im Vergleich zu den Menschenleben, die alle verschont geblieben seien, und daß der Vorfall zeige, daß auch das beste Sicherheitssystem nichts tauge, solange Menschen das in sie gesetzte Vertrauen mißbräuchten. Man könne ebensogut die Türen offenstehen lassen, und am effektivsten sei in seinem Fall wohl überhaupt der Rückgriff auf herkömmliche Wachmittel, nämlich Mensch und Hund. Wobei er dann hoffe, daß zumindest der Hund unbestechlich sei.

»Er ist ja direkt witzig«, lacht Carmen und schüttelt den Kopf. »Ach, bin ich froh, daß diese Sache gut ausgegangen ist! Vor allem für Elvira! Sie hat schwer mitgelitten!«

»Ich habe mich sowieso schon gewundert, daß du nicht zu seinem Empfang dageblieben bist...« David blinzelt ihr zu.

»Ich wollte halt bei dir sein«, antwortet Carmen, zögert kurz und läßt dann ihrer Enttäuschung über Stefans Reaktion freien Lauf. »Ich wollte ihm doch einfach helfen, da sein, wenn er jemanden braucht! Einfach so, ohne Hintergedanken!«

David legt liebevoll seinen Arm um ihre Schulter und drückt sie an sich. »Ich glaube fast, das ist überhaupt dein Dilemma. Ständig willst du anderen helfen. Denk doch mal an dich! Du bist doch auf Gottes weitem Acker niemandem verpflichtet!«

»Ja«, sagt Carmen gedehnt, »aber es ist eben in mir drin. Unsere Mutter hat uns so erzogen, und ich höre in solchen Momenten immer, wie sie von ihrer Kindheit erzählt: Selbst wenn sie nichts mehr hatten, für einen Bettler kochte ihre Mutter immer noch Brotsuppe, denn der hatte noch weniger als sie! Und ich bin das wohl im übertragenen Sinne. Ich schenke keine Brotsuppe mehr aus, aber denke trotzdem immer, etwas von mir abgeben zu müssen. Stärke, Lebensmut, positives Denken, Kraft... ich weiß auch nicht warum, ich habe das einfach!«

David nimmt sie in beide Arme und rutscht mit ihr unter die Bettdecke: »Bleib so, wie du bist, mein Mädchen, bleib so!«

Eng umschlungen schlafen sie miteinander ein.

Freitagmorgen, Endspurt. Carmen ist glänzend gelaunt, hat für Britta und sich Croissants eingekauft, jedem einen kleinen Nikolaus aus Schokolade und zudem eine große Schachtel Mon Chérie. Britta kocht schnell Kaffee, freut sich wie ein kleines Kind über die Aufmerksamkeiten und erzählt, daß sie mit ihrem Freund wahnsinnig glücklich sei. Gestern habe er ihr Blumen mitgebracht, und sie überlege sich jetzt, ob sie ihm nicht auch eine Kleinigkeit schenken solle. Aber was schenkt man einem Mann? Ja, was schenkt man einem Mann, auch Carmen überlegt. Ob er denn ein bestimmtes After Shave benützt? Ja? Dazu dann das passende Duschgel. Britta freut sich, ja, das ist eine gute Idee. Ich könnte David eigentlich auch eine kleine Freude machen, überlegt Carmen. Aber was? Sie weiß noch nicht einmal, wie sein After Shave heißt, und geduscht hat sie mit ihm auch noch nicht. Ach, das Leben ist schwer, aber heute mittag wird sich einiges klären, so hofft sie.

»Psychotherapie, Isabella Prodan«. Eines neben vielen anderen Arztschildern. Sie ist im Ärztehaus gelandet und hat sich unter dem Namen doch eine alte Jugendstilvilla vorgestellt, mit Rosenbüschen und vergessener Kinderschaukel. Und jetzt ist das ein ganz nüchterner Laden. Na gut, was soll's. Carmen steigt in den Fahrstuhl, drückt den dritten Stock. Ein langer Gang, drei Türen. Urologe, Frauenarzt, Psychotherapie. Wie praktisch, denkt Carmen und kann sich jetzt ein Grinsen nicht verkneifen. Wenn dein Urologe also nicht weiter weiß, kann er dich gleich mal zwei Türen weiter auf die Couch schicken...

Das Namensschild ist so nüchtern wie die ganze Atmosphäre, sie klingelt. Es tut sich nichts. Carmen schaut auf die Uhr. Zehn nach zwölf. Mittagspause. So war's doch ausgemacht. Oder ob die Ärztin das vergessen hat? Vielleicht hat sie's nicht eingetragen. Sie klingelt wieder, diesmal länger. Für ihr Gefühl schon unhöflich lang und fordernd. Kein Mensch weit und breit.

Jetzt fühlt sich Carmen doch etwas belämmert. Sie hatte sich so auf dieses Treffen gefreut, war so gespannt. Und jetzt? Sie klingelt noch einmal und sucht inzwischen in ihrer Handtasche nach Papier und Kuli. Ein langer Kassenzettel fällt ihr in die Finger. Sonst nichts. Nun gut, sie dreht ihn um und schreibt auf die freie Rückseite: »War um 12.10 Uhr da, habe Sie leider nicht angetroffen, bitte um Rückruf...« Da geht die Fahrstuhltür auf. Schnelle Schritte auf hohen Absätzen nähern sich, Carmen dreht sich um. Eine hochgewachsene, schlanke Frau mit dunkelbraunem Pagenschnitt kommt auf sie zu. Ihr Körper in dem eng geschnittenen Wollkostüm sieht geradezu sexy aus, in der Hand hält sie eine Papiertüte. Carmen schätzt sie auf Mitte 40.

»Frau Legg? Entschuldigen Sie, ich bin Isabella Prodan. Ich habe uns nur noch schnell etwas zu essen geholt. Der Nachmittag ist lang, und mir knurrt sonst spätestens ab drei der Magen!« Sie lacht Carmen offen an, strahlende Zähne hat sie, überhaupt sieht sie blendend aus. Carmen weiß nicht, welches Bild sie sich eigentlich von einer Psychotherapeutin gemacht hat, aber so eines nicht, da ist sie sich sicher. Die beiden Frauen geben sich die Hand, Isabella Prodan schließt die Tür auf, läßt Carmen den Vortritt. Auch hier, im Vorraum, fühlt sich Carmen nicht anders als in einer Zahnarztpraxis. Eine Empfangstheke, nüchtern in Weiß, einige Bilder an der Wand,

Türen mit Aufschriften. Zu der ohne Aufschrift geht Isabella Prodan nun voraus. Sie öffnet, beide treten ein. Carmen ist enttäuscht. Keine rote Couch. Überhaupt keine klassische Psycho-Couch. Ein moderner Schreibtisch, die Platte aus Glas, und in der Ecke eine helle Couchgarnitur aus Einzelelementen, um einen niedrigen Tisch angeordnet. Dorthin geht Isabella, stellt ihre Tüte ab, bedeutet Carmen, sich auf die Couch zu setzen, läuft schnell zu einem bunten, schmalen Schrank, holt Gläser, zwei Teller und Besteck. Dann gleitet sie damenhaft in einen der Sessel, packt die Tüte aus: Eine Flasche Multivitaminsaft, vier Plastikschälchen voll verschiedener Gourmetsalate, einen runden, mittelgroßen Camembert, eine italienische Salami am Stück und ein kleines französisches Stangenbrot, dazu eine Staude fruchtiger, praller Weintrauben. Isabella nimmt die kleinen Deckel von den Salaten, legt Käse und Salami auf ein rundes Holzbrett, ein scharfes Messer dazu und fordert dann Carmen auf: »Bitte fangen Sie an. Ich nehme an, daß Ihr Mittagessen heute auch ausfällt!«

»Aber ich kann doch nicht...«, ich kann doch nicht so einfach auf Kosten einer wildfremden Frau zu Mittag essen, denkt sie, aber die Ärztin schneidet ihr das Wort ab: »Ich schlag's Ihnen auf die Rechnung, dann stimmt's wieder!«

Carmen lacht. Das befreit, ihre ersten Hemmungen sind verflogen.

»Na denn«, sagt sie und greift zu.

»Wieso kommt Ihr Freund nicht mit?« fragt Isabella, während sie den Saft ausschenkt.

»Er darf es ja nicht wissen...«

»Es ist ungewöhnlich, daß die Frau eines impotenten Partners in die Praxis kommt. Meistens kommt derjenige, der zu behandeln ist, selbst...«

»Ja, schon richtig«, Carmen bricht sich ein Stück Brot ab. »Aber bei uns liegt der Fall eben anders. Sehen Sie, ich hatte diese ewige Anmache der Männer satt. Glaubte man mal mit einem Mann glücklich zu sein, war's bald klar, daß das alles vom Bett abhing. Lief viel, war's gut, lief wenig, gab's nur Streß. Also gab ich eine Anzeige auf und suchte einen impotenten Mann mit klarem Kopf!«

»Interessant.« Isabella schiebt sich mit zwei Fingern ein Stück Käse und eine Traube gleichzeitig in den Mund.

»Ja, und es meldeten sich etliche. Einigen habe ich gar nicht geantwortet, sondern ich habe sie gleich an eine Frau abgeschoben, die meine abgelegten impotenten Männer haben wollte«, Isabella schaut kurz auf, unterbricht Carmen jedoch nicht, »und dann waren auch noch ein paar andere Chaoten dabei, aber drei waren wirklich bemerkenswert. Der eine ist in seiner Impotenz völlig normal, ich glaube, der regt sich nicht besonders darüber auf...«

»Wie alt ist dieser Mann denn?«

Carmen überlegt kurz. Wie alt war Frederic noch mal? »28 Jahre«, sagt sie. Stimmt, 28.

»Nun gut, da braucht er sich auch nicht allzusehr zu beunruhigen. In dem Alter geht die Potenz über Nacht und kann ebensogut über Nacht wiederkommen.«

Carmen nickt und schneidet sich ein großes Stück Wurst ab: »Dachte ich mir. Der nächste war Stefan Baron von Kaltenstein, er ist im Moment durch die Presse gegangen, weil er sich als Geisel zur Verfügung...«

»Ja, ja, der Fall ist mir bekannt. Ein außergewöhnlicher Mann. Sie sagen, er sei ebenfalls impotent?« Isabella schiebt eine Traube nach und läßt sie zwischen ihren Vorderzähnen zerplatzen.

»Ja, und bei ihm glaube ich nun wirklich, daß das der Ursprung all seiner merkwürdigen Reaktionen ist – und da hat sich wirklich einiges angesammelt. Eigentlich ist er derjenige, der am schnellsten Hilfe bräuchte. Aber ich weiß nicht so genau, ob er freiwillig kommen würde. Elvira, eine gemeinsame Freundin, meinte zwar mal, er fühle sich selbst reif für den Psychiater, aber ich glaube fast, diese Einstellung hat sich zwischenzeitlich schon wieder geändert. Am besten schicke ich Ihnen Elvira her, damit Sie mit ihr vielleicht einen Weg finden, wie ihm zu helfen ist.«

»Keine schlechte Idee!«

Carmen schaut auf die Uhr. »O je, halb zwei, und ich habe Ihnen noch nichts von dem erzählt, was mir eigentlich wirklich am Herzen liegt, nämlich David!«

»Meine Sprechstundenhilfen kommen um 14 Uhr aus der Mittagspause zurück, die erste Patientin kommt aber erst um 14.30 Uhr. Wenn Sie so lange Zeit haben, können wir gern hier sitzenbleiben!«

Carmen überlegt. Was steht heute auf dem Terminkalender, hat sich jemand auf 14 Uhr angemeldet? »Wenn ich bitte einmal kurz telefonieren könnte, wüßte ich es genau.«

»Dann mache ich uns in der Zeit einen Kaffee, bleiben Sie sitzen, ich bringe Ihnen den Apparat!«

Britta schaut schnell in Carmens Terminplaner nach. Sie hat einen Kunden bestellt, aber erst auf 15 Uhr.

»Es paßt hervorragend«, sagt sie zu Isabella, die eben mit einer Kanne voll Wasser wieder zur Tür hereinkommt, den kleinen Schrank öffnet, mit Wasser, Kaffee und Filtertüten hantiert und eine kleine Kaffeemaschine in Gang setzt.

»So bin ich mein eigener Herr«, lächelt sie Carmen zu, nimmt zwei Tassen, Untertassen und eine Zuckerdose heraus und trägt sie zum Tisch. »Bei Männern im Alter von Stefan Kaltenstein ist die Sachlage mit der Potenz schon schwieriger als bei Ihrem jungen Freund von eben. Das kann viele Gründe haben. Organisch oder psychisch, manchmal greifen die beiden Faktoren auch ineinander. Aber selbst wenn die Erektionsstörung rein organisch ist, schlägt sie in der Folge immer auf die Psyche zurück. Sie dürfen nicht vergessen, daß ein Mann seine Sexualität ganz hoch einstuft. Eine Erektion ist für einen Mann gleichrangig mit Tatkraft, Können, Vollenden, Existenzberechtigung und Existenzbeweis.«

Sie steht wieder bei der Kaffeemaschine, nimmt aus einem kleinen Kühlschrank Sahne und wartet den Kaffee ab. Carmen hat ihr von der Couch aus zugehört und nickt: »Kann ich mir vorstellen! Sind diese Störungen denn weit verbreitet? Ich war eigentlich erstaunt, daß sich so viele Männer gemeldet haben!«

»Wir gehen von zehn Prozent aus!«

»Zehn Prozent? Das wären ja«, Carmen rechnet schnell hoch, »Pi mal Daumen drei Millionen Männer. Kann das denn sein? Nein, das ist doch zuviel...«

»Das kommt schon hin.« Isabella trägt die Kaffeekanne zum Tisch, schenkt ein.

»Und was machen die dann alle mit ihrer Impotenz? Ich meine, wieso erfährt man da darüber nichts?«

»Ach, es ist schon zum Thema geworden. Wenn man darauf achtet, fällt es einem auf. Die großen Magazine und Zeitschriften haben längst ausführlich darüber berichtet, das *National Institute of Health* lud zu diesem Thema nach Bethesda im US-Bundesstaat

Maryland ein, in allen Teilen der USA entstehen neue Impotenz-Zentren, und es gibt sie auch schon in São Paulo und sogar im rotchinesischen Shanghai. Zudem gibt es nationale und internationale Fachgesellschaften, Spezialzeitschriften und Weltkongresse mit bis zu 150 Vorträgen über die erektile Dysfunktion.«

»Nein.« Carmen ist sprachlos. »Das kann ich gar nicht glauben. Und was tut man dagegen? Gibt's da irgendwelche Ersatzteile oder so?«

Isabella lacht herzlich: »Das ist genau das, was sich die Männer vorstellen, wenn es plötzlich nicht mehr klappt. Sie gehen zum Arzt und wollen eine unpsychologische, technisch-apparative Behandlung – das Ding soll stehen und sonst nüscht. Die meisten Patienten gehen von vornherein von einer organischen Erkrankung aus, denn darunter kann man sich etwas vorstellen, dem kann man mit Medikamenten zu Leibe rücken. Also da wären hormonelle Störungen, Alterungsprozesse, Krankheiten am Gefäßsystem, Genitalveränderungen, Verletzungen oder Unfall.«

Aha, Unfall, denkt Carmen.

»Vor psychischen Dingen haben diese Männer meist Angst«, fährt Isabella fort und schenkt den dampfenden Kaffee ein, »sie können sich auch nichts darunter vorstellen. An ihnen soll etwas nicht stimmen? Manche empfinden einen solchen Befund direkt als Unverschämtheit. Und wenn man darum bittet, die Partnerin zur nächsten Sitzung mitzubringen, reagieren sie oft richtig sauer. Nein, die habe rein gar nichts damit zu tun, und im übrigen sei zu Hause alles in bester Ordnung! Tja, so ist das!«

Carmen grinst: »Witzig. Ich habe kürzlich zufällig etwas über berühmte Männer wie Eisenhower oder Ludwig XVI. gelesen, die auch impotent waren, und dazu einen Spruch, den ich mir gemerkt habe, weil ich ihn so gut fand: Geplagt von Rheuma und Impotenz wollen sie nicht hinnehmen, daß alles, was früher gelenkig war, jetzt steif ist und alles, was früher steif war, jetzt gelenkig!«

Isabella lächelt. »Fest steht, daß die Impotenz für jeden betroffenen Mann eine schwere narzißtische Kränkung darstellt, und das scheint insbesondere auf Ihren Baron von Kaltenstein zuzutreffen!«

»Ich würde ihn ja gern Ihrer Praxis zur Verfügung stellen«, Carmen trinkt vorsichtig einen kleinen Schluck vom heißen Kaffee und wiegt dann den Kopf, »aber wie gesagt, ich glaube nicht, daß er so einfach kommt. Überhaupt, wie lange dauert denn so eine Behandlung, und was kostet das in etwa?«

Isabella gießt ungerührt Sahne in ihren Kaffee: »Ich habe Patienten, die kommen in der Regel drei bis vier Jahre lang, und dies wöchentlich viermal eine Stunde. Die Stunde kostet 150 Mark!«

Carmen verschluckt sich: »Was? Die Stunde 150 Mark?« Unbewußt schaut sie auf die Uhr. Zwei Uhr. Richtig, draußen tut sich was, Stimmen, Gelächter, das Piepsen eines Computers.

»Keine Sorge«, beruhigt sie Isabella. »Ich habe Sie nicht als *Fall* eingestuft, das war ja mehr eine allgemeine Gesprächsstunde. Und wenn ich durch Sie Stefan von Kaltenstein als Patienten kriege, erübrigt sich das sowieso.«

»Das weiß ich nicht«, antwortet Carmen, die sich sofort unter Erfolgszwang sieht. »Ich meine, daß wir vielleicht über Elvira an ihn herankommen ...«

»Versuchen Sie es, versuchen Sie es. Aber das hat ja alles nichts mit Ihrem eigentlichen Problem zu tun ...«

»Ja.« Carmen schluckt. »Könnten Sie mir vorher vielleicht noch rasch verraten, welche Möglichkeiten es gibt, Impotenz zu heilen? Also, ich meine jetzt, rein organisch, nach einem Unfall beispielsweise.«

Isabella sitzt ihr gegenüber, hat die langen Beine übereinandergeschlagen und legt die beiden langen, schmalen Hände so um ihre Kaffeetasse, als würde sie direkt aus der Handhöhlung trinken. Dann beugt sie sich etwas vor, behält die Tasse aber unverändert in den Händen. »Es gibt die halbsteife Prothese, das sind zwei teilweise biegsame Kunststoffstäbe, die in die Schwellkörper des Gliedes eingepflanzt werden. Dann gibt es die Schwellkörper-Autoinjektionstherapie, auch kurz SKAT genannt, dabei spritzen sich die Männer selbst eine gefäßerweiternde Substanz in die Schwellkörper. Zehn Minuten später steht der Penis, und das dann für etwa achtzig Minuten. Dann gibt es die Vakuum-Saugpumpe frei nach dem Motto Luft raus, Blut rein, eine ziemlich instabile Sache, dann die hydraulische Prothese, dazu muß eine Handpumpe in den Hodensack und ein Flüssigkeitsbehälter hinter das Schambein implantiert werden, das Ganze kann der Betreffende dann bei Bedarf aufpumpen, dann gibt es noch die Testosteron-Injektionen, umstritten, aber begehrt und ...«

Carmen winkt ab: »Hören Sie auf, Frau Prodan, das hört sich ja alles scheußlich an. Das kann sich doch kein Mensch freiwillig antun wollen. Zehn Prozent der Männer, sagen Sie, und alle versuchen, sich auf irgendeinem Wege zu heilen? Das ist ja... warum akzeptieren die das nicht so, wie's nun mal eben ist?«

»Weil Frauen wie Sie, die einen impotenten Mann suchen, eben eher selten sind!«

Carmen schüttelt den Kopf: »Sind's nicht eher die Männer selbst, die so denken? Da fällt mir das Nashornpulver ein, auch so eine Sauerei. Eine Tierart auszurotten, nur wegen eines Potenzmittels, eines Wunderglaubens!«

»Da geht es eben ums große Geschäft. Die deutschen Sex-Händler setzen allein mit ihren Potenzmittelchen einige hundert Millionen Mark um! Und das will sich eben keiner entgehen lassen. Wenn's ums Geld geht, ist Artenschutz bestenfalls zweitrangig!« Isabella trinkt wieder aus ihrer hohlen Hand.

»Und die Psychotherapeuten?« Carmen reckt keck das Kinn.

Isabella lacht: »Wir sind eben sehr von uns eingenommen und glauben, daß wir uns grundsätzlich von Wollust-Tropfen und Nashornpulver unterscheiden!«

»Mit welchem Heilungserfolg? Hat Frau Nölle-Neumann darüber auch schon eine Statistik verfaßt?«

»Ob es dieses Institut war oder ein anderes, kann ich nicht sagen. Aber es steht fest, daß die Heilung zu etwa 70 Prozent eintritt!«

Carmen lehnt sich auf ihrer Couch zurück: »Ich sage Ihnen ehrlich, ich bin froh, eine Frau zu sein!«

»Das glaube ich Ihnen aufs Wort. Wobei ich immer noch nicht ganz schlau daraus geworden bin, was Sie eigentlich wollen. Bei Ihnen zeigt sich so ein bißchen das Dornröschen-Syndrom...«

»Ach«, Carmen beugt sich wieder vor. »Wie geht das?«

»Das sind meist attraktive Frauen, die zu keinem ihrer Verehrer sexuellen Kontakt aufnehmen und auf den erträumten Märchenprinzen warten!«

»Na«, Carmen schüttelt den Kopf, »das trifft zumindest auf meine Vergangenheit nicht zu. Da war der sexuelle Kontakt zu meinen Verehrern schon da – aber«, sie grinst, »der erträumte Märchenprinz ist trotzdem nicht gekommen.«

»Aber jetzt ist er doch da...« Isabella stellt ihre langen Beine nebeneinander und die Kaffeetasse zurück auf den Tisch.

»Ja«, sagt Carmen gedehnt, »aber das Problem ist, er hat solche Berührungsängste, daß ich schon richtig Angst davor habe, ihm mal versehentlich an die Jeans zu kommen. Er wendet sich dann sofort ab, verkriecht sich in sein Schneckenhaus. Dabei liebkost und verwöhnt er mich phantastisch. Ich habe bisher nicht geglaubt, daß ein Mann so was kann. Aber ich selbst darf ihn unterhalb der Gürtellinie überhaupt nicht berühren. Noch nicht einmal gemeinsam duschen oder baden will er mit mir!«

»Nun, da scheint mir doch eine gewaltige Irritation vorzuliegen. Was ist denn passiert? Wie alt ist denn Ihr Freund?«

»Vierunddreißig, ein Jahr jünger als ich. Und er hatte wohl einen schweren Motorradunfall. Er sagt, er sei zwar nicht kastriert, aber voller Narben. Und er meint, er selbst könne sich das kaum anschauen, wie solle er das also mir zumuten!«

»Hmmm.« Isabella fährt sich durch die Haare. »Haben Sie mit ihm darüber gesprochen? Daß Ihnen der Anblick nichts ausmacht?«

»Ich habe mit Engelszungen auf ihn eingeredet. Ich habe mich sogar ausgezogen und mich nackt vor ihm hingestellt, damit er sehen soll, daß ich auch nicht perfekt bin!«

Isabella lacht: »Tolle Übung, Sie sind erfindungsreich, das muß man Ihnen lassen. Und? Hat es etwas genützt?«

»Leider nicht, er meinte, er bräuchte Zeit.«

»Wie lange kennen Sie ihn denn?«

»Seit Sonntag.«

»Seit welchem Sonntag?«

»Vergangenem.«

Isabella lacht wieder: »Ich glaube, da können Sie ihm wirklich noch etwas Zeit lassen. Das ist seine heikelste Stelle, die Sie da einsehen wollen. Vielleicht ist das für ihn so, wie wenn Sie sich nach einer Totaloperation ausziehen sollten und sich einfach nicht mehr schön fühlen. Ich glaube, daß es so am besten zu verstehen ist. Er braucht Sicherheit, daß Sie es ernst meinen, er muß Vertrauen zu Ihnen aufbauen können.«

Carmen nickt. »Ja, wenn Sie das so sagen, verstehe ich das schon. Ich möchte es ja auch nicht erzwingen. Aber daß er sich immer wegdreht, mir ausweicht, sobald ich im Bett auch nur mit dem Bein aus Versehen in diese Gegend komme, das beschäftigt mich natürlich schon und macht mich traurig.«

»Das ist mir klar. Aber mich beschäftigt in Ihrem Fall etwas ganz anderes.« Isabellas braune Augen haben sich auf Carmens Gesicht geheftet.

»Ach, ja – in meinem Fall?« fragt Carmen zurück. »Was denn?«

»Noch eine Frage vorweg – wie sieht er denn aus, Ihr David? Ist er erotisch, hübsch, hat er eine tolle, männliche Figur? Hat er Ihren Duft? Ist er Ihr Traummann?«

Carmens Gesichtsausdruck verändert sich sofort, sie spürt, wie ihre Augen feucht werden, wie ein unglaubliches Gefühl an ihr zieht und zerrt. Sie legt instinktiv die Hand auf ihr Herz.

»Er ist einfach unbeschreiblich«, schwärmt sie. »Er ist groß, hat hellblondes Haar und grüne, nein, türkisfarbene Augen. Wenn er mich anschaut, denke ich manchmal, das kann gar nicht wahr sein, das kann es gar nicht geben. Anfangs habe ich sogar vermutet, er hätte farbige Kontaktlinsen. Aber es ist nicht so. Und wie er schaut. Sein Blick geht durch und durch. Und dann ist er so lieb. Er hat mir auf meine Anzeige mit einer wunderschönen, überdimensionalen Karte mit einem Rilke-Gedicht geantwortet. Und er verwöhnt mich, wo immer er kann. Er ist mein Traummann. Das stimmt schon! Ja, er ist es wirklich – und ich glaube sogar, daß ich ihn liebe. Obwohl ich mir bisher mit diesem Gefühl nie so sicher war. Aber bei ihm bin ich's! Ja, ich glaube wirklich, daß ich ihn liebe. Aus ganzem Herzen. So, wie er ist!«

»So«, unterbricht Isabella, »sind Sie sich da ganz sicher, so wie er ist? Oder hoffen Sie vielleicht nicht doch im stillen, daß Sie seinen Penis, wenn Sie ihn erst einmal in die Hand bekommen, wieder zum Stehen kriegen? Meinen Sie nicht, daß dieser Wunsch, ganz klein, ganz verborgen, völlig verdrängt, in Ihrem Köpfchen steckt?«

Carmen knackt mit den Fingern und denkt an ihr Wunschbild von gestern nacht, als er sie an der Türe begrüßt hat. Sie sieht nochmals die Dünen, das Wasser, und sie spürt förmlich, wie er in sie eindringt. Und sie denkt auch an das, was Laura ganz zu Anfang vermutet hat. Doch, Isabella hat recht. Jetzt ist es heraus!

»Jetzt sitze ich wohl auf der Couch!« sagt sie und ändert etwas ihre Sitzposition. »Ich glaube, wenn ich Ihnen Ihr Honorar bezahle, ist es gerechtfertigt, denn Sie haben recht. Aber es liegt an David, daß ich plötzlich wieder so denke. Gegenüber anderen Männern empfinde ich noch immer so, die sind mir impotent lieber. Aber was

David betrifft: Ich will nicht, daß ich es will, denn ich denke mir, daß David fürchterlich leidet, wenn er nun wüßte, was Sie wissen. Es ist nicht fair ihm gegenüber. Ich möchte jetzt auch nicht an ihm herumschrauben, damit er mit mir schlafen kann. Das wäre äußerst egoistisch von mir und gemein, denn er verwöhnt mich pausenlos, und nur er hat nichts davon. Ich weiß einfach nicht, wie ich ihm helfen soll! Nicht, daß er gleich potent werden müßte, sondern daß er mich in unserer Liebe zuläßt!«

Isabella steht auf, geht zu ihrem Schreibtisch, schaut flüchtig in den Terminkalender. »Wenn es nur darum geht, daß Sie ihm nahe sein wollen, dann wird die Zeit das regeln. Er wird lernen, Sie und Ihre Liebe anzunehmen. Er wird sich Ihnen gegenüber ganz langsam, Stück für Stück, öffnen. Das kann einen Monat, aber auch ein Jahr dauern. Ich kenne seine Mentalität nicht, den Grad seiner psychischen Verletzung nach diesem Unfall.«

Carmen nickt still.

»Wenn es aber darum geht, daß Sie zu dem stehen, was Sie eben erkannt haben, zu dem, was Sie wirklich wollen, dann müssen Sie einen Weg finden, ihn zu einem Arzt zu bringen. Ich biete Ihnen zunächst ein Gespräch mit mir an. Wir werden ausloten, ob es rein organisch ist und ob er zu einem Mediziner muß...«

»Sie haben ja gleich einen um die Ecke«, wirft Carmen ein, »wie praktisch!«

Isabella nickt. »Es ist übrigens kein schlechter Kollege, auch wenn es in diesem Stockwerk nach Kungelei aussieht.« Erwischt, denkt Carmen. »Oder«, fährt Isabella fort, »ob es doch vor allem ein psychisches Problem ist! Dann kann ich ihm helfen. Sie können ihn natürlich auch woanders hinbringen, ich biete es nur an!«

»Warum sollte ich«, Carmen steht nun auch auf, stemmt die Hände in den Rücken und biegt sich etwas nach hinten. »Mir gefällt es hier gut, Frau Dr. Prodan. Aber eines sage ich Ihnen gleich, wenn Sie kein psychisches, sondern ein organisches Problem erkennen – solche Röhrchen und Stecker und Pumpen will ich nicht! Da verzichte ich wirklich lieber darauf, so, wie ich es von Anfang an vorhatte, dann braucht er auch nie zu erfahren, daß ich da so meine Hintergedanken habe – ist das abgemacht? Kann ich mich darauf verlassen?« Carmen geht zu Isabella, streckt ihr die Hand hin. »Es sei denn, er will dann eine medizinische Behandlung als Lösung!«

Sie zögert noch mit dem Händedruck. »Das wäre dann etwas anderes, aber da hoffe ich, daß er mit mir noch mal darüber redet. Und ich werde ihm auf jeden Fall von solchen mechanischen Dingen oder Spritzen oder was auch immer abraten. Mir ist er so viel wert, wie er ist. Und wegen dieser paar Zentimeter Hautverlängerung muß man sich nun wirklich nicht verrückt machen!«

»Gut.« Isabella schlägt in die dargebotene Hand ein. »Ich sehe gerade, mein Terminkalender ist übervoll, aber ich würde gern etwas für Sie tun. Ich werde meine Helferin bitten, einen Termin zu schieben. Meine Mädchen sind da sehr findig und diplomatisch. Sicherlich fällt ihnen etwas ein. Wir würden Sie dann selbstverständlich sofort anrufen. Und wenn alle Stricke reißen, treffen wir uns eben am Montag wieder in der Mittagszeit. Dann aber mit Ihrem David!«

Carmen nickt ihr zu. »Wenn ich das bis dahin schaffe. Ich muß ihm ja erst einmal beibringen, daß ein Besuch bei der Psychotherapeutin ansteht! Was haben Sie denn dann vor?«

»Ihn erzählen lassen!«

»So wie mich auch?«

»Exakt!«

Sie schütteln sich die Hände, Carmen dreht sich um und geht. Sie registriert kaum etwas: Weder die Arzthelferinnen noch den Aufzug noch die Straße und die Strecke, die sie fährt. Sie ist wie in Trance und überlegt die ganze Zeit, wie Isabella wohl herausbekommen konnte, was sie sich selbst nicht eingestanden hat.

Der Nachmittag ist hektisch, Carmen vergißt Isabella und ihr Gespräch, sie hat nach ihrer Verabredung um 15 Uhr noch drei Außentermine. Als sie wieder im Büro eintrifft, um ihre Unterlagen zu versorgen, ist es kurz vor acht Uhr. Mehrere Notizzettel über Telefonanrufe liegen auf ihrem Tisch, davon drei private: David, Laura und Elvira. Das wird sie von zu Hause aus erledigen. Sie sehnt sich nach einem heißen Bad und möchte in Ruhe ein wenig nachdenken. Über sich, über ihre Gefühle, über David, über die Zukunft. Sie knipst gerade die Tischlampe über ihrem Bürotisch aus, da klopft es hinter ihr an der gläsernen Eingangstüre.

Es ist Laura. Sie gestikuliert wild und lacht. Carmen schließt auf: »Hey, Bella!« Sie küssen sich auf die Wange. Lauras Haut fühlt sich frisch und kalt an, wie die naßkalte Nacht, die sich draußen über die Dächer senkt.

»Brr, bringst du eine Kälte rein«, Carmen schüttelt sich.
»Gib nicht so an«, stupst sie Laura, »so lange kannst du auch noch nicht aus der Kälte heraus sein! Als ich vor einer halben Stunde vorbeigefahren bin, war's hier jedenfalls noch stockdunkel!«
Carmen lacht: »Mag sein, aber ich war so im Streß, daß ich es gar nicht gemerkt habe. Wie auch immer, mein Weg führt jetzt jedenfalls direkt in die Badewanne!«
»Ach ne! Ich wollte mich jetzt mit dir unterhalten, vielleicht mit dir essen gehen oder so! Du kannst dich doch nicht so einfach abseilen!«
Carmen greift nach ihrem Mantel, zieht ihn an, nimmt Tasche und Autoschlüssel. »Du kannst ja mit, wenn du willst!«
»Was ist mit David?«
»Ich soll ihn zurückrufen. Das mache ich aber von zu Hause aus!«
»Ich möchte aber nicht stören...«
»Ich sag's dir dann schon, wenn du störst...«
Die beiden Frauen lachen sich an und nehmen sich kurz in die Arme.
»Also, los, Treffpunkt bei mir zu Hause!«
Carmen wundert sich. Sie ist nicht besonders schnell gefahren, aber Laura hat sie trotzdem unterwegs verloren. Das Badewasser ist schon fast ganz eingelaufen, als Laura unten klingelt. Carmen bleibt im Bademantel an der Türe stehen. Laura kommt, immer zwei Stufen auf einmal nehmend, heraufgelaufen, schwingt eine Papiertüte. »Ich weiß ja nicht, was du heute noch so vorhast, aber dabei etwas im Magen zu haben, ist sicherlich nicht schlecht...!« ruft sie, völlig außer Atem.
»Du bist ein Schatz.« Carmen wirft einen Blick auf die unbeschriftete Tüte. »Pizza?« fragt sie dann mißtrauisch. Laura lacht lauthals: »Hättest du wohl gern, was? Nein, indische Spezialitäten. Ich war noch schnell bei *Namas Kaar* und habe mir einiges einpakken lassen!«
»Tolle Idee! Schön scharf, paßt gut zu meiner Stimmung!«
»So?« Laura schließt die Türe hinter sich und folgt ihrer Freundin ins Bad: »Was ist denn mit dir los? Sinneswandel?«
Carmen seufzt: »Ach, wenn ich das wüßte!«
Laura deutet auf ihre Tüte. »Warte, ich bringe das schnell in die Küche, bin gleich zurück. Magst du was trinken?«

»Champagner!« Carmen gleitet bereits vorsichtig ins heiße Badewasser.

»Soll das ein Witz sein?«

»Ja. Schau mal nach, ob noch ein Prosecco im Kühlschrank steht! Oder ein Crémant. Mir ist danach!«

»Heute ist dir ja nach einigem, wie mir scheint!«

Carmen taucht ganz unter und prustet dann ein Loch durch den Schaum. Laura kehrt zurück, ein Champagnerglas in der einen und ein Saftglas in der anderen Hand.

»Was ist denn mit dir...« Dann taucht Carmen mit einem Schlag auf, so daß das Wasser fast hinausschwappt. »Du warst ja beim Arzt, klar, wie sieht's aus? Hast du das Foto dabei?«

Laura nickt, grinst breit über das ganze Gesicht und zieht aus der hinteren Tasche ihrer Jeans ein schwarzweißes Polaroidfoto.

»Bist du verrückt? In der Hosentasche? Das muß in ein Album!« Impulsiv greift sie danach, zieht die Hand aber sofort wieder zurück. »Warte, ich habe nasse Hände, zeig mir's nur mal!«

Neugierig betrachtet sich Carmen die schwarzweißen Kleckse auf dem Bild. »Ich erkenne gar nichts«, sagt sie dann.

Laura grinst. »Da!« sagt sie mit der stolzen Stimme der Olympiasiegerin. »Da kann man es doch genau erkennen!« Mit ihrem Zeigefinger deutet sie auf ein verschwommenes, längliches Ding. »Und das Tollste ist, Carmen, ich habe ihr Herz schlagen hören. Stell dir mal vor, in meinem Bauch schlägt ein zweites Herz, ist das nicht unglaublich? Ich bin völlig aufgedreht, seitdem ich dieses Dongdong-dong von meinem Kind gehört habe. Von meinem Kind – stell dir das nur mal vor!«

»Ich freue mich mit dir, Laura, ich freu mich ja so. Das nächste Mal darf ich mit, ja? Ist das erlaubt? Ich möchte das auch mal hören!«

Laura verstaut das Foto wieder in ihrer Hosentasche und setzt sich auf den Badewannenrand.

»Ich bitte dich, Laura, nimm dieses Foto da raus. Das ist das erste Bild deines Kindes! Das kannst du doch nicht so einfach...«

Laura nickt, läuft hinaus und kommt gleich darauf wieder zurück.

»Und jetzt, wie war's bei deiner Psychotante? Hat sie dir einen Dreh verraten können, wie du David umkrempelst?«

»Umkrempeln ist gut.« Carmen sinkt bis zur Nasenspitze in den

Schaum, dann taucht sie langsam wieder auf. Schaum klebt auf ihrem Gesicht und den langen Haaren, die um sie herumschwimmen. »Darüber wollte ich ja gerade heute abend nachdenken!«

»Dann erzähl doch mal, was hat sie denn gesagt?«

Carmen schlägt die Augen auf und starrt zur Decke. Dann holt sie tief Luft und blickt Laura in die Augen: »Jetzt lache nicht! Sie hat mir gesagt, daß ich mir David nicht impotent, sondern potent wünsche. Sie hat *mich* analysiert und nicht das, was ich ihr von David erzählt habe. Und das wahrscheinlich die ganze Zeit!«

Laura lacht jetzt doch. »Entschuldige, Carmen, aber es ist zu paradox. Du, die unbedingt einen impotenten Mann wollte, hat nun ihren impotenten Traummann und will jetzt daraus einen potenten Supermann machen. Genau das, was du eigentlich nicht mehr ausstehen konntest. Und ich, die auf die Potenz der Männer immer mehr Wert gelegt habe als auf den ganzen übrigen Kram wie Beruf, Bildung, Erziehung – ich fange an, mich ohne Sex richtig wohl zu fühlen. Und seit heute nachmittag bin ich von dem Gedanken, daß mein Körper jetzt ein Kind zusammenbaut, so hin und weg, daß ich es wahrscheinlich sogar als Eingriff, als störend empfinden würde...«

»Soll ich dir mal die Adresse von meiner Psychotherapeutin geben?« feixt Carmen. »Gerade schwangere Frauen sollen doch angeblich ganz scharf auf Sex sein!«

»Ja, das muß noch von unseren Urgroßmüttern stammen. Das war doch wohl die einzige Zeit, in der sie sich ohne Angst vor einem Kind mal so richtig austoben konnten. Endlich mal was anderes als nur die einfache Hausmannskost. Aber ich bin schließlich nie zu kurz gekommen – ich mache jetzt mal Pause!«

»Mit Frederic?«

»Ja, er ist gestern noch vorbeigekommen und – ehrlich Carmen, es ergänzt sich gut. Ich fühle mich mit ihm unglaublich wohl! Aber du? Hat sie mit dieser Vermutung denn recht, deine Psychotante?«

»Nenne sie nicht immer Psychotante, das hört sich nach Müsli und Gesundheitsschuhen an. Das ist eine sehr attraktive, wache Frau namens Isabella!«

»Gut, dann eben Isabella – also, was ist jetzt damit? Drehst du dich wieder in die andere Richtung?«

»Ich krieg's eben selbst nicht geregelt – aber...« Es klingelt, einmal lang, zweimal kurz.

»Au, Mann, wer kann denn das jetzt sein?«

»Hast du David denn schon zurückgerufen?«

»Nein, das wollte ich eigentlich vom Bad aus tun…«

»Na, dann wird er denken, er schaut lieber selbst mal nach… Warte, bleib liegen, ich mache auf!«

Laura will hinauslaufen, Carmen hält sie schnell zurück.

»Laura, hast du dich wegen Frederic schon mal schlau gemacht, welche Mittelchen es zur Potenzstärkung gibt?«

»Wie? Nein!«

»Also nicht operativ oder mechanisch, sondern so schlucktechnisch. Du verstehst schon…«

Laura steht in der Türe, schaut sie an und zieht die Augenbrauen hoch. »Pülverchen, um sie unters Essen zu mischen und so, verstehe ich richtig? Heimlich?«

Carmen nickt nur leicht. Es klingelt wieder.

»Hmmm«, sagt Laura und geht an die Wohnungstüre. Sie drückt und wartet. Es ist tatsächlich David, er folgt Laura ins Bad, küßt Carmen zärtlich zur Begrüßung. Laura steht an den Türpfosten gelehnt, schaut den beiden zu. David hat einen dicken weißen Pullover an mit einem Reißverschluß am Rollkragen, den er jetzt aufzieht. Schon dieses Geräusch geht Carmen durch und durch. Gut, daß sie im Wasser sitzt und er durch den Schaum ihre Erregung nicht mitbekommt. Trotz des warmen Wassers läuft ihr die Gänsehaut am Rücken entlang. Ach, wenn er so doch auch die Hose aufmachen, zu ihr in die Wanne steigen und sie hier lieben würde. Sie würde rasen, das spürt sie genau. Mädchen, die Isabella hat recht, denkt sie dann plötzlich nüchtern. Ich will ihn haben. Das liegt wohl daran, daß er sich so distanziert verhält, das turnt mich an. Total, völlig und mit aller Macht. Sie taucht unter. Als sie wieder hochkommt, sieht sie, wie David und Laura gemeinsam hinausgehen.

»He, was ist los?« ruft sie den beiden hinterher.

»Keine Angst«, grinst Laura frech. »Wir gehen nur kochen und Tisch decken, damit alles bereit ist, wenn Cleopatra aus ihrer Eselsmilch steigt!«

»Das ist eine gute Idee.« Carmen greift nach dem Shampoo, um sich die Haare zu waschen. Drei Minuten später ist Laura wieder da. »So ein komischer Typ hat eben angerufen, Oliver hieß er, er hat überhaupt nicht kapiert, daß du gar nicht am Apparat warst, er hat mir nur gesagt, daß deine Entscheidung, nicht mitzufliegen, sehr weise gewesen sei, denn er hätte dort drüben einen Tag vor seinem Rückflug die Frau seines Lebens getroffen, eine Chinesin, die – so ein Quatsch – noch ganz Frau wäre und auch wüßte, was das an der Seite eines Mannes bedeute, und die er bald zu sich holen würde... Kannst du dir da einen Reim drauf machen? Und dann hat er mich gar nicht mehr zu Wort kommen lassen, sondern nur noch mal gesagt, daß ich – das heißt also du – mal darüber nachdenken sollte, was ich alles leichtsinnig verspielt hätte, und dann hat er auch schon wieder aufgelegt!«

Carmen reibt sich das Shampoo aus den Augen. »Ein Spinner. Klar, daß der eine Asiatin braucht. Die wird seinen Jadestab noch pflegen, wenn er schon bis nach China durchhängt...«

»Ihhh, bist du scheußlich!« Laura schüttelt sich.

»Ist doch wahr«, ärgert sich Carmen. »Wenn man so was hört, muß man ja zuviel kriegen! Eine, die noch weiß, was es bedeutet, Frau zu sein – klar, der braucht eine Sklavin und keine Partnerin. Und da hat er jetzt so ein armes Würstchen gefunden, das wahrscheinlich auch noch glaubt, sie hätte den großen Fang gemacht...«

»Telefon«, ruft David aus dem Wohnzimmer. »Carmen, soll ich rangehen?«

»Ja, bitte!« antwortet sie und steht dann auf. »Ich dusche nur noch schnell den Schaum ab und bin gleich da!«

»Es ist Elvira, sie bleibt diese Nacht noch im Schloß, wir sollen uns keine Sorgen machen, es geht ihr gut!«

»Na, das ist ja direkt einmal eine gute Nachricht!« Laura zieht den Duschvorhang vor Carmen zu und geht dann wieder hinaus zu David.

Lauras indisches Essen ist wirklich teuflisch scharf, doch Carmen ist mit ihren Gedanken meilenweit fort. Sie beobachtet David und träumt sich eine Zukunft zurecht. Vor allem, weil es für David und Laura im Moment anscheinend nur ein Thema gibt: Olivia, die eben entstehende Tochter. »Meinst du, die Gewürze sind zu scharf für sie?« will sie von David wissen, und schon sind sie in die tollste Diskussion verstrickt über das, was man einem Embryo zumuten kann, zumuten darf und unbedingt zumuten muß. David ist so bei der Sache und wirkt dermaßen schwärmerisch, daß es Carmen in ihrer Gedankenwelt noch mehr anstachelt. Dieser Mann wünscht sich doch ganz offensichtlich ein Kind. Also tut sie nur etwas Gutes, wenn sie ab morgen in der Zauberschatulle der Hexenkünste kramt. Irgendwo wird es doch ein Mittelchen geben, das stärker ist als dieser dumme Motorradunfall.

Sie hört den beiden wieder für einige Minuten zu. Jetzt sind sie tatsächlich beim Geschlechtsverkehr. Ob das der Kleinen schadet oder nicht. Eigentlich witzig, denkt Carmen, verkneift sich aber einen entsprechenden Kommentar. Da sitzt ein Mann, der kein Kind zeugen kann, neben einer Frau, die mit einem Mann zusammen ist, mit dem sie nicht schlafen wird, und sie diskutieren ernsthaft über ein für beide doch absolut abstraktes Thema.

»Du bist so still«, sagt David plötzlich zu ihr. »Geht's dir nicht gut?«

»Doch, doch, sogar sehr gut! Ich höre euch nur zu, das ist alles!«

»Hast du schon einmal über Kinder nachgedacht?« fragt David sie.

Oh, das ist ein heikles Thema. Sagt sie jetzt ja, leidet er vielleicht darunter, weil er den Wunsch nicht erfüllen kann. Sagt sie nein, wirkt sie kalt und egoistisch, und außerdem stimmt's ja nicht.

»Ich glaube, jede Frau ab dreißig denkt mal über Kinder nach. Ich habe es allerdings immer weit weg geschoben, weil die Umstände eben nie paßten!«

»Und? Würden sie jetzt passen?« David schaut sie mit einem merkwürdigen Blick an, und Carmen denkt, so ein Quatsch, wie soll das denn gehen. »Wenn ich ein Kind bekommen würde, wäre das zunächst mal eine Katastrophe. Ich bin selbständig – auf mich alleine gestellt. Ich wüßte nicht, wie ich das bewerkstelligen sollte!«

David greift über den Tisch nach ihrer Hand.

»Sind wir nicht zu zweit?«

Sie lächelt und ist jetzt vollends verwirrt. Will er etwa auch ein fremdes Kind aufziehen?

»Schön, daß du das so siehst. Das gibt mir natürlich Sicherheit – aber ein Kind, das ist ja keine Sache für heute und morgen, sondern das ist eine Verantwortung bis zum Lebensende!«

»Ja«, nickt Laura, »aber doch schön. Stell dir mal vor, du stehst im Alter alleine da. Kein Mensch, der zu dir gehört, ab und zu mal ein Wort an dich richtet, ist das nicht fürchterlich?«

»Fürchterlich!« nickt Carmen.

Sie findet es wirklich fürchterlich. Aber sie findet das Thema hier mindestens ebenso fürchterlich, denn sie kann ja nichts daran ändern. Sie will ihren Beruf nicht aufgeben, im Gegenteil, sie ist auf dem Weg nach oben und wird das doch in dieser Phase nicht unterbrechen. Und sie ist mit einem Mann zusammen, der impotent ist und den sie auch noch viel zu kurz kennt, um zu wissen, ob er wirklich der Mann ist, mit dem sie eine solche Verantwortung teilen könnte. Alles spricht also gegen ein Kind, und außerdem ist der ganze Gedanke Blödsinn, denn so oder so: David ist nicht in der Lage, ein Kind zu zeugen. Und damit ist das Thema für sie abgeschlossen.

Laura scheint Carmens Ungeduld zu spüren, sie verabschiedet sich. Carmen bringt sie zur Wohnungstüre und setzt sich dann nach ihrer Rückkehr rittlings auf Davids Schoß: »Warum sprichst du plötzlich von Kindern? Wäre das denn dein Wunsch?«

»Mein Wunsch kann es ja nicht sein. Mein Traum ist es. Aber vielleicht träumt man von Dingen, die man nicht bekommen kann, eben besonders stark!«

Carmen drückt ihr Gesicht an seines.

»Ist es denn so sicher, daß sich das bei dir nicht ändern kann? Vielleicht mit der Zeit?«

David drückt sie mit beiden Armen fest an sich.

»Ich denke, du willst einen impotenten Mann!« Seine Stimme klingt rauh, seine Lippen sind dicht an ihrem Ohr.

»Ich will dich!« Sie drücken sich aneinander und küssen sich lange. Dann nimmt er sie auf und trägt sie ins Schlafzimmer. Wieder verwöhnt sie David von Kopf bis Fuß, küßt und streichelt sie, aber auch heute darf Carmen ihm nicht zu nahe kommen. Sie zermartert ihr Gehirn. Wie kann sie es nur anstellen, daß er sie an sich heranläßt?

»Dir muß meine Impotenz doch eigentlich füchterlich auf den Nerv gehen«, sagt er dann plötzlich, kurz vor dem Einschlafen. Sie hat sich an ihn gekuschelt, liegt geborgen in seinem Arm, fühlt sich wohl und schrickt jetzt auf. Nur nichts Falsches sagen. Nur nicht durch eine dumme Bemerkung alles verderben.

»Nein, ich liebe sie, so wie ich dich liebe!« flüstert sie ihm ins Ohr und reibt ihre Wange leicht an seinen Bartstoppeln.

»Das wollte ich nur hören«, sagt er leise, zärtlich, schläfrig.

Ich muß das sehr vorsichtig anstellen, denkt Carmen und küßt ihn auf die Wange. Wenn er merken würde, was ich vorhabe, würde ihn das wahrscheinlich zutiefst verletzen. Und ich will ihn nicht verlieren, selbst wenn er bis zu seinem Lebensende impotent bleiben sollte!

Es ist das erste Wochenende, das sie ganz entspannt mit David verbringt. Sie genießen ihr Frühstück bis in den frühen Mittag hinein, lesen Zeitung, unterhalten sich und legen sich schließlich, gutgelaunt, zufrieden und schon wieder müde, zum Kuscheln ins Bett. Es ist dreizehn Uhr, draußen scheint eine milchige Herbstsonne, das Wetter ist überraschend gut. Carmen zieht die Vorhänge zu. »Das möchte ich jetzt gar nicht sehen!«

David lacht: »Nachher holen wir Kain, der hat sicherlich schon riesig Sehnsucht nach mir, und toben uns ein bißchen aus. Ich kenne einen wunderschönen Wanderweg, der jetzt im Spätherbst sehr malerisch ist!« Carmen springt mit einem Satz auf das Bett, kugelt mit David von der einen zur anderen Seite: »Den Weg kenne ich schon, du willst wohl nachschauen, ob dieser Typ noch auf seinem Hochsitz sitzt!«

»Nein, ich will dich im Blätterwald vernaschen!«

Carmen lacht, kommt auf ihm zu liegen und trommelt mit ihren Fäusten auf seine Brust. »Nein, das wirst du nicht tun!«

»Doch, ich knabbere ein bißchen von deinem Ohr, an deinem Nabel, und dann beiß ich dir den kleinen Zeh ab!«

»Oh, wie scheußlich!« Carmen rollt sich von David herunter.

»Morgen feiern wir unser Einwöchiges! Soll ich etwas Schönes kochen? Dann muß ich noch einkaufen. Das wird knapp. Oder wollen wir schön essen gehen?«

»Vor oder nach dem Kaffee bei deinen Eltern?«

»Oh, bist du garstig!«

Sie wirft sich wieder auf ihn, beißt ihn spielerisch in den Hals. Er hält sie fest an sich gedrückt, sitzt aber dann plötzlich auf. Carmen rutscht auf die Seite. »Tut mir leid«, sagt er, »aber zu viel Nähe kann ich einfach noch nicht ertragen. Sei nicht traurig, das kommt sicherlich noch!«

»Macht doch nichts«, flüstert Carmen und drückt ihn sanft zurück. »Wir haben ja Zeit, endlos viel Zeit!« Sie lächelt. Im selben Moment klingelt es an der Wohnungstüre.

»Wer kann denn das jetzt sein?« Carmen überlegt. Peter wird doch hoffentlich nicht so frech sein und... »Ich mache nicht auf!«

»Vielleicht ist es aber etwas Wichtiges?«

»Das Wichtigste liegt hier neben mir!«

»Das hast du schön gesagt!« Es klingelt erneut.

»Soll ich mal gehen?« David schaut Carmen fragend an. Keine schlechte Idee, denkt Carmen, dann sind die ungeliebten Gäste jedenfalls gleich mal mit der Situation konfrontiert und drehen hoffentlich wieder ab. Sie nickt. David steht auf, zieht Jeans über seine engen Boxershorts, streift sich ein T-Shirt über und geht aus dem Schlafzimmer. Carmen horcht neugierig. Laura kann es nicht sein, sie hat heute morgen angerufen, daß sie mit Frederic und seiner Schwester auf Baby-Tour sind. Einfach mal schauen, was man so braucht, wo's was Schönes gibt und was das alles so kostet. Vielleicht haben sie angesichts der Preise den Trip abgebrochen und die Route geändert? Nein, das würde Laura nicht ähnlich sehen. Was sie anfängt, steht sie durch. Jetzt hört sie eine Stimme. Es ist Elvira! Mit einem Satz ist Carmen aus dem Bett, fischt nach einem Sweatshirt und einer Jeans und läuft dann barfüßig hinaus.

Tatsächlich, Elvira steht im Wohnzimmer, auf beiden Unterarmen balanciert sie ein mit Alufolie eingehülltes Kuchenblech.

»Schönen Gruß von Stefan, und er möchte sich hiermit für sein Verhalten entschuldigen!«

Sie wirkt etwas fremd, wie sie so dasteht, Elvira im Trevira-Kostüm, ganz Dame und gar nicht mehr die alte, nette Frau vom ersten Stock. Carmen überbrückt das leichte Gefühl der Distanz, geht hin und drückt ihr einen Kuß auf die Wange. »Lieb, daß du da bist, Elvira!«

Elvira seufzt auf, David nimmt ihr das Kuchenblech ab und stellt es auf den Tisch. »Ich hatte euch gegenüber schon ein ganz schlechtes Gewissen...«

»O Gott, warum denn? Setz dich doch!« Carmen zieht eine Ecke der Alufolie hoch. »Ah, frischer Zwetschgenkuchen, das ist fein! Da mache ich gleich einen Kaffee dazu!«

David winkt ab: »Setz du dich mal zu Elvira, ich mach das schon!« Und geht in die Küche.

»Ein wirklich feiner Mensch.« Elvira nickt Carmen zu, und die alte Vertrautheit stellt sich langsam wieder ein. Dann setzt sie sich vorsichtig in den Sessel und läßt sich zurücksinken, bis sie tief und bequem sitzt: »Wenn ich überlege, was ich dir alles zu verdanken habe, Carmen, dann weiß ich überhaupt nicht, wie ich das jemals wiedergutmachen soll!«

»Papperlapapp, was hast du mir schon zu verdanken? Das ist doch Blödsinn. Ich habe durch Zufall entdeckt, daß ihr die gleichen Fotos an der Wand hängen habt, und das ist ja auch schon alles!«

»Aber auch die Stunden, die ihr bei mir gewesen seid. Nicht nur du und Frederic bei meinem Schwächeanfall. Da verdanke ich euch sowieso mein Leben, sondern auch du und David im Schloß. Ich weiß nicht, wie ich diese Nacht ohne euch überstanden hätte! Und das alles habe ich auch Stefan erzählt. Und es tut ihm sehr leid, daß er so reagiert hat!«

»Ach so? Und wieso auf einmal? Bei dem Telefonat am Tag seiner Rückkehr hatte ich sehr wohl den Eindruck, daß es ihm ernst war mit dem, was er sagte!«

Carmen zieht die Beine hoch, neben sich.

»Das war es ihm zu diesem Zeitpunkt sicherlich auch. Ich glaube eben, daß du in ihm ziemlich viel freigetreten hast. Da war vieles in Aufruhr, was sich schon festgesetzt hatte!«

»Ach? Wie meinst du das?«

David kommt wieder herein, stellt Tassen und Teller auf den Tisch, nimmt die Alufolie vom Blech und schneidet den Kuchen auf. Carmen schaut seinen geschickten Bewegungen zu, Elvira ebenfalls.

»Er hat sich wohl einen unsichtbaren Panzer gebaut, und darin fühlte er sich wohl. So sehe ich das. Und gestern abend haben wir lange darüber gesprochen, und ich glaube, daß ich damit recht habe. Er ließ einfach nichts mehr an sich heran, weil er Angst hatte, verletzt zu werden. Und so blieb er in seinem selbstgesteckten Rahmen, ohne Emotionen, ohne Enttäuschungen, aber auch ohne Freude!«

Carmen beugt sich vor: »Und du meinst, ich habe da was bewegt? Ohne daß ich es wollte?«

Elvira nickt langsam, ihre dunklen Augen ruhen auf Carmen.

Carmen beugt sich noch weiter vor, schaut kurz, ob David außer Hörweite ist, und sagt dann leise zu Elvira: »Elvira, ich war gestern bei einer Psychotherapeutin. Wegen David. Ich erzähle dir das mal in Ruhe. Aber ich habe auch kurz über Stefan gesprochen, und sie meinte, sie würde ihn gerne kennenlernen. Vielleicht ist ihm ja zu helfen. Oder du gehst zunächst mal zu ihr. Möglicherweise kann sie dir ein paar Tips für ihn geben!«

Elvira nickt: »Danke für das Angebot. Aber ich glaube, er hat eben seine eigene Psychotherapie begonnen!«

»Wie meinst du das?«

»Nun, diese Reporterin, die ihn bei seiner Heimkehr interviewt hat, scheint sich in ihn verliebt zu haben. Und ich glaube, das tut ihm gut.«

»Ach«, Carmen nickt und läßt sich wieder in ihre alte Sitzposition zurückfallen, »die mit dem blonden Kurzhaarschnitt! Ja, ich weiß, ich habe sie auch gesehen. Na«, Carmen kann es sich nicht verkneifen, zu fragen, »weiß sie denn schon, daß er impotent ist?«

»Das weiß ich nicht. Aber ich glaube schon. Wir sind die ganze Nacht zusammengesessen und haben über alles mögliche gesprochen, und die Atmosphäre war sehr entspannt, sehr locker und gemütlich. Doch, ich glaube, sie weiß es!«

Carmen überlegt. So austauschbar sind also die Menschen. Vor kurzem war sie noch seine Traumfrau, hat er seine Emotionen über sie ausgeschüttet, ist erst über sie hergefallen und wollte sie dann nicht mehr sehen, und jetzt nimmt mühelos eine andere Frau ihren Platz ein, erntet die Früchte, die sie mühevoll gesät hat! Aus der Traum von der Schloßherrin! Spinn nicht rum, sagt sie sich selbst, eitle Tomate, du wolltest es doch nicht anders! Jetzt wärst du auch noch eingeschnappt, nur weil einer deiner impotenten Männer eine andere hat!

David kommt mit der Kaffeekanne zurück.

»Na, was gibt's Neues?« fragt er, während er einschenkt.

»Stefan hat eine neue Freundin, die Reporterin, die wir in den Tagesthemen gesehen haben – kannst du dich erinnern? So eine attraktive mit einem frechen blonden Kurzhaarschnitt!«

David nickt: »Ja, ich weiß, die sah gut aus! Kein Wunder, daß Stefan sie gleich dabehalten hat!«

Jetzt fang du auch noch an, denkt Carmen.

»Ja, und er möchte euch beide zum Dinner einladen!« lächelt Elvira.

O Gott! Carmen empfindet keine Freude, sondern puren Widerwillen. Soll sie mit einer Frau, die nun die Schloßherrin spielt, an einer Tafel sitzen? Und mit Stefan, an den sie wahrlich nicht die besten Erinnerungen hat? Sie schaut zu David. David gibt den Blick zurück: »Wie du willst, Carmen. Von mir aus gern, es muß aber nicht sein.«

»Ja, Elvira, das ist lieb, und sag ihm vielen Dank für die Einladung, aber ehrlich, mir ist das jetzt noch zu früh. Ich brauche auch ein bißchen Zeit. Und wenn schon, dann hätte ich gern Laura und Frederic mit dabei, damit die ganze Sache etwas lustiger wird, weißt du?«

Elvira nickt und greift nach ihrer Kaffeetasse. »Kann ich gut verstehen, Carmen. Stefan wird es wohl auch begreifen!«

»Und was macht seine Vergangenheitsbewältigung? Ich meine, wie steht er jetzt zu dem, was seine Familie ihm angetan hat?«

Elvira nimmt einen Schluck und stellt die Tasse dann wieder bedächtig ab.

»Er arbeitet daran. Und in dieser Beziehung wäre ich dir für Hilfe wirklich dankbar!«

Carmen zieht kurz warnend die Augenbrauen hoch. Sie wird doch jetzt nichts über ihre Psychotherapeutin erzählen! Elvira blockt aber bereits selbst wieder ab. »Wenn du mal einen Abend Zeit hast, Carmen, könnten wir uns vielleicht einmal ausführlich darüber unterhalten!«

Carmen nickt und lädt sich einen Kuchen auf den Teller. Eigentlich ist sie vom Frühstück noch satt, aber jetzt machte er sie einfach an. »Wie ist das, wirst du zu ihm ins Schloß ziehen?« Elvira nickt: »Stefan hat das heute morgen beim Frühstück schon angesprochen. Er meint, mit meiner Gehbehinderung und meiner angeschlagenen Gesundheit sei ich im Schloß besser aufgehoben. Aber mir geht das etwas zu schnell. Ich bin gern dort, aber ich werde meine Wohnung hier behalten. Zumindest vorerst. So bin ich doch unabhängiger!«

»Fein«, freut sich Carmen, so daß Elvira spontan lachen muß, »da bin ich aber froh! Was täte ich hier ohne dich?«

»Du hast doch mich!« fällt David mit gekränktem Gesichtsausdruck ein. Carmen wirft ihm eine Kußhand zu und lacht.

Und Elvira sagt trocken: »Sie sind doch schließlich ein Mann! Und das ist nicht das gleiche!«

Zum ersten Mal seit langer Zeit hat sich Carmen wieder einmal

Zeit zu einem gemütlichen Frühstück an einem normalen Montagmorgen genommen. David war früh aufgestanden, hatte frische Brötchen, Butter und Marmelade gekauft und den Tisch schon gedeckt, während Carmen noch im Bad war. Dann saßen sie zusammen, und Carmen empfand ein solch seliges Zusammengehörigkeitsgefühl, daß es ihr schon selbst unheimlich wurde.

Jetzt im Auto denkt sie in Ruhe noch mal über das Wochenende nach. Es war wunderschön, so, wie man es sich mit einem lieben Partner vorstellt. Sie waren am Samstag nachmittag, nachdem Elvira sich zu einem Mittagsschläfchen nach unten begeben hatte, noch mit Kain unterwegs, stiefelten gut drei Stunden durch die Landschaft und kehrten auf dem Rückweg in einem zauberhaften Landgasthof ein. Carmen war fast versucht, dort auch spontan in einem der gemütlichen Bauernzimmer zu übernachten, aber so ganz ohne frische Wäsche und Zahnbürste war es ihr dann doch etwas zu kompliziert. »Nächstes Wochenende«, hatte David sie getröstet. Für Kain war es immerhin die erste Nacht, die er bei Carmen verbringen durfte, und Kain war es auch, der sie am Sonntag morgen um acht aus dem Schlaf riß, weil er dringend Gassi gehen mußte. Zunächst war Carmen ärgerlich, nachdem auch David wach war, lachten sie, machten das Beste daraus, zogen Jeans und dicke Jacken an und fuhren mit ihm ins Grüne. David hatte das Ziel sorgfältig ausgewählt, denn nach einer halben Stunde Fußmarsch landeten sie erneut in einem Landgasthof, diesmal zu einem ausgiebigen Bauernfrühstück. Die Herbstsonne schien warm, sie konnten den Morgen auf einer geschützten Sonnenterrasse beginnen. Wenig später wurden acht Pferde auf die angrenzende Koppel hinausgelassen, und Carmen schaute fasziniert zu, wie zwei noch recht junge Fohlen über die Wiese sprengten, buckelten, bockten, sich austricksten und wieder zu ihren Müttern zurückrasten. So möchte ich wohnen, dachte sie und mußte gleich wieder über sich selbst lachen. Stadtmensch, der du bist. So ein Quatsch! Äcker, Felder und Wiesen, das hältst du mal eben in der Freizeit aus, aber doch nicht im wirklichen Leben!

»Liebst du Pferde?« hatte David sie gefragt.

»Ich liebe die Natur an sich – und Pferde natürlich besonders. Welche Mädchen – und Frauen – tun das nicht?«

David hatte gelächelt, und als Carmen sich endlich gesättigt zurücklehnte, kam der Wirt und erklärte, es sei angespannt. So kam

Carmen durch Kains volle Blase am frühen Sonntagmorgen zu einer Kutschenfahrt, die sie in ihren Empfindungen fast wieder zum kleinen Mädchen werden ließ. Die Pferde trabten auf dem Waldweg im Takt, Kain sprang nebenher, David hatte seinem Arm um sie gelegt. Sie atmete tief die würzige Luft ein, hörte das Geklapper der Hufe und fühlte sich unermeßlich glücklich.

Carmen lächelt. Sie merkt es, weil sie eben an einer roten Ampel steht und auf der Nebenspur ein Wagen hält, dessen Fahrer freundlich zurücklächelt. Ihn hat sie gar nicht gemeint, aber Carmen ist so voller glücklicher Erinnerungen, daß sie ihm zunickt. Dann schaltet die Ampel um, sie biegt ab und ist mit ihren Gedanken wieder alleine. Zum obligatorischen Sonntagnachmittagskaffee bei ihren Eltern kam David auch gestern nicht mit, aber er stand pünktlich um acht Uhr vor ihrer Türe, um sie zum Abendessen auszuführen. Und er hatte sich zum Einwöchigen ein Drei-Sterne-Restaurant ausgesucht, das Carmen bisher nur vom Hörensagen kannte.

Mir geht's richtig gut, sagt sie sich, während sie zum Parkplatz vor ihrem Büro fährt. Besetzt, trotz des großen Hinweises auf den Privatparkplatz. Und trotz ihrer darauf angegebenen Autonummer. Nun gut, heute kann sie das nicht ärgern. Sie fährt eine Straße weiter und findet auch gleich eine leere Stelle. Allerdings mit Parkuhr. Dann wird sie eben später umparken müssen, sobald dieser Mensch ihren Parkplatz geräumt hat. Sie parkt ein, steigt aus. Das Wetter hat sich wieder verschlechtert, ein kalter Wind zischt um die Ecken, und es riecht nach Schnee. Carmen hat sich einen Cashmere-Rollkragenpullover angezogen, Jeans und dicke Schuhe. Jetzt schlüpft sie in ihre dicke Lederjacke und macht sie zu. Na ja, allzuweit ist es ja nicht. Sie läuft schnell, vergräbt beide Hände in die tiefen Taschen, und dann spürt sie wieder diese seltsame Beklemmung, die sie überkommt, wenn sie mit David im Bett liegt. Nicht, daß sie seine Zärtlichkeiten nicht genießen würde, aber seine Reaktionen auf ihre Annäherungen hinterlassen in ihr ein komisches Gefühl. Sie fühlt sich wie in der Kindheit, wenn ihre Mutter sie abwies, weil sie irgend etwas angestellt hatte. Ablehnung, Abweisung, Zurückhaltung, das empfand sie damals schon als besonders schmerzhaft. Und heute kann sie damit genausowenig umgehen. Vor allem, weil sie gehofft hatte, David würde sich ihr gegenüber langsam öffnen. Aber gestern nacht war klar: Das Gegenteil war der Fall, er zog sich immer mehr von ihr zurück. Dabei war die Sonntagnacht wie geschaffen für ein neues Kapitel in ihrer Beziehung. Das Dinner und die Weine waren wunderbar gewesen, David hatte ein Taxi bestellt, um auch alles bis zur letzten Neige genießen zu können, sie hatten gescherzt, gelacht und waren verliebt bis über beide Ohren. Und dann zu Hause kam für sie die kalte Dusche. Er hielt sich von ihr fern, als hätte er vom Bauchnabel abwärts die Pest am Leib. Ich muß dringend Isabella anrufen, denkt sie vor ihrer Bürotüre und bleibt kurz stehen, um auf andere Gedanken zu kommen. Von außen sieht der Raum sehr gemütlich aus. Britta ist schon da, hat die Schreibtischlampen eingeschaltet und ist wohl gerade im Nebenraum, um Kaffee zu machen. Zumindest steht die kleine Türe offen. Carmen läßt das Bild auf sich wirken. Zur Straße hin besteht das Büro aus einer durchgehenden Fensterfront, so daß ein Passant den ganzen Raum überblicken kann. Trotz der Aktenschränke und Computer strahlt er eine einladende Atmosphäre aus. Sicherlich liegt das an den kleinen Details wie Bildern, Blumen, etwas Nippes und dem Designer-Teppichboden. Carmen ist zufrieden. So muß das sein – daß man irgendwo gern eintritt. Sie geht hinein, Britta kommt ihr mit der vollen Kaffeekanne entgegen.

»Guten Morgen, Frau Legg, Laura hat bereits zweimal angerufen, sie sagte, es sei wichtig, wollte aber nichts hinterlassen. Sie ruft gleich wieder an!«

»Guten Morgen, Britta, danke!« Carmen zieht ihre Jacke aus. Wenn Laura mehrmals aus der Schule anruft, dann ist etwas passiert. Das wäre ihr sonst viel zu kompliziert und aufwendig. »Und sie hat wirklich nichts gesagt?« bohrt sie noch mal nach.

»Nein, nur, daß es sehr wichtig sei!«

Carmen hängt ihre Jacke weg, schenkt sich ihren Becher voll und schaltet den Computer ein. Na ja, dann kann sie sowieso nichts anderes tun, als abzuwarten.

Sie sucht sich einige Daten von Kunden heraus, die zu bearbeiten sind, kann sich aber nicht konzentrieren. Mehrmals schaut sie auf die Uhr. 9 Uhr 30. Lauras nächste Pause wird wohl erst um zehn Uhr sein. Oder ob sich da in den letzten Jahren etwas geändert hat? Was ist wohl los? Sie wird doch keine Frühgeburt gehabt haben? Der Gedanke macht sie nun vollends nervös. Soll sie Frederic anrufen? Der wüßte sicherlich Bescheid. Aber sie kann ja auch schlecht die Pferde scheu machen, bevor... Es klingelt. Endlich. »Ich geh schon ran«, sagt sie schnell zu Britta, die die Post bearbeitet, und nimmt ab. Hoffentlich ist es Laura!

»Versicherungsbüro Legg, guten Morgen.«

»Na, endlich! Du warst heute morgen unpünktlich!«

»Weiß ich selbst, Laura, mein Parkplatz war besetzt, ich mußte mir einen anderen suchen – jetzt sag schon, was ist los?«

»Deine Mutter ist krank, du sollst sie sofort anrufen, sie hat dich nicht erreicht!«

»Was ist...?«

Mit leiser Stimme fügt Laura hinzu: »Stimmt nicht, habe ich nur für die neugierigen Kollegen hier um die Ecke gesagt. Hast du die heutige Zeitung vor dir liegen? Dann schlag mal schnell den Anzeigenteil auf. Ich lese dir das rasch vor, hör zu: Potenzschwierigkeiten, Fragezeichen, Wirkungsvolles aus der Zauberküche unserer Großmütter. So bringen Sie ihren Mann heimlich wieder auf Trab. Maria Heitzer, Telefon 39666, Punkt. Na, ist das was? Da mußt du sofort anrufen!«

Carmen weiß nicht, ob sie lachen soll. Es kommt ihr so blödsinnig vor. »Also Laura, das hört sich so nach... irgendwie grauslich an. So nach Schwarzer Magie, Blut und Trallala!« Jetzt hat sie schon wieder zuviel gesagt, Britta horcht auf.

»Nun sei bloß nicht so ängstlich, altes Schlachtroß, du willst doch schließlich, daß... oder nicht! Also, dann ruf an, damit vergibst du dir nichts!«

»Ja, danke, wo du recht hast, hast du recht. Okay, Laura. Lieb von dir! Wann sehe ich dich?«

»Ich ruf dich an, ciao, Carmen, ich muß zurück«, und recht laut fügt sie an, »und wünsche deiner Mutter gute Besserung von mir, hörst du, ja, und die Nummer von diesem Arzt ist 39666. Der ist sehr zu empfehlen, ciao!«

Peng, der Hörer fällt auf die Gabel, Carmen sitzt mit ihrem in der Hand da. Zaubermittelchen? Sie sieht wieder die gestrige nächtliche Situation vor sich und hört Isabella sagen: Sie wollen ihn doch potent. Warum dann also nicht? Vielleicht ist das ja wirklich ein Weg. Soll sie Isabella vorher fragen? Nein. Wieso auch. Wollte sich ihre Praxis nicht heute wegen eines Termins bei ihr melden? Aber dazu muß David mit, und sie hat mit ihm noch überhaupt nicht über eine

Therapie gesprochen. Vielleicht ist der heimliche Weg doch der bessere? Wie auch immer, in Brittas Gegenwart kann sie bei dieser Zaubertante nicht anrufen. Das würde gerade noch fehlen. Also muß sie Britta mal kurz aus irgendeinem Grund loswerden, oder sie muß selbst schnell in eine Telefonzelle. Carmen schaut zu Britta hinüber. Die durchforstet gerade die Tageszeitung nach Todes- und Geburtenanzeigen, Neueröffnungen und Umzügen. Sie kann ihr das Blatt jetzt schlecht wegnehmen, braucht sie ja eigentlich auch nicht, die Telefonnummer und den Namen hat sie sich ja notiert.

»Haben Sie heute denn schon gefrühstückt, Britta?«

Britta hält den Zeigefinger auf eine Stelle und blickt auf: »Ja, danke, ausführlich mit meinem Freund zusammen. Warum?«

»Ach, ich hätte Sie sonst gebeten, Croissants für uns zu holen«, lächelt ihr Carmen zu.

»Ich hole auch gern welche nur für Sie, wenn Sie Hunger haben!«

»Aber nein, das kann ich doch nicht verlangen. Die kann ich mir schließlich auch selbst holen!«

»Nein, nein, ich mache das gern!«

Sklavendienste, denkt Carmen, wie in der Kolonialzeit.

»Nein, nein«, sagt sie entschlossen und steht auf. »Das besorge ich selbst. Haben Sie sonst Appetit auf etwas, Britta? Kuchen für heute nachmittag?«

Britta schüttelt den Kopf und schlägt sich leicht auf den Bauch. »Seitdem ich mit meinem Freund zusammen bin, esse ich sowieso zuviel!«

»Oh, das hat also geklappt? Gratuliere. Alles in Ordnung?«

Britta strahlt: »Es ist wunderbar!«

Stimmt, denkt Carmen, man sieht es ihr an. Sie sieht viel hübscher und gelöster aus als früher. Daneben bin ich im Moment wahrscheinlich ein altes, verkniffenes Hutzelweibchen. »Das freut mich wirklich, Britta.« Sie geht und holt ihre Jacke und sieht im Hinausgehen, daß Britta vor Rührung mit den Tränen kämpft. Ich bin ständig so mit mir selbst beschäftigt, daß ich von meiner Umwelt immer nur die Hälfte mitkriege, denkt sie. Ich bin ein schrecklich egoistisches Weib! Draußen steigt gerade der Fahrer in den Wagen, der ihren Parkplatz blockiert.

So kommst du mir nicht davon, denkt Carmen und geht hin: »Es wäre nett, wenn Sie in Zukunft auch ein bißchen an Ihre Mitmenschen denken würden«, sagt sie dem etwa fünfzigjährigen Mann, der eben die Türe von seinem Mercedes zuschlagen will.

Der schaut sie irritiert an: »Ach so, wieso? Was soll das? Sammeln Sie?«

Carmen muß wider Willen lachen: »Ja, ich sammle Ausreden. Sie stehen auf meinem Parkplatz. Also?«

Er schaut nach vorn, auf die Hauswand. Dort steht auf einem weißen Schild der Hinweis auf den Privatparkplatz. »Oh«, sagt er, ehrlich überrascht, »tut mir sehr leid, ich habe das vorhin gar nicht gesehen, ich war so in Eile. Das nächste Mal halte ich mich dran!«

Carmen deutet auf ihren Büroeingang: »Wenn Sie bei mir eine Versicherung abschließen, dann dürfen Sie hier wieder parken. Kostenlos. Ist das ein Angebot?«

Er schaut sie an, ein etwas schwammiges Gesicht mit großer Nase und buschigen Augenbrauen, und lacht: »Das ist ein Angebot. Darauf komme ich zurück!«

Carmen nickt ihm zu und läuft weiter. Ihr Stimmungsbarometer ist bereits erheblich gestiegen. Mal schauen, was ihr das Telefonat mit Maria Heitzer noch bringt!

An der Ecke steht eine Telefonzelle. Eine von den bedauernswerten öffentlichen Einrichtungen, die nur noch eine einzige wesentliche Funktion haben: Objekt für sinnlose Zerstörungswut zu sein. Carmen macht sich noch nicht einmal die Mühe, die Türe zu öffnen. Was sie von außen sieht, reicht ihr schon. Ein zerfleddertes Telefonbuch, ein herausgerissener Hörer, zerschlagene Fensterscheiben und als Gipfel in der Mitte des Fußbodens menschliche Exkremente. Angewidert geht Carmen in Richtung Stadt weiter. Was sind das bloß für Leute, fragt sie sich. Was spielt sich in so einem Gehirn bloß ab? Sie läuft schneller und hält sich den Kragen der Jacke zu. Es ist ordentlich kalt. Sicherlich kommt bald der erste Schnee. Sie ist gut zehn Minuten unterwegs, bis sie die nächste Telefonzelle sieht. Jetzt ist sie bereits in der Nähe der Hauptpost. Wenn sie das gewußt hätte, hätte sie doch Britta zum Bäcker geschickt. Der ist wenigstens nur um die Ecke...

Sie hat Glück. In der Zelle stinkt es zwar nach kaltem Rauch, aber sonst ist sie intakt. Sie wirft Geld ein und wählt dann mit aufgeregten, klammen Fingern: 39666. Ein Anrufbeantworter begrüßt sie. So ein Mist. Sie kann sich doch von dieser Frau nicht zu Hause anrufen lassen. Was ist, wenn David danebensteht? Und im Büro ist es auch ungünstig. Jetzt hat sie diesen ganzen weiten Weg umsonst gemacht! In ihrem ersten Ärger will sie auflegen, entschließt sich dann aber doch, eine Nachricht zu hinterlassen: »Ja, guten Tag, Frau Heitzer, mein Name ist Carmen Legg, es tut mir leid, Sie nun nicht anzutreffen, denn ein Rückruf...« Klick, auf der anderen Seite wird abgenommen. Also hört sich Frau Heitzer zunächst mal an, wer sich meldet. Interessant.

»Maria Heitzer, guten Tag, Frau Legg, entschuldigen Sie, aber ich bekomme so viele unsägliche Anrufe, daß ich mir nur noch mit dem Anrufbeantworter zu helfen weiß.«

»Ach so? Wegen Potenzschwierigkeiten? Das ist ja spannend!«

»Ja, die meisten mißverstehen das leider und wollen direkt geheilt werden. Von mir! Und Sie verstehen, Frau Legg, das ist nicht in meinem Sinne!«

Carmen muß lachen. »Ja, das verstehe ich allerdings. Aber es ist auch eine etwas seltsame Anzeige, die Sie da aufgegeben haben, Frau Heitzer, das müssen Sie zugeben!«

»Nun gut, aber Bedarf ist da, das sehe ich ja jeden Tag. Was kann ich denn für Sie tun?«

»Tja, mein Problem ist die Impotenz meines Freundes. Er leidet seit einem Motorradunfall vor drei Jahren darunter, und ich bin mir nicht sicher, ob das nicht inzwischen schon psychisch ist, verstehen Sie, gar nicht mehr nur organisch. Er ist so darauf bedacht, seinen Unterkörper zu verstecken, daß sich das vielleicht schon ausgewirkt hat – verstehen Sie, was ich meine?«

Sie öffnet etwas die Zellentüre, die Kälte, die hereinzieht, ist immer noch angenehmer als dieser Gestank.

»Sie meinen, daß er seinen Trieb unterdrückt und deshalb nicht mehr kann?«

»Ja, ob es so ist, weiß ich eben nicht. Das Schlimme ist, daß er mich überhaupt nicht an sich heranläßt und ich auch nicht beurteilen kann, was eigentlich genau los ist. Ich habe versucht, ihm seine Berührungsängste zu nehmen, aber ich schaffe es einfach nicht. Ich war deswegen auch schon bei einer Psychotherapeutin. Aber jetzt habe ich die Hoffnung, daß es vielleicht auch anders geht...«

Es entsteht eine Pause, Maria Heitzer überlegt offensichtlich. »Wissen Sie, ich könnte Ihnen jetzt natürlich alles mögliche verkaufen, aber der Fall erscheint mir doch etwas schwerer. Ich sage Ihnen ehrlich, wenn er ernsthaft verletzt wurde, dürften auch meine Mittelchen nichts mehr helfen. Die sind eigentlich nur für müde Männer gedacht, die mal wieder etwas Leben zeigen sollen!«

Carmen ist enttäuscht, aber so schnell will sie nicht aufgeben: »Aber probieren könnten wir es doch?«

»Probieren können Sie es natürlich. Ich berate Sie auch gern. Dazu müßten Sie dann allerdings vorbeikommen. Und eine Beratung kostet 100 Mark, das sage ich Ihnen auch gleich.«

»Ja, ja. Wann denn? Und wo?«

»Marktstraße 7, wann Sie wollen.«

»Das ist ja hier ganz in der Nähe. Ich bin gerade in einer Telefonzelle beim Postamt!« Carmen überlegt schnell. Sie hat heute morgen noch nicht einmal auf den Terminkalender geschaut. Hatte sie irgendwelche Besprechungen abgemacht?

»Hätten Sie denn jetzt gleich Zeit, Frau Heitzer? Das heißt, ich müßte erst noch in meinem Büro anrufen und würde Ihnen dann gleich wieder Bescheid geben!«

»Kein Problem. Ich lege mal solange auf, bis nachher!«

Britta, liebenswürdig wie immer, überfliegt kurz die Termine und sagt ihr dann, es sei kein Problem, am Nachmittag käme Klaus Wiedemann von der Bezirksleitung, aber das sei erst gegen 15 Uhr. Dieser alte Schwätzer, denkt Carmen, meldet sich bei Maria Heitzer an und geht los. Etwas komisch fühlt sie sich schon. So, als ob sie als Kind in ein Märchenland eintauchen würde. Hänsel und Gretel fallen ihr ein. Wahrscheinlich begegnet sie jetzt zum ersten Mal in ihrem Leben einer richtigen Hexe. Obwohl, am Telefon hat sie ganz normal geklungen, eine helle, aufgeweckte Stimme. Weder krächzend noch heiser. Aber es soll ja auch junge, hübsche Hexen geben. Rote Haare müßte sie allerdings haben – und Sommersprossen. Jede Menge Sommersprossen. Carmen grinst über sich selbst und wäre an der Hausnummer 7 fast vorbeigelaufen. Das schmale Haus gehört zu einer mittelalterlichen Häuserzeile von etwa zwanzig Häusern, die ockerfarben, altrosa und dunkelrot gestrichen sind. Eine Arkade läuft daran entlang, schützt die darunter liegenden Eingänge und Geschäfte. Rechts und links der Hausnummer 7 haben eine Drogerie und ein Bäcker einige Auslagen nach draußen gestellt. Vor der ganzen Zeile verläuft eine breite Steintreppe, die die Arkade mit der Straße verbindet. Carmen kennt diese mittelalterliche Häuserreihe nur vom Vorbeifahren, aber so aus der Nähe betrachtet wirkt sie sehr malerisch, durch den bunten Putz fast ein bißchen italienisch. Die Umgebung paßt zu Großmutters Zaubermittelchen, findet Carmen und geht die breiten Stufen hinauf zur Türe. Mehrere Namen, ganz oben dann Heitzer, in altdeutscher Schrift. Na ja, denkt Carmen. Wahrscheinlich legt sie auch noch Tarotkarten und liest aus der Hand.

Sie klingelt. Es tut sich nichts. Dann sieht sie, daß die Türe nur angelehnt ist. Sie macht sie auf. Ein dunkler Gang verbirgt sich dahinter, mit Fahrrädern, Dreirädern und Kinderspielzeug vollgestellt, eine schmale Holztreppe führt nach oben. Sie tritt ein. Es riecht nach Staub, altem Bienenwachs und dem Lauch von gestern. Heitzer stand zuoberst auf dem Klingelbrett, also wird sie auch unterm Dach wohnen. Carmen geht Stockwerk um Stockwerk höher. Im vierten steht die Wohnungstür offen, eine etwa 45jährige Frau mit einem dunkelbraunen Pferdeschwanz erwartet sie. Sie ist schlank, trägt Jeans und einen naturfarbenen, lockeren Rollkragenpullover. Carmen schüttelt ihr die Hand, die Frau ist ihr auf Anhieb sympathisch.

»Kommen Sie doch herein.« Maria Heitzer tritt auf die Seite, läßt Carmen an ihr vorbeigehen. Carmen ist überrascht. Sie hatte eine dunkle Altbauwohnung vermutet, jetzt steht sie in einem hellen Dachatelier mit weißem Parkettfußboden, einem riesigen Raum, der nur durch einige Paravents unterteilt wird, spärlich, aber geschmackvoll eingerichtet, eine Mischung aus modernen Designermöbeln und antiken Stücken.

»Das gefällt mir«, sagt Carmen spontan. Es gefällt ihr besser als ihre eigene Wohnung. Diese hier hat so etwas Freies, sie meint, einen Hauch von Nonchalance und Verzicht auf bürgerliche Normen zu verspüren. »Das freut mich«, sagt Maria und weist zu einem großen, alten Holztisch, der etwas abseits unter einem der großen Atelierfenster steht. Im Winter muß das toll sein, wenn einem die Schneeflocken fast auf den Kopf fallen, überlegt Carmen, und sie setzt sich vorsichtig auf einen der schmalen Kirschholzstühle.

Maria nimmt ihr gegenüber Platz. Einen Augenblick betrachten sich die beiden Frauen schweigend. Carmen ist von Marias Augen fasziniert. Das schmale, eigentlich unauffällige Gesicht wird durch grüne, schrägstehende Augen beherrscht.

»Sie haben richtige Katzenaugen«, sagt Carmen.

»Beunruhigt Sie das?«

»Im Gegenteil, ich finde es sehr anziehend. Es sind äußerst interessante Augen. Sie geben Ihnen so einen, so einen«, Carmen sucht nach dem richtigen Wort, überlegt einen Augenblick und läßt es dann heraus: »So würde ich mir Hexenaugen vorstellen!«

Maria wirkt überhaupt nicht überrascht, sie lächelt leicht und entblößt eine Reihe ebenmäßiger Zähne: »Wir erkennen uns eben untereinander!«

Carmen sagt nichts. Ihr Blut rauscht. Was hat sie da gesagt? Wir erkennen uns untereinander? Wir Hexen erkennen uns untereinander? Donnerwetter! Sie fühlt sich ganz benommen. Wo ist sie denn da hingeraten? Oder stimmt es etwa?

Maria hat abgewartet, sagt überhaupt nichts, beobachtet sie nur.

»Ich gebe zu, Sie haben mich etwas aus der Fassung gebracht. Ich habe mich bisher nie als Hexe gesehen!«

»Das wundert mich. Denken Sie nie über sich nach?«

Carmen schluckt trocken. Eine seltsame Situation. Natürlich denkt sie über sich nach. Oder nicht?

»Ich dachte bisher schon, daß ich mich ganz gut kenne!«

Der grüne Schimmer in den Augen gegenüber verstärkt sich. »Sie haben doch immer alles erreicht, was Sie wollten. Sie spielen mit den Menschen, versuchen Sie so hinzubiegen, wie Sie sie haben wollen. Und meistens gelingt das wohl auch. Was meinen Sie, woher das kommt? Ihr hübsches Gesicht allein ist es sicher nicht! Oder haben Sie das bisher immer gedacht?«

»Ich dachte immer, ich hätte Glück gehabt!«

»Das ist typisch Frau«, lacht Maria. »Ein Mann erklärt seine Erfolge immer daraus, daß er einfach besser ist als andere, eine Frau sagt immer, sie habe einfach Glück gehabt!« Sie verändert ihre Stimme, spricht eindringlich. »Sie haben nicht einfach Glück. Glück gehört dazu, aber auch das Glück sucht sich seinen Weg und kommt zu den Richtigen. Verstehen Sie? Sie haben Kraft, Sie sind stark, Sie zwingen anderen Ihren Willen auf. Vielleicht merken Sie es selbst nicht, aber so ist das, so funktioniert das! Ihre innere Kraft schafft Ihnen den Weg. Nicht das Schicksal und nicht das Glück!«

Carmen kommt sich ganz klein vor. Von innerer Kraft spürt sie im Moment überhaupt nichts. Sie ist winzig, unsicher, unscheinbar. »Wenn die Welt so funktioniert, wie Sie meinen, dann sind Sie mir jedenfalls überlegen, das spüre ich genau!«

»Sie sind bei mir zu Hause. Das ist meine Aura, die Sie spüren. Hier bin ich die Starke, oder Sie empfinden es zumindest so, weil hier meine Höhle ist. Draußen wäre das anders! Und bei Ihnen zu Hause erst recht!«

Carmen ist nicht überzeugt. Diese Frau hat eine Ausstrahlung, die sie fast körperlich spürt und die stärker wird, je länger sie sich gegenübersitzen.

»Darf ich Sie mal zum Thema befragen? Was sind das für Mittelchen, und wie kommen Sie dazu?«

Maria lacht: »Unsere Großmütter waren auch nicht dumm. In manchem waren sie sicherlich sogar schlauer. Sie mußten sich damals noch mit der Natur arrangieren, ganz einfach, weil es nichts anderes gab. Wir verlassen uns heute doch nur noch auf die Chemie. Meistens geht einem dadurch der Sinn für die natürlichen Kräfte verloren. Meine Urgroßmutter hat sich vor bald hundert Jahren ein Buch über die Wirkungskräfte der Natur besorgt, speziell im sexuellen Bereich. Damals ging es den Frauen natürlich vor allem um die Verhütung. Aber ich vermute, wenn ich die unterstrichenen und angekreuzten Stellen richtig deute, daß es meiner Uroma noch ein bißchen um etwas anderes ging.« Sie lacht wieder. »Ich glaube, mein Urgroßvater war ein ziemlich verschlafener Typ!«

»Und etwas in der Art geben Sie mir jetzt mit?«

»Ich werde Sie jetzt mit allem bekanntmachen, was es so gibt. Augenblick mal«, sie steht auf. »Möchten Sie etwas trinken? Wasser? Tee?«

»Sehr gern Tee, wenn es keine Umstände macht!«

Maria, schon im Gehen, dreht sich nochmals um: »Der Satz paßt nicht zu Ihnen. Natürlich macht es Umstände. Aber normalerweise würde Sie das nicht interessieren. Stimmt's?«

Carmen nickt. Stimmt. Warum hat sie es eigentlich gesagt? Sie weiß es auch nicht. Sie weiß nur, daß diese Frau ihr irgendwie unheimlich ist.

Kurz darauf ist Maria mit einem Ordner und einem alten, in Leder gebundenen Buch zurück.

»Also, da habe ich alles drin, was Ihnen weiterhelfen kann.« Sie schaut Carmen eindringlich an. »Vielleicht weiterhelfen kann, wohlgemerkt, da wir ja nicht wissen, ob Ihr Freund nicht doch organisch schwer geschädigt ist.«

Carmen nickt. Maria fährt fort: »Also, das hier ist nicht nur aus Omas Kräutergarten, sondern auch, was ich Ihnen fertig besorgen kann oder was Sie im Laden einfach kaufen können. Manches ist allerdings recht teuer!« Sie blickt kurz auf, ihre moosgrünen Augen heften sich wieder auf Carmen.

»Ja«, Carmen stockt, »ich habe mir darüber noch keine rechten Gedanken gemacht. Nennen Sie doch einmal ein Beispiel!«

Ein Wasserkessel pfeift von irgendwoher. »Augenblick bitte.« Maria springt auf und kommt gleich darauf mit einer Teekanne zurück. »Muß noch ziehen«, sagt sie und holt zwei Teegedecke aus feinstem Porzellan. Dazu stellt sie eine passende Dose mit braunem Zucker auf den Tisch.

»So.« Sie setzt sich wieder. »Also, eine rote Wurzel vom Roten Ginseng, sie steht in Korea übrigens unter Staatsmonopol, kostet beispielsweise 1000 Dollar, einen geriebenen Hirschphallus aus China bekommen Sie für 1500 Dollar. Von dem Nashornpulver des Rhinozeros wollen wir gar nicht reden. Nicht nur, weil es so teuer ist, sondern auch, weil das Rhinozeros deshalb kurz vor der Ausrottung steht.«

Carmen nickt. »Rhinozeros käme für mich überhaupt nicht in Frage, ein Pülverchen aus geriebenem Hirschphallus finde ich ekelhaft, und diese Wurzel ist mir zu teuer. Gibt's was anderes?«

»Schwächer, aber trotzdem wirkungsvoll, sind dem Volksmund nach Blütenpollen und Hafer, Lebertran soll mit seinen ungesättigten Fettsäuren das Blut dünnflüssiger machen, und dadurch strömt es besser in die Glieder, und wenn Sie dem allem nicht trauen, gibt es im Sexshop die *Orientalischen Liebesbonbons* für 22 Mark!«

Carmen schüttelt den Kopf: »Das gefällt mir alles noch nicht so richtig. Das hört sich zu... zu normal an. Ich hätte lieber so ein ganz geheimnisvolles Mittelchen, das ich zubereiten, ins Essen kochen oder unter das Kopfkissen legen kann, und das dann auch hundertprozentig wirkt!«

»Hundertprozentig wirkt?« Maria lacht und schüttelt den Kopf. »Na, dann wollen wir mal sehen!« Sie schlägt ihr Buch auf, lehnt sich etwas zurück. »Ich sage Ihnen jetzt, was unsere Urgroßmütter schon wußten. Koriander mehrt den unkeuschen Samen. Kresse reizt zum Beischlaf. Der Samen der Gartenkresse macht lustig und bereit zur Unkeuschheit. Zu Lein steht hier: Mit Honig und Pfeffer gemischt und als Kuchen reichlich genossen, reizt er zum Liebesgenuß – und hilft dem kalten Mann wieder auf den Gaul!«

Carmen lacht und fragt dann: »Lein? Was soll das sein?«

»Leinsamen, Leinöl sagt Ihnen etwas? Lein ist ein dünnstengeliges Pflänzchen mit Fruchtkapseln.« Sie blickt auf: »Schenken Sie uns bitte einmal ein? Sonst wird er zu bitter!«

Während Carmen mit der Teekanne hantiert, liest Maria weiter vor: »Mannstreu, den Männern ins Bett gestreut, erregt sie sinnlich, Muskatöl auf das Glied geschmiert hilft zum Venushandel...«

»Venushandel?« unterbricht Carmen noch mal.

»Geschlechtsverkehr«, erklärt Maria und fährt fort: »Pfeffer bringt den Mann aufs Roß und's Weib ins Erdgeschoß.«

»Heißt das, daß er oben und sie unten liegt?« will Carmen wissen.

»Angeblich haben Männlein und Weiblein früher nur in der Missionarsstellung miteinander verkehrt. Ich glaube es aber nicht, denn schon die Höhlenmenschen hatten ganz andere Vorbilder!«

Carmen lacht. »Sorry, ich habe Sie unterbrochen!«

»Anis schafft Anreiz zu den ehelichen Werken. Beifuß, unters Bett gelegt, bringt unkeusche Begier. Galgantwurzel – jetzt aufgepaßt! – wird sie verspeist oder auf die Genitalien gelegt, ist ein ununterbrochener zwölfmaliger Beischlaf möglich!«

»Wie heißt diese Wurzel?« Carmen hält in ihrer Bewegung inne.

»Galgantwurzel«, wiederholt Maria.

»Das muß ich mir merken. Hört sich gut an. Was gibt's noch?«

»Hanf wird in den Konstantinopeler Harems den schwachen Männern gegeben. Allerdings Vorsicht, übermäßiger Genuß bewirkt das Gegenteil!«

Carmen grinst: »Das Gegenteil haben wir schon...« und nippt an ihrem Tee. Maria nimmt ebenfalls einen Schluck und fährt dann fort: »Die heilige Hildegard schreibt, daß ein gesunder Mann nach dem Genuß von Hauswurz in Liebeslust entbrennt. Hirschschwamm hat eine Kraft, welche die unkeuschen Glieder im

Venushandel stärkt. Ingwer ist auch gut, als Wurzelstock hilft er gegen die Schwäche der Geschlechtsorgane!«

»Hört sich ja alles toll an! Ein Bekannter stand immer so auf Rettich. Nützt das auch was?«

Maria lacht und schlägt das Buch zu: »Angesammelte Gase können zu Erektionen führen. Übrigens haben Bohnen, Zwiebeln und Lauch die gleiche Wirkung. Dazu zwei Bier und eine Knoblauchzehe – und die Post geht ab!«

»Fragt sich nur, welche«, Carmen schüttelt sich. »Also Erektionen durch Blähungen sind nichts für mich. War nun eines von den beschriebenen Mitteln auch wirklich sicher? Klappt das im Normalfall?«

»Also, einige meiner Kunden behaupten es. Aber ich weiß natürlich nicht, ob es der Glaube oder wirklich das Kraut ist. Es gibt aber auch Kräftigeres. Viele schwören auf einen Sud mit pulverisierter Kantharide, auch Spanische Fliege genannt. Die Spanische Fliege ist ein Käfer, und zwar kein ganz ungefährlicher. 0,6 Gramm davon verursachen Vergiftungserscheinungen, 2–3 Gramm sind tödlich. Wenn Sie es auch riskieren wollen: Es gibt Pillen mit Kanthariden-spuren, sie heißen *Galante Pillen*.«

»Hmmm.« Carmen lehnt sich zurück. »Ich bin unentschlossen. Also, vergiften möchte ich ihn ja nicht gerade. Gibt es kein harmloses Mittel, das funktioniert? Kann ich ihm kein Süppchen kochen?«

»Thassalische Hausfrauen schwören auf Knabenkrautwurzeln. Also auf die Wurzeln von Orchideen. Sie kochen sie in heißer Ziegenmilch – aber meinen Sie, daß Ihr Freund das freiwillig trinken wird?«

Carmen schüttelt den Kopf.

»Also dürfte Yohimbin für ihn am besten sein. Es wird aus der Rinde des Yohimbebaumes gewonnen, und die Eingeborenen Westafrikas kennen dieses Extrakt schon lange als starkes Aphrodisiakum.«

»Aha, und wie geht das? Ich meine, wie wirkt dieses… Yo, Yo-Zeugs?«

»Yohimbin«, hilft Maria weiter. »Es hat hormonelle Effekte auf gewisse Botenstoffe bei der Reizleitung in den Nerven und erregt außerdem das sympathische Nervensystem!«

»Aha, und was heißt das?«

»Es fördert die Durchblutung im kleinen Becken, speziell im Penis!«

Carmen lächelt entspannt: »Na, das hört sich doch gut an. Das gefällt mir. Wie bekomme ich dieses Yohimbin?«

»Yohimbin gibt es in verschiedenen Dosierungen, manche sind rezeptpflichtig. Aber da könnte Ihnen auch Ihre Psychotherapeutin weiterhelfen. Oder Sie versuchen es zunächst mal mit einer schwächeren Form!«

»Können Sie mir das besorgen?«

Maria zögert kurz, schaut dann auf ihre Armbanduhr. »Kommt darauf an – bis wann?«

»Bis heute abend!«

»Sie haben's aber eilig!«

Carmen nickt leicht und schaut Maria dann mit schräggestelltem Kopf an: »Jetzt will ich es einfach wissen. Und da kann ich nicht warten. Und dazu möchte ich noch das Kraut, das man unters Bett streut. Was war das noch einmal?«

»Mannstreu!«

»Genau. Krieg ich das im Bioladen? Und dieses andere Gewächs, für den Kuchen, auch?«

»Sie meinen Lein?«

»Ja, genau!«

»Ich glaube nicht, daß Sie das hier bekommen!«

»Können Sie es besorgen?«

»Natürlich. Das ist ja der Service, den ich anbiete! Fraglich ist nur, ob es in so kurzer Zeit möglich ist!«

»Hauptsache, daß Sie wissen, wo Sie es bekommen. Der Rest findet sich dann. Also, passen Sie auf. Ich werde ihm ein richtiges Menü kochen. Als Vorspeise bekommt er ein Kressesüppchen, Kresse bekommt man überall, zumindest das dürfte kein Problem sein. Dann bekommt er einen Hauptgang mit... ja, was denn?«

»Spargel würde ich vorschlagen. Spargel an Sauce Hollandaise, scharf abgewürzt mit Liebstöckel. Auch ein Aphrodisiakum. Und dazu Salzkartoffeln.«

»Sehr gut. Bloß – wo bekomme ich um diese Jahreszeit Spargel her?«

»Besorge ich Ihnen! Dürfte allerdings eine Stange Geld kosten!«

»Egal, sehr gut. Zum Dessert gibt's dann diesen Leinkuchen. Oder was schlagen Sie vor?«

Maria schenkt sich noch mal eine Tasse ein, und ein Lächeln läßt ihre Augen noch katzenartiger werden.

»Ich würde Zimteis nehmen, Zimt ist hervorragend, und darüber würde ich eine Mischung aus Honig, Lein, zerstoßener Galgantwurzel, zerstoßener Ingwerwurzel und zerhackten Mandeln geben. Garnieren können Sie es ja dann mit ein paar eingelegten Ingwerstücken. Sieht gut aus und schmeckt phantastisch. Ich habe es schon ausprobiert!«

»Wirklich?« Carmen reißt die Augen auf. »Und? Hat es gewirkt?«

Maria lacht: »Das ist unschlagbar!«

»Na, toll, und dann noch Mannstreu und – da war doch noch etwas für unters Bett?«

»Beifuß!«

»Genau, und das kommt unters Bett und unters Kopfkisssen. Und zwischendurch bekommt er eine kleine Dosis Yo..., na, Sie wissen schon, was ich meine, Yohimbin, nicht wahr? Wie finden Sie das?«

»Entweder kippt er um, oder er klebt an der Decke!«

»Aber dann weiß ich es wenigstens. Ich finde es gigantisch, Frau Heitzer, Sie haben mir sehr geholfen. Schaffen Sie das alles bis heute abend?«

»Es wird eng. Ich muß viel telefonieren und etliche Kilometer fahren, bis ich alles zusammenhabe!«

»Egal, welche Rechnung Sie mir aufmachen, wenn bis heute abend alles da ist, lege ich einen Hunderter als Erfolgshonorar drauf!«

»Und wenn die Hohe Kunst versagt?«

»Das ist mein Risiko!«

»Also gut, abgemacht! Aber dann muß ich gleich starten!«

Carmen steht auf. »Ich muß auch zurück. Wann kann ich denn wieder vorbeischauen?«

»Neunzehn Uhr dürfte hinkommen!«

Maria Heitzer begleitet Carmen zur Türe. Dort fällt Carmen noch etwas ein. »Und das Getränk? Was wirkt?«

»Mandelmilch!«

»Doch nicht zu so einem Essen!«

Maria lacht: »Nehmen Sie Champagner. Das paßt ausgezeichnet und verstärkt die Wirkung!«

Carmen tanzt das dunkle Treppenhaus hinunter. Sie ist völlig aufgedreht, und am liebsten würde sie sofort anfangen zu kochen. Hoffentlich schafft sie alles alleine. Auf der untersten Treppe kriegt sie etwas zwischen die Beine, verliert das Gleichgewicht, versucht sich im Fallen noch an der Wand abzustützen, rutscht mit der rechten, bloßen Hand am rauhen Verputz hinunter und landet unsanft auf den Knien. Ein Holzroller kracht neben ihr auf den Boden. Dieses Ding vor dem Treppenabsatz hat sie in ihrer Euphorie glatt übersehen. »Uff«, Carmen richtet sich langsam auf und läßt sich nach hinten auf die unterste Stufe sinken. Die rechte Hand ist aufgeschürft, das linke Handgelenk tut weh. Die Knie sind in Ordnung, die Hose ist heil geblieben. Na, das war die erste kalte Dusche auf dem Weg zur Glückseligkeit, denkt sie und steht langsam auf. Sie geht zur Haustüre und öffnet sie. Im Tageslicht betrachtet sie ihren Handballen. Es brennt zwar, aber es ist kaum etwas zu sehen. Dann bewegt sie vorsichtig die linke Hand. Das schmerzt nun wirklich. Wie soll sie diese ganzen Wurzeln und Kräuter zubereiten, wenn sie die Hand nicht richtig bewegen kann? Dann muß sie eben doch Laura fragen. Laura stellt sich im Haushalt ohnehin geschickter an. Schließlich hat sie es auch studiert. Also, auf geht's, irgendwie wird sie alles schon in den Griff bekommen. Sie schlingt die dicke Jacke um sich, verschränkt die Arme vor der Brust und läuft los. Es ist kalt, richtig kalt. Sie hat kalte Ohren und eine kalte Nase, und flüchtig überlegt sie, ob sie nicht ein Taxi nehmen soll. Aber dann verwirft sie den Gedanken wieder. Die frische Luft wird ihr guttun, macht einen klaren Kopf. Und den hat sie jetzt nötig. Was hat sie gesagt? Einen Hunderter als Bonus? Sie muß völlig bescheuert sein. Einer Alchimistin ihr sauer verdientes Geld in den Rachen zu werfen. Wer weiß, mit welchen Kräuterchen Maria den Tee gebraut hat. Nüchtern käme sie doch nie auf solche Gedanken. Aber dann muß sie wieder lachen. Mein Gott, ein ganzes Liebesmenü für David, wenn er das wüßte! Un menu surprise, un menu à la Aphrodite. Laura wird sich totlachen. Und Elvira wird es vielleicht gleich für Stefan und seine neue Reporterfreundin nachkochen lassen. Vielleicht sollte sie die Rechte an dem Rezept schon gleich mal schützen lassen. Allein mit den Tantiemen müßte sie eigentlich Millionärin werden, bei dem Bedarf! Wenn man mal überlegt, jeder zehnte Mann soll angeblich Potenzstörungen haben, bei drei Millionen Männern und einem Rezeptpreis von – sagen wir mal – zehn Mark, sie rechnet und denkt und rechnet, und bis sie bei ihrem Büro ist, ist sie sicher, daß sie eine Enzyklopädie herausgeben wird. Natürlich erst, wenn sie das Rezept selbst ausprobiert hat. Aber wenn sie alles selbst ausprobieren muß... da muß sie sich schleunigst nach Gegenmitteln umschauen. Lebkuchen soll Männer müde machen, das weiß sie noch von ihrer Mutter. Hat sie an Weihnachten immer erzählt, wenn Papa nicht genug bekommen konnte. Auf der anderen Seite, überlegt sie, müßten Weihnachtsplätzchen ja die reinsten Liebesreißer sein. Koriander, Nelken, Mandeln, Zimt, Honig, Pfeffer – alles drin! Sie lächelt vor sich hin und öffnet ihre Bürotüre. Ein Kunde sitzt bei Britta. Als er sich umdreht, erkennt ihn Carmen. Es ist der Mercedesfahrer von heute morgen.

»Welche Überraschung«, sagt Carmen und reicht ihm die Hand.

»Ja, ich hatte etwas Zeit, und Sie haben mich heute morgen auf dem richtigen Fuß erwischt. Ich kam gerade vom Anwalt, habe einige private und berufliche Veränderungen vor und kann Ihren Rat ganz gut gebrauchen. Und Ihre Kollegin hilft mir bereits seit einer Stunde sehr gut weiter. Ich bin schon um einiges schlauer!«

»Na, das ist ja bestens!« Carmen schaut hinaus. »Wo ist denn Ihr Auto? Wir haben doch ausgemacht, daß Sie auf meinem Parkplatz parken dürfen, wenn Sie zu uns kommen?« Er grinst, und seine dichten Augenbrauen stoßen fast aneinander: »Ich wollte es nicht übertreiben!« Carmen nickt ihm zu und hängt ihre Jacke weg.

»Wenn es irgendwelche Fragen gibt, Britta, helfe ich gern!«

»Danke, bis jetzt ist alles klar.«

Carmen setzt sich an ihren Platz. Drei Notizzettel liegen da. Britta hat fein säuberlich notiert:

10.10 Uhr: David hat angerufen;
10.30 Uhr: 2. Anruf David;
11 Uhr: 3. Anruf David. Bittet um Rückruf.
Peter hat angerufen. Ruft nochmals an.
Eine Praxis für Psychotherapie hat angerufen:
Termin morgen, Dienstag, um 12 Uhr.

Carmen schaut schnell zu Britta hinüber, die nickt ihr kurz zu. Carmen ist ihr für ihre Diskretion dankbar.

Sobald sie wieder alleine sind, greift Carmen zum Telefon. David meldet sich sofort. »Es tut mir leid, daß ich Britta so oft gestört habe, aber ich muß dich unbedingt sprechen!«

»Ja? Wieso denn? Ist was passiert?« Carmen hält unwillkürlich die Luft an.

»Ja! Ich habe eine unbeschreibliche Sehnsucht nach dir! Es macht mich völlig irre!«

»Ach so!« Sie holt tief Luft. »Das ist ja phantastisch. Das trifft sich genau mit dem, was ich dir sagen wollte, und außerdem möchte ich uns heute abend etwas Schönes kochen. Hast du Lust?«

»Du kannst kochen?«

Carmen lacht. »Ich kann's doch zumindest mal für dich probieren, oder meinst du nicht?«

»Ich fühle mich natürlich geehrt, aber ich bringe genausogern etwas mit!«

»Sag das nicht, wo ich mir soviel Mühe gebe!«

»Da hast du recht. Ich freue mich sehr. Gegen neun Uhr? Früher klappt es leider nicht!«

»Paßt genau! Bis dann!« Sie haucht einen Kuß durchs Telefon und legt dann auf. Hoffentlich schafft Maria Heitzer die Sachen rechtzeitig herbei. Das wäre eine schöne Blamage, wenn die Hälfte fehlen würde! Sie testet vorsichtig ihr Handgelenk. Bewegt die Hand im Kreis und von oben nach unten. Schon besser. Soll sie Laura trotzdem...? Sie überdenkt noch mal ihr Menü. Kressesuppe. Keine Ahnung, noch nie gekocht. Da muß sie sich noch ein Rezept besorgen. Kartoffeln sind klar, Spargel auch. Zimteis kann sie kaufen, die Sauce wird sie irgendwie zusammenschustern, die Zutaten bekommt sie ja alle. Champagner muß sie auch noch kaufen und Kerzen. Damit ihr Liebesattentat nicht am Licht scheitert. Ob Britta...?

»Britta, können Sie kochen?«

Britta schaut erstaunt auf, aber in letzter Zeit ist sie von Carmen ja einiges gewöhnt. Sie nickt. Natürlich, das hätte sich Carmen denken können!

»Haben Sie schon einmal eine Kressesuppe gekocht? Hätten Sie dafür ein Rezept?«

Britta nickt und lächelt. »Ja, gerade die essen wir sehr gern und oft!« Hört, hört, denkt Carmen. »Das ist ganz einfach. Für zwei Personen nehmen Sie…«

Carmen greift zu Füller und Notizblock. »Langsam bitte!«

»…zwei Tomaten, eine Zwiebel, eineinhalb Eßlöffel Mehl, 800 Milliliter Rinderfond oder Hühnerbrühe, wenn Sie keinen Fond haben, zwei Beete Kresse und Sahne oder Crème fraîche, davon etwa einen Becher. Und dann ein Eigelb, Cayennepfeffer, Salz und Muskatnuß. Wenn Sie wollen, noch etwas Weißwein.«

»Hört sich gut an! Und wie bereite ich es zu?« Carmen wartet schreibbereit.

»Also, ich überbrühe die Tomaten, schrecke sie kalt ab, häute sie und schneide sie in kleine Würfel. Entkernen natürlich noch!«

»Natürlich!« bestätigt Carmen und unterstreicht es zweimal.

»Dann die Zwiebeln fein würfeln und in der Butter dünsten, bis sie glasig sind. Mit dem Mehl bestäuben und kurz anschwitzen lassen – wenden nicht vergessen. Dann gebe ich den Rinderfond zu und lasse es einige Minuten kochen – aber nicht zu heiß! Ja, und dann von der Kresse einige Blättchen zum Garnieren beiseite legen und den Rest mit dem Handrührer fein pürieren und dazugeben. Haben Sie einen Mixer?«

»Ja!« Das war das arg belachte letztjährige Weihnachtsgeschenk ihrer Mutti.

»Und dann Crème fraîche oder Sahne darunterrühren. Mit Cayennepfeffer und Salz würzen, wie es Ihnen am besten schmeckt, und zuletzt das Eigelb mit dem Schneebesen unterrühren. Sie müssen aber aufpassen, die Suppe darf dabei nicht mehr kochen! Und wenn Sie sie servieren, verteilen Sie die Tomatenwürfel in den Suppentellern, die sollten vorher natürlich angewärmt sein, gießen die Suppe darüber und garnieren mit der restlichen Kresse. Ganz einfach!«

»Ganz einfach!« wiederholt Carmen. »Mir erscheint das höchst kompliziert für so ein einfaches Süppchen!«

Britta lacht: »Aber es lohnt sich. Sie schmeckt vorzüglich!«

Sie scheint wirklich etwas davon zu verstehen, denkt Carmen und fragt: »Was wollte Peter eigentlich?«

»Er hat keine Nachricht hinterlassen. Aber er will noch mal anrufen!«

Na, denkt Carmen, heute abend gehe ich vorsichtshalber weder ans Telefon noch an die Türe. Das wäre der Clou, wenn der mir hereinplatzen und das Süppchen noch versalzen würde! Jetzt noch Isabella anrufen und den Termin bestätigen. Bis morgen mittag hat sie David hoffentlich so weit, daß er freiwillig mitgeht. Ihrem Plan nach müßte eigentlich alles wunderbar klappen, ein Zahnrädchen in das nächste greifen!

Fünfhundert Mark legt Carmen auf Marias Holztisch und trägt dafür einen Korb voll Gemüse und Kräuter hinaus. Einhundert Mark Beratung, einhundert Mark Bonus, einhundert Mark für einhundert gefahrene Kilometer und zweihundert Mark für die Zauberzutaten. Wenn Isabellas Rechnung noch kommt, bin ich pleite, denkt Carmen, während sie vorsichtig die Holztreppe hinuntergeht. Jetzt drückt sie in jeder Etage auf den kleinen altmodischen Lichtknopf. Stürzen wird sie hier nicht mehr, soviel ist sicher! Es steht nichts im Weg, sie kommt heil hinaus, läuft schnell über die feuchten Steintreppen hinab zu ihrem Wagen, der im Halteverbot steht, und rutscht mit ihren Ledersohlen aus. Diesmal kann sie sich gerade noch fangen, aber ihr Herz schlägt bis zum Hals. Das ist hier wirklich wie verhext!

Zu Hause packt Carmen fieberhaft ihre Beute aus. Viel Zeit hat sie nicht, es ist bereits halb acht. Also zunächst mal den Champagner ins Kühlfach, die Spargel schälen und alles zum Kochen vorbereiten, dann die Melange für das Zimteis mixen, das Süppchen aufsetzen und schnell den Tisch decken, ins Bad witschen, duschen, ein heißes Dessous anlegen, kleines Schwarzes darüber, öffnen, begrüßen, essen, verrückt werden, ins Bett.

In ihrem Kopf ist bereits alles klar und alles geordnet. Fehlt nur noch die Ausführung.

Für die Spargel nimmt sie den Kartoffelschäler, das geht relativ schnell. Apropos Kartoffeln, die hätte sie fast vergessen. Die Kartoffeln schält sie auch gleich mit, das nimmt mehr Zeit weg als einkalkuliert. Ein zweiter großer Kochtopf muß her. Gut, jetzt die Wurzeln. Maria hat sie bereits pulverisiert geliefert. Gott sei Dank, sie hätte nicht gewußt, wie sie die Dinger in der kurzen Zeit klein gekriegt hätte. Sie nimmt eine Schüssel heraus und gießt sämtliche beschriftete Tütchen aus. Das ergibt zunächst einmal ein undefinierbares, unappetitliches Häufchen. Carmen kippt den Honig darüber, der zäh aus dem Glas fließt und alles zudeckt. Dann nimmt sie eine Gabel und hebt langsam den Honig nach unten, bis eine einheitliche, zähe Masse entsteht. Sie probiert eine Gabelspitze, es schmeckt vor allem nach Honig. Die Mandeln und der Ingwer schmecken ein bißchen heraus, nicht schlecht, aber auch nicht überwältigend. Ob sie das Ganze noch irgendwie aufpeppen kann? Mit einem Schuß Cognac? Aber vielleicht ist Cognac ja gerade das Gegenmittel. Sie könnte schnell Maria anrufen, aber die fünfhundert Mark reichen ihr eigentlich. Wer weiß, was eine telefonische Beratung kostet. Außerdem, zusammen mit dem Eis ist die Melange sicherlich okay. Jetzt die Sauce Hollandaise vorbereiten. Die hat sie sich im Delikatessengeschäft fertig gekauft, das geht schnell. Und nun das Süppchen.

Sie schaut auf die Uhr. Immerhin schon bald halb neun. Die Zeit läuft. Wo ist jetzt das Rezept? Sie läuft zu ihrer Tasche. In der Eile findet sie es nicht, kippt wütend die ganze Tasche aus. Es ist nicht da. Hat sie es in die Hose gesteckt? Sie greift ihre Taschen ab. Nein. Sie hat es doch nicht etwa im Büro liegenlassen? Doch, wahrscheinlich genau das! Kann sie Britta jetzt noch anrufen? Schlecht. Außerdem zu zeitaufwendig. Und vielleicht ist sie ja auch gerade bei ihrem Freund. Und von dem hat sie keine Telefonnummer. Nun denn, meine Gute, du hast es schließlich aufgeschrieben, also konzentriere dich. Sie schaut in ihre Einkaufstüte. Anhand der Zutaten wird sie wieder draufkommen. Schau an, da liegt er ja, der vermißte Zettel. Klar, ist ja auch logisch, sie hat ihn zum Einkaufen gebraucht. So. Jetzt geht's los. Mit der Kresse muß ich aufpassen, bloß nicht zu lange kochen, sonst verliert sie sicher alle Wirkstoffe, das wäre fatal. Carmen jongliert fieberhaft mit Töpfen und Schüsseln, läuft dann zwanzig vor neun hinaus, um den Tisch zu decken.

Um die großen weißen Teller und in die Mitte des Tisches legt sie bunt gestickte Blumengirlanden, das kommt auf der schwarz lakkierten Tischplatte gut zur Geltung. Sie ordnet das Besteck nach ihren drei Gängen, stellt zwei silberne Kerzenleuchter dazu, zündet die hohen Kerzen an, steckt zwei weiße Stoffservietten in ausgefallene Serviettenhalter aus Porzellanblüten, passend zu den Girlanden. Jetzt noch die edlen Champagnergläser, sachte, sachte, die gehen schnell kaputt, und dann springt sie ins Bad, wirft Hose und Pullover samt Unterwäsche in den Wäschekorb, nur weg, aus dem Blickfeld, duscht in aller Eile, schlingt sich, noch naß, ein Badetuch locker um und legt ein leichtes Abend-Make-up auf. Nicht zuviel, aber trotzdem festlich.

Noch drei Minuten bis neun. Wenn er jetzt klingelt, das wäre ärgerlich! Die halterlosen Strümpfe wollen partout nicht über die noch feuchten Beine, sie zieht und zerrt – und eine Laufmasche springt vom Knie bis zur Fessel. Carmen ist den Tränen nahe, reißt den Strumpf herunter. Und jetzt? Hat sie noch ein Paar? Die Strümpfe fliegen einzeln aus ihrer Strumpfschublade, bis sie ein Ersatzpaar hat. Diesmal bezähmt sie ihre fieberhaften Finger. Langsam, langsam, du machst mehr kaputt als gut – endlich, sie sitzen. Jetzt der schwarze Spitzenbody. Wenn sie überlegt, daß das Abendessen heute mit Champagner und allen Zutaten einiges mehr gekostet hat als dieses Edelteil hier, über dessen Kauf sie eine ganze Woche nachgedacht hat – sie schüttelt den Kopf über sich. Carmen, Carmen, du bist ganz schön verrückt! Egal! Sie stopft die ganzen Strümpfe, die sich wild vor ihr auf dem Fußboden ausbreiten, wahllos zurück in die Schublade. Jetzt das Kleid, der Reißverschluß am Rücken hakt über den Schulterblättern, natürlich genau da, wo man allein kaum hinkommt, ah – zu, jetzt die hohen Schuhe, zurück ins Bad, Parfüm, die Haare bürsten, bis sie rote Funken sprühen, ein entspanntes Lächeln aufsetzen und ab in die Küche. Hoffentlich haben die Spargel jetzt nicht zu lange gekocht und fallen die Kartoffeln nicht gleich auseinander. Und hoffentlich kommt er auch pünktlich, sonst verkocht die Kressesuppe.

Es klingelt. Für einen Bruchteil der Sekunde setzt ihr Herzschlag aus, dann jagt ihr die Röte ins Gesicht. Sicherlich hat sie etwas Wichtiges vergessen, sicherlich geht alles schief – sie drückt auf, öffnet die Wohnungstüre einen Spalt und bleibt dahinter stehen. Das Treppenlicht geht an, sie hört seine Schritte, leichtfüßig, schnell, männlich. Ihr Puls hämmert, das Blut rauscht ihr in den Ohren. Warum ist sie bloß so aufgeregt? Er soll es doch sein! Er, nicht sie! Diese Maria ist doch eine Hexe. Irgendwie läuft das doch verkehrt herum! Sie ist ja schon vor der Suppe völlig aufgedreht! Die Türe wird leicht aufgeschoben, Carmen tritt vor. David steht in einem schwarzen Umhang vor ihr, darunter ein Smoking, um den Hals einen weißen

Seidenschal, auf dem Kopf einen Zylinder, im Arm neun langstielige rote Rosen.

»Leider kennen wir uns noch nicht länger«, sagt er zur Begrüßung, »für jeden Tag eine! Du siehst hinreißend aus, Carmen, wunderschön!« Er küßt sie über die Blumen hinweg.

Carmen lacht: »Aber du bist auch nicht von schlechten Eltern! Das steht dir phantastisch. Komm doch herein!«

David blinzelt ihr zu und geht an ihr vorbei. Jetzt, da er sich bewegt, wird das rote Seideninnenfutter des Umhangs sichtbar. Carmen beobachtet ihn, er sieht aus wie Dracula, wahrhaftig, und das gibt ihm etwas Unheimliches, Anziehendes. Die blonden Haare und der kantige Gesichtsschnitt im Schatten des Zylinders, tatsächlich, der Aufzug steht ihm. Schwungvoll nimmt er sein Cape ab, hängt es in die Garderobe, legt seinen Zylinder auf die kleine Flurkommode.

»Ich wollte noch einen Geiger mitbringen, dachte dann aber, es könnte dich stören«, lächelt er und nimmt sie in die Arme. Da hat er recht, denkt Carmen. Ob er etwas ahnt? Seine Hand gleitet ihren Rücken hinunter über den Po und dann wieder hinauf.

Sie reiben zärtlich die Nasen aneinander, dann löst sich Carmen von ihm und geht voraus: »Bitte Herrn Grafen einzutreten, das Hausmädchen wird gleich servieren!«

David bleibt in der Türe stehen. Der Tisch ist festlich beleuchtet, die anderen Lampen hat Carmen gedimmt. Alexis Weissenberg spielt Frédéric Chopin, das Klavierkonzert paßt zur Stimmung. »Carmen, was tust du mit mir, du verzauberst mich«, sagt er kopfschüttelnd.

»Wart's ab«, lacht Carmen. »Aber vorerst wäre ich dir dankbar, wenn du die Flasche öffnen würdest. Nein, nicht in die Küche kommen. Setz dich einfach. Ich bringe die Flasche und gleich zwei Teller Suppe!« Und Brot, denkt sie, während sie hinausgeht, verdammt, ich habe die Baguettes, das bestellte Stangenbrot vergessen! Dafür hat sie an Eiswürfel gedacht! In der Küche herrscht das totale Chaos. Carmen nimmt die Flasche aus dem Eisfach, stellt sie in den silbernen Eiskübel, kippt die Eiswürfel darüber. Sie trägt alles schnell hinein, eilt wieder zurück zu ihrer Suppe, die auf leichter Flamme steht und trotzdem versucht, über den Topfrand zu steigen. Carmen schenkt zwei vorbereitete Suppenschüsseln voll, garniert sie und trägt sie vorsichtig hinaus. Das Spiel kann beginnen, erste

Runde, denkt sie dabei. Und im selben Augenblick fällt ihr ein, daß sie doch Beifuß und Mannstreu unter das Bett und unter sein Kopfkissen streuen wollte. Aber sie hat die Kräuter nirgends gesehen – waren sie etwa auch in diesen hellbraunen Papiertütchen? Hat sie das Zeugs versehentlich mit ins Dessert gerührt?

David schaut ihr erwartungsvoll entgegen, und Carmen kann sich denken, daß sie in ihrem schmalen, kurzen Kleidchen mit den hohen Schuhen und dem offenen, vollen Haar ein sehr reizvolles Bild abgibt. »Du siehst fast unwirklich schön aus«, sagt David denn auch, und Carmen denkt, wenn ihn das jetzt schon so fasziniert, dann hätte ich vielleicht auf das ganze Brimborium verzichten und ihn genausogut mit einer Pizza empfangen können.

»Das freut mich«, sagt sie und stellt die Teller ab.

»Jetzt bin ich gespannt«, lächelt David und wartet, bis sie sich gesetzt hat.

»Ich auch«, sagt sie aus tiefstem Herzen und schaut zu, wie er den Löffel vorsichtig eintaucht.

»Ah, Kressesuppe! Ich liebe sie!«

Ach, denkt Carmen, und die Wirkung? Hätte ich ihm vielleicht doch besser einen Rettich servieren sollen?

Die Suppe schmeckt zart und cremig. Donnerwetter, Carmen ist selber erstaunt. Daß sie das so gut hinbekommen hat? Möglicherweise ist sie eine talentierte Köchin und weiß es nur nicht? Sie heben ihre Gläser, schauen sich an.

»Ich möchte, daß es immer so bleibt.« Das Kerzenlicht flackert über Davids Gesicht, er schaut sie eindringlich an.

»Ich auch«, sagt Carmen, kreuzt dabei aber heimlich die Finger. Es wird besser werden, David, viel besser, beschwört sie ihn im stillen, und dann fallen ihr die Bettkräuter wieder ein. Sie muß unbedingt nachschauen, wo die abgeblieben sind, und sie noch rechtzeitig ins Schlafzimmer bringen!

»Du wirst es nicht glauben, aber mich hat heute Stefans Firma angerufen, sie wollen ein weiteres Juweliergeschäft bauen, und wir sind im Rennen. Es sieht gut aus. Ich habe überhaupt den Eindruck, Stefan protegiert uns. Meinst du, das könnte möglich sein?«

Carmen schaut erstaunt auf. »Wie kommst du darauf?«

»Es hat heute noch mal jemand angerufen, eine Empfehlung von Baron von Kaltenstein, hat er gesagt. Da geht es wirklich um eine dicke Geschichte, um ein neues Bankgebäude. Stefan Kaltenstein hätte uns empfohlen, weil wir mit gesicherten Häusern Erfahrung hätten und Sicherheit und moderne Architektur gut miteinander kombinieren könnten.«

Carmen läßt den Löffel sinken. »Oh, David, das wäre wunderbar. Ich freue mich so für dich. Für uns. Stefan wird euch weiterempfehlen, weil er euch eben einfach gut findet – aber wenn du es genau wissen willst, kann ich ja mal Elvira fragen. Heute allerdings nicht«, lächelt sie ihm zu und spitzt die Lippen zu einem Kuß.

David greift über den Tisch nach ihrer Hand: »Also, wenn wir den Auftrag bekommen, dann lade ich dich über Silvester zu zwei Wochen Karibik ein oder Malediven oder Heli-Skiing in Kanada oder ins Hospiz nach St. Christoph am Arlberg – oder was immer du willst!«

»Oh ja, das ist toll. Das machen wir auf jeden Fall, auch ohne Auftrag von Stefan. Vielleicht nicht ganz so groß, aber zwei Wochen gönnen wir uns schon, ja?«

David nickt lächelnd. Sie fühlt eine solche Wärme für ihn, wie er ihr so elegant gegenübersitzt, daß sie am liebsten um den Tisch zu ihm hingelaufen wäre. Wie kann man einen Menschen nach so kurzer Zeit schon so wahnsinnig liebhaben? Vor zwei Wochen hat sie David noch gar nicht gekannt, und jetzt kann sie es sich ohne ihn überhaupt nicht mehr vorstellen.

»Was war das am Arlberg? Ich war bisher immer in der Schweiz zum Skifahren, und am Arlberg kenne ich nur Zürs und Lech. Was hast du gesagt, Hospiz?«

David schiebt die leere Suppentasse ein Stück weg und lehnt sich zurück. »Ja, das Arlberg-Hospiz hat eine über sechshundertjährige Tradition. Es ist heute ein wunderbares, sehr gemütliches First-Class-Hotel in St. Christoph und ist gleichzeitig der Sitz der Bruderschaft St. Christoph. Noch nie gehört?«

Carmen schüttelt den Kopf. »Magst du noch Suppe?« Ob sie schon wirkt? Bei ihr schon. Sie fühlt sich völlig aufgedreht. Oder ob das der Champagner ist?

»Gern!« Carmen nimmt seinen Teller, fegt hinaus, gibt ihm den Rest aus dem Suppentopf. Dabei schaut sie im Korb nach Beifuß und Mannstreu. Klar, da in der braunen Tüte, die nach unten gerutscht ist. Sie öffnet sie schnell, schaut hinein. Gut. Auf dem Weg ins Schlafzimmer serviert sie David die Suppe. »Ich bin gleich wieder zurück, iß bitte, und dann erzähl mir von dieser Bruderschaft. Ich kenne nur die Lions und den Rotary-Club.«

Vor dem Bett bleibt sie stehen. Wie soll denn das wirken, wenn sie es tatsächlich unter das Bett streut? Der Abstand zwischen Fußboden und Matratze ist doch viel zu weit. Waren die Betten früher anders? Nein, die lagen ja nicht direkt auf dem Fußboden auf. Also wird's schon stimmen. So – und jetzt, unter welche Seite? Bisher lag er immer links. Sie kippt die Tüte unter der linken Seite aus, verteilt die Kräuter mit den Fingern und nimmt eine Handvoll für unters Kopfkissen. Dann legt sie die Tüte weg, zieht im Bad kurz die Lippen nach und geht zurück an den Tisch.

»Es schmeckt wirklich ganz ausgezeichnet. Hast du das selbst gekocht oder gekauft?«

»Frische Kräuter, mein Schatz, ganz frisch! Bekommt's dir?«

Die Suppenteller sind beide leer, sie trägt sie in die Küche. »Bin gleich wieder da, ich schaue nur nach unserem Hauptgericht!«

»Was gibt es denn?«

»Spargel mit Sauce Hollandaise an Liebstöckel und mit Salzkartoffeln!«

»Donnerwetter, um diese Jahreszeit Spargel? Das ist ja ein Meisterstück. Auch frisch?«

»Natürlich«, ruft sie aus der Küche.

»Wo hast du die her?«

»Verbindungen, mein Schatz, Verbindungen. Kannst du den zweiten Gang schon ertragen? Die Spargel wären jetzt genau richtig!«

»Gern!«

Carmen legt sie auf eine Platte, Salzkartoffeln dazu, und die Sauce füllt sie in eine Saucière. Dann balanciert sie alles hinein.

»Laß dir doch helfen.« David steht auf.

»Untersteh dich, bleib sitzen!«

Sie legt ihm vor, füllt dann ihren eigenen Teller und setzt sich wieder.

»Auf die Köchin.« David hebt das Glas.

Auf Maria, denkt Carmen und stößt an. Es schmeckt wirklich wie im Restaurant. Richtig gut. Carmen freut sich, daß alles so gut gelingt.

»Was ist jetzt mit dieser Bruderschaft?«

»Nun, die wurde vor über sechshundert Jahren dort oben gegründet, als Heinrich Findelkind, das war wirklich ein Findelkind aus Kempten, dort oben am Arlbergpaß die erste Schutzhütte baute. Und er rettete viele Menschenleben damit. Heute unterstützt die Bruderschaft unter anderem Bergbauern und Familien, die in Not geraten sind. Beispielsweise, als beim Bau des Arlberg-Straßentunnels durch einen Felssturz 18 Bauarbeiter ums Leben kamen, sprang die Bruderschaft für die hinterbliebenen 64 Kinder ein. Sie wurden finanziell unterstützt, bis sie einen Beruf erlernt hatten.«

»Ah, das ist wenigstens mal eine sinnvolle Bruderschaft. Nur für Männer? Und nur für Österreicher?«

»Ganz im Gegenteil. Viel Adel aus der ganzen Welt ist dabei, unter anderem Königin Beatrix der Niederlande mit ihrem Mann Prinz Klaus und Sohn Konstantin, Prinzessin Juliana der Niederlande und Prinz Bernhard, dann König Harald und Königin Sonja von Norwegen, Fürst Hans-Adam und Fürstin Marie-Aglae von Liechtenstein und aus Japan Prinz Mikasa Tomo Hito. Aber auch Leute wie du und ich.«

»Donnerwetter, was du alles weißt. Bist du auch Mitglied?«

»Noch nicht, aber ich interessiere mich dafür, und wenn wir wirklich zum Skilaufen hinfahren sollten, kann ich's ja noch werden! Und du auch, wenn du willst.« Er gießt noch zusätzlich Sauce über die Spargel, Carmen registriert es mit Wohlwollen. »Deine Spargel sind ausgezeichnet, Liebes, und diese Sauce schmeckt irgendwie, ich weiß nicht – anders. Wie hast du sie zubereitet?«

»Ach, ich habe sie einfach mit einigen Kräutern aufgepeppt!«

»Toll. Das Rezept nehme ich für Martin mit!«

Carmen lacht. Der schwule Martin, der wird sich wundern. »Warte es ab, das Dessert wird der Höhepunkt!«

»Bist du das?« Seine Augen blitzen, er fährt sich durch die blonden Haare.

»Wenn du willst«, sagt Carmen kokett.

David lacht herzhaft.

Als Carmen ihr Zimteis mit der manipulierten Honigsauce aufträgt, ist sie wirklich gespannt. Die »Yohimbin-Pille« hat sie in ein Ingwerstückchen gesteckt, das in der Mitte von Davids Ingwereis thront. Jetzt bloß nicht die Eisbecher verwechseln. Sie stellt zunächst ihren ab und setzt sich dann mit Davids Becher auf dessen Schoß. »Mund auf, Augen zu, koste!« Sie fährt mit dem Dessertlöffel leicht über das Zimteis und setzt dann oben das präparierte Ingwerstück darauf.

»Bist du mir böse, wenn ich eigentlich gar keinen Ingwer mag?« David schaut sie und den Löffel an.

O wie blöd!

»Nur den einen, bitte. Nur probieren. In der Sauce schmeckst du den Ingwer nicht mehr heraus. Die beiden anderen Stückchen kannst du ja beiseite legen. Aber ich habe mir solche Mühe gegeben!«

»Nur, weil du's bist, und weil ich zu deinen Kochkünsten nun vollstes Vertrauen habe...« Er schließt die Augen, öffnet den Mund. Carmen atmet auf, führt den Löffel vorsichtig hinein. Er kaut, schluckt, schaut sie dann an: »Mit dem Zimteis schmeckt das wirklich raffiniert!«

»Probier erst einmal die Sauce!«

Sie mischt Eis und Sauce und fordert ihn auf: »Mund auf, mein Schatz!«

Er rollt genießerisch die Augen. »Mmh, das ist lecker! Phantastisch. Das ist eine Mischung aus Sommerhitze und Weihnachtsglocken! Schmeckt irgendwie nach Weihnachtsplätzchen. Das Rezept gibst du Martin auch!«

Carmen grinst und küßt ihn dann. »Ich muß rüber, mein Eis schmilzt!«

Sie hat auf ihrem Eis kaum Sauce, ein bißchen zwar, für den Geschmack, aber David soll ja in den Genuß kommen. Sie beobachtet ihn. Verändert er sich bereits? Tut sich was? Sie unterhalten sich über alles mögliche, über Stefan, seine Entführung und seine neue Freundin. Zwischendurch bringt sie ihm einen zweiten Eisbecher, und dann fragt sie ihn nach Rilke.

»Wie bist du eigentlich auf Rilke gekommen? Überhaupt, warum hast du dir denn solche Mühe mit diesem Wahnsinnsplakat gegeben? Stell dir doch mal vor, eine ganz andere Frau hätte inseriert. Dann wäre die ganze Mühe doch völlig verschenkt gewesen! Stell dir bloß mal vor, du hättest eine ganz andere kennengelernt...!«

»Nun, zunächst war ja mal ausschlaggebend, daß du einen impotenten Mann suchtest – und das konnte ich dir bieten. Und dann ahnte ich natürlich, daß du es sein würdest. Ich hatte diese unglaubliche Figur vor Augen, dieses volle Haar, die schlanken, schönen Beine, dieses maliziöse Lächeln, das Strahlen deiner Augen – klar, daß ich mit dir durch den Herbst wandern wollte. Und durch den Winter. Und den Sommer. Und den Frühling. Jahr für Jahr!«

»Das hast du schön gesagt. Aber deine Karte hat mich wirklich fast umgehauen. Vor allem, weil Rilke mein Lieblingsdichter ist. Kennst du sein Liebes-Lied?«

> »Wie soll ich meine Seele halten, daß
> sie nicht an deine rührt? Wie soll ich sie
> hinheben über dich zu andern Dingen?
> Ach gerne möcht ich sie bei irgendwas
> Verlorenem im Dunkel unterbringen
> an einer fremden stillen Stelle, die
> nicht weiterschwingt, wenn deine Tiefen schwingen.
> Doch alles, was uns anrührt, dich und mich,
> nimmt uns zusammen wie ein Bogenstrich,
> der aus zwei Saiten *eine* Stimme zieht.
> Auf welches Instrument sind wir gespannt?
> Und welcher Geiger hat uns in der Hand? ...«

»O süßes Lied«, ergänzt Carmen. Sie schauen sich stumm an.

»Ich glaube wirklich, da haben sich zwei gesucht und gefunden«, sagt David nach einer Weile leise.

Carmen steht auf, geht um den Tisch, setzt sich auf seinen Schoß und schlingt die Arme um seinen Hals.

»Darf ich vielleicht mein Jackett ausziehen?«

»Aber bitte, ja, natürlich!«

Carmen steht auf, David ebenfalls, hängt es ordentlich über einen Stuhl, schenkt bei der Gelegenheit die beiden Champagnergläser voll und hält Carmen ihres hin. Sie stehen sich gegenüber, das Weiß des Hemdes sticht von seiner braunen Haut ab, die giftgrüne Krawatte leuchtet. Carmen kann sich kaum bremsen. Am liebsten würde sie ihn gerade hier zu Boden werfen und über ihn herfallen. Das Zeugs wirkt bei mir, verdammt, anstatt bei ihm, denkt sie. Völlig verkehrt, völlig verkehrt! Sie stoßen an, trinken, dann stellt David die beiden Gläser wieder ab. Er nimmt sie behutsam in die

Arme küßt sie, streicht mit einer Hand ihren Rücken entlang, hinunter über den Po, wieder hinauf, langsam, erregend. Carmen kann es kaum noch aushalten. Sie preßt sich an ihn. Aber sie spürt nichts. Übertreibe es nicht, warnt sie sich selbst. Sonst zieht er sich wieder zurück. Laß dir Zeit, überfordere ihn nicht! Gleichzeitig denkt sie, wenn es heute nicht klappt, klappt es nie! Er knabbert an ihrem Ohrläppchen, beginnt dann den Reißverschluß ihres Kleides langsam aufzuziehen. Sie spürt seine Hand am Rücken, ihr Körper brennt. Das Kleid fällt leise raschelnd auf den Boden, sie steht in ihrem schwarzen Spitzenbody vor ihm, in den schwarzen, halterlosen Strümpfen und auf ihren hohen Schuhen. Er küßt sie auf den Mund, dann auf den Hals, geht langsam vor ihr in die Knie, über den Busen, bis sein Kopf auf ihrem Schoß ruht. Sie spürt, wie er mit einer Hand sanft die Druckknöpfe ihres Bodys löst. Vor Erregung wird ihr fast schwarz vor Augen.

»Laß uns ins Schlafzimmer gehen, David, bitte« flüstert sie. Er kommt hoch, nimmt sie auf die Arme und trägt sie auf ihr Bett, legt sich neben sie. Sie beginnt ihn auszukleiden. Lockert seinen Schlips, knöpft das Hemd auf. Er streift Schuhe und Socken ab und dreht sich dann zu ihr. Er liegt auf der falschen Seite, verdammt, denkt Carmen. Er muß auf die andere Bettseite. Sonst wirkt das Gemüse wieder bei mir statt bei ihm. Sie küßt ihn, er erwidert den Kuß leidenschaftlich, dann rollt sie sich über ihn auf die andere Seite.

Hat sie da nicht eben etwas gespürt? Kann das möglich sein? Nein, er reagiert nicht anders als sonst auch. Wenn er da plötzlich etwas in der Hose hätte, müßte er doch durchdrehen vor Glück... Also nicht. Noch nicht. Vielleicht kommt es ja noch! Jedenfalls fällt er über sie her wie noch nie. Er bringt sie fast zur Raserei, und er scheint auch kurz davor zu sein. Sie wälzen sich auf dem Bett, sie klammert sich an ihn, er ist in seinen Liebesbezeugungen knapp an der Grenze zur Brutalität. Carmen stöhnt, sie will ihn jetzt haben, und es macht sie schier wahnsinnig, daß sich bei ihm noch immer nichts regt, er nicht endlich die Hose auszieht und über sie herfällt.

Diese Mischung aus Erwartung und Enttäuschung macht sie völlig verrückt. Warum wirkt denn dieses Mannstreu nicht? Er liegt doch genau darüber. Das muß doch funktionieren! David scheint zwar kurz vor dem Durchdrehen zu sein, aber auf sein Glied wirkt sich das wohl nicht aus. Wahrscheinlich beschränkt sich die Wirkung bei ihm auf den Kopf, auf das Nervensystem, worauf auch immer! Es ist zum Wahnsinnigwerden! Da springt er abrupt mit einem Satz auf und stürzt auf die Toilette.

Die Türe knallt zu, Carmen setzt sich auf. Was ist denn jetzt los? Ist ihm schlecht geworden? Sie sieht sich um. Wie sieht es hier überhaupt aus? Zwischen dem zerknüllten Leintuch liegt grünes Zeugs. Wo kommt das denn her? Sie schaut nach Davids Kissen. Einer von beiden hat es im Rausch weggerissen und die Kräuter über das ganze Bett verstreut. Carmen kommt in Panik. Sie versucht alles einzusammeln, das geht aber nicht so schnell, da reißt sie das Leintuch weg, knüllt es mitsamt Mannstreu und Beifuß zusammen und stopft es in den Wäschekorb, zu den Jeans und dem Cashmere-Pullover. Sie will gerade ein frisches Leintuch auflegen, da hört sie die Toilettentüre wieder aufgehen. David kommt herein, bleibt kurz am Türpfosten stehen, schaut sie mit einem unergründlichen Blick an und geht dann weiter ins Bad: »Tut mir leid, mir ist es urplötzlich schlecht geworden. Ich muß mir mal die Zähne putzen, und am besten dusche ich auch gleich!«

Na gut, denkt Carmen, dann ist der Abend also gelaufen. Hat er mein schönes Essen einfach wieder ausgespuckt. Nicht zu fassen. Da wird sie Maria aber was erzählen. Bloß komisch, warum fühlt sie sich so wohl? Vielleicht war es auch gar nicht das Essen, sondern diese Pille? War die Dosierung vielleicht zu hoch? Wie war das, bei 0,6 Gramm Vergiftungserscheinungen und bei zwei bis drei Gramm der Tod? Er wird doch jetzt nicht sterben! Sie läuft ins Bad. Er schrubbt sich gerade die Zähne. »Entschuldigung, David, das tut mir leid. Ist es schlimm? Ist's jetzt besser? Kann ich was für dich tun? Tee kochen oder so?«

Er sieht wirklich etwas weiß aus im Gesicht.

»Mein ganzer Körper revoltiert, als sei ich an eine Stromleitung angeschlossen. Ich weiß auch nicht, was das ist. Ich dusche noch, und dann lege ich mich zu dir!«

»Am Essen kann's nicht liegen«, versucht sich Carmen zu rechtfertigen, »ich spüre gar nichts!«

»Ja, irgend etwas habe ich in den falschen Hals gekriegt. Vielleicht war's auch einfach zuviel Honig. Ich weiß es nicht. Mach dir keine Gedanken, das Essen war traumhaft, und du bist auch ein Traum. Und mir geht's schon besser!«

Beim Zurückgehen fällt Carmen ein, daß die Yohimbinpille mit der Spanischen Fliege ja überhaupt nichts zu tun hat. Sie richtet beruhigt das Bett wieder, trinkt noch einen Schluck Champagner, zieht sich den Rest, den sie noch am Leib hat, aus und legt sich unter die Decke. Als David kommt, kuscheln sie zusammen, aber Carmen ist jetzt klar: Damit muß sie sich abfinden, da wird auch die Psychotherapeutin nichts ändern können. David ist impotent und bleibt impotent, gegen alle Zaubermittelchen und Psychotricks der Welt!

Bis zum Frühstück hat es sich Carmen wieder anders überlegt. Sie wird Isabella nicht absagen. Sie wird David jetzt ganz einfach fragen, ob er sie dorthin begleitet. Und wenn er ablehnt, läßt sie es eben. Dann ist es auch egal! Sie köpft gerade ihr Frühstücksei und überlegt, wie sie die Sache am besten einleiten kann, da klingelt das Telefon. Carmen steht auf und sucht es. Aha, es steht auf dem Couchtisch. Carmen geht langsam damit zurück zum Eßtisch. Typisch, Laura will wissen, wie alles geklappt hat. Carmen hat gestern noch Laura und Elvira informiert und beiden gesagt, daß sie am Abend unter keinen Umständen gestört werden will. Und jetzt ist natürlich klar, daß Laura vor Neugierde platzt.

»Ach, Laura, wie schön. Was gibt's?«

»Ach, du kannst nicht reden!«

»Genau das, aber wenn du willst, hole ich dich da gerne ab!«

»Was, wo? Wo willst du mich abholen?«

»Ja, nein, vielleicht kommt er ja mit, ich kann ihn ja mal fragen. Wann bist du dort?« Sie setzt sich, schaut David lächelnd an.

»Sag mal, spinnst du? Wovon redest du überhaupt. Ich...«

»Ja, zwölf Uhr paßt ausgezeichnet. Isabella wie...? Ja, ja, und wo...? Gut, werde ich schon finden. Ist ja nicht weit weg!«

»Kannst du mir jetzt mal erklären, was das...«

»Bestens, Laura, also abgemacht, bis zwölf dann, tschüß!« Carmen legt auf und sagt mit strahlendem Blick zu David: »Liebe Grüße von Laura. Meinst du, du könntest heute mittag mal für zwei Stunden verschwinden? Ja?«

David zuckt die Achseln. »Klar, warum nicht? Was ist?«

»Laura hat sich zu einer Psychotherapie angemeldet und fände es schön, wenn wir sie abholen würden!«

»Was will sie denn in einer Psychotherapie?«

»Ach, sie hat einiges am Hals und hofft vielleicht, daß ihr diese Isabella, oder wie sie heißt, helfen kann!«

»Also, von diesem Psychokram halte ich ja gar nichts!« Das hat sie befürchtet. »Aber wenn es Laura hilft? Wozu braucht ihr da mich? Wollt ihr dann nicht lieber so von Frau zu Frau?«

»Oh, nein«, wehrt Carmen heftig ab. »Sie hat extra nach dir gefragt. Das tut ihr sicherlich gut, wenn wir zusammen kommen!«

»Na, gut. An mir soll's nicht liegen. Dann hole ich dich kurz vor zwölf im Büro ab, abgemacht?«

Carmen strahlt. Die erste Klippe ist überwunden. Jetzt muß sie nur noch überlegen, wie sie David zu Isabella auf die Couch bringt.

Carmen ist kaum im Büro, da ist Laura schon wieder am Telefon. »Sag mal...«

»Schon gut«, unterbricht sie Carmen gleich. »Ich muß David ja irgendwie zu Isabella bringen. Und da kannst du mir helfen, gute Freundin, die du bist, ja?«

»Nach dem Auftakt kann ich ja wohl kaum noch zurück, und außerdem wollte ich meinen Geisteszustand schon lange mal analysieren lassen. Vor allem jetzt, seitdem ein impotenter Mann der Vater meines Babys wird.« Sie lacht.

»Bist du nicht im Lehrerzimmer?«

»Nein, ich bin erst heute nachmittag wieder dran, ich dachte, du kennst das langsam!«

»Au, das paßt ja hervorragend!«

»Und jetzt erzähl doch mal endlich, was überhaupt los ist. Ich dachte heute morgen, du hast sie nicht mehr alle!«

Carmen schaut kurz nach Britta, die spült im Nebenraum Geschirr. Da wird sie nicht alles mitbekommen. Sie dreht sich um, zur Glasscheibe, so kann sie noch weniger hören.

»Danke für deinen Anruf heute morgen, ehrlich! Es hat wirklich glänzend gepaßt. Zuerst habe ich gedacht, typisch, dich zerreißt es wahrscheinlich schier vor Neugierde, aber dann habe ich den Dreh gefunden, David heute mittag zu Isabella zu lotsen. Das hast du genial bewerkstelligt!«

»Ich? Na danke. Bisher habe ich ja noch nicht viel gemacht. Also, ich höre, schieß los!«

»Es wäre schön, wenn du so gegen zwölf Uhr bei Isabella sein könntest. Ich werde sie darüber informieren. Du wartest einfach bei ihr im Zimmer auf uns, und wir setzen uns dann dazu. Und du wirst dann kurz dein Problem wegen Frederics Impotenz anschneiden, und Isabella wird sagen, daß das vielleicht zu heilen sei, wenn Frederic mal zu ihr in die Praxis käme. Und dann werde natürlich ich einen Satz dazu ...«

»Das ist ja ein richtiges Possentheater.«

»Ja, mag sein, aber freiwillig geht er nie dahin, da bin ich mir fast sicher! Und so wird das fast beiläufig eingeleitet, und plötzlich steht dann er im Mittelpunkt. Und du kannst dich verziehen!«

»Danke, sehr freundlich! Du solltest in die Politik gehen!«

Carmen lacht. »Abgemacht?«

»Abgemacht!«

Es paßt genau, Britta kommt eben zurück. Aber jetzt muß sie Isabella auch noch verständigen, und zudem will sie noch Maria anrufen. Das hat sie ihr versprochen. Also muß sie Britta loswerden. Sie ist zwar pappsatt, aber trotzdem fragt sie, ob Britta ihr Angebot von gestern wahrmachen und kurz zum Bäcker gehen könnte?

»Croissants?« fragt Britta freundlich und mit einem Blick, als würde ihr Carmen leid tun. Sicherlich frühstückt Britta jetzt jeden Morgen ausführlich mit ihrem neuen Freund und hat die heile Welt in ihrer Küche, denkt Carmen mit einem Anflug von Spott, ruft sich dann aber selbst streng zur Ordnung. Britta hat es schwer genug, da braucht sie nicht auch noch heimlich darüber zu lästern.

Carmen läßt David die Straße finden und auch das Stockwerk. Isabella Prodan hat ihrem Vorschlag zugestimmt, nicht sofort, weil sie es unehrlich fand, aber dann doch, sozusagen als letzte Möglichkeit, David doch noch zu helfen. Carmen hat ihr kurz von ihrem gestrigen Liebesabend erzählt, und Isabella hat herzhaft gelacht. Vielleicht sollte sie in Zukunft das Rezept an entsprechende Kunden weitergeben, war ihr Kommentar.

Carmen klingelt. David trägt zu seiner schwarzen Lederjacke schwarze Jeans und ein türkisfarbenes Sweatshirt, das genau zu seinen Augen paßt. Er sieht zum Dahinschmelzen aus, findet Carmen und gibt ihm schnell einen Kuß.

Er drückt sie lächelnd an sich. »Ich war noch nie bei einer Psychotherapeutin«, sagt er, und Carmen hätte fast, ›die ist aber sehr nett‹

gesagt, verkneift es sich im letzten Moment jedoch noch. Die Türe geht auf, Isabella steht vor ihnen. David ist sichtlich überrascht. Sie trägt wieder ein enganliegendes Kleid, ist fein geschminkt, wirkt sehr gepflegt, wie eben dem Titelblatt der Vogue entsprungen. David löst sich von Carmen, stellt sich und Carmen vor. »Wir sind hier, um Laura Rapp abzuholen!«

»Na, fein, dann kommen Sie bitte herein. Wir trinken eben noch eine Tasse Kaffee, darf ich Ihnen auch eine anbieten?«

»Vielen Dank, das ist sehr freundlich«, sagt Carmen schnell, bevor David ablehnen kann. Aber er sieht gar nicht so aus, als ob er ablehnen wollte. Isabella hat sich umgedreht und geht in Richtung ihres Arbeitszimmers, und David läuft ihr wie magnetisiert nach. Der wird doch nicht, denkt Carmen und bleibt etwas mißtrauisch zurück, was, wenn er sich in Isabella verliebt? Dann schüttelt sie den Kopf. Quatsch. Isabella hat sicherlich einen tollen Freund oder Mann, und was will eine Frau wie die schon mit einem Impotenten. Sie kann ihn beispielsweise heilen, flüstert ihr das kleine Teufelchen ein, aber da steht sie schon hinter David im Zimmer. Laura sitzt auf der Couch, genau da, wo sie am Freitag gesessen hat, Isabella bietet Carmen und David ebenfalls Platz an. Carmen geht zu Laura, David nimmt sich den Sessel neben Isabella. Die holt noch schnell zwei Tassen und setzt sich dann graziös hin. Ihr dunkelbrauner Pagenkopf glänzt seidig mit einem Schimmer von Mahagoni, ihr Gesicht ist makellos, sie strahlt das Selbstbewußtsein der erfolgreichen Frau aus. Durch und durch. Es ist förmlich zu riechen.

Carmen beobachtet David. Ein komisches Gefühl beschleicht sie, wenn sie sieht, wie er ganz augenscheinlich von Isabellas Erscheinung fasziniert ist. Auch Laura scheint es zu bemerken. Sie schaut kurz Carmen an. Carmen zuckt leicht die Achseln. Das wäre ja der Hit. Sie schleppt David zu einer Psychotherapeutin und verliert ihn da dann auch gleich! Und möglicherweise wird er bei Isabella dann auch noch potent. Das wäre der Hammer! Aber wirklich, David ist direkt starr geworden, betrachtet Isabella, als sei ihm etwas Unglaubliches begegnet.

Isabella betreibt fleißig Konversation, beachtet David gar nicht weiter, gibt Laura mehrere Stichwörter, auf die sie zunächst aber nicht reagiert. Laura ist selbst so verwirrt, daß sie sich erst wieder sammeln muß. Bevor sie etwas über sich und Frederic sagen kann, rückt David auf seinem Sessel vor, näher zu Isabella hin und schaut ihr voll ins Gesicht: »Entschuldigen Sie die Frage, Frau Prodan, aber kennen Sie zufällig eine Regina Richter?«

»Regina?« Verwundert schaut Isabella ihn an. »Das ist meine Schwester!«

»Ach«, David lehnt sich zurück, »ich habe schon gedacht, ich sehe Gespenster. Diese Ähnlichkeit war einfach zu unglaublich. Jetzt ist es natürlich klar. Sie haben geheiratet und deshalb einen anderen Namen – aber witzig, dieser Zufall!«

Carmen und Laura schauen sich an, Isabella ist nun auch interessiert: »Woher kennen Sie meine Schwester?«

»Wir waren mal ein gutes Jahr zusammen.« Er schaut zu Carmen. »Entschuldige, Liebes, wir haben über solche Themen noch nicht gesprochen!«

»Ach«, Isabella lacht auf, »dann sind Sie – klar – David! Ihr Nachname sagte mir nichts, aber von Ihnen hat sie viel erzählt, mein kleines Schwesterchen. Sie haben einen starken Eindruck bei ihr hinterlassen!«

»Ja, mag sein«, er schaut wieder zu Carmen, und jetzt ist es offensichtlich, daß ihm die Sache unangenehm wird. Wahrscheinlich hätte er seine Frage gern rückgängig gemacht. »Aber ich glaube, sie war am Schluß nicht mehr ganz so begeistert. Zumindest hat sie auf der Trennung bestanden!«

»Ja, ja, ich weiß auch, warum. Weil Sie Tag und Nacht hyperaktiv waren, stimmt's? Sie fühlte sich am Schluß so von Ihnen in die Enge getrieben, daß ich ihr damals zur Trennung geraten habe!«

Was? Carmen schießt das Blut ins Gesicht. Tag und Nacht gewollt? Klar, das hat er ihr ja gesagt. Das war vor seinem Motorradunfall. Er hat ihr ja geschildert, daß er für Frauen ziemlich nervend war. Es entsteht eine kurze Pause, dann sagt David leise: »Aber es ist jetzt nicht mehr so. Seit meinem Motorradunfall spielt sich nichts mehr ab, ich habe dazugelernt. In letzter Zeit sehr viel. Vor allem durch Carmen.« Er schenkt ihr ein Lächeln voller Zuneigung, und ein warmes Gefühl durchflutet Carmen. Es ist alles in Ordnung. Wie wunderbar. Er hat nicht auf Isabellas Attraktivität so reagiert, sondern nur auf die Ähnlichkeit mit seiner Exfreundin. Ach, ist das Leben nicht wunderbar? Carmen kuschelt sich bequem in ihre Sofaecke.

»Wann ist denn das mit dem Motorrad passiert?«

»Vor drei Jahren«, sagt Carmen automatisch und denkt, jetzt geht alles seinen Gang. Er kennt ihre Schwester, also wird er Vertrauen haben und einer Therapie zustimmen. Jetzt hat sie es geschafft!

»Vor drei Jahren?« sagt Isabella und schaut David an.

Der nickt: »Genau. Ich habe mir die Beine schwer verletzt und leider auch meine Genitalien. Carmen habe ich kennengelernt«, er schaut kurz zu Carmen, »ihr kann ich es ja wohl erzählen?« Und Carmen nickt ihm zu. »Carmen habe ich kennengelernt«, sagt er, jetzt wieder zu Isabella, »weil ich eine Anzeige gelesen habe, in der eine Frau einen impotenten Mann sucht. Und da das auf mich zutrifft, habe ich mich gemeldet. Und es paßt wunderbar, wir sind sehr glücklich miteinander!«

Carmen nickt aus ihrer Ecke heraus.

Laura, die bisher noch kein einziges Wort gesagt hat, fragt jetzt: »Soll ich gehen?«

»Nein, bleib nur«, winkt David ab, »du kennst die Geschichte ja!«

»Mir wäre lieb«, fällt da Isabella ein, betont, autoritär, beherrschend und trotzdem liebenswürdig, »wenn beide Damen den Raum mal kurz verlassen würden. Macht es Ihnen etwas aus?« Sie schaut zunächst Carmen, dann Laura an.

»Nein, nein«, Carmen steht hastig auf, zu hastig, denkt sie gleich darauf, hoffentlich merkt David nichts, vielleicht hätte ich noch mal nachfragen sollen, warum, aber sie ist froh, daß der Stein ins Rollen kommt. Also nichts wie raus. Laura scheint ähnlich zu empfinden, sie sind in Windeseile vor der Türe.

»Uff«, sagt Laura und lehnt sich gegen die Wand. »War ich froh, als ihr endlich gekommen seid. Ich dachte schon, jetzt nimmt sie mich aufs Korn. Ich saß gut fünfzehn Minuten mit ihr zusammen, und sie weiß jetzt alles. Baby, Frederic, der Vater des Kindes, die Situation – meinst du, sie stellt mir eine Rechnung?«

»Die wird sie mir schon stellen!«

Carmen lehnt sich am Empfangstresen an. Wie immer um diese Zeit sind die Mitarbeiterinnen in der Mittagspause.

»Meinst du, das klappt da drin?« fragt sie dann.

»Warum soll es nicht klappen? Die Voraussetzungen sind doch günstig! Sie kennt ihn von den Erzählungen ihrer Schwester – muß ja ein schlimmer Feger gewesen sein, dein David –, und das mit dem Motorradunfall weiß sie jetzt auch. Hat denn das Menü nicht gewirkt? Du hast mir noch überhaupt nichts davon erzählt. Auch nicht, wie der Besuch bei dieser Kräuterhexe war. Nur, daß ich dich nicht anrufen darf. Das ist wirklich sehr erbauend, sage ich dir!«

Sie streicht sich mit ihren zehn Fingern durch das schwarze kurze Haar, stützt sich mit einem Fuß an der Wand ab und stellt den Unterkörper vor. Schnürstiefel, Diesel-Jeans und eine weite Jacke: Laura, wie sie leibt und lebt. Laura mit dickem Bauch kann sich Carmen einfach nicht vorstellen. Sie hat die vollkommene Knabenfigur, von oben bis unten gerade geschnitten, weit und breit keine Figurprobleme. Ob sich ihr Bauch für ein Baby überhaupt genug weiten kann?«

»He, was ist? Träumst du?« fragt Laura nach.

»Ich habe mir eben überlegt, wie du wohl mit dickem Bauch aussehen wirst!«

Laura schüttelt den Kopf: »Das wirst du ja dann sehen. Erzähl mir lieber, was los war!«

Carmen schildert den gestrigen Tag im Zeitraffer, ist bei der präparierten Ingwerpflaume angelangt, als plötzlich die Türe von Isabellas Arbeitszimmer aufgerissen wird.

David schießt heraus, reißt die verblüffte Carmen hoch und wirbelt mit ihr den Gang hinunter. Laura steht völlig verdutzt da, Isabella ist lachend nachgekommen, Carmen versteht überhaupt nicht, was in ihn gefahren ist, sie bekommt keinen Fuß mehr auf den Boden, und es wird ihr schwindelig.

»David, David«, ruft sie, er wirft sie sich über die Schultern, packt im Vorbeigehen Laura am Arm, zieht sie mit und sagt: »Das müßt ihr euch anhören. Das ist der Witz des Jahrhunderts. Des Jahrtausends! Das ist einfach nicht zu fassen!«

Er läßt Carmen auf die Couch gleiten, wirft sich selbst daneben und bedeutet Laura mit einer Handbewegung, sich auf seinen Sessel zu setzen.

»Isabella, sag du's!«

Sie duzen sich, sagt sich Carmen erstaunt. Was das nun wieder zu bedeuten hat?

»Also...« Isabella bricht aber gleich wieder ab. »Tut mir leid, so trocken bringe ich das nicht heraus. Augenblick mal!« Sie geht zu ihrem schmalen, hohen Designerschrank, öffnet ihn und dann den kleinen Kühlschrank und kommt mit einer Flasche Champagner und vier Gläsern wieder.

»Das geht auf meine Rechnung«, sagt sie lachend zu Carmen.

Carmen versteht nun überhaupt nichts mehr. David öffnet die Flasche und schenkt ein, Isabella setzt sich und lächelt über das ganze Gesicht.

»Was ist bloß los?« fragt Carmen.

»Augenblick mal«, Isabella hebt das Glas, alle stoßen an: »Wir trinken auf Davids Potenz«, bringt sie den Toast aus. Ist in Ordnung, denkt Carmen und trinkt. Dann stellt sie ab. Und was jetzt? Erwartungsvoll schaut sie Isabella an und dann David, der herausplatzt: »Ja, verstehst du denn nicht?«

Carmen schüttelt nur den Kopf. Was gibt es da zu verstehen? Wir trinken auf Davids Potenz, ja, das hat sie gestern den ganzen Abend lang getan!

Laura kapiert es als erste. Sie stellt ihr Glas mit einem Knall ab: »David ist überhaupt nicht impotent, stimmt's?«

»Was?« Carmen schaut David an, der neben ihr sitzt und über das ganze Gesicht grinst. »Das gibt's doch nicht! Wieso denn nicht? Natürlich bist du impotent! Du warst es doch die ganze Zeit! Warum jetzt plötzlich nicht mehr? Das ist ja toll!« Sie schüttelt den Kopf. »Ich verstehe überhaupt nichts mehr. Was ist los? David?«

Er fällt über sie her, daß sie direkt umkippt und unter ihm liegen bleibt. Er küßt sie, umarmt sie fest und richtet sich dann mit ihr wieder auf, ohne sie auch nur einen Zentimeter loszulassen.

»Au«, sagt Carmen, »du tust mir weh – und könnte mir jetzt einmal einer erklären...«

»Also«, Isabella nippt am Glas, prostet David und Carmen zu und stellt es ab. »Des Rätsels Lösung ist ganz einfach, Carmen. Sie suchten einen impotenten Mann, also spielte David einen impotenten Mann. Zuerst eigentlich nur, weil er Sie unbedingt wiedersehen wollte, und dann, um Sie nicht zu verlieren!«

»Was ist das? Was ist los? Du bist überhaupt nicht impotent? Warst es nie?«

David schüttelt den Kopf. »Nein, und ich hoffe, du verzeihst mir, aber ich konnte ja nicht anders. Ich kam aus diesem Teufelskreis nicht mehr heraus! Erst Isabella erzählt mir jetzt eben, daß du verzweifelt versuchst, mich potent zu kriegen. Und da hätte ich mich natürlich totlachen können, das kannst du wohl verstehen!«

»Nein.« Carmen rückt etwas von ihm ab. »Entschuldige, aber ich verstehe überhaupt nichts! Du hast dich doch auf meine Anzeige gemeldet. Wie alle anderen auch. Wieso wußtest du, daß ich...«

»Soll ich jetzt vielleicht doch gehen?« Laura rutscht etwas aus ihrem Sessel heraus.

»Du bleibst da«, fährt Carmen sie an. »Also, das muß ich jetzt wissen. Ich weiß nämlich überhaupt nicht, wie ich mich jetzt fühle, ob ich mich freuen soll, oder ob ich mir betrogen vorkomme oder wie oder was, weil das alles viel zu verrückt ist! Du hast doch auf meine Anzeige geantwortet!«

»Du hast mit diesem komischen Clown im *Café Mohren* gesessen und dir seinen Kauderwelsch angehört. Und ich habe auch zugehört. Und bin anfänglich überhaupt nicht schlau daraus geworden. Erst, als ihr gegangen seid, ist mir die Zeitung aufgefallen mit der rot angekreuzten Anzeige. Und dann war mir alles klar!«

»Also im *Café Mohren*«, nickt Carmen langsam. »Du warst das, der alleine am Tisch saß! Deshalb hatte ich an der Tür gleich so ein komisches Gefühl... und dann hast du mir ein solches Affentheater vorgespielt? Findest du das nicht widerlich?«

»Ich wollte dich wiedersehen, ganz einfach. Und das war kein Affentheater, sondern mir war es wirklich danach. Dazu kam, daß ich wirklich an einem Punkt war, über mein Benehmen Frauen gegenüber nachzudenken. Und da dachte ich mir, ein bißchen Impotenz könnte ich schon gebrauchen, dann wäre das Thema erledigt. Es war also nicht gelogen!«

Carmen sitzt stocksteif neben ihm: »Und dann?«

»Dann habe ich mich bei unserem ersten Treffen in dich verliebt. Und es wurde immer schlimmer. Und dann konnte ich nicht mehr zurück. Und immer, wenn ich dich gefragt habe, ob dir denn an meiner Impotenz so viel liegt, hast du das bestätigt. Was sollte ich also tun?«

Jetzt muß Carmen zum ersten Mal lachen: »Ich habe das bestätigt, weil ich dir nicht weh tun wollte!«

»Du hast es sogar noch das letzte Mal im Bett bestätigt, als ich schon fast bereit war, gegen alle Regeln der Vernunft die Karten auf den Tisch zu legen. Ich habe dich gefragt: Dir muß meine Impotenz doch fürchterlich auf den Nerv gehen, erinnerst du dich?« Carmen nickt. »Und du hast geantwortet: Nein, ich liebe sie! Was sollte ich also machen. Ich hatte Angst, dich zu verlieren, sobald du entdeckst, daß ich ständig einen...« er schaut schnell zu Isabella, »nun ja, einen Steifen in der Hose hatte!«

Carmen schlingt ihre Arme um ihn: »Ach, deshalb das Theater, daß du mir immer ausgewichen bist, ich dir nie nahe kommen durfte...«

»Ich konnte ihn ja schlecht wegzaubern oder wegbandagieren. Ich konnte ihn nur verstecken, am besten in Jeans, oder dich fernhalten. Ist doch klar!«

»Und heute nacht?«

»Da bin ich auch noch nicht draufgekommen. Aber irgend etwas hat mich so erwischt, daß ich glaubte zu platzen. Es war nicht mehr auszuhalten, und so mußte ich mich einfach mal kurz verabschieden, um mir Erleichterung zu verschaffen. Was allerdings nicht viel gebracht hat, genausowenig wie die kalte Dusche. Falls du dich erinnerst, bin ich auf dem Bauch eingeschlafen. Das heißt, eingeschlafen bin ich noch lange nicht. Gestern hat es mich geplagt wie schon lange nicht mehr. Ich glaube fast, wie überhaupt noch nie!«

Alle drei Frauen lachen herzhaft. »Haben Sie ihm noch nichts erzählt?« fragt Carmen Isabella. Die schüttelt den Kopf und lacht, daß sich schon kleine Tränchen in den Augenwinkeln bilden: »Vielleicht wiederholen Sie das Ganze ja noch mal, Carmen – diesmal aber mit mehr Erfolg!« Auch Laura schüttelt sich vor Lachen.

Jetzt ist es David, der irritiert von einer zur anderen schaut. »Mir ist nur eines noch unklar«, will Carmen von Isabella wissen, »wie haben Sie herausgefunden, daß David potent ist?«

»Ganz einfach. Seine Geschichte vom Motorradunfall stimmte zeitlich nicht. Er konnte nicht vor drei Jahren impotent geworden sein, weil er vor zwei Jahren noch mit meiner Schwester zusammen war – und da war er überaus potent!«

David grinst schuldbewußt, dann faßt er mit beiden Händen liebevoll nach Carmens Kopf und fragt sie von Angesicht zu Angesicht: »Ist es nun sehr schlimm, daß ich nicht impotent bin? Meinst du, du kannst es trotzdem mal mit mir versuchen? Ich möchte dich nämlich nicht verlieren. Ich möchte dich behalten. Für immer! Und wenn du nicht mit mir schlafen willst, dann lasse ich dich in Ruhe. Und zudem kennen wir ja jetzt auch andere Wege.«

Carmen fällt ihm um den Hals und flüstert in sein Ohr: »Gehen wir nach Hause?«

Sie riecht sein herbes After Shave, spürt seine rauhe Wange, er drückt sie fest an sich: »Zu dir oder zu mir?«

Sie lacht. »Zu mir!«

»Dann werden wir beide also heute nachmittag schwänzen?« Er knabbert an ihrem Ohr.

»Ich glaube, wir haben eine Menge nachzuholen. Und auf dem Weg nach Hause kaufen wir uns ein Pfund Weihnachtsgebäck, das dürfte es jetzt beim Bäcker schon geben!«

»Wozu denn das?«

»Das erzähle ich dir später, mein Lieber, du wirst schon sehen!«

Von Gaby Hauptmann liegen im Piper Verlag vor:
Die Lüge im Bett
Eine Handvoll Männlichkeit
Fünf-Sterne-Kerle inklusive
Hengstparade
Yachtfieber
Rückflug zu verschenken
Nicht schon wieder al dente
Frauenhand auf Männerpo
Das Glück mit den Männern und andere Geschichten
Ticket ins Paradies
Nur ein toter Mann ist ein guter Mann
Suche impotenten Mann fürs Leben
Wo die Engel Weihnachten feiern
Die Meute der Erben
Hängepartie
Ran an den Mann
Ein Liebhaber zu viel ist noch zu wenig
Gelegenheit macht Liebe
Liebesnöter
Ich liebe dich, aber nicht heute
Liebling, kommst du?
Zeig mir, was Liebe ist
Die Italienerin, die das ganze Dorf in ihr Bett einlud
Scheidung nie – nur Mord!
Plötzlich Millionärin – Nichts wie weg!
Lebenslang mein Ehemann?
Unsere allerbeste Zeit
Unser ganz besonderer Moment
Das größte Glück im Leben